文史哲丛刊

文学：走向现代的履印

文史哲编辑部　编

商务印书馆

2011年·北京

图书在版编目(CIP)数据

文学：走向现代的履印/文史哲编辑部编.—北京：商务印书馆，2010.12
（文史哲丛刊）
ISBN 978－7－100－07537－4

Ⅰ.①文… Ⅱ.①文… Ⅲ.①当代文学－文学研究－中国－文集 Ⅳ.①I206.7-53

中国版本图书馆CIP数据核字(2010)第234207号

所有权利保留。

未经许可，不得以任何方式使用。

文学：走向现代的履印

文史哲编辑部 编

商 务 印 书 馆 出 版
（北京王府井大街36号　　邮政编码 100710）
商 务 印 书 馆 发 行
三河市尚艺印装有限公司印刷
ISBN 978－7－100－07537－4

2011年1月第1版　　开本 880×1230　1/32
2011年1月北京第1次印刷　印张 14 1/8
定价：30.00元

出版说明

《文史哲》杂志创办于1951年5月，起初是同人杂志，自办发行，山东大学文史两系的陆侃如、冯沅君、高亨、萧涤非、杨向奎、童书业、王仲荦、张维华、黄云眉、郑鹤声、赵俪生等先生构成了最初的编辑班底，1953年成为山东大学文科学报之一，迄今已走过六十年的历史行程。

由于一直走专家办刊、学术立刊之路，《文史哲》杂志甫一创刊便名重士林，驰誉中外，在数代读书人心目中享有不可忽略的地位。她所刊布的一篇又一篇集功力与见识于一体的精湛力作，不断推动着当代学术的演化。新中国学术范型的几次更替，文化界若干波澜与事件的发生，一系列重大学术理论问题的提出与讨论，都与这份杂志密切相关。《文史哲》杂志向有与著名出版机构合作，将文章按专题结集成册的历史与传统：早在1957年，就曾与中华书局合作，以"《文史哲》丛刊"为名，推出过《中国古代文学论丛》、《语言论丛》、《中国古史分期问题论丛》、《司马迁与史记》等；后又与齐鲁书社合作，推出过《治学之道》等。今者编辑部再度与商务印书馆携手，推出新一系列的"文史哲丛刊"，所收诸文，多为学术史上不可遗忘之作，望学界垂爱。

文史哲编辑部
商务印书馆
2009年10月

编辑工作委员会

顾　问　孔　繁　刘光裕　丁冠之
　　　　　韩凌轩　蔡德贵　陈　炎
主　编　王学典
副主编　周广璜　刘京希
编委会　(按姓氏笔画为序)
　　　　　王大建　王学典　刘　培　刘京希
　　　　　李　梅　李扬眉　宋全成　陈绍燕
　　　　　范学辉　周广璜　贺立华　曹　峰

目 录

先驱者研究

一个伟大寻求者的心声
　　——论"野草精神"之一 ………………………… 李希凡 / 3
历史价值范畴里的符号选择
　　——鲁迅批孔新议 ………………………………… 孔范今 / 26
鲁迅与中国近代启蒙思潮的嬗变 ……………………… 洪峻峰 / 42
怀念仿吾同志
　　——《成仿吾文集》代序 …………………………… 丁　玲 / 62
沅君幼年轶事 …………………………………………… 冯友兰 / 69
留学背景与建设渴望
　　——试论现代作家的建设意识 …………………… 郑　春 / 72
想象的革命图景与虚拟的知识阶级叙述
　　——论冯雪峰的革命观与知识分子观 …………… 柳传堆 / 86

追寻与反思

重评"五四"启蒙运动三题
　　——兼评李泽厚诸先生之说 …………… 李新宇 / 105
20世纪中国长篇小说之回顾 …………… 李　岫 / 124
青春、历史与诗意的追寻和质询
　　——王蒙与米兰·昆德拉比较研究 …………… 张志忠 / 149
战后20年文学论纲 …………… 黄万华 / 169
寻根小说的美学追求 …………… 张学军 / 187
世界性"老舍热"与各民族审美方式的异同 ……… 宋永毅 / 199

改革与骚动

改革与传统道德的关系
　　——改革题材文学探幽之三 …………… 沈敏特 / 217
商品观念与中国当代文学的繁荣 …………… 杨守森 / 229
论改革中作家自我超越的难题 …………… 贺立华 / 239
作家和他的文学创作 …………… 莫　言 / 252
新时期现实主义小说的精神风貌 …………… 谭好哲 / 261
中国第三代诗歌后现代倾向的观察 …………… 孙基林 / 273

问题、主义与方法

现代性与文学性
　　——关于中国现代文学研究的反思 …………… 张　华 / 291
基督教文化与中国新时期文学 ………… 牛运清　丛新强 / 312
关于黄遵宪"新派诗"的评价问题
　　——读《谈艺录》对公度诗的评论 …………… 郭延礼 / 332
意境诗的形成、演变和解体
　　——兼论新诗不是意境诗 ………………………… 吕家乡 / 361
一个"撒谎"故事的流布、变异与改写
　　——《牧童与羊》、《狼来了》与《三声枪响》…… 张　宁 / 385
中国现代男性叙事中的恶女人形象 ………………… 李　玲 / 402
精神生态视野中的20世纪中国文学 …… 温奉桥　李萌羽 / 419

后　记 ………………………………………… 文史哲编辑部 / 439

先驱者研究

一个伟大寻求者的心声
——论"野草精神"之一

李希凡

一

《野草》,是鲁迅自己认为可以"称为创作"的"五种"①之一。它写作于1924年9月到1926年4月,历时一年半,共23篇。鲁迅在谈到《彷徨》和它的写作背景时说:

> 《新青年》的团体散掉了,有的高升,有的退隐,有的前进,我又经验了一回同一战阵中的伙伴还是会这么变化,并且落得一个"作家"的头衔,依然在沙漠中走来走去,不过已经逃不出在散漫的刊物上做文字,叫做随便谈谈。有了小感触,就写些短文,夸大点说,就是散文诗,以后印成一本,谓之《野草》。得到较整齐的材料,则还是做短篇小说,只因为成了游勇,布不成阵了,所以技术虽然比先前好一些,思路也似乎较无拘束,而战斗的意气却冷得不少。新的战友在那里呢?我

---

① 《自选集·自序》。

想，这是很不好的。于是集印了这时期的十一篇作品，谓之《彷徨》，愿以后不再这模样。

"路漫漫其修远兮，吾将上下而求索。"

从此我们得知，在一定意义上，小说集《彷徨》的题名，也是鲁迅对自己这段时间的思想状态的解剖与总结。不过，如果从这段时间的思想情绪的艺术体现来看，《野草》较之《彷徨》，似有着更鲜明的轨迹、更强烈的色彩和声音。

对于《野草》，历来是有些不同看法的，特别是由于它在艺术表现上隐晦，曲折，而且又采取了感情浓烈的诗的形式，蕴涵着深刻的哲理，所以对不少作品的理解就很不一致。有人说，《野草》是表现了鲁迅在黑暗重压下的"悲凉孤傲之感"；有人则说，这些作品表现出来的作者的矛盾和痛苦，"反映着个人主义的思想基础和立场在他那里发生着动摇以及他自己对个人主义思想的斗争"。有人甚至认为，《野草》是鲁迅"内心深处阴暗的心灵的暴露"。

鲁迅说得好："要论作家的作品，必须兼想到周围的情形"[1]，"倘要论文，最好是顾及全篇，并且顾及作者的全文，以及他所处的社会状态，这才较为确凿"[2]；而且"倘要知人论世，是非看编年的文集不可的"[3]。

我们所以不同意前面所引的那些意见，觉得它们未能正确理解和评价《野草》的思想内容，甚至有片面或歪曲之处，也就是由于

---

[1]《且介亭杂文二集·后记》。
[2]《且介亭杂文二集·题未定草七》。
[3]《且介亭杂文·序言》。

它们在作出那些论断的时候,没有兼及社会,兼及全篇全文,紧紧把握住鲁迅的思想发展,进行深入的探讨。"战斗一定有倾向。"①一个伟大的作家,总是和时代共同着脉搏,哪怕是所谓"小感触",也必然有着所处"社会状态"的"确凿"的印迹。

从1924年9月到1926年4月这段时间,在我国革命史上,既是第一次国内革命战争的酝酿时期,又是我国新民主主义革命的深入时期。1924年1月,在中国共产党的支持和帮助下,国民党第一次代表大会在广州召开,通过了"联俄、联共、扶助农工"的三大政策,实现了第一次国共合作。这新的政局也推动了全国革命形势的迅猛发展,特别是1925年爆发的以"五卅"为标志的反帝爱国运动,更进一步反映了我国人民和帝国主义及其走狗军阀统治的不可调和的矛盾,显示了革命高潮的正在到来。

当然,在鲁迅生活着的北方——军阀大本营黑暗统治下的北京——反动势力却还在作垂死挣扎。他们不断地镇压进步的学生运动。从1924年5月北京女师大风潮的兴起,到1926年"三·一八"惨案的发生,这段时间,是"五四"以来北京最黑暗的历史时期,不仅北洋军阀的政治统治日益腐朽,而且在思想战线上他们也加紧了对新文化运动的压迫,以反对所谓"过激主义"和"赤化运动"为借口,先后查禁了《新青年》以及其他许多进步报刊。而代表封建复古势力又披上"学贯中西"新装的《学衡》派却在南方应运而生;自称新旧"调和派"的章士钊的《甲寅》杂志,也于1925年在北京复刊,和《学衡》一南一北,遥相呼应,在全

---

① 《且介亭杂文·序言》。

国人民反帝反军阀的怒潮中，扮演了帮凶、帮闲的角色。与此同时，新文化阵营的内部分化也日趋明显——即"新青年"团体的解散，革命力量的南下，以胡适为代表的右翼文人的转向，直到胡适在幕后支持的以陈西滢为首的"现代评论"派出而与鲁迅对抗，一时间阴云密布，表现了"五四"高潮退后，作为"五四"运动的重要一翼的思想文化战线，仿佛又失去了核心的领导力量，转入低潮。

如果从"编年的文集"来看，在这写作《野草》的同一段时间里，鲁迅的战斗生活空前紧张。除去一部分译作，如《苦闷的象征》、《出了象牙之塔》等，他还写下了各种文体的作品180余篇，其中包括小说集《彷徨》11篇中从《长明灯》开始的后7篇，《华盖集》的全部杂文，《坟》和《华盖集续编》中的部分论文和杂文，散文集《朝花夕拾》中的前5篇，《两地书》中的"第一集"《北京（1925年3月至7月）》。在社会工作中，鲁迅继续在北大、北师大、中大等学校任教，并参与了（有的也可以说是领导了）《国民新报副刊》、《莽原周刊》、《乌合丛书》等报刊的编辑出版工作，阅读了大量的文学青年的来稿，为"寻有反抗和攻击的笔的人们，再多几个"，而做着呕心沥血的培养工作。

在这段时间里，鲁迅阅读了更多的马克思主义的书籍和苏联的文学作品，并为共产党员任国桢编译的《苏俄的文艺论战》写了《前记》①。他介绍说："那主张的要旨，在推倒旧来的传统，毁弃那欺骗国民的耽美派和古典派的已死的资产阶级艺术，而建设起现

---

① 《集外集拾遗》。

今的活艺术来。……诞生日就是十月,在这日宣言自由的艺术,名之曰无产阶级的革命艺术。"在这里,我们当然还没有能看到,鲁迅用马克思主义观点来分析苏联当时的文艺,但这段话显然是反映了他对无产阶级革命艺术的热情期待。我们都知道,鲁迅后期(从1927年开始)的马克思主义观点,不是突然跳出来的,而是前期斗争中就已有了变化和积累,在这一历史时期的一些论著中,如《坟》中的《春末闲谈》、《灯下漫笔》、《论"费厄泼赖"应该缓行》等,明确地表现了他的阶级论的因素在增长,而世界观中的进化论思想,却已发生了严重的动摇。这当然不只是由于他取得了书本的知识,更主要的因为他参加了反帝反封建的斗争实践。"五卅"运动、女师大学潮、"三·一八"惨案,这一系列的尖锐的政治斗争,深深地启示和教育着他,而他又站在斗争的最前列,和革命群众、进步学生在一起,终于使他在"直面惨淡的人生"中,得出敢于"正视淋漓的鲜血","血债必须用同物偿还",使用"别种方法的战斗"的绪论。

但是,由于这时的鲁迅,毕竟还没有同革命的主力军取得实际上的结合,没有真正接触到革命的中心,也还不能理解当时工农大众在革命运动中的历史作用,而他自己在黑暗的重压下,又经受着"现代评论"派的诬蔑和围攻,甚至是章士钊的无理迫害(非法免去鲁迅教育部佥事的职务)。他满腔悲愤,扶病战斗,眼中所见又是思想文化领域复古反动的浊潮,所谓"寂寞新文苑,平安旧战场。两间余一卒,荷戟独彷徨"。这使他产生了"成了游勇,布不成阵"的孤军作战的思绪。而且如上所说,错综复杂的革命形势,战友们不断地离散聚合,变化多端,使他曾坚信过的进化论和个性解放的思想受到了猛烈的冲击，旧的世界观在严重动摇，而新的武器、新的战友们在哪里呢？这一切，在小说《在酒楼上》、《孤独者》、《伤逝》的主题和主人公的典型性格里，得到了深刻的反映。但从作者的主观世界来看，这一时期的思想在苦闷中所经历的激烈斗争，应当说，更直接的是具现在《野草》的诗的境界里。

鲁迅在《〈野草〉英文译本序》里，曾作过这样的说明：

> 这二十多篇小品，如每篇末尾所注，是1924年至1926年在北京所作，陆续发表于期刊《语丝》上的。大抵仅仅是随时的小感想。因为那时难于直说，所以有时措辞就很含糊了。

怎样理解这"难于直说"和"措辞含糊"呢？是由于畏惧黑暗的重压，而不敢直说吗？这同时期的三本杂文集——《坟》、《华盖集》、《华盖集续编》，对北洋军阀反动政权和它的帮凶帮闲们的深刻揭露和猛烈鞭挞，不仅表明了他敢于直说，而且表现了他敢于直面杀人的刽子手，进行无情的口诛笔伐。因此，我以为，这所谓"难于直说"者，主要是指作者在战斗中艰苦求索的内心世界——即他所说的"随时的小感想"。这些"小感想"，虽然也曲折地反映着黑暗的现实，但它们更多的是显示了黑暗现实的压力在作者的内心世界所激起的感情的波澜，以至哲理的探求。它们在形式上，尽管凭借着诗的意境的创造，借助于隐喻、讽喻或象征的手法，而在思想主题上，却离不开现实与理想（实有与虚无）、光明与黑暗、希望与绝望的矛盾，在一个伟大寻求者心灵深处的搏战。

二

在《野草》中，作者围绕着上述思想主题，抒发了他所感受和探索的艺术境界的，有这样五篇作品：《影的告别》、《求乞者》、《希望》、《过客》、《死火》。毋庸讳言，贯串着这些作品的，的确有一种灰暗的调子，或失望与"绝望"的声音，而这种调子和声音，也分明显示着作者所承受的浓重的黑暗重压之感，只不过它们往往渗透着哲理的沉思，展现在对社会、对人生命运的探索的奇特、复杂的形象世界里，不是一眼就能看懂的。

《影的告别》，写的是人的影子，不愿意再跟随人了，向人来告别。当然，"影"很明白，离开人，它就不能存在——或者被光明吞没，或者被黑暗灭亡。何去何从，"影"还是几经踌躇和反复的："我不愿彷徨于明暗之间，我不如在黑暗里沉没"；"然而我终于彷徨于明暗之间，我不知道是黄昏还是黎明"。但时候近了，不容"影"再犹疑徘徊，它宁愿走向无地可以彷徨的黑暗，被黑暗吞没，也不愿苟活偷生在明暗之间。于是，"影"下了狠心，最后来向人告别了，并给人以这样的诀别词：

> 你还想我的赠品。我能献你甚么呢？无已，则仍是黑暗和虚空而已。但是，我愿意只是黑暗，或者会消失于你的白天，我愿意只是虚空，决不占你的心地。

如果把"影"的诀别词加以丰富和引申，这段话的意思就是说：我没有什么理想的光明的东西留赠给你，因为我所有的是黑暗和空虚。这黑暗只能被你的光明所消失，这空虚也不会在你心中占据一点地方。那么,就把黑暗和虚空赠给你吧!

这境界何等的晦暗而又令人心悸!"影"本来是离不开人的,但现在这个"影",却十分憎恶这苟且偷安于不明不暗的处境,而宁愿沉没于黑暗,它不仅弃绝了光明,而且弃绝了"理想"。无疑,这"影"是有着作者的自喻、作者的矛盾心境的。也可以说是作者在荷戟独战中的某种"小感触"的写照。

《求乞者》和《影的告别》写于同一天。这篇虽描绘的是白天的"情景",但也同样渲染着灰暗的色调。"灰土"是文中一再出现的重叠词和重叠句。四面都是灰土,无穷尽的灰土,令人窒息。"我"行走在其间,或为"剥落的高墙",或为"倒败的泥墙",荒凉破败,寒风刺骨。这充满灰土的路,实际上是隐喻着当时黑暗中国的形象,它越变越坏,虽也有人行走,但各走各的路,彼此视而不见,充耳不闻,互不关心,寒冷在侵袭着人们。

有两个"求乞"的孩子,一样"也穿着夹衣","也不见得悲戚",使人看不出他们的生活到了求乞的境地。而他们却一个"拦着磕头,追着哀呼",一个则假装哑人,"摊开手,装着手势",向人们求乞。孩子的屈膝行乞,不仅不能引起"我"的同情,相反的,使他感到十分"烦腻"和"憎恶",他"不布施",也"无布施心"。但四面都是灰土的社会把人们的生路都堵塞了,"我"自己也受到了寒冷的侵袭——"微风起来,送秋寒穿透我的夹衣。"生活也在逼迫着他。那么,这时的他将怎么办呢?像那两个孩子一样去屈膝求乞吗?他想,在这四面都是灰土的社会里,他所能得到的,将一样是"无布施心",却"自居于布施之上者的烦腻、疑心、憎恶"!于是,他毅然决定,"我将用无所为和沉默求乞"——即决不作为"求乞者"而向人乞怜。但在四面都是灰土的社会里，他又看到，不屈服，就只有"得到虚无"——即什么都得不到。在这里，我们听到的，不依然是作者痛苦探求的心声吗？

《希望》，是以诗情的笔触把这一思想主题作了深广发挥的作品。

作者在《〈野草〉英文译本序》里说："又因为惊异于青年之消沉，作《希望》。"一立意很明白，是作者在同黑暗的战斗中，不满于青年们的安于现状。这也可以说是作者对进化论思想产生动摇的最初表现。《希望》写于1925年1月1日；同年4月8日，鲁迅在给许广平先生的信中，也讲过这样的意思："'关起门来长吁短叹'，自然是太气闷了，现在我想先对于思想、习惯加以明白的攻击，先前我只攻击旧党，现在我还要攻击青年。"[①] 当年底，作者在写《华盖集·题记》回忆到这种情况时，甚至说了这样的话："我早就很希望中国的青年站出来，对于中国的社会，文明，都毫无忌惮地加以批评，因此曾编印《莽原周刊》，作为发言之地，可惜来说话的竟很少。在别的刊物上，倒大抵是对于反抗者的打击，这实在是使我怕敢想下去的。"这些都说明了，作者在这段时间里对青年问题有着新的思索和认识，也因之使他产生了希望与失望的矛盾心境。

文中的"我"，现在的"心"虽然"分外地寂寞"，但他也曾有过逝去的战斗的青春。那时——"我的心也曾充满过血腥的歌声：血和铁，火焰和毒，恢复和报仇。"可是，"忽而这些都空虚了"！这种意思，作者在《呐喊·自序》和《自选集·自序》里都曾讲过的。即民元前的"提倡文艺运动"，"叫喊于生人中"并无响

[①]《两地书》北京，10。

应,民元后的"见过'辛亥革命',见过二次革命,见过袁世凯称帝,张勋复辟,看来看去,就看得怀疑起来,于是失望颓唐得很了"。回忆是痛苦的,但在那一切"都空虚"之后,"我"并没有放弃奋斗,只是"故意地填以没奈何的自欺的希望",即用那在自己信念中已不可靠的希望的盾牌,来抗拒空虚中的暗夜的袭来,以支持我不被"绝望"所压倒。虽然"我"知道,这盾的后面,还是空虚的暗夜,但是,"我"却在这"自欺的希望"的奋斗中,"陆续耗尽了"自己的青春。

这所谓"空虚的暗夜",当然是指上述使几次革命成为空虚的黑暗现实。有了这样经历的"我",虽然早已知道,自己的青春已经逝去难再有所作为,却总以为身外的青春(指青年)固在——虽然是悲凉缥缈的青春罢,然而究竟是青春。可现在却是如此的寂寞,仿佛"身外的青春也都逝去","世上的青年也多衰老了",这怎能不令人惊异与悲哀呢!果真是这样,"我"就要做"绝望的抗战","纵使寻不到身外的青春",也决不偷生在不明不暗的虚妄中,而宁愿一掷身中的迟暮,来"肉薄这空虚中的暗夜"!

这篇作品的精神实质,虽较之《影的告别》、《求乞者》更积极一些,但作者长期与黑暗肉搏的伤痛的记忆,寂寞的情怀,以及对希望与绝望反复搏战的哲理思考,都跃然纸上,得到了尽情地吐露。

《过客》,则是一位倔强的寻求者不息心声的形象体现。这位"过客"的言行遭际,多面地具现了作者当时的充满矛盾的内心世界。

作者这样塑造了这位"过客"的形象:"约三四十岁,状态困顿倔强,眼光阴沉,黑须,乱发,黑色短衣裤皆破碎,赤足着破鞋,胁下挂一个口袋,丈着等身的竹杖。"一天的黄昏,"过客"步履跟跄地在"似路非路"上行进,周围荒凉破败,两边是一片坟地,而这正在他前进的方向上。

这里对路的描写,理所当然地会使我们想起,鲁迅作品中多次出现的对路的哲理的探求。

"其实地上本没有路,走的人多了,也便成了路。"①

"我只很确切地知道一个终点,就是:坟。而这是大家都知道的,无须谁指引。问题是在从此到那的道路。那当然不只一条,我可正不知道那一条好,虽然至今也还在寻求。"②

出现在"过客"前进方向上的,就正是这样一条"似路非路"的"路",有人走过,但还没形成为路,并且前面出现了坟。荒村、土屋、坟,再加上黄昏,这是一幅怎样日暮途穷的景象!而这位"过客"又是这样的长途劳顿——又饥又渴,走破了脚,流了许多血。

已经如此疲惫和流血过多的"过客",在这"似路非路"上,究竟是息息肩回转去还是继续前进呢?这里住着两位"指路人":一个是70岁的老翁,他饱经世故,似乎也是在这"似路非路"上走过来的,但现在他"休息"了,安于现状;认为"天天看见天,看见土,看见风","还不够好看吗?什么也不比这些好看"。另一个是10多岁的幼女,虽也生活在这百无聊赖的荒村,但她对荒村外的一切都感到新奇,单纯,幼稚,富于幻想,可在人生的旅途中,她走得还不够远,她还没有真正咀嚼和体会生活的甜酸苦辣。

---

① 《故乡》。
② 《写在〈坟〉后面》。

因而,"坟"对于她是可以视而不见的,却只看到"那里有许多许多野百合,野蔷薇",她向往着一个开满鲜花的世界……

这样两个人物,当然都只能按照自己的人生观来指引"过客",特别是老翁,总以为他所熟悉的那"来路",是于"过客""最好的地方";他看到"过客"已经这么"劳顿",就更加热心地劝化"还不如回转去,因为你前去也料不定可能走完"。

是的,"过客"的"力气太稀薄了,血里面太多了水","休息"对他是有诱惑力的。但是,老翁的"回转去"的劝告,却使他警觉起来,想起那已走过的苦难历程:"没一处没有名目,没一处没有地主,没一处没有驱逐和牢笼,没一处没有皮面的笑容,没一处没有眶外的眼泪。"回转去就只能向他们妥协,这是倔强的"过客"所不取的。何况还有声音常在前面催促他,叫唤他,使他"息不下"。他不能像老翁那样"不理他"。尽管他知道那长着野百合野蔷薇的地方也有坟,而且过了坟地前途依然茫茫,但他想到,他只有前进这唯一的路,他不能停止不前。于是,他仍然决定:"我只得走。我还是走好吧……"

这"过客"终于"昂了头,奋然向西走去"。虽然脚步踉跄,而且"夜色跟在他后面"。这样一个兀傲倔强性格的"过客",这样一个虽未看清前途而仍义无反顾的战士,又恰恰是鲁迅当时在艰苦"寻求"中思想境界的曲折反映。

如果这茫茫前途是冰谷,这困顿的"过客"将何以自处呢?于是,在《死火》里,我们又看到这种精神另一副瑰丽的形象。

"高大的冰山,上接冰天,天上冻云弥漫,片片如鱼鳞模样。山麓有冰树林,枝叶都如松杉。"在这一切冰冷、一切青白中,"却有红影无数,纠结如珊瑚网。……这是死火,有炎炎的形,但毫不摇动,全体冻结,像珊瑚枝"。

这"死火",被坠入冰谷的"我"发现了,塞进自己的衣袋,用温热惊醒了他。于是,在"我"的身上,立刻"喷出一缕黑烟,上升如铁线蛇。冰谷四面,又登时满有红焰流动,如大火聚,将我包围"。

文中的"死火"和"我"有这样一段富于哲理意味的对话:

> ……
> 我连忙和他招呼,问他名姓。
> "我原先被人遗弃在冰谷中,"他答非所问地说,"遗弃我的早已灭亡,消尽了。我也被冰冻冻得要死。倘使你不给我温热,使我重行烧起,我不久就须灭亡。"
> "你的醒来,使我欢喜。我正在想着走出冰谷的方法,我愿意携带你去,使你永不冰结,永得燃烧。"
> "唉唉!那么,我将烧完!"
> "你的烧完,使我惋惜。我便将你留下,仍在这里吧。"
> "唉唉!那么,我将冻灭了!"
> "那么,怎么办呢?"
> "但你自己,又怎么办呢?"他反而问。
> "我说过了:我要出这冰谷……"
> "那我就不如烧完!"

这所谓来自"火宅"的痛苦之火,当然是隐喻着革命之火,但它被遗弃在冰谷里了,成为已冻僵而仍不肯熄灭的孤独的"死火",一片阴森景象的冰谷在围困着他,"我"的温热使他重得燃烧。于是,在这

"痛苦之火"面前又出现了两种选择：或则留在冰谷被冻灭，或则冲出冰谷燃烧完。在"我"的鼓舞下，他终于选择了"烧完"的前途："他忽而跃起，如红慧星，并我都出冰谷口外。"

但是，正在他们共同跃出冰谷时，"我"却被大石车驰来碾死在车轮下。不过，"我"却还来得及"看见那车就坠入冰谷中"，并得意于救出"死火"——"哈哈！你们是再也遇不着死火了！"

这是以诗的瑰丽形象，表现了作者在"彷徨"期的一个突出的思想——"时日曷丧，予及汝偕亡"，强烈地表现了与敌人同归于尽的自我牺牲精神。

在这一部分作品或者还有其他作品如《墓碣文》里，确实渲染着灰暗的色调，使人感到"身外但有黄昏环绕"的空虚失望的情绪。如鲁迅自己在《致萧军》的信中所说："我的那本《野草》，技术并不算坏，但心情太颓唐了，因为那是我碰了许多钉子之后写出来的，我希望你摆脱这种颓唐心情的影响。"

这"颓唐"的心境当然夹杂着对革命前途的渺茫之感，其根柢也离不开鲁迅这一时期世界观的矛盾。这种所谓希望与失望（或绝望）、现实与理想、黑暗与光明、虚无与实有的哲理的探求，在《野草》艺术境界中多种形象的错综交融，都渗透着作者尖锐复杂的思想感情的起伏。

三

然而，体现在《野草》里的这种彷徨、消沉的"小感触"，却已大大不同于他早年的那种"不可驰除"的"寂寞"。因为如我们前面所指出的,黑暗的重压,再也不能阻滞他向反动势力勇猛搏击的前进步伐。正是在开始写作《野草》的第一篇《秋夜》的一周前(1924年9月8日),鲁迅还曾"自集《离骚》句为联,托乔大壮写之"①,联语曰:"望崦嵫而勿迫,恐鹈鴂之先鸣。"

联语后来一直悬挂在"老虎尾巴"的西壁上。而这自集句所表述的心境,却是同《彷徨》扉页上节录的《离骚》题词的意思基本一致,都反映了他不畏艰险求索革命真理的决心,并表现了他努力激励、鞭策自己,加快步伐,以寻找革命道路,决不愿做时代的落伍者的热烈愿望。不过,集这联句时,又是早在《彷徨》中的大部分作品尚未写出以前(刚刚写完前四篇)。因此,有的同志摘引鲁迅《自选集·自序》中的那段讲述"五四"前夕"颓唐"心境的话,用以证明此时的鲁迅也真是"失望、颓唐得很了",那就和实际很不相符了。

如上所说,鲁迅在写作《野草》的同时期,还写了大量的杂文,向封建买办势力、新旧国粹派,以至直指北洋军阀段祺瑞反动政权,无情地喷射着对敌斗争的火焰。所以从斗争实践来看,他当时的心情,主导倾向应当说是积极地反抗和无畏地战斗。即使从以上这些作品来看,虽然也表现了鲁迅在黑暗重压下的一时寂寞、失望、甚至剧烈痛苦的心情,但它们都是来自荷戟独战,以及寻求革命真理的路途中鸣动着的心声。唐弢同志主编的《中国现代文学史》,谈到这个问题时说,这是由于"鲁迅所挟持者远,所属望者

---

① 《鲁迅日记》上,第500页。

殷,他的苦闷也便比一般人要大得多,深得多"。我认为这评论是一语中的。鲁迅自己也曾说过:"因为我常觉得惟'黑暗与虚无'乃是'实有',却偏要向这些作绝望的抗战,所以很多着偏激的声音。其实这或者是年龄和经历的关系,也许未必一定的确的,因为我终于不能证实:惟黑暗与虚无乃是实有。所以我想,在青年,须是有不平而不悲观,常抗战而亦自卫……"① 这封信是写于1925年3月18日,时间是在写《过客》(3月2日)和《死火》(4月23日)之间。

由此可见,《野草》中的这些作品,虽然表现了他所感到的黑暗压力的浓重,并以独创的艺术手段着力地描绘和渲染了它们,如他自己所说,"很多着偏激的声音"。而他并未因此悲观失望,反之,是更感到战斗之不能松懈,一定要坚持顽强不屈的精神以战胜那浓重的黑暗。这即使在以上讲到的那些作品中,也表现得非常鲜明和突出。

在《影的告别》里,我们虽然听到了影不愿彷徨于明暗之间,而宁肯沉没于黑暗的倾诉,那境界也确实是晦暗而又令人战栗的。但是,这种所谓"绝望抗战"的精神,却又正是鲁迅渴望摆脱黑暗重压、坚持求索革命道路的一种"斗争方式"。鲁迅曾经向许广平先生这样解释过他和她的"反抗"的不同:"至于'还要反抗'倒是真的,但我知道这'所以反抗之故',与小鬼截然不同。你的反抗,是为了希望光明的到来吧?我想,一定是如此的。但我的反

---

① 《两地书》北京,4。

抗，却不过是与黑暗捣乱。"① 这种思想正与《影的告别》的主题相呼应。

这个"影"是以承担黑暗，为光明而灭亡的形式，结束了自己彷徨于明暗之间的矛盾：

> 我愿意这样，朋友——
>
> 我独自远行，不但没有你，并且再没有别的影在黑暗里。只有我被黑暗沉没，那世界全属于我自己。

早在《我们现在怎样做父亲》② 一文中，鲁迅就曾豪迈地宣称："自己背着因袭的重担，肩住了黑暗的闸门，放他们到宽阔光明的地方去。"而这个"影"却这样和"人"诀别：他独立承担了向黑暗作斗争的任务。决然地宣称，即使被黑暗世界所沉没、所吞噬，只要你和别的影都不留在黑暗里，并有光明的前途，那么，就算这黑暗世界只属于我自己，我也是心甘情愿的。这种在"寻求"的途路中，宁愿自我牺牲的思想，不是较之《坟》中的那段话，有着更坚决、更彻底的战斗精神吗？

两年后，当作者告别北方而南行的前夕（1926年8月22日），出席女师大毁校周年纪念会给青年们留下的临别赠言，进一步发挥了这一思想："只要不做黑暗的附着物，为光明而灭亡，则我们一定有悠久的将来，而且一定是光明的将来。"③ 这不也恰足以证明，《影的告别》正是这种寻求、奋斗中的愤激的心声吗？

---

① 《两地书》北京，24。
② 《坟》。
③ 《华盖集续编·记谈话》。

《求乞者》,虽较《影的告别》色调更为灰暗。"灰土"的重叠句,象征着黑暗现实的沉重压力。在这四面都是灰土的社会,"各走各的路",求乞者不仅得不到布施,也得不到"布施心",而两个孩子的故意造作的行乞,更加使"我"感到厌憎。在这充满灰土令人窒息的社会里,这个"我"既不愿作为"布施者"而受人逢迎,更不愿作为"求乞者"而向人屈膝。那么,他将如何对待寻求中的磨难呢?他决定,他要用无所为和沉默行乞(也就是不行乞),他知道这样做,只能得到虚无,他却甘愿得到虚无。

《求乞者》所表现的情绪虽有些灰暗,但它显示了一个"寻求者"决不向黑暗妥协的态度。八个多月之后,在那篇反击"现代评论"派的著名的《我的"籍"和"系"》一文里,他用明朗的语言更有力地宣布了他所信守的不妥协的人生哲学:"我所憎恶的太多了,应该自己也得到憎恶,这才还有点象活在人间;如果收得的乃是相反的布施,于我倒是一个冷嘲,使我对于自己也要大加侮蔑,如果收得的是吞吞吐吐的不知道算什么,则使我感到将要呕哕似的恶心。"

决不向一切可憎恶的妥协,那后果"至少将得到虚无",至多呢?作者没有回答,但不屈服,总是寓有反抗黑暗现实的战斗精神,它是"寻求者"该走的路,这却是作者极力肯定的。

《希望》的立意,作者明确讲过,是"惊异于青年之消沉",文中的"我"对于"失望",却也存在着极其矛盾的心情。他不愿生活在这不明不暗的虚妄之中,而要向它"肉薄","纵使寻不到身外的青春,也总得自己来一掷我身中的迟暮"。但他又怀疑自己的"失望"是否现实。这种意思作者多次讲到过,后来在《自选集·

自序》中就说:"不过我却又怀疑于自己的失望,因为我所见过的人们,事件,是有限得很的,这想头,就给了我提笔的力量。"《希望》最后是表现了,由怀疑"失望"进而否定"绝望"——当"我"真正冲向暗夜时,暗夜反而退缩了;"我"终于信实了匈牙利诗人裴多菲的看法:"绝望之为虚妄,正与希望相同。"于是,"我"也像裴多菲一样,"对了暗夜止步",否定了绝望,清除了"迟暮",而转向将露光明的东方了。

所以这篇《希望》,虽记录着与黑暗肉搏的伤痛,惊异于青年的消沉,但它毕竟在不倦地寻求中看到了希望和光明,并提高了斗争的勇气。

《过客》确实是写了那位主人公在夜色追随中奔向"坟"的方向,写了他的困顿、疲倦和前途的不可知、不明确,那周围的日暮途穷的景象,也笼罩着暗淡的阴影。然而,这"过客"虽然走得渴极了,并流了太多的血,也未尝不为"休息"所引诱,但他对己走过的路,却义无反顾,决不回转去;更何况困顿、伤痛,都未能使他忘却"还有声音常在前面催促我,叫唤我,使我息不下"。

我们当然不能把"过客"完全看成就是鲁迅。鲁迅在这一时期的辉煌的战斗,要比"过客"坚决、彻底得多。但是,"过客"的为追求光明而不息前进的倔强性格,却也从一个侧面体现了作为"寻求者"的鲁迅精神的鲜明特征。

《死火》所抒写的"我"在冰谷中的梦境,那氛围和色调的确太"寒冽"了,并给人以阴森之感。但是,一支"死火"被围困在冰谷里,业已冻结,不再燃烧,却仍保留着火的光芒,蕴蓄着潜在的势力,而并不完全死"灭",还有那坠入冰谷的"我",虽处于冰冷、青白的世界中,却仍恋念着"快舰激起的浪花,洪炉喷出的烈焰",激赏那死的火焰的"炎炎的形",并用自己的温热使"死火""惊醒"过来,重得燃烧。不管这"死火"是代表"曾经革命过的革命者",还是"冷却了的对未来的希望",他终于以健美的雄姿——"如红慧星"般,"并我"一起跃出了冰谷。所以"我"虽然被碾死在大石车的轮下——为黑暗势力所毁灭,但"我"终于还能发出最后的笑声,因为他虽被碾死,却来得及看到那石车坠入冰谷,并快慰于自己把"死火"带出了冰谷,使他们再也"遇不着"了,而且,"仿佛就愿意这样似的"!这种宁愿与黑暗势力"偕亡",不怕牺牲自己,并以牺牲自己点燃火种的精神,虽没有燎原大火的预示,却已寓有热情呼唤的深意。

我们这样分析《野草》中的这部分作品,也许过分简略了,但是,我以为,尽管在这些作品里,我们看到了黑暗的重压,感受到了彷徨、苦闷,以至颓唐心情的波动,而渗透这些作品的那思想感情的基调,仍然是战斗的,积极的,它彷徨、苦闷,却并不消沉,而是自强不息,哪怕是在困顿中,也坚持"只得走",于绝望中看见希望;即使被黑暗所吞噬,也宁愿与黑暗"偕亡",而把光明留给别人,显示了一个战斗者要斗争、要反抗、不妥协、不屈从的雄姿。从这些作品的创作意旨来看,也分明寄寓着作者力图寻求克服这一切矛盾的革命出路。

鲁迅在《野草·题辞》的一开头,就写下了这样的话:

当我沉默着的时候,我觉得充实,我将开口,同时感到空虚。

> 过去的生命已经死亡。我对于这死亡有大欢喜,因为我借此知道它曾经存活。
>
> 死亡的生命已经朽腐。我对于这朽腐有大欢喜,因为我借此知道它还非空虚。

这是作者对自己当时思想感情状态的诗意的升华。《野草·题辞》的写作,是在血腥的"四一二"政变之后,而且也是在他营救中山大学被捕学生不成,愤而辞职之后。这时,鲁迅已认清了以蒋介石为代表的国民党反动派的"屠伯"的面目——"我一生从未见过有这么杀人的"①,"二七年被血吓得目瞪口呆"②。但鲁迅的世界观,也正是在大矛盾中,获得了大飞跃。政治风云的惨变,给鲁迅以强烈的冲击。他在"四一二"政变以后写下的《小约翰·引言》里,就曾有过这样深沉悲愤和自省的词句:

> 也仿佛觉得不知那里有青春的生命沦亡,或者正被杀戮,或者正在呻吟,或者正在"经营腐烂事业"和作这事业的材料。然而我却渐渐知道这虽然沉默的都市中,还有我的生命存在,纵已节节败退,我实未尝沦亡。……

在1928年,他结集《而已集》写下的《题辞》中,更曾有过这样的词句:

> 这半年我又看见了许多血和许多泪,
> ……

---

① 《集外集·俄文译本〈阿Q正传〉序及作者自序传略》。
② 《三闲集·序言》。

> 泪揩了,血消了;
> 屠伯们逍遥复逍遥,
> 用钢刀的,用软刀的。
> 然而我只有"杂感"而已。

后来作者又多次回顾过这段时间的"心灵的历程":

> 我一向是相信进化论的,总以为将来必胜于过去,青年必胜于老人……然而后来我明白我倒是错了。这并非唯物史观的理论或革命文艺的作品蛊惑我的,我在广东,就目睹了同是青年,而分成两大阵营,或则投书告密,或则助官捕人的事实……我的思路因此轰毁……①

这被轰毁的"思路",就是他所谓的"一向相信"的进化论。因而,也可以说,这血的现实,血的"重压",促进了鲁迅的思想发展,使他日益增强了对前途的希望和自信。他感到了"生命的存在",而且并"未沦亡",最后扫除了彷徨、虚无的感情,完成了世界观上的飞跃,与中国革命一起"进向大时代的时代"②。所以尽管《野草》渗透着为黑暗而产生的愤激情绪,或者如作者自己所说,"很多着偏激的声音",愤慨而悲凉,并且渲染着晦暗的氛围和色调,但它们给人的感受,却不是消沉或颓唐,相反,它是以它特有的深重的哀愁,激发着人们的战斗与反抗的怒火。

鲁迅说,《野草》在他的写作生命上还非空虚,这不仅因为过

---

① 《三闲集·序言》。
② 《而已集·〈尘影题辞〉》。

去的生命已经死亡，"我借此知道它曾经存活"，有"存活"也就有战斗，而且因为这"野草"，不只是作者的"生命的泥委弃在地面上"生长出来的，它还"吸取露，吸取水，吸取过陈死人的血和肉"。所以在作者看来，尽管它"根本不深，花叶不美"，它毕竟是大时代的留影。作者虽"希望这野草的死亡与朽腐，火速到来"，他却仍"自爱我的野草"！

1927年际，正是鲁迅的旧的世界观动摇、摧毁，新的世界观酝酿、飞跃的时期，而且这《野草》的《题辞》，就是显示了他思想走向后期的具体界标。当然，我们都知道，鲁迅终于成为一个伟大的共产主义战士，他迥异于其他人的，主要并非从书本上获得的启示，他是从自己的战斗实践和总结历史教训的不断积累中，并通过自己艰苦求索的道路，以实现世界观质的飞跃的。

反映在《野草》里的现实与理想、虚无与实有、光明与黑暗、希望与绝望的种种矛盾，在思想感情上所引起的彷徨、苦闷，以至哲理探求，正是真实地记录了鲁迅作为一个投身于新的战斗的伟大寻求者的不平静的心声。

1980年8月26日初稿
1980年12月2日修改
（原载《文史哲》1981年第2期）

历史价值范畴里的符号选择
——鲁迅批孔新议

孔范今

近年来,在文化研究中对孔子学说的评价渐趋科学性。这种新的学术形势,引起了现代文学研究领域新的困惑,或者说由此必不可免地引发出了现代文学史研究的一个新课题:在鲁迅和孔子这今古两圣人之间到底存在着什么关系?对孔子应有的科学评价,与鲁迅对孔子的实际态度如何统一起来?

作为对这一新课题的回应,有的人提出,鲁迅始终并没有真正批过孔子。这种观点未始不是一种新的思路,但多少有点作翻案文章的味道。鲁迅批孔是无法回避的历史事实,这一对象存在的客观性,自然也就否定了这一观点的基本科学价值。还有的人由对鲁迅批孔转向了对鲁迅所受孔子影响的研究,并从鲁迅行为的内在文化心理机制方面作出了新的探讨。这种对学术界多年形成的既定思路作逆向考察的研究方式和对新的研究领域的开拓,无论是在帮助人们认识现代文学运动的丰富内容和历史运行的内在文化机制方面,还是在开拓学术视野、突破研究常规方面,无疑都是极为有益的。但是,这种研究只能从一个侧面解决鲁迅内在的文化心理结构和深层文化精神问题,并不能正面回答鲁迅对批孔的这一现实选择。因为，鲁迅所受孔子的影响，在鲁迅批孔的历史行动中，只是在深层的非自觉意识领域里发生作用，与鲁迅对孔子的自觉认识和态度选择，并没有在同一层次中构成对应关系，否则那将是不可理解的事了。我一向认为，在鲁迅批孔乃至整个"五四"新文化运动对传统文化的批判中，鲁迅和那些文化革命的先驱者们，在自觉意识领域中的价值判断和深层文化心理中对传统文化精神的非自觉认同之间，始终存在着一种逆向的结构状态。如果我们揭开历史的表象，就不难发现这个潜在着的结构。正是这一潜在结构，衍生出了新文化运动那无比辉煌的一幕，并掣动着现代文学运动画出了一种酷似圆圈而实乃螺旋式的运行轨迹。因为两种逆向存在的因素并不是心理意识同一层次中的构成物，事实上也并不共存于同一层次之中，所以两者的接触在新文化运动中非但不会发生冲撞，反而倒是形成了一种奇异的历史景观。在对传统文化的批判中，潜在于文化心理深层结构中的传统文化精神，尤其是中国知识分子的那种文化人格精神，不是作为对传统文化的一种态度，而只是作为一种内在心理力量或精神力量而作用于自觉意识的，因而倒是奇妙地变成了推动参与批判活动的内在心理动力，成了使自己都无法抗拒的心理内驱力。当然实际状况比这还要复杂，它除了表现为内驱力，同时还在它所参与决定的行动目的的规定中，支配着对文化选择的取舍及发展趋势。非自觉意识领域中的文化心理结构和深层文化精神，这种深埋的文化根性，对于异质文化还表现为一种巨大而无形的消解力。当这种消解也为自觉意识所领受的时候，它作为一种内驱力，在规定其基本性质的文化指向上与自觉意识中文化选择的指向也就趋于一致了。我们在本文中触及这样一个复杂问题的目的，不过是为了说明，鲁迅在深层文化精神上受了孔子及其所由开创的儒家学说的影响，并不能有效地解释鲁迅批孔的是与非问题。

现在的问题是，在时下新的文化学术氛围中，如果我们还不至于因此而否定鲁迅批孔这一历史事实的话，那么，对鲁迅的这一行动又应如何评价？如果依然值得肯定，那么他对孔子的批判与对孔子应有科学评价之间所显现出来的逆差，又当怎么理解？对于前者，我的答案仍然是肯定的；至于对后者的解析，那便是本文的主要内容，也就是我对鲁迅批孔这一历史事实和重评孔子这一当代现象进行双重肯定的自以为成立的理由。

每一个重大学术课题的提出，都同时意味着对研究者既定思维方式和学术观念的新挑战。学术思想的演进，与方法论的更新总是互为因果，相辅相成的。假使我们仍然像已经习惯了的那样，把上述两个矛盾的方面置入同一价值层面进行判断，那就只能还是停留在非此即彼的自我烦恼之中。而我认为，解决这一课题的正确途径，就正是首先要从这一思维习惯中摆脱出来，把鲁迅批孔和当代重评孔子这两种行为，按照对象本身的性质归属，分别放到不同的价值范畴里进行认识。这样，才可以作出正确的结论。

其实道理不难明白。人的行为由于目的的不同（非同一层面上的不同。如学术讨论中的不同见解，或历史运动中的不同主张，就都是在同一层面中发生的分歧），也就必然表现为不同的性质，并自然地界定出不同的范围。从广义上来说，人类的一切活动都参与历史的创造，所以几乎可以说任何行为都是历史的。但广义的规范必然失之于笼统，它的广义性会遮掩住不同事物之间的其他客观存在的差异，而这些差异恰恰又是我们在科研中常常要给予必要关注的。从狭义上来说，人的行为由于其自觉目的的不同，又给我们提供了一个二次划分的机会，它们可能是学术性的，或其他什么性的，但不一定都是历史性的。柯林伍德在驳难亚历山大"这个世界和其中的一切事物都是历史的"这一主张时，曾经对"历史的和非历史的人类行动之间的区别"加以划分，他认为："只要人的行为是由可以称之为他的动物本性、他的冲动和嗜欲所决定的，它就是非历史的；这些活动的过程就是一种自然过程。因此，历史学家对于人们的吃和睡、恋爱，因而也就是满足他们的自然嗜欲的事实并不感兴趣，但是他感兴趣的是人们用自己的思想所创立的社会习惯，作为使这些嗜欲在其中以习俗和道德所认可的方式得到满足的一种结构。"① 除了柯林伍德所指出的人们满足他们的自然嗜欲的事实之外，还有一些以其他目的的满足为目的的行动，在二级划分中也应被视作非历史性的行动。即如学术行动，就其深层目的或曰最终目的来说，自然是推动人类文明的发展，有助于人类历史的进步；而且，每种学术行动的行为方式及其与其他社会行为之间所呈现的结构状态，也都必然包含着丰富而深刻的社会历史内容，这一切，都说明它也不可免地表现为一种历史性的特征。但是，就其直接性目的来看，它和以历史性目的为直接目的的历史性行动，还是有明显区别的。当代重评孔子的行动与"五四"新文化运动中对孔子的批判，二者在直接目的上就是不同的。在"五四"新文化运动中，看起来讨论的是文化，实际上着眼的是历史，那时的批孔，严格说只是手段，社会改革才是目的。究其实，"五四"新文化运

---

① 柯林伍德：《历史的观念》，中国社会科学出版社1986年版，第245页。

动是一种直接的历史性的运动,是一种历史行动。而当代重评孔子就不同了,它不再把评价孔子看做手段,而是要探讨对这一对象的科学认识,呈现为明显的学术目的。不同层面或不同性质范畴内的目的性追求,决定了不同的价值认识和价值范畴,这是绝不可混淆的。

鲁迅的批孔,众所周知,是在"五四"新文化运动的基本规范中进行的,很明显属于历史性的行动,和以学术研究为目的的孔子评价不能同日而语。在当时的具体历史情境中,历史昭示给先驱者们的革命原则是再清楚不过的,那就是弃古取今。古,就是以孔学为代表的封建传统文化;今,就是以西方文化为代表的科学精神和民主精神。陈独秀说:"倘以新输入之欧化为是,则不得不以旧有之孔教为非;倘以旧有之孔教为非,则不得不以输入之欧化为是,新旧之间绝无调和两存之余地。"① 这在文化比较科学看来显然偏激的话,却显示了当时廓清旧物的强烈历史欲望所需要的决绝态度和攻击力量。在这种基本精神上,鲁迅和陈独秀是大体一致的。他深知:"我们要活过来,首先就须由青年们不再说孔子孟子韩愈柳宗元们的话。时代不同,情形也两样。"② "旧文章,旧思想,都已经和现社会毫无关系了,从前孔子周游列国的时代,所坐的是牛车。现在我们还坐牛车么?从前尧舜的时候,吃东西用的是泥碗,现在我们所用的是甚么?所以,生在现今的时代,捧着古书是完全没有用处的了。"③ "我们此后只有两条路:一是抱着古文而死掉,

---

① 陈独秀:《答佩剑青年》。
② 鲁迅:《无声的中国》,《鲁迅全集》第4卷,人民文学出版社1981年版,第14、15、13—14页。
③ 鲁迅:《老调子已经唱完》,《鲁迅全集》第7卷,第311、312页。

一是舍掉古文而生存。"① 从历史进化论的观点出发，鲁迅认为，这种今与古的选择，实则是生与死的选择，容不得半点马虎。在除旧布新的历史转捩点上，他毫不婆婆妈妈，采取了决绝的态度，无疑是一种浸透着崇高历史精神的明智选择。而且在他看来，封建传统文化这种唱了多少年迄未唱完的"老调子"，有如一把"软刀子"，能于无形中消解一切新与旧的界限，使生命致死，且"割头不觉死"②，对它是尤其不能存半点退让容忍之心的。

其实，像鲁迅这样国学根基深厚的人，又岂能不知对孔子应作更具体的分析，如果把他作为一个学术研究的对象，还会有另外的结论呢？事实上，他的确也清醒地知道，把孔子当做一切旧文化的代表来批判，所进行的实际上是一种偏离对象本体的历史批评。有以下三点，可证此言不谬。第一，鲁迅非常了解，所谓腐朽的传统文化，并非只是孔子学说及其所开创的儒学。因为中国历来的当权者、知识者，乃至于民间，重要的特点之一就是"无特操"的历史实用主义态度。这有鲁迅的几段议论为证：

> 达一先生在《文统之梦》里，因刘勰自谓梦随孔子，乃始论文，而后来做了和尚，遂讥其"贻羞往圣"。其实是中国自南北朝以来，凡有文人学士，道士和尚，大抵以"无特操"为特色的。③

然而有这脾气的也不但是"愚民"，虽是说教的士大夫，

---

① 鲁迅：《无声的中国》，《鲁迅全集》第4卷，第14、15、13—14页。
② 鲁迅：《老调子已经唱完》，《鲁迅全集》第7卷，第311、312页。
③ 鲁迅：《吃教》，《鲁迅全集》第5卷，第310页。

相信自己和别人的,现在也未必有多少。例如既尊孔子,又拜活佛者,也就是恰如将他的钱试买各种股票,分存许多银行一样,其实是那一面都不相信的。①

我们虽挂孔子的门徒招牌,却是庄生的私塾弟子。"彼亦一是非,此亦一是非",是与非不想辨……②

第二,鲁迅也知道,即便是儒学,也有一个发展变化的历史过程,对后世发生作用的儒学,并非原原本本的孔学这个对象本体。他对儒学的历史发展状况是了然于心的,譬如,在谈到传统的节烈观时,曾作如是说:

中国太古的情形,现在已无从详考。但看周末虽有殉葬,并非专用女人,嫁否也任便,并无什么制裁,便可知道脱离了这宗习俗,为日已久。由汉至唐也没有鼓吹节烈。直到宋朝,那一班"业儒"的才说出"饿死事小失节事大"的话,看见历史上"重适"两个字,便大惊小怪起来。……③

孔子之后,他所开创的学说一直处在被后世儒者不断地重新解释与发展之中。其中细微处不说,仅大的历史关节就有三处:一是孟子,二是汉儒,三是宋明理学家。其实,如"三纲五常"等腐朽而残酷的伦理之说,它们的出现,"功劳"倒是应该更多地记在宋明理学家们的头上。而且,即使对于朱熹的学说,旧王朝统治者在

---

① 鲁迅:《难行和不信》,《鲁迅全集》第6卷,第51页。
② 鲁迅:《"论语一年"》,《鲁迅全集》第4卷,第570页。
③ 鲁迅:《我之节烈观》,《鲁迅全集》第1卷,第121页。

提倡上也是根据实际的需要而掌握着一定分寸的:"清朝虽然尊崇朱子,但止于'尊崇',却不许'学样',因为一学样,就要讲学,于是而有学说,于是而有门徒,于是而有门户,于是而有门户之争,这就足为'太平盛世'之累。况且以这样的'名儒'而做官,便不免以'名臣'自居,'妄自尊大'。"①

第三,鲁迅还深知,后世孔子的"偶像"与真像之间存在着区别,二者是既相关又不同的。这在鲁迅著名的批孔文章《在现代中国的孔夫子》一文中有极为透辟的说明:

> 但是,孔夫子在本国的不遇,也并不是始于二十世纪的。孟子批评他为"圣之时者也",倘翻成现代语,除了"摩登圣人"实在也没有别的法。为他自己计,这固然是没有危险的尊号,但也不是十分值得欢迎的头衔。不过在实际上,却也许并不这样子。孔夫子的做定了"摩登圣人"是死了以后的事,活着的时候却是颇吃苦头的……
>
> 孔夫子到死了以后,我以为可以说是运气比较的好一点。因为他不会噜哆了,种种的权势者便用种种的白粉给他来化妆,一直抬到吓人的高度……②

以上几点,自然是提供了可供我们思考的多种角度。它们既可以使我们了解鲁迅在批孔中所体现出来的实事求是的科学精神,这也正是我们常常谈到的话题;同时,我以为,又可以让我们清楚地

---

① 鲁迅:《买〈小学大全〉记》,《鲁迅全集》第6卷,第54页。
② 鲁迅:《在现代中国的孔夫子》,《鲁迅全集》第6卷,第316、314、318页。

看到，鲁迅的批判所呈现出来的一种偏离对象本体的批评特征。因为在鲁迅对孔子所作的整体性的痛切而决绝的批判，与他对以上三点的清晰了解之间显现出了一种明显的逆差。而这，又正是我们在本文中所要强调并予以说明的重点。

不错，鲁迅在文章中的一些地方确也曾表露过对孔子某些具体主张的某种肯定。如在谈到学生"倘不能赴难，就应该逃难"时说："孔子曰：'以不教民战，是谓弃之。'我并不全拜服孔老夫子，不过觉得这话是对的，我也正是反对大学生'赴难'的一个。"① 又如，在拿孔子和老子作比时，说："但孔以柔进取，而老却以柔退走。这关键，即在孔子为'知其不可而为之'的事无大小，均不放松的实际者，老则是'无为而无不为'的一事不做，徒作大言的空谈家。"② 类似的实证还可以再举出一些，兹不赘。但是，这只是鲁迅在面对别的批评对象时所借用的论据或参照，并不能据此说明在批孔问题上有所保留。我们引作论据的，应该是鲁迅在把孔子作为正面批评对象时所取的态度及所作的结论。事实上，每当鲁迅要把孔子置放在主要批评对象上时，他那种决绝的态度便就再明显也不过了。如前所述，鲁迅把批孔视为历史的行动而不是学术行为，追求的自然就是历史的认识和价值。如果我们拿《老调子已经唱完》、《在现代中国的孔夫子》等旨在批孔的文章，和他的《中国小说史略》、《汉文学史纲要》等学术著作对比阅读，其间的区别便一目了然了。在当时特定的历史条件下，历史的行动所要求的只能

---

① 鲁迅：《论"赴难"与"逃难"》，《鲁迅全集》第4卷，第474页。
② 鲁迅：《〈出关〉的"关"》，《鲁迅全集》第6卷，第520页。

是与传统文化的彻底断裂,让"老调子"在新的历史机运中立即停止(尽管这是不可能的,但处于重大转捩点上的历史需要它的先行者这样做)。故而鲁迅明确告诫青年:"我以为要少——或者竟不——看中国书。"① 即使在他有了阶级分析观点后,仍不无偏颇地宣布:"中国的文化,我可是实在不知道在那里。"② 在历史转折时期,有着特定的历史价值范畴。作为传统文化的代表人物孔子,当他被鲁迅纳入这样一种历史价值判断里时,怎么能不被从总体上予以否定呢?

与同代人比起来,鲁迅对这一历史原则有着更清醒的认识。他说:"中国人的性情是总喜欢调和,折中的。譬如你说,这屋子太暗,须在这里开一个窗,大家一定不允许的。但如果你主张拆掉屋顶,他们就会来调和,愿意开窗了。没有更激烈的主张,他们总连平和的改革也不肯行。那时白话文之得以通行,就因为有废掉中国字而用罗马字母的议论的缘故。"③ 胡适也发表过类似的议论:"我们不妨拼命走极端,文化的惰性自然会把我们拖向折中调和上去的","成为一个折中调和的中国本位的新文化"④。然而鲁迅与胡适不同。鲁迅所发的议论,旨在指出国民性的一种弱点,而把决绝的批判精神的高扬,视作推动历史前进的"历史原则"。胡适就不同了,他把这看做一种"历史策略"。在30年代的文化论战中,和他意见不全一样的陈序经就说,在胡先生心里,"好像只是一种政

---

① 鲁迅:《青年必读书》,《鲁迅全集》第3卷,第12页。
② 鲁迅:《老调子已经唱完》,《鲁迅全集》第7卷,第311页。
③ 鲁迅:《无声的中国》,《鲁迅全集》第4卷,第14、15、13—14页。
④ 胡适:《编辑后记》,《独立评论》第142页。

策，而骨子里仍是折衷论调"①。当然陈序经是站在全盘西化的立场上对胡适进行批评的，和鲁迅也不同。鲁迅感悟并提倡的，是促成历史转折的革命精神和关键时期历史行动的原则，这从他后来虽极明白对中外文化批判继承的辩证关系，然而在历史价值范畴里仍然坚持这一原则的行为中，即可得到证明。鲁迅是一向反对折中的。在谈及称洋人为"西哲"、"西儒"时，他说："他们的称号虽然新了，我们的意见却照旧。因为'西哲'的本领虽然要学，'子曰诗云'也更要倡明。换几句话，便是学了外国本领，保存中国旧习。本领要新，思想要旧。要新本领旧思想的新人物，驼了旧本领旧思想的旧人物，请他发挥多年经验的老本领。一言以蔽之：前几年谓之'中学为体，西学为用'，这几年谓之'因时制宜，折衷至当'。"②并痛切指出："其实世界上决没有这样如意的事。即使一头牛，连生命都牺牲了，尚且祀了孔便不能耕田，吃了肉便不能榨乳。何况一个人须先自己活着，又要驼了前辈先生活着；活着的时候，又须恭听前辈先生的折衷：早上打拱，晚上握手；上午'声光化电'，下午'子曰诗云'呢?"③鲁迅认为，在历史性的行动里，折衷的主张不是进取者的主张，而只是被攻击者以退为守的策略。所以，他在对孔子的批判中特别揭示了"中庸"思想的虚伪："我们中华民族虽然常常的自命为爱'中庸'，行'中庸'的

---

① 陈序经：《再说全盘西化》。
② 鲁迅：《随感录四十八》，《鲁迅全集》第1卷，第336页。
③ 同上，第337页。

人民，其实是颇不免于过激的。"①

中国先秦本体意义上的"中庸"思想，是一个独具中国特色的复杂文化命题，极值得研究。但鲁迅着眼的是历史，是在历史行进中这一思想倡导者在实践中的自我背反，是它在历史关节处的消极作用。特别是在中外碰撞、古今交错的历史转折期所必然出现的复杂情境中，尤其不能讲折中调和。他指出："中国社会上的状态，简直是将几十世纪缩在一时：自松油片以至电灯，自独轮车以至飞机，自镖枪以至机关枪，自不许'妄谈法理'以至护法，自'食肉寝皮'的吃人思想以至人道主义，自迎尸拜蛇以至美育代宗教，都摩肩挨背的存在。""这许多事物挤在一起，正如我辈约了燧人氏以前的古人，拼开饭店一样，即使竭力调和，也只能煮个半熟；伙计们既不会同心，生意也自然不能兴旺——店铺总要关闭。"② 所以，鲁迅着意批判了那种所谓新旧并存的"二重思想"：

> 既许信仰自由，却又特别尊孔，既自命"胜朝遗老"，却又在民国拿钱；既说是应该革新，却又主张复古：四面八方几乎都是二三重以至多重的事物，每重又各各自相矛盾。一切人便都在这矛盾中间，互相埋怨着过活，谁也没有好处。
>
> 要想进步，要想太平，总得连根的拔去了"二重思想"。因为世界虽然不小，但彷徨的人种，是终竟寻不出位置的。③

---

① 鲁迅：《由中国女人的脚，推定中国人之非中庸，又由此推定孔夫子有胃病》，《鲁迅全集》第4卷，第507、508页。
② 鲁迅：《随感录五十四》，《鲁迅全集》第1卷，第344页。
③ 同上，第345页。

借助鲁迅所提供的丰富资料，通过其内在线索，我们的思路清理到这儿，逻辑延伸的下一个环节，应该是回答：既然已知偏离了本体，那么为什么锋芒所向又紧紧抓住孔子这个对象不放？难道非如此则不能体现上述历史原则和历史精神？回答自然也是肯定的。问题仍然在于如何作出合理的解释。

我们还是回到所谓"孔子"并非孔子的现象，或不妨姑且叫做"圣人的悲剧"上来。孔子，作为传统文化的核心——儒学的创始人，既然被尊为"圣人"，而且历代相加，"到了清朝的末年，孔夫子已经有了'大成至圣文宣王'这一个阔得可怕的头衔"[①]。那么，还有谁比他更有资格做传统文化的首席代表和被膜拜的偶像呢？这个资格是自然形成的，封建王朝的"万世师表"正非他莫属。历代权势者和想做权势者的人都"用种种的白粉给他来化妆"，拿他做"敲门砖"，甚至还带累他"也更加陷入了悲境"，不就是因为只有他才具有这种资格吗？而在鲁迅的理解里，打破偶像，就正是历史行动的原则。他指出："不论中外，诚然都有偶像。但外国是破坏偶像的人多；那影响所及，便成功了宗教革命，法国革命。旧像愈摧破，人类便愈进步；所以现在才有比利时的义战，与人道的光明。那达尔文易卜生托尔斯泰尼采诸人，便都是近来偶像破坏的大人物"。而且只有"决不理会偶像保护者的嘲骂"的偶像破坏者，才是创作者。"我辈即使才力不及，不能创作，也该当学习，即使所崇拜的仍然是新偶像，也总比中国陈旧的好。与其崇拜孔丘关羽，还不如崇拜达尔文易卜生；与其牺牲于瘟将军五道神，还不如

[①] 鲁迅：《在现代中国的孔夫子》，《鲁迅全集》第6卷，第316页。

牺牲于 Apollo"①。这是历史行动的原则，更是绝对必要的历史行动。历史的行动都缘起于现实性的需要。鲁迅在谈到袁世凯、孙传芳和张宗昌逆流悖时的"尊孔"行径时，指出：

> 他们都是连字也不大认识的人物，然而偏要大谈什么《十三经》之类，所以使人们觉得滑稽；言行也太不一致了，就更加令人讨厌。既已厌恶和尚，恨及袈裟，而孔夫子之被利用为或一目的的器具，也从新看得格外清楚起来，于是要打倒他的欲望，也就越加旺盛。所以把孔子装饰得十分尊严时，就一定有找他缺点的论文和作品出现。即使是孔夫子，缺点总也有的，在平时谁也不理会，因为圣人也是人，本是可以原谅的。然而如果圣人之徒出来胡说一通，以为圣人是这样，是那样，所以你也非这样不可的话，人们就禁不住要笑起来了。②

从这段话里我们可以领悟出两个相关的道理：一是否定旧有偶像作用的现实性，是对它进行破坏的基本历史价值所在；一是行使破坏时对偶像的尖刻对平常人是没有的，这是一种超常的批判。因为偶像是在历史价值范畴里形成的，所以对偶像的破坏或者说批判，着眼的也是历史的作用。这也正是鲁迅所要告诉我们的。因为偶像本身就已偏离了作为偶像者的本体，所以对偶像的批判也必然要偏离作为偶像者的本体，里面应包含着偶像制造者不断塞进去的所有内容。只有这样，才能真正起到打破偶像的作用。当然，这种

---

① 鲁迅：《随感录四十六》，《鲁迅全集》第1卷，第333页。
② 鲁迅：《在现代中国的孔夫子》，《鲁迅全集》第6卷，第314页。

批判又是以作为偶像者本身的性质规范为依据的,就如孔子,他"曾经计划过出色的治国的方法,但那都是为了治民众者,即权势者设想的方法,为民众本身的却一点也没有。这就是'礼不下庶人'。成为权势者们的圣人,终于变了'敲门砖',实在也叫不得冤枉"①。引申一下也可以说,他既然有这种性质规范,做了权势者们的圣人,遭受到鲁迅的批判,实在也叫不得冤枉。

与破坏偶像的动机相关,鲁迅批孔还有一个动机:刨祖坟。中国人有一种崇祖心理,这与中国文化的宗法伦理性质有关。对此鲁迅也很清楚,指出权势者们的"势位声气,本来仅靠了'祖宗'这一惟一的护符而存在"。孔子不仅历来被视为,而且实际上也是中国儒学文化的始祖,或者可以扩而大之视作整个传统文化的始祖,亦不为过。破坏了孔子这个偶像,其实也即如鲁迅所说:"'祖宗'倘一被毁,便什么都倒败了。"②

至此,我们可以说了:鲁迅的批孔,实质上是在历史价值范畴里的符号选择。在这个历史性的活动里,孔子更多的是作为封建传统文化的象征性符号出现的。对孔子的批判,实际上也就是对整个封建传统文化的批判。因此,我们不必把这一历史性行动硬拉到学术评价的范畴里来自寻烦恼。我想,如果让鲁迅先生在学术价值范畴里来作一篇孔子论的话,那定然不会是这种样子的。当然,也有必要指出,即使是作为历史性的行动,鲁迅的批孔也和其他文化先驱者一样,存在着所谓好一切皆好、所谓坏则一切皆坏的偏颇。但

---

① 鲁迅:《在现代中国的孔夫子》,《鲁迅全集》第6卷,第318页。
② 鲁迅:《论"他妈的!"》,《鲁迅全集》第1卷,第332、333页。

对此，我们只能在历史价值范畴里进行评估，而不能以学术价值范畴里的标准来进行苛求，这应该是不言而喻的。

现在又出来的问题是，鲁迅一生作出了不少很出色的学术论著，为什么单单就没有作这篇"孔子论"？或者换言之，鲁迅对传统文化的科学性认识逐步发展，而且提出并倡导过"拿来主义"，甚至还肯定过对糟粕的转化利用（如鸦片）；但为什么，批孔的这一基本态度并没有随着这一过程的发展而有所改变？历史行动的出现或持续，从来都是以历史提供的现实性条件为前提的。鲁迅所生活的时代，从袁世凯到北洋军阀到国民党，权势者经常搞尊孔复古活动；而鲁迅所目睹过的从"维新变法"到"辛亥革命"的种种变革，又都是终于敌不住旧文化的消解作用而故态复萌，这一切都提醒着鲁迅不能放弃其自觉承担的历史责任。否则，鲁迅就将不是我们所了解所尊敬的鲁迅了。

最后要说明的是，我在本文中提出了两种不同的价值范畴，并着意强调了它们之间的区别，这是出于本文所承担的中心论题的需要，但这并不意味着，两者之间可以彼此隔离，没有任何可以有而且应该有的沟通之处。事实上，鲁迅在对孔子所作的历史性批评中，在许多点上都是以他对孔子及儒学的透辟了解为基础的，而且他在批评中所展现出来的思想，也为学术意义上的孔子研究提供了许多可资借鉴的东西。不过，这已不在本文的论述范围了。

（原载《文史哲》1992 年第 2 期）

鲁迅与中国近代启蒙思潮的嬗变

洪峻峰

鲁迅早年留学日本时，曾致力于启蒙宣传，并形成了初具体系的立人思想。人们往往把"五四"时期鲁迅投入思想启蒙运动，看做是他早年立人思想的延续和发展，甚至以他早年对"改变精神"的认识来说明后来对"五四"思想启蒙的认同。其实，鲁迅早年的立人思想从属于 20 世纪初的改造国民性思潮，这一思潮与"五四"思想启蒙是中国近代启蒙思潮演进的两个不同阶段，各有不同的历史背景、思虑焦点和中心一环。就鲁迅的思想发展而言，他在"五四"之前就已经离开了早年立人的思想轨道，沉默了近十年。他之奋起呐喊，是对陈独秀等人在"辛亥革命"后提出的"五四"一代的新的启蒙课题的重新认同。从立人，到沉默，再到启蒙的重新认同，这是鲁迅早期启蒙思想的演变轨迹。鲁迅对"五四"启蒙课题的认同，不是对早期立人思想的简单回复，而是超越。这具体表现在，他对于启蒙的根本目标、中心任务和基本手段等根本问题的认识，趋同于陈独秀等人的主张，超越乃至背离了自己早年的立人思想。这个超越是鲁迅早期思想发展的一个飞跃。

鲁迅从早年的立人思想到"五四"时期对思想启蒙历史课题的

重新认同，鲜明地体现了中国近代启蒙思潮从20世纪初的改造国民性思潮到"五四"思想启蒙的嬗变。

一、启蒙的根本目标：由民族自救转变为民主追求

20世纪初以改造国民性为中心的启蒙思潮源于对"戊戌变法"失败的反思。"戊戌变法"是在甲午战败的刺激下爆发的，自强救国、民族自救是其根本目标；尽管变法提出制度层面的改革，但这一改革只是手段。"维新变法"失败后，康有为、梁启超等改良派的目标是保皇救国，原先的民主改制主张则在与革命派的论战中沦失。因此，民族自救成了20世纪初梁启超倡导启蒙的根本目标，他当时发表的并且产生了深远影响的《新民说》，便具有强烈的民族主义和国家主义倾向。梁启超提出的启蒙任务是改造国民性，其思想基础是进化论、社会达尔文主义；因为国家和民族的生存竞争需要国民具备良好的素质和能力，所以必须改革国民的劣根性。① 可见，改造国民性的根本目标还是在于民族自救。

鲁迅留日时深受梁启超改造国民性思想的影响，他当时的主导思想是反帝救国、民族自救。他早年作《斯巴达之魂》、《中国地质略论》等就是为了激发民众的爱国救亡思想，其他科学作品也是为

---

① 林非《鲁迅对"国民性"问题的理论探讨》一文通过历史考索，认为梁启超等中国近代启蒙者"将国民性与民族性等同起来，而且视其为建立民族国家极为重要的精神支柱"。文载《鲁迅研究月刊》1990年第4期。

了科学救国的目的,而他之所以弃医从文,同样是出于这种思想。从鲁迅后来对"幻灯片事件"的追述可以看出,他受到的刺激和得到的认识是,精神麻木的国民只能做外国列强示众的材料和看客,而不能奋起反抗,他当时转入启蒙考虑的是如何救治"愚弱的国民"以抵抗外侮,而不是争得民主权利。

在当时改良派与革命派的论战、对峙中,鲁迅倾向于革命派,一般的研究著作都持此说。但应当注意的是,他倾向的是革命派中的章太炎、光复会一系,而不是孙中山、黄兴一系。同盟会中的章太炎、光复会一派,奋斗目标是倒清、民族自救,即强调"光复",而孙、黄一派所追求的民权主义、民主政治的目标,则是模糊的。章太炎还写了《代议然否论》,认为代议政体必不如专制为善,对民主政治公开表示怀疑。当时章太炎与梁启超虽然分属革命与改良两个不同阵营,但在民族自救这一目标上则是接近的,只是章视清廷为异族,梁则视清廷为同族。鲁迅可说是同时接受了梁、章的影响,体现了二人的共同处,即追求民族自救的根本目标。后来,鲁迅写道:"光绪末年的所谓'新党',民国初年,就叫他们'老新党'。甲午战败,他们自以为觉悟了,于是要'维新'……要给中国图'富强'。""'老新党'们的见识虽然浅陋,但是有一个目的:图富强。……待到排满学说播布开来,许多人就成为革命党了,还是因为要给中国图富强,而以为此事必自排满始。"[①] 鲁迅在此明言维新派的目的在图强,并把革命党与维新派联系起来,指出其目标一致,即图强,但途径有异,即排满与保皇之异。由此可见鲁迅

[①] 《鲁迅全集》第5卷,人民文学出版社2005年版,第342、343页。

对维新派与排满派的看法。

鲁迅留日时在追求民族主义的同时又表现出对民主主义的背离，有学者将之概括为"反民主"的思想倾向。[①] 鲁迅的这种倾向主要体现于《文化偏至论》对立宪国会这一民主政体形式的批判，它与章太炎的《代议然否论》可谓异曲同工。但鲁迅主要是以西方最新的现代主义、个性主义来反对作为西方近代文明核心的民主思想的"偏至"，这又与章太炎不同。鲁迅提出"掊物质而张灵明，任个人而排众数"，这是受个性主义影响，对西方文明的一种异化现象，即个性被"物质"和"众数"（即取"众治"形式的民主制度）所压制、所束缚的反驳。鲁迅对个性的张扬是他的立人思想的核心部分，因此说，鲁迅早年的立人思想本身是带有"反民主"色彩的。这在世界范围内属于20世纪初的反启蒙思潮，但在当时的中国具有启蒙意义。

鲁迅带有"反民主"色彩的立人思想，从属于梁启超等人倡导的改造国民性思潮。20世纪初梁启超主编的《新民丛报》与革命派的喉舌《民报》展开论战，焦点是主张"君主立宪"抑或"民主立宪"。梁启超和《新民丛报》之所以主张"君主立宪"，反对"民主立宪"，是以对国民劣根性的认识为根据的。当然，"君主立宪"也是一种民主形式，但在梁启超那里这只是一个口号，他的真实主张是"开明专制"，后来他便公开举此旗号。1906年《〈民报〉第三号号外》公布《〈民报〉与〈新民丛报〉辩驳之纲领》，第三

[①] 汪晖：《鲁迅研究的历史批判·无地彷徨》，浙江文艺出版社1994年版，第267页；李海林：《鲁迅"反民主"辨——兼论鲁迅早期思想特征》，《鲁迅研究月刊》1992年第7期。

条即：："民报以政府恶劣，故望国民之革命，新民丛报以国民恶劣，故望政府以专制。"① 应该说，这个概括是非常深刻的。在梁启超们看来，以中国当时国民素质的低劣，根本不能实行民主立宪制度，甚至不能实行任何形式的民主政治。所以，认识国民劣根性与反对民主、反对立宪，似有一种理论上的联系。从根本上说，当时的改造国民性思潮包含着"反民主"思想因素。

"五四"启蒙思潮源于对"辛亥革命"的反思。它以对民主政治的追求为前提，根本目标在于维护或重建民主政治，这是它与20世纪初改造国民性思潮在根本目标上的不同。"辛亥革命"虽已推翻帝制，建立民主共和制度，但政权落入专制者手中，结果"招牌虽换，货色照旧"，接着又出现两次复辟。所以，在陈独秀等人看来，革命的失败即是民主政治的失败。陈独秀的启蒙思路即是以维护或重建民主政治为出发点的。在《青年杂志》创刊号上，他就撰文逐条批驳筹安会诸人主张废共和复帝制的五大理由。接着他在《吾人最后之觉悟》一文中又明确指出："开宗明义之第一章，即为抉择政体良否问题"，进而提出："弃数千年相传之官僚的专制的个人政治，而易以自由的自治的国民政治。"②

鲁迅对"五四"启蒙课题的认同，首先也就是对维护或重建民主政治的根本目标的认同。也就是说，他的目标追求，已由原先的民族主义转变为民主主义，追求民主政治。虽然在"五四"时期，鲁迅著作中很少出现"民主"一词，但他的这种转变，可以从以下

---

① 中国史学会：《辛亥革命（二）》，上海人民出版社、上海书店出版社2000年版，第272页。
② 任建树等：《陈独秀著作选》第1卷，上海人民出版社1984年版，第177—178页。

两个方面看出。

其一，鲁迅之所以结束沉默，奋起呐喊，根本的原因是两次复辟事件的刺激。众所周知，鲁迅之开手作白话小说，直接出于钱玄同的劝说、约稿。钱玄同从 1917 年 8 月起，便经常去鲁迅、周作人兄弟寄住的绍兴会馆座谈。周作人后来回忆说，刚刚过去的张勋复辟事件是他们谈论的中心；这次复辟事件在他们内心引起震动，促使他们认同于思想革命，"深深感觉中国之改革尚未成功，有思想革命之必要"。① 而在此前，鲁迅已经亲历了袁世凯帝制复辟。两次复辟是对"辛亥革命"建立起来的民主共和制度的颠覆。在鲁迅、周作人们看来，国民的蒙昧是"辛亥革命"民主改制不能成功的深层原因，因此，"有思想革命之必要"；他们由此而奋起投入"五四"思想启蒙，体现了对民主政治的追求。

其二，鲁迅早年进入沉默是由于对国民昏愚的失望，"五四"时期的重新奋起则是新的希望的抬头。但是，鲁迅这时的希望并不表现为对"打破铁屋子"之可能的信念，相反，他对此仍无信心。他的希望是以人类的进步为着眼点的，而这便意味着，他早先的民族主义思想已经完全淡化了。这一点又是与陈独秀、胡适等人相一致的。陈独秀于 1914 年底在《爱国心与自觉心》一文中，即感于民主政治的失败和对国民程度的极端失望而提出"亡国论"，反对"执爱国之肤见"，主张涕迎"海外之师至"："失国之民诚苦矣，然其托庇于法治国主权之下，权利虽不与主人等，视彼乱国之子

---

① 周作人：《知堂回忆录·"复辟前后（一）"》，敦煌文艺出版社 1998 年版，第 214—215 页。

遗，尚若天上焉，安在无国家之不若恶国家哉！"① 这种在今天看来的怪论，完全以民主追求为依归，毫无民族主义的影子。胡适投入启蒙运动时也持这种观点。1917年3月7日，他在日记中写道："若以袁世凯与威尔逊令人择之，则人必择威尔逊。其以威尔逊为异族而择袁世凯者，必中民族主义之毒之愚人也。"② 其论调及思想倾向均与陈独秀相同。鲁迅在1918年8月20日给许寿裳的信中说："历观国内无一佳象，而仆则思想颇变迁，毫不悲观。盖国之观念，其愚亦与省界相类。若以人类为着眼点，则中国若改良，固足为人类进步之验（以如此国而尚能改良故），若其灭亡，亦是人类向上之验，缘如此国人竟不能生存，正是人类进步之故也。"③ 鲁迅的说法虽然有异于陈、胡，但其民族主义、爱国主义之观念的淡薄，则如出一辙。这时，鲁迅自称思想颇变迁，而这种变迁，最主要的就是对早年的民族主义思想的否弃。这是他在"五四"时期对启蒙课题重新认同的结果。

二、启蒙的中心任务：由改造国民性转变为道德革新

20世纪初的启蒙思潮，以改造国民性为中心任务。国民性即国民的品性、根性，梁启超最初提出了建立、培养国民性的问题。他

---

① 任建树等：《陈独秀著作选》第1卷，第177—178页。
② 曹伯言：《胡适日记全编（2）》，安徽教育出版社2001年版，第553页。
③ 《鲁迅全集》第11卷，人民文学出版社2005年版，第366页。

认为，中国人只有做臣民的品格，而没有做国民的品格，即没有国民性。那么，如何建立国民性？如何培养"新民"？梁启超等人便进一步把问题由建立国民性变为改造民族劣根性，以揭露劣根性作为塑造理想人性的前提。

鲁迅留日时受梁启超等人的影响，形成了改造国民性的思想。①他的同学、挚友许寿裳后来回忆说，鲁迅 1902 年 4 月进入东京弘文学院后，常写他谈论三个相关问题："（一）怎样才是理想的人性？（二）中国国民性中最缺乏的是什么？（三）它的病根何在？……后来，他又谈到志愿学医，要从科学入手，达到解决这三个问题的境界。"鲁迅思考、谈论的这三个问题也就是改造国民性思潮中提出、探讨的最主要的问题。关于理想人性，那时的启蒙者大都把目光转向异国异族，认为先进国家的国民性好。第二个问题换个角度讲，即是国民劣根性的表现。对此，梁启超有很多论述，主要把中国国民性的弱点归结为爱国心薄弱、公德心缺乏及自治力欠缺，而鲁迅当时则认为主要是缺乏诚和爱。

中国国民性的病根何在？梁启超早于 1901 年在《中国积弱溯源论》一文中就作过比较深入的分析。而鲁迅当时对病根的看法却

---

① 关于鲁迅改造国民性的思想的来源，学界尚有各种不同观点：认为直接来源于美国传教士史密斯的《支那人气质》一书，如冯骥才《鲁迅的功与"过"》（《收获》2000 年第 2 期），强调明治以来日本的国民性问题讨论热潮的影响，如潘世圣《关于鲁迅的早期论文及改造国民性思想》（《鲁迅研究月刊》2002 年第 9 期），认为直接诱发、形成于 1902 年弘文学院长嘉纳治五郎与杨度的论辩，如靳丛林、田应渊《鲁迅与杨度改造国民性思想之关联——从杨度与嘉纳治五郎的论辩谈起》（《鲁迅研究月刊》2004 年第 12 期）。还有研究者认为，鲁迅的改造国民性思想受包括上述因素在内的多重影响，如袁盛勇《国民性批判的困惑》（《鲁迅研究月刊》2002 年第 10 期）。

自成一说。许寿裳曾回忆鲁迅当年的说法:"当然要在历史上去探究,因缘虽多,而两次奴于异族,认为是最大最深的病根。做奴隶的人还有什么地方可以说诚说爱呢?"① 可见,鲁迅那时主要归于两次异族入主,即元、清两朝的异族入主。② 异族入主为何会造成国民劣根性?在他看来,一是国人沦为异族奴隶,故只能生出奴隶根性,二是蒙、满二族都是游牧民族,文明程度比汉族低。同样是从历史上找原因,同样强调国民的奴隶地位造成劣根性,但梁启超看到的主要是做统治阶级的奴隶,即阶级压迫,鲁迅看到的则是做异族的奴隶,即民族压迫。鲁迅之所以会有这种看法,主要是由于章太炎的影响,是政治观点上的排满复汉思想使然。既然把国民性的差劣归咎于异族的入侵,那么未遭异族入侵时的国民性当是较好的、较理想的。因此,先进国家的国民性和中、远古时代的国民性,便成为鲁迅当时的理想模式,进而,改造国民性既可以"别求新声于异邦",也可以通过"复古"的方式来实现。

"五四"启蒙运动在其初期仍然接过了20世纪初改造国民性的话题。陈独秀在创办《新青年》之初一再论及国民性问题,对国民劣根性从各个方面作了揭露。可以说,"五四"启蒙初期对改造国民性问题的探讨,是梁启超等人前期工作的继续,但这一继续也是超越。

首先,关于什么是理想的人性,梁启超、早期鲁迅以先进国家国民的人性和中国先民的纯古人性为标准,"五四"启蒙者则以人

---

① 许寿裳:《我所认识的鲁迅》,人民文学出版社1981年版,第59—60页。
② 鲁迅直至晚年仍坚信这一看法,参见1936年3月4日致尤炳圻信,《鲁迅全集》第14卷,人民文学出版社2005年版,第411页。

的自然本性、人的灵肉一致的人性为标准。同样是追求返璞归真，20世纪初鲁迅等人是返归于古代，而"五四"启蒙者则主张返归自然，试图通过开启尘封、还原本性，来达到国民性的改造和理想人性的重塑。最能代表"五四"启蒙者对人性问题的看法的，是周作人发表于1918年12月的《人的文学》一文。① 应该说，对自然人性的推崇更接近于启蒙思想。

其次，关于病根何在、如何救治的问题。早期鲁迅认为病根在于异族入侵，梁启超认为病根在于民贼专制及其对国民的奴役，"五四"新文化人则认为在于传统礼教对人性的扭曲。于是，早期鲁迅主张驱逐异族、光复革命，梁启超主张托古改制、复古解放，"五四"新文化人则主张反传统、道德革命。梁启超也讲传统思想学说对人性的扭曲，但认为这是后来的伪学所致，不从先秦找根源，故认为通过复古可以达到解放，后来提出了"以复古为解放"之说。"五四"也归因于封建专制政治，但认为这尚不是根本之因，根本之因乃在于传统礼教。礼教不仅是维护专制政治的保障，而且也是统治人心的根本力量。它不像专制政治作为外在力量而强制性压抑人心，而是通过改变、塑造人们的内心信念，作为内在力量统治人心、塑造人性的，因此是更根本、更深层之因。

把中国国民性最根本的病根归之于传统礼教，从而把揭露劣根性推进到批判礼教，这是"五四"启蒙运动在改造国民性问题上超越

---

① 李新宇认为，"五四"时期，鲁迅和周作人的思想大致相同，许多重要文稿都是互相讨论的结果，鲁迅通过把生物进化学说引入人学领域而建构的人性观念，在周作人发表的《人的文学》中得到最充分的表现。参见其《鲁迅的选择》，河南人民出版社2003年版，第82—83页。

于20世纪初改造国民性思潮之处。"五四"启蒙运动正是因为对"病根"认识的这一超越,所以才进一步提出道德革新的问题,并以此为启蒙的中心任务。陈独秀在《吾人最后之觉悟》一文中指出,中国传统伦理以封建礼教为核心,旨在别尊卑、明贵贱,破除这种传统伦理纲常,而代以西方近代自由平等独立的伦理原则,通过这种道德革新,才能实现国民的"最后觉悟"。[①] 在随后发表的批判孔教的一系列文章中,陈独秀又对伦理道德革新问题作了进一步的阐发。

道德革新是改造国民性工作引申出来的,但有新质,标志着中国近代启蒙思潮的另一个阶段。

首先,改造国民性提出的是改造国民的心理特质或称文化心理结构问题,而道德启蒙则提出了开启国民的思想觉悟问题。民族心理的重塑是全民族的改造问题,对象是全体国民,因此,此乃渺茫之事。而思想觉悟问题则可以部分人先行解决,"五四"启蒙又集中于解决青年问题,因为有一定范围,故较容易做到。

其次,道德革新还涉及信仰的重建问题、终极关怀问题。因为中国的传统伦理有着双重功能,一是道德规范,另一是终极关怀,起着宗教的作用。应该说,对于这两个问题,20世纪初也有涉及。梁启超喊出"道德革命"的口号,提出"发明一种新道德",其实只是要提倡社会公德。因为他认为中国传统道德都是私德,而缺乏公德,也就是说,他只是想补充,而不是要改革。章太炎则力倡宗教,主张"用宗教发起信心",有重建终极信仰的意味。鲁迅当时深受其影响,在《破恶声论》中便对宗教予以肯定。"五四"启蒙

---

① 任建树等:《陈独秀著作选》第1卷,第179页。

运动所倡导的道德革新,既是对章氏宗教论的否定,也是对梁氏道德论的超越。

鲁迅自觉地认同于"五四"道德革命,从肯定人的个体生命的角度,批判以群体为本位的传统伦理。他在投入"五四"思想启蒙的开笔之作《狂人日记》中,便借狂人之口揭露封建"仁义道德"的"吃人"本质:"我翻开历史一查,这历史没有年代,歪歪斜斜的每页上都写着'仁义道德'几个字。我横竖睡不着,仔细看了半夜,才从字缝里看出字来,满本都写着两个字是'吃人'!"① 1918年《新青年》对"贞操问题"展开讨论,周作人翻译日本作家的《贞操论》,胡适发表《贞操问题》。鲁迅也发表《我之节烈观》一文,批判传统礼教的节烈观,指出这种传统道德是野蛮残忍的"畸形道德",抨击"以前的道德家"把片面的贞操观念强加给处于被征服地位的女子。对传统"孝道"的揭露和批判,是"五四"道德革命最引起争论的一个问题,陈独秀、吴虞等发表了许多深刻的言论。鲁迅也发表《我们现在怎样做父亲》一文,批判传统礼教的父权伦常,揭露中国传统父权孝道的虚伪及其恶果,反对"长者本位"的旧道德,提倡"幼者本位"的新道德。

三、启蒙的基本手段:由引进西学转变为反传统

20世纪初启蒙思潮的基本手段是输入西学,包括人文科学和自

---

① 《鲁迅全集》第 1 卷,人民文学出版社 2005 年版,第 447 页。

然科学。严复、梁启超当时都致力于介绍西学。梁启超在引进西学的同时，往往着力于中西对比，在对比中揭示西方文化价值。

鲁迅也是以输入西学为手段的。从他写作《斯巴达之魂》、《文化偏至论》、《摩罗诗力说》，出版《域外小说集》，可见一斑。他当时尤其注重材料的介绍，所以写《人之历史》、《科学史教篇》，翻译科幻作品，乃至学医、研究"兰学"。而鲁迅对西方人文精神的求索，用他的话来说，就是"别求新声于异邦"。他求诸异域的新声，主要是以拜伦、雪莱等诗人为代表的"摩罗精神"和19世纪中叶以来的非理性主义的个人主义，如叔本华、施蒂纳、基尔凯郭尔、尼采以及易卜生等人的思想学说。鲁迅在《文化偏至论》中指出，"立人"（即其启蒙思想的核心）的"道术"在于"尊个性而张精神"，这一"道术"实际上乃是西方近代精神的概括，换言之，"尊个性而张精神"本身即是西方精神的输入。

鲁迅在《文化偏至论》中提出"取今复古，别立新宗"，比较完整地表述了他早期的文化观。鲁迅说："明哲之士，必洞达世界之大势，权衡校量，去其偏颇，得其神明，施之国中，翕合无间。外之既不后于世界之思潮，内之仍弗失固有之血脉，取今复古，别立新宗，人生意义，致之深邃，则国人之自觉至，个性张，沙聚之邦，由是转为人国。"① 从这段话可以看出，鲁迅在20世纪初投入文化启蒙，根本目标是使沙聚之邦转为人国，即民族自强、救亡图强，在他看来，国人之自觉至、个性张，即"立人"，是达到沙聚之邦转为人国的途径，而"取今复古，别立新宗"则是"立人"

---

① 《鲁迅全集》第1卷，第57页。

的基本手段。虽然鲁迅的文化理想是"别立新宗",但是通过"取今"即引进西学而紧跟世界潮流与通过"复古"而延续固有血脉,是他那时的两种基本取向。从这里也可看出,鲁迅当时对待传统文化的基本态度,不但不像"五四"时期的全面反传统,而且还试图通过"复古"而延续传统文化的血脉。

在20世纪初的旅日华人中盛行着复古思潮,鲁迅的复古倾向也很明显。对此他曾多次言及,如在《呐喊·自序》中说,"我们那时大抵带些复古的倾向"①。周作人也忆及留日时复古的情况。②复古思潮在当时的流行,是排满复汉的民族主义目标使然。鲁迅后来说:"那时的留学生中,很有一部分抱着革命的思想,而所谓革命者,其实是种族革命,要将土地从异族的手里取得,归还旧主人。"③ 这也就是"光复旧物"。鲁迅当时的"复古"也明显地受章太炎的影响。章太炎1906年6月从上海出狱来到东京,提出新的思想武器:"第一是用宗教发起信心,增进国民的道德;第二是用国粹激动种性,增进爱国的热肠。"④ 而鲁迅1908年夏秋听了章太炎的文字学讲座,此间受影响最深。当然,20世纪初鲁迅也在中西对比中对中国传统文化有所批判,但其基本态度则是认同。

"五四"思想启蒙的基本手段是反传统。陈独秀最初曾致力于介绍西方学说,进行中西比较,但自1916年10月《新青年》第2

---

① 《鲁迅全集》第1卷,第439页。
② 周作人:《我的复古的经验》、《自己的园地·两天的书》,人民文学出版社1988年版。
③ 《鲁迅全集》第3卷,人民文学出版社2005年版,第451页。
④ 章太炎:《东京留学生欢迎会演说辞》;汤志钧:《章太炎政论选集》上册,中华书局1977年版,第272页。

卷第2号之后，便转入对传统的全面批判。此后，"五四"新文化人便致力于对中国旧传统的各个方面的清算，反传统成为"五四"启蒙的显著特征。陈独秀在《〈新青年〉罪案之答辩书》中说得很明确：只因为要拥护德先生（民主）与赛先生（科学），才不得不反对孔教、礼法、国粹，反对旧伦理、旧宗教、旧文学等等。可见，《新青年》的目标是追求民主与科学，反传统则是为实现这一目标而采取的基本手段。

鲁迅是很自觉地认同于"五四"思想启蒙的这一手段的。在"五四"新文化运动中，他几乎没有介绍西学的文字，而对传统的态度也由原来的认同变为激烈批判；对旧传统尤其传统礼教及其造成的国民劣根性的揭露和批判，成为他在"五四"时期进行启蒙活动的主要内容。鲁迅1918年5月发表《狂人日记》这篇名作，便十分精辟地用"吃人"二字来揭示封建礼教的实质，因而迅速为当时的新文化人所接受。此后，打倒"吃人的礼教"便成为反传统的共同口号。直到1925年"五四"启蒙退潮时，鲁迅还说："我总还想对于根深蒂固的所谓旧文明，施行袭击，令其动摇，冀于将来有万一之希望。"① 在这里，他还是把反传统作为通达希望的途径。应该说，鲁迅对传统的批判是十分深刻、全面而又坚决的。

鲁迅认同于"五四"反传统这一启蒙手段的一个突出表现，就是猛然改变"复古"倾向，转而致力于"反复古"。众所周知，鲁迅在十年沉默期间已经远离西学，背离了早期文化观中的"取今"，但沉湎于读古书、抄古碑、校古籍，强化了"复古"。"五四"时期他

---

① 《鲁迅全集》第11卷，第32页。

始从"复古"转向"反复古",主张不看中国古书,批驳"保存国粹"论,放弃文言改用白话,并对《学衡》、《甲寅》周刊等一切反对白话、鼓吹文言、主张复古的守旧派予以猛烈的抨击。

最能体现鲁迅对基本手段认识的转变的,莫过于1919年4月表达的对《新潮》倾向的意见。傅斯年征求鲁迅对《新潮》的意见,鲁迅回信,对《新潮》注重于介绍西方学理而相对忽略了批判传统这一倾向不以为然。鲁迅说:"《新潮》每本里面有一二篇纯粹科学文,也是好的。但我的意见,以为不要太多;而且最好是无论如何总要对于中国的老病刺他几针。"① 傅斯年在《新潮》第1卷第5号发表《答鲁迅》,承认对西方科学理论过于热情了点,但同时又表达了与鲁迅等人的不同看法。美国学者舒衡哲(微拉·施瓦支)在《中国的启蒙运动——知识分子与"五四"遗产》一书中评论说:"老师们把自己视为蛇,以理性怀疑的毒液布毒于同时代人长期奉守的信仰。另一方面,学生们把自己比拟为'夜猫',以来自海外的知识的喧闹来惊醒同胞们的昏睡。"② 这一评论是甚为中肯的。在这里,鲁迅是背离了早期的观点而认同于"五四"启蒙,即由着力于引进西学转而注重于反传统。③ 鲁迅与学生们的上述意见分歧,表明他在"五四"时期对启蒙手段的重新选择的彻底和坚决。

---

① 《鲁迅全集》第7卷,人民文学出版社2005年版,第235页。
② [美]微拉·施瓦支:《中国的启蒙运动》,山西人民出版社1989年版,第89—90页。
③ 与鲁迅不同,学生们的观点则离开了"五四"启蒙思想而回到早期鲁迅。这种情况是"五四"精神由思想启蒙转向文化复兴的体现。其实《新潮》的创刊就是学生们对老师们先前启蒙的不满和超越的体现,是当时思想启蒙转向文化复兴的体现。这个问题可作进一步探讨。

四、启蒙认同中的个性特征

鲁迅是个充满个性的思想家。他在认同"五四"思想启蒙课题的同时,仍然保留着自己的鲜明个性。要指出的是,鲁迅在"五四"时期的思想个性也是对早期立人思想的超越,即继承中的超越。

首先,在对改变精神的重要意义的认识上,鲁迅的思想没有变。对这一意义的认识,也是20世纪初和"五四"时期两次启蒙共同的思想基础。但是,鲁迅关于改变精神的药方和效果的认识,却有明显的变化。

在早期,鲁迅认为药方是西学,是科学。到了"五四"时期,胡适实际上仍持这种看法,陈独秀在一定程度上也是如此,所以致力于倡导科学与民主思想。在《敬告青年》中,陈独秀说:"欲根治之,厥维科学","国人而欲脱蒙昧时代,羞为浅化之民也,则急起直追,当以科学与人权并重"。① 1917年他又提出"以科学代宗教"的主张,指出:"余辈对于科学之信仰,以为将来人类达于觉悟获享幸福必由之正轨,尤为吾国目前所急需,其应提倡尊重之也。"② 对于"科学"这一药方,鲁迅是认同的。他在1918年11月发表的《随感录》之三十八中指出:"我希望也有一种七百零七的药,可以医治思想上的病。这药原来也已发明,就是'科学'一味。"③ 这既是先前思想的继承,也是对陈独秀等人观点的认同。

---

① 任建树等:《陈独秀著作选》第1卷,第135页。
② 同上,第253、255页。
③ 《鲁迅全集》第1卷,第329页。

但是，鲁迅虽然在理智上认同于"五四"的"科学"之药方，内心深处却存有疑义。他在 1918 年 1 月 4 日致许寿裳的信中说："吾辈诊同胞病颇得七八，而治之有二难焉：未知下药，一也，牙关紧闭，二也。牙关不开尚能以醋涂其腮，更取铁钳摧而启之，而药方则无以下笔。"① 此乃对挚友私下所言，反映的是真实思想。他在上引 1919 年 4 月 16 日致傅斯年的信中，也认为介绍纯科学的文章不宜多。② 1916 年 12 月胡适填了一首词，词中有句："敬谢诸仙我不才，葫芦里，也有些微物，试与君猜。"③ 胡适此词作于回国的几个月前，他自认为已为国人准备好医治的药方，而鲁迅则称"未知下药"，这形成了鲜明的对比，也显示了鲁迅的个性。但鲁迅在公开发表的文章中又称找到了"科学"之药，这应从他当时参与启蒙呐喊的"遵命"意识来说明。

对于"五四"启蒙改变国民精神的效果，鲁迅是悲观的，这一方面是由于他当时的思想个性，另一方面又是对自己早年思想的超越。鲁迅的悲观基于两方面的认识，即他 1918 年 1 月 4 日致许寿裳信中所说的"未知下药"和国民的过分昏沉（即所谓"牙关紧闭"）。他当时并不认为启蒙呐喊可以见效，而认为打破"铁屋子"是万难的，与其呐喊不如让其沉睡。应该说，陈独秀内心也有悲观之感，但他并不表露，而胡适的乐观则与此形成鲜明对比。1917 年 3 月 8 日，胡适于回国之前曾引荷马诗解释道："如今我们已回来，

---

① 《鲁迅全集》第 11 卷，第 357 页。
② 《鲁迅全集》第 7 卷，第 235 页。
③ 曹伯言：《胡适日记全编（2）》，第 523 页。

你们请看分晓吧。"① 言语之中可见其信心十足。鲁迅早年对启蒙是有信心的,他筹办《新生》杂志,选定的封面画题即是"希望"。民国初年,他也觉得中国将来都有希望。他后来写道:"说起民元的事来,那时确是光明得多,当时我也在南京教育部,觉得中国将来很有希望。"② 但是,"见过'辛亥革命',见过二次革命,见过袁世凯称帝,张勋复辟,看来看去,就看得怀疑起来,于是失望,颓唐得很了"③。他此时的悲观,是早年启蒙失败的教训使然,也是数十年来政局动荡的经验使然。

其次,坚持对国民劣根性的揭露,终生不变。"五四"的道德启蒙是改造国民性问题的深化,但道德启蒙开展后,陈独秀、胡适、李大钊等人很少去揭露国民的劣根性,而鲁迅则坚持这方面的工作,直到1925年3月在给许广平的信中还写道:"此后最要紧的是改革国民性,否则,无论是专制,是共和,是什么什么,招牌虽换,货色照旧,全不行的。"④ 这显示出他的思想个性及其对20世纪初启蒙工作的继承。但也明显可见,鲁迅之所以坚持改造国民性,是出于对民主政治的追求。

鲁迅在改造国民性方面对先前的超越,最重要的还在于发现了启蒙者自身的劣根性,认识到"国民"也包括启蒙者自身在内。在《狂人日记》中,他在揭露礼教吃人的同时,就借狂人之口提出自己是否也吃过人的疑问。对启蒙者自身劣根性的发现和鞭挞,这是

---

① 曹伯言:《胡适日记全编(2)》,第556页。
② 《鲁迅全集》第11卷,第357页。
③ 《鲁迅全集》第4卷,第468页。
④ 《鲁迅全集》第11卷,第357页。

鲁迅超越于自己早期思想而又异于"五四"其他启蒙者之处。由此，他形成了深重的"历史中间物"意识。鲁迅在《我们现在怎样做父亲》一文中指出："中国觉醒的人，为想随顺长者解放幼者，便须一面清结旧账，一面开辟新路。""各自解放了自己的孩子，自己背着因袭的重担，肩住了黑暗的闸门，放他们到宽阔光明的地方去。"① 这段话清楚地表达了启蒙者的"历史中间物"意识和艰难的二重选择：一方面肩住闸门，开辟新路，解放幼者；另一方面又背着因袭，清结旧账，随顺长者——也就是仍旧遵循传统伦理规范。

鲁迅对启蒙者一辈自身弱点的发现和历史中间物意识的形成，首先是他自己人生经历积淀的结果。他遵母命而完婚、家累而归国等等，生活使他认识到自身的弱点以及弱点的不可克服，从而产生中间物意识。此外还有一点值得注意，即对青年的失望和不信任。他在 1918 年 5 月 29 日致许寿裳函即称："而今之青年皆比我辈更为顽固，真是无法。"② 陈独秀以青年为启蒙对象，旨在拯救青年，而鲁迅则缘于对青年的不信任而喊出"救救孩子"，这也是其启蒙个性的表现。

（原载《文史哲》2006 年第 5 期）

---

① 《鲁迅全集》第 1 卷，第 145、135 页。
② 《鲁迅全集》第 11 卷，第 357 页。

怀念仿吾同志
——《成仿吾文集》代序

丁 玲

1936年10月初,我随红军前方总政治部驻在陕北定边县绍沟沿村。这时正准备同胡宗南打最后一仗,指战员都很忙,没有时间与我交谈,我抢在这个间隙随几个同志去定边县城。别的同志去都有工作,我呢,只是怀着急切的愿望想去看看慕名已久的董老(必武)和成仿吾同志,还有我在上海平民女校的同学钱希君。

这绍沟沿是个小村,离沙漠区很近。虽说叫村,实在地面上没有房屋,只有几十孔窑洞,散在辽阔的黄土高原上的一条小沟里。沟里没有水,是一条干沟。人们用水都是在一些深窖里把头年冬天埋下的积雪汲出来用。积水中杂有枯树叶子,碎纸头,破布片,驴粪羊粪……除做饭、饮马外,每人每天限用一小盆。水成了最珍贵的东西,好像这时人们才懂得生活是不能没有水的。好在我是带着最丰富的幻想和热情投奔到这不毛之地的。尽管朔风习习,满目荒凉,我在全是陌生人中却处得愉愉快快,整天沉醉在这广大自由的天地里,感到四处都洋溢着勃勃生机。

这天,太阳刚从地平线上冒出来的时候,我在一群新集合起来的一伙人中间,策马东行。空气很冷,很新鲜。路很平,塬上极少树棵,偶然看见几棵长不大的杨树。满天红霞,不是灿烂如锦如火,倒似从冰霜中冷冻过的那样浮着一层既淡又薄的雾似的轻纱,笼罩大地,含着一种并不强烈的淡淡的温柔,却很能稳定我容易激动的心情。我极目环宇,悠然自得,脑子里浮现出古代的诗歌,那些印证着此情此景的诗句,是多么豪迈和使人舒坦!这里是冬日,又似霜晨;是征程,又是遨游;是战士,又似游子……蹄声嘚嘚,风沙扑面,我如在梦中,如在画中,只是从同志们那里传来的欢声笑语,才使我想到我是在那里,正向那里去。

忽然,从我右边跃过一匹枣红马,而且传来一声挑战的颤抖的声音:"丁玲!敢撒开缰绳跟着我们跑几步吗?"这是贾拓夫同志,一个温文尔雅的陕北干部。他曾经告诉我,1934年陕北红军为了取得与中央苏区的联系,派他到上海,辗转到了江西,而后随中央红军长征,绕了一个大圈子,胜利完成了任务回到陕北。在这两年的艰难跋涉中,他从一个知识分子学生变成了一个老练的革命干部。他是一个平和的人,怎么今天也向我挑战了,欺负我是一个刚刚坐在马上的人吗?不行。我现在也骑着一匹马,也是一匹枣红马;是头一天任弼时同志批给我的,是一匹草地来的马呢。我不答话,真的撒开马缰,站在马镫上,夹紧马肚子放马驰骋。于是我前边的马,后边的马,都跑开了。我们正走在大沙漠的边沿上,我只看见细沙像水似的在沙漠上流淌,风在耳边轻扫,像腾云驾雾一样。我渐渐松弛了第一次跑马的紧张。过不一会儿,我的手没有劲了,腿也软了下来,可是我不服输,浑身无力地坐在马上,心中晃悠着望着遥遥跑到前边去了的贾拓夫。他忽然把马停了下来,哈哈大笑:"好样的,丁玲!"马都停了下来,我的马也挤上前去。我安定了,赧然地傻笑起来，感谢那个聪明的贾拓夫同志。大家都兴致很好，缓缓地策马而行，不觉地到了定边城，时间才下午三点，太阳已经挂在西边的天际，这里日照真短啊！

晚上我住在钱希君的家里，又疲惫又舒畅地酣睡了一夜。第二天早饭后，她陪我去拜访董必武和成仿吾。董必武同志过去早有人向我介绍过，但讲得较简单。这次见面，觉得更加亲切。他嘱咐我："丁玲！到了这里，你一定不要'客气'，想什么，需要什么，都说出来。你讲客气，就要吃亏了。"他送给我一件整狐狸皮，火红火红的。好看极了。后来一位女同志被派到大后方、国民党统治区工作，正用得着，我把狐皮转送给她了。董老给我的印象是无论在什么时候，他都对人亲切，很会体贴人。当我要去见成仿吾同志时，我的想象却很丰富。创造社最初的老一辈作家留给我的一些印象，我对成仿吾同志是有所想象的：在文学上，他主张浪漫主义，创造社最早就是这样主张的，他是从日本留学回来的，一定很洋气，很潇洒。因为我见过一些这样傲气十足的诗人，他们趾高气扬，高谈阔论，目中无人。他在国外学军械制造，或许是庄重严肃。又听说他在过黄埔军校，那一定又是一种军人气概。是的，他写过火气很重的文章，是不是有点张飞李逵式的气质呢？他是我们湘南人，是不是也有一点本乡本土的南方蛮子的倔强脾气呢？没有见到他之前，我确实对他作过各种揣测。但当我一见到他，第一个感觉，就是我想象的全都错了，错得简直有点失望的样子，他怎么只是那样一个土里土气、老实巴交的普通人呢，我后悔，为什么我单单忽略了他是一个经过长征的革命干部、红军战士，一个正派憨厚的共产党员呢？我们一谈话，我就感到舒服，他是一个使你可以在他面前自由谈话的人。他不会花言巧语，也不是谈笑风生，但他使任何见到他的人都觉得他是一个诚实的人，一个可以信赖的人，一个尊重别人、对什么人都平等对待的人。他是一个普通人却又不是一般普通人能够做到的那么热情、虚心。这便是我在定边第一次见到的成仿吾同志。

后来，1938年他在延安主持陕北公学的时候，我去看他，他还是这样。1946年在张家口，他主持华北联大的时候，我们又相见了，他还是这样。1947年我随华北联大的同学参加土改工作后，回到正定联大，住在文学院，虽不是天天见到他，却感到了他同联大师生们的亲密关系。他的原则性很强，态度却平易近人。在他领导下的工作人员对他总是这样认识，这样说的。当面是这样，背后也是这样。我以为这是极不容易得到的评论和鉴定。

成仿吾同志过去写过不少文章，有一部分是1928年前他很年轻的时候写的。有一些是充满着革命的热情，但也有几篇是属于论争的文章，其中有的对鲁迅先生有所责备。其实，这一争论属于革命文学队伍内部的论争，而且很快就达到了同志间的一致。1931年仿吾同志担任鄂豫皖省委宣传部长和红安县委书记时，经过革命实践的锻炼，政治思想水平得到提高，对鲁迅先生有了比较全面和正确的认识，就痛感自己少年时的高傲和偏激；1936年鲁迅逝世不久，他就为文热情颂扬鲁迅先生是"中国文化界最前进的一个"，有着"划时代的功绩"，"应该高高地举起鲁迅的旗帜"。如果有人以为仿吾同志是一个狭隘偏激、成见很深的人，那就大错特错了。恰恰相反，成仿吾同志在这里正表现了共产党人的品格高尚。1928年他在欧洲加入共产党，参加编辑党的刊物《赤光》，读了许多马列主义的著作,提高了他的理论水平,打开了他的眼界,他看得更远了,也更实际了。1931年回国后,在苏区做实际工作,他洗涤了几十年来知识分子常有的思想上的片面性。他深入下层,勤勤恳恳,和人民群众同甘苦,共命运。过去年轻人容易有的那一些意气、偏激,他早就抛弃了。反之,旁人对他的一些评论、指责,即使有过甚之处,他也超然豁达,不斤斤计较,不存在芥蒂。1934年底,张国焘借口到苏区外围打击敌人,带着主力部队和仅有的四部电台,离开鄂豫皖,擅自远走四川,使留在鄂豫皖坚持工作的同志和党中央失去联系。仿吾同志受命去上海找党中央,恢复联系。他辗转跋涉,从秋到冬,好不容易才到达上海,但找不到规定的接头人,找不到党组织。在贫病交加的关头,他想起了鲁迅,他认为这是唯一可靠的战友。果然,他找着鲁迅,他们见面了,热情握手,一同在咖啡馆里亲切密谈。这便是伟大的见证。成仿吾同志全然不是一般人揣度的那种狭隘的讲究派性的人,过去的那一点争执已经随着时间的推移而消逝了,现在他们之间只有一个大同,他们是革命同志,是亲密战友。鲁迅帮助成仿吾同志找到了地下党的关系,仿吾同志平安到达中央苏区。党中央和鄂豫皖苏区恢复了联系,仿吾同志留在中央苏区工作。他从此专门从事党的教育事业的开辟和领导,在教育战线上建立了功勋。五十年来,桃李满天下,为党和国家培养了一批又一批的政治坚定、作风扎实、具有真才实学的革命和建设人才。

我过去很早就认识仿吾同志,对他很尊敬,但因为工作关系,我们不在一起的时候多,同他接触很少。他平时是一位不爱多说话的人,我也是一个不爱无事奔走、浪费别人时间的人,我们即使偶然相遇,也很少机缘深谈,但我常常感到他对我的关心和友好。1982年春节,一位住在党校的朋友来告诉我,成仿吾同志要同他的老伴张琳同志来看我。这使我惶恐不安,我觉得我应该去看他,我却是几次都想去看他,只因为怕妨碍他的工作,听说他每天都仍在翻译校订马列著作,我也不愿占去他很少有的休息时间,所以我一直迟疑没有去。结果还是由于他的坚持,他们老夫妇俩光临我的住宅;我实在不敢当。事后传话的那位朋友告诉我:"成老一直对你很好,但他这人向来不愿表示自己,他不会对你说什么的。1958年他听说你去北大荒后,心里常为你不平,挂念你,为你难过落泪。他说过丁玲是不搞宗派的人。"这些话就像一盆火放在我心上,常在我心中燃烧。只有真正以党的事业为重的人,才会顾念到一个与自己无任何干系的平凡的在痛苦中生活的人。这意外的奖赏真使我承受不住。我只有勉励自己,为党多做点事才对得起他对我的信任,才能不辜负千万个象仿吾同志这样对我怀有希望的人。今年3月间,山东大学出版社约我为成仿吾同志的文集写序。出版他的文集,我是欢迎的,但为他作序,我不敢答应。我以为和仿吾同志在创造社一同战斗过的、也是我的前辈的还有人在;仿吾同志在教育界也有许多老同事;我自问不能担当这样的重任。我正拟婉辞,山东大学负责编辑的同志又来了,他们说这是仿吾同志自己的意思。这样我是不敢,也不应该再推辞了。我不顾自己有病,也不注意医生的劝告,我决心动笔。那几天正当六届人大和全国政协开会之际,听了中央领导的政府工作报告,全身充满了生命的活力,好像又回到四十八年前那样,我骑着枣红马,撒开缰绳,驰骋在无涯的沙原,春水在我的坐骑下缓缓流淌,软风在我耳边轻扫,我心情荡漾，想念着仿吾同志漫长的一生，我要写出他美丽的一生，写出他纯洁的心灵。成仿吾同志是座尊严的雕像，就在前边吸引着我。我以为在这种心情下我很可以为他精细描写，表达我对他的爱和尊敬。可惜啊！痛心啊！正当我执笔的时候，一声霹雳，一道闪电，乌云布满天际，环宇大雨滂沱："成仿吾同志逝世了！"我惊愕了。一霎时，那天边的红霞，那马前的雕像都消失了，我从哪里再去寻找那书写的热情！我才发现我这个人真蠢，我追寻着的东西，却常常失之交臂，只落得无穷的悔恨和无限的怅惘。仿吾同志，我应该在你生命活跃的时候去做的事，却没有去做。我应该在你生前写出的文章，却留到了现在，一切都没有什么可说的了。但我为了对许多忆念你的学生和怀念你的读者践约，我仍不敢写序，只能留下我的一点印象和敬意。

1984年9月4日

（原载《文史哲》1985年第1期）

沅君幼年轶事

冯友兰

不知道什么缘故，沅君生来不吃鸡蛋，不但不吃而且厌恶它。她要是不喜欢一个人，就说给他个鸡蛋吃。我们生活在祖父的大家庭里，全家二三十口人，大锅饭只供给主食和一般的副食——如炒白菜，腌萝卜之类，别的吃食由各房自理。母亲自己腌鸡蛋，每天早晨煮一个由我和弟弟景兰分食。景兰喜欢吃蛋白，我就吃蛋黄。沅君能吃饭了，但不吃鸡蛋。我们三个小孩，倒各得其所。母亲不忍，百般劝诱，也没生效果。

1907年，父亲在湖北崇阳县做知县，我们这三个小孩都跟着到崇阳。父亲给我们请来个教书先生，设了一间书房。我们这三个孩子分成两班。我和景兰为一班，沅君六岁，一个人一班。功课只有国文、算学两门。父亲认为这两门是一切学问的根本，必须在小的时候把根基打好。先生教算学要用黑板、粉笔。粉笔在崇阳买不到，就写信托在汉口的亲友去买。当时粉笔称为粉条，汉口的人托人捎回来一大包，打开一看，原来是吃的粉丝，粉丝也叫粉条。

有一天，沅君写大字，不知道先生说一句什么批评的话，沅君生气了，第二天就不去上学。母亲生气地说，不上学，就要把她送到上房后边的一间黑屋里。她宁愿上小黑屋，也不去上学。母亲劝说解释，亲自把她送到书房门口，先生也出来接她，她无论如何也不进门槛，沅君性格之犟强，可见一斑。

不久，父亲去世，我们回到唐河老家，母亲坚持父亲平常的教训：必须将国文底子打好。给我们请来先生在家里上学。可是沅君没有上学，因为当时的规矩，女孩子是不上学的。一直到1916年夏天，我从北京大学回家过暑假，沅君跟着我又开始读书。那时候北京大学国文系的教师大部分是章太炎的学生，文风是学魏晋。我就在这一方面选些文章，叫她抄读（当时家里只有"四书"之类有限的书）。她真是绝顶聪明，只用了一个暑假，不但能读懂那些文章，而且还能摹拟那些文章写出作品。到1917年暑假，北京女子师范开办国文专修科，消息传到唐河，她就坚决要到北京应考。当时我们家乡较偏僻，风气闭塞，把女子读书视为荒唐事，但沅君很勇敢，母亲也排除各种非议，自己承担责任，支持她前往。暑假终了，我同景兰、沅君就一同到了北京。

沅君到北京果然考进了当时北京的女子最高学府的国文专修科，后改名北京女子师范大学。当时开始学的还是中国古典文学，不久就在新文化运动的影响下，改写语体文创作小说了。毕业后，她又上北京大学研究所国学门，学会了考据、研究的一套方法，这就是她后来所走的那两条路，一条是创作，一条是研究。

沅君曾作有一篇《秋思赋》，大概是她在国学专修科中的作品。颇有六朝小品的神韵，景兰会画中国画，画有一幅《秋满山皋图》，把沅君的这首小赋写在空白的地方，作为题词。我也作了一首诗，这幅画在"十年动乱"中遗失了。画固然不可再见，赋的原文也不

记得了,只有我的诗还记得。诗曰:

　　秋意满山皋　吾弟妙挥豪
　　树林忽疏阔　花丛骤寂寥
　　若非严萧瑟　何以续清高
　　寄语同怀妹　悲秋毋太劳

如果这幅画能够保存下来,倒是我家的一段佳话。

沅君摹拟古典文学的作品,大概相当多。有些可能失于幼稚,但有些也可以显示她的才华和聪明。可惜她自己不知爱惜,像我们这些人在当时也不知保存,现在竟然一篇也看不见了,真可惋惜。

(原载《文史哲》1985年第6期)

留学背景与建设渴望
——试论现代作家的建设意识

郑　春

1917年,在留学美国7年博士毕业,即将离开纽约返回祖国之前,胡适在其《留学日记》中写下了最后一笔:

> 吾数月以来,但安排归去后之建设事业,以为破坏事业已粗粗就绪,可不须吾与闻矣。何意日来国中警电纷至,南北之分争已成事实,时势似不许我归来作建设事。①

这段话不仅十分明确地表达出胡适归国前的心声,而且对具有留学背景的现代作家群体而言颇具象征性。它的意义突出地表现在两个方面:其一,它告诉人们,作为一名就要学成归国的留学生,他们最大的心愿或者说最强烈的渴望在于祖国的建设事业,然而通过种种渠道他们又往往预感到事情似乎并不那么简单。其二,这段话清晰地使用了"建设"和"破坏"两个中心词,可谓提纲挈领,极有意味。纵观现代文学史,这两个普通的汉语词几乎维系和概括了胡适及其一代人的人生和事业,然而长期以来,人们在研究和总

---

① 姚鹏:《胡适散文(3)》,中国广播电视出版社1992年版,第350页。

结这段历史时,所关注的大多是他们破坏、摧毁和激烈的一面,而往往忽视了另外一面。我们以为,后者也许更为重要,更有价值,因为从本质上说,具有留学背景的现代作家无疑是文学史上成就卓著的建设的一代。

一、激烈的背后

提起"五四"前后具有留学背景的一代知识分子,人们首先想到的往往是"胡适之陈独秀一班人"旗帜鲜明、声势浩大,对腐朽、黑暗以及作为其基础存在的封建文化传统毫不留情的摧枯拉朽般的强力破坏形象,"文学革命"初期形形色色反对派的攻击也首先集中在这一点上。抛开那些谩骂式语言的情绪化成分不论,这些反对者对新文学和新文学缔造者的总体感觉,应该说还是极为敏感和准确的。从鸦片战争以后每况愈下的国运中,中国先进的知识分子越来越强烈地感受到在过去习以为常的传统文化秩序中,存在着极为严重地压抑生机和活力的有害成分。而不同程度的留学经历和国外生活,又使他们在与西方文明的对比和体味中深深认识到这种固有秩序的缺陷、荒谬和不合理,他们的目的就是要动摇、改变、颠覆乃至彻底摧毁这"古已有之"的传统文化秩序。从严复三番五次关于"牛体安能为马用乎"的种种疑问,中间经过"辛亥革命"曲折翻覆的惨痛教训,陈独秀得出明确的结论:"无论政治、学术、道德、文章,西洋的法子和中国的法子,绝对是两样,断断不可调和迁就的。……若是决计革新,一切都应采用西洋的新法子,不必拿什么国粹，什么国情的鬼话来捣乱。"① 他们决然地反对以任何形式、任何面目出现的"调和迁就"，这一切标志着时代的思潮已经越过了长期以来占统治地位的"中体西用"的坚固壁垒，而以"打倒孔家店"为旗帜开始了一个"西学批判中学"的"五四"时代。这是一个信心重建、价值重估的时代，是一个向一切"天经地义"的清规戒律挑战的时代，鲁迅在著名的《狂人日记》中借用狂人之口喊出了一句极具代表性的话，叫做："从来如此，便对吗？"正因为如此，"五四"文化精英们从一开始就对传统文化持全面否定的态度，他们以对传统的激烈批评，构成了新文化运动的主导意识。诚然，他们在一些具体问题上甚或在更深的心理层面上，并非不对传统特别是蕴涵于传统之中的积极因素有若干肯定，但是总体上说，他们处在"中/西"、"古/今"、"新/旧"两极对立的思维模式之中，基本上是把传统视为一个应予否定的整体。用鲁迅的话说："我辈即使才力不及，不能创作，也该当学习；即使所崇拜的仍然是新偶像，也总比中国陈旧的好。与其崇拜孔丘关羽，还不如崇拜达尔文易卜生；与其牺牲于瘟将军五道神，还不如牺牲于Apollo。"② 新文学的设计和创立，从一开始便被赋予了一种特殊的色彩和使命，它成为一代先驱者反抗全部旧秩序种种手段的实验地和突破口，深刻的怀疑，严峻的思考，悲愤的抗争，决然的破坏，综合构成了"五四"新文学内在的血脉和鲜明的特点。我们应该清醒地看到这一点，明确地承认这一点，同时，也应该看到蕴涵于这一

---

① 陈独秀：《今日中国之政治问题》，《回眸〈新青年〉》社会思想卷，河南文艺出版社1998年版，第38页。
② 鲁迅：《鲁迅全集（1）》，人民文学出版社1982年版，第333页。

特点之中的更为复杂的因素,看到"激烈"背后的复杂存在。其一是目的和手段的关系。我们以为,应当充分考虑当时的历史环境,考虑先驱者特殊的处境,考虑特殊情况下的特殊口号,考虑到在中国改变传统的艰难。正如鲁迅等人多次强调的,没有更激烈的主张,人们总连平和的改革也是不肯行的。我们以为,具有留学背景的现代作家之所以如此强调批判,强调破坏,与他们迫不及待地摆脱旧物,寻找出路,渴望迅速开辟一片属于自己的新的历史时空有着极为密切的联系。也就是说,开辟是目的,破坏只是手段,目的是第一位的,手段要服从目的。有些时候为了达到目的不得不硬着头皮这样做,甚至不惜把话说绝,比如鲁迅在《青年必读书·应京报副刊的征求》中所说的"我以为要少——或者竟不——看中国书,多看外国书"。再一点就是要特别注意破坏与建设的内在联系和辩证关系,要善于体察蕴涵于破坏之中的建设因素。为了更为清晰地阐明自己的观点,胡适曾将《新青年》同仁的文化言论概括为一句话,叫做:重新估定一切价值。这一概括无疑包含着相辅相成的两个方面,其一是彻底地颠覆和批判,其二则应是努力地吸收和建设,是对中国文化传统的创造性转化,促使中国文化和文学发生深刻的变革,从而获得长足的发展。从某种程度上说,这正是"五四"一代先驱者共同的追求和方向,对他们而言,破坏和建设是密切联系在一起的,是辩证统一的两个部分:破坏和反传统"是扫除,是大呼猛进",建设则是引进、吸收和新生;建设需要对旧的基础进行彻底地清理,而破坏则是为了下一步更好地建设。哲学家贺麟在评价"五四"新文化运动时曾着意指出,这一运动表面上是打倒孔家店,实际上是清除了儒家思想中僵化腐朽的东西,为儒家思想的新发展,即中国传统文化与西方学术思想的有机结合开辟了道路。鲁迅曾尖锐地批判过中国历史上屡见不鲜的"寇盗式的破坏"和"奴才式的破坏",他说这类破坏的"结果只能留下一片瓦砾,与建设无关"。他真诚地呼唤尼采式的先觉的革新的破坏者,"因为他内心有理想的光"。[①] 我们以为,新文化运动的先驱者们自身就是这样一批在理想光辉照耀下的破坏者,在他们激烈的文化批判背后分明洋溢着强烈的建设意识。

二、旗帜和实践

这种建设意识非常明显地体现在他们的口号和旗帜上。翻检历史,我们常常感叹于海外归来的一代学子对建设的钟情和执著。当他们陆续返回祖国,开始诸项文化事业的开创和谋划时,不仅身体力行,大声疾呼,并且以自己的思想和行为深深地影响了周围的许多人,特别是热血沸腾的年轻人。当时身为北大学生的傅斯年就是其中积极的一员,他曾在《新青年》第4卷第1号上发表《文学革新申义》一文,指出:"今后但当从建设方面有所抒写。至于破坏以往,已成定论,不待烦言矣。"话中的意思与胡适的日记一脉相承。我们认为,在对新文化运动的研究中,胡、傅等人表现出来的这种建设倾向、流变以及历史发展轨迹,值得高度重视。而且细读这些先驱者的言论,我们注意到几乎所有的主张都非常注意平衡破

[①] 鲁迅:《鲁迅全集(1)》,第192—194页。

坏和建设的关系。作为"青春'五四'"的一个重要特征,新文学先驱者们往往是真诚、直率,甚至是无所顾忌的,"要"什么"不要"什么,"打倒"什么"建立"什么,"反对"什么"拥护"什么,往往旗帜鲜明,清楚明了。最有代表性的是陈独秀在《文学革命论》当中提出的"三大主义":"曰推倒雕琢的阿谀的贵族文学,建立平易的抒情的国民文学;曰推倒陈腐的铺张的古典文学,建立新鲜的立诚的写实文学;曰推倒迂晦的艰涩的山林文学,建设明了的通俗的社会文学。"贵族文学、古典文学和山林文学在现实中无疑都是有所指的,但什么是与之相对的国民文学、写实文学和社会文学,陈独秀却语焉不详,大概此时他自己也还没有形成一个明确的概念。但把它们当作理想中的文学模式提出来,作者的用意却是很明显的,他要强调的是我们不止是要推倒旧的文学,也就是说不止是要破坏,推倒旧文学目的在于建设新文学。1919年,当人们对《新青年》的办刊倾向提出种种质疑和猛烈抨击时,陈独秀又特意撰写了《本志罪案之答辩书》一文,这是一篇解释的说理的文字,其耐心和恳切在陈独秀以高屋建瓴、势如破竹而著称的文章中是少见的。他用反复的言词告诉人们,之所以破坏,之所以激烈,是因为要拥护民主与科学,因为只有它们才能将中国从黑暗中救出。之所以要大力破坏黑暗腐朽的旧社会,是为了建设一个民主科学的新社会。为了突出自己的"建设意识",陈独秀还一再强调"创造的精神",他们相信,经过自己的不懈努力,完全可以在传统的废墟上创造出一种健康向上、充满希望的新型文明。用鲁迅的话说就是,中国以往的历史尽管时间漫长,但概括起来无非是以下两种时代的交替:想做奴隶而不得的时代和暂时做稳了奴隶的时代。

所以我们"不满于现在的,但是,无须反顾,因为前面还有道路在。而创造这中国历史上未曾有过的第三样时代,则是现在的青年的使命"①。

谈到这种建设意识,我们不能不再次提到胡适,在新文学阵营中,他与陈独秀等人在许多观点上有所不同,相比而言,他更注重理性的创造,注重一点一滴的积累,注重不断渐进的过程。因此,在破坏与建设之间,他对后者似乎更是情有独钟。他自己说过,当初写作《文学改良刍议》时,他特意把自己早已明确当作口号提出的"文学革命"改成"改良",而且颇为谨慎地添上了更加温和的"刍议"两字,把题目取得"很谦虚",目的就是为了避免激烈和刺激,"甚愿国中人士能平心静气与吾同力研究此问题!讨论既熟,是非自明。吾辈已张革命之旗,虽不容退缩,然亦决不敢以吾辈所主张为必是而不容他人之匡正也"。②而当陈独秀把口号中的"改良"二字又改为"革命",并以慷慨激昂的《文学革命论》大文与之呼应时,他又连忙作了一篇《建设的文学革命论》,在"文学革命"前面特意加上"建设"两字,足见其意之所在和用心良苦。一些研究者曾从不同的侧面论证过,胡适一生中极为浓郁的形式感、秩序感和建设意识,与他留学时的母校康乃尔大学有着密切的联系,这所学校独具特色的校园环境、办学理念以及对学院知识分子责任的要求和定位无疑深深地影响着胡适,他首倡白话文运动便是要为中国文学造一新形式,建一新秩序。在《建设

---

① 鲁迅:《鲁迅全集(1)》,第213页。
② 胡适:《中国新文学大系·建设理论集》,良友图书印刷公司1935年版,第53页。

的文学革命论》中他大声呼吁:"我望我们提倡文学革命的人,对于那些腐败文学,个个都该存一个'彼可取而代也'的心理,个个都该从建设一方面用力,要在三五十年内替中国创造出一派新中国的活文学。"并且明确指出:"我以为创造新文学的进行次序,约有三步:(一)工具,(二)方法,(三)创造。前两步是预备,第三步才是实行创造新文学。"他将新思潮的意义定位为"研究问题,输入学理,整理国故,再造文明"四句话。胡适在他的言论中多次把新文化运动称作"中国文艺复兴",并一再强调"复兴"二字,直到晚年依然念念不忘对我国固有文明的了解和重建,念念不忘新的文明的产生。这种浓郁的建设意识贯穿着胡适的一生,在许多时刻许多方面常常不由自主地流露出来,甚至成为他生命和生活的基调,成为其文化与精神变革的心理基础。与他同时代的朱自清先生较早地也较为清楚地认识到这一点,他在《〈胡适论文〉指导大概》中曾着意指出胡适所作的种种努力,并明确肯定"这是建设的工作"。

这种建设意识其次表现在艰苦细致的建设实践上。以具有特殊意义的《新青年》为例。《新青年》原名《青年杂志》,自1915年9月创刊至1922年7月休刊,共出版了9卷54号。它比较充分地展现出陈独秀、胡适、鲁迅、周作人、李大钊、钱玄同等一代具有特殊知识文化背景的知识分子的精神世界和人生追求,曾在广大读者、特别是青年人中产生极大的震动,被誉为"青年界之明星"。一位青年曾这样致信杂志:"未几大志出版,仆已望眼欲穿,急购而读之,不禁喜跃如得至宝。"并说:"至于今日,大志五号出版,又急购而读之。须知仆已问过数次,今已不能须臾缓也,迨展读数页,觉悟语深入我心,神经感奋。深恨不能化百千万身,为大志介绍。"[1] 由此可见这份杂志当时的影响力。1936年,上海亚东图书馆、上海求益书社重印这本杂志时,胡适曾为之题词,高度赞扬"《新青年》是中国文学史和思想史上划分一个时代的刊物,最近20年中的文学运动和思想改革,差不多都是从这个刊物出发的"。但是,很长一段时间以来,一提起这本著名的杂志,人们的印象中往往就是"摧枯拉朽"以及"彻底批判"、"无情否定"等等,近来我们读到一些新意盎然的评论文章依然这样为之定位。经过仔细的文本阅读和认真思考,我们认为,长久以来的习惯定论是值得商榷的,最起码是不全面的。翻开这部尘封已久的著名杂志,除了强有力的思想冲击力外,我们常常为它的"广、博、杂、细"所感叹,从某种意义上可以称之为"规划大全"或"建设丛书"。反复阅读那些开启一个崭新的时代的重要文章,有两个方面给我们留下了十分深刻的印象:其一,是它涉及的领域之广阔,举凡中西文化、中西哲学、政治、科学、宗教、鬼神、社会、时事、青年、妇女、劳工、教育、时尚、人口、小说、散文、诗歌、戏剧、童话、文学改良、语言文字等,都包含在《新青年》的讨论范围之中。而且凡是那个时代能够想到的问题,这本杂志几乎都要轻重不同地有所体现;凡是人们提出的疑问,《新青年》诸君则要竭尽全力给出答案。其二,是这本杂志所表现出来的真诚强烈的建设意识。事无巨细,筚路蓝缕,披荆斩棘,从一点一滴做起。单就语言文字领域而言,先看看这些文章的题目吧:《西文译音私议》(陈独秀)、《论

---

[1] 毕云程:《通信》,《新青年》1916年2月第1期,第6页。

注音字母》(钱玄同)、《汉字索引字说明》(林玉堂)、《关于华文横式及古典小说的讨论》(钱玄同、独秀)、《句读符号》(钱玄同)、《注音字母》(钱玄同)、《中国今后之文字问题》(钱玄同、独秀)、《国语文法的研究法》(胡适)、《减省汉字笔画的提议》(钱玄同),还有许多许多。从标点符号到注音字母,从西文译音到汉字索引,从海外归来的这些人从方方面面为中国语言文字的现代化进行着扎扎实实的奠基工作,其认真的态度、科学的精神以及强烈的责任感和紧迫感,在每篇文章的字里行间都突出地表现出来。在《关于华文横式及古典小说的讨论》的通信中,钱玄同这样对陈独秀说:"我以前所说的要把右行直下的汉文改用左行横迤,先生回答道:'极以为然。'现在我想,这个意思先生既然赞成,何妨把《新青年》从第4卷第1号起,就改用横式?"随后他的一席话则令人感慨:"以后的中国文章中间,要嵌进外国字的地方很多。假使用了直式,则写的人、看的人,都要把本子直搬横搬,两只眼睛两只手,都费力得很。又像文章中间所用的符号和句读,要他清楚完全,总是全用西洋的好,这又是宜于横式的。况且眼睛是左右横列的,自然是看横比看直来得不费力。《新青年》杂志拿除旧布新做宗旨,则自己便须实行除旧布新。所有认做'合理'的新法,说了就做得到的,总宜赶紧实行去做,以为社会先导才是。"[①] 读着这些深思熟虑和细致入微的文字,我们仿佛触摸到一颗对民族文化、对祖国建设赤诚和滚烫的心。钱玄同古道热肠,好为高论,他的同学鲁迅曾批评过他:"十分话最多只须说到八分,而玄同则必说到

[①] 陈独秀:《今日中国之政治问题》,《回眸〈新青年〉》语言文学卷,第430页。

十二分"①;陈独秀也曾为其"废除汉文"的主张解释,说他是"愤极了才发出这样激切的议论"。但无论如何钱玄同对中国文化事业的贡献是应当高度评价的,他"一方面在研究上精益求精,一方面总求适用于教育,不遗弃普及工作;一方面嘉惠士林,一方面唤起民众"②,这一切无不体现着他于建设事业的独特思考和探索,而上面给陈独秀信中的这番话,则较为集中和典型地反映出具有留学背景的一代作家极为浓郁的建设意识、建设渴望、建设视野和建设的信心。

三、更深层次上

分析具有留学背景的现代作家的建设意识及其建设成就,在更深层次上,还应特别注意这些作家在知识结构上的一个特点,那就是相对严格的现代科学基础训练和相对丰富的自然科学和技术科学知识。

研究现代作家的留学经历,我们可以清楚地看到,受当时"科学救国"和"实业救国"思潮的影响,具有留学背景的一代作家在学校里学的大多是理、工、农、医等属于"实学"的专业,真正学习文学、戏剧、艺术的并不多。像鲁迅、郭沫若、陶晶孙学的都是医学,丁西林学的是物理与数学,成仿吾学的是兵器制造,胡适

---

① 沈永宝:《钱玄同印象》,学林出版社1997年版,第66页。
② 同上,第58页。

最初学的是农科，夏衍学的是电机科，夏丏尊、朱湘学的是工科，张资平学的是地质，洪深学的是陶瓷工程，汪敬熙、郑伯奇、白薇学的心理学，再加上一部分人学的是边缘性、综合性学科（像徐志摩、陈西滢、郁达夫等学的是政治经济学），其中也有相当多的理工知识。因此，总的来说，具有留学背景的现代作家接触理工农医乃至天文等知识的就相当多。这是这一作家群体的一个特点，也是他们的一个优长，当后来他们纷纷转向文学研究和创作时，他们知识结构中作为基础而存在的，较为丰富的科学知识和比较稳固的科学世界观，便一直在发挥着重要的作用，他们所接受理性启蒙精神、严格技术训练以及知识结构上的现代性与宽广性，不仅使他们具有较为强烈的建设意识，而且使他们的建设实践形成某种极为可贵的科学化、规范化的追求和趋向，形成某种对科学方法论的自觉认同。这一点胡适是一个突出的例子。他在博士论文的"导言"中就指出："哲学是受方法论制约的……哲学的发展取决于逻辑方法的发展"，对科学方法的重视贯穿胡适的一生，进而影响了周围许多从事社会科学研究的人。20世纪50年代初，顾颉刚在一个胡适思想批判的座谈会上发言："我和胡适都生长在累代书香的人家，阶级成分是相同的。我和他都是从小读旧书，喜欢搞考据，学问兴趣又是相同的。他从外国带了新方法回来，我却没有，所以一时间钦佩得五体投地。"[1]尽管在那种特殊的环境和特殊的气氛下，顾颉刚依然如此强调胡适对他的震动，由此可见胡适引进的新方法在当时的影响之大。文学创作和研究是人类社会一种特定的知识创造

---

[1] 杨沐喜：《胡适的海外生涯》，安徽人民出版社1990年版，第114页。

活动,它的健康成长和蓬勃发展,有赖于不断地创新,不断地科学规范,更深层次上,也有赖于创造群体科学修养、科学精神和科学情怀的不断提升和壮大。而在这个创新、规范和提升的过程中,具有留学背景,特别是具有自然科学基础的现代作家无疑发挥了重要的作用。早期的科学熏陶,使他们拥有较强的探索精神和发展期待,使他们往往对现存的事物不满足,对改革、创新、批判和超越具有强烈的渴望和追求;而较为严格的科学训练,则赋予他们较多的科学态度和科学理念,使他们严谨务实,注重实效,对浮躁、轻率、盲从迷信等等,具有相当的警惕和抵制。许寿裳在探讨鲁迅取得卓越成就的原因时,特别强调"科学修养"这一因素的重要作用。在其影响颇大的回忆录《我所认识的鲁迅》中他一再指出:"鲁迅当初学矿,后来学医,对于说明科学,如地质学、矿物学、化学、物理学、生理学、解剖学、病理学、细菌学,自然是根底很厚。不但此也,他对于规范科学也研究极深,他在医学校里不是伦理学的成绩得了最优等吗?这一点,我觉得大可注意的。"他认为:"惟其如此,他对于一切事物,客观方面既能说明事实之所以然,主观方面又能判断其价值之所在,以之运用于创作,每有双管齐下之妙。"并说:"鲁迅有了这种修养,所以无论在谈话上或写作上,他都不肯形容过火,也不肯捏造新奇,处处以事实做根据,而又加以价值的判断,并不仅仅以文艺技巧见长而已。"[①] 作为鲁迅一生的好友,许寿裳这番话不仅道出了造就鲁迅的诸多因素中"大可注意"的一面,更为重要的,它阐明了科学修养对于作家而言的价

---

① 许寿裳:《我所认识的鲁迅》,人民文学出版社1978年版,第60—61页。

值、意义和潜在的功用。这一点在众多具有留学背景的现代作家身上程度不同地显现出来,郭沫若甚至把科学当作锻炼自我意志力和训练理性思维能力的独特方式:"我研究科学正想养成我一种缜密的客观性,使我的意志力渐渐坚强起去,我研究医学也更想对于人类社会直接尽我一点对于悲苦的人生之爱怜。"[1] 从这段话中我们可以看出,科学的价值在郭沫若的心目中已产生了相当程度的深化和升华,它不仅依然发挥着事实判断之作用,而且也兼具了价值判断的正向意义。此外,这种知识背景还直接影响到这些作家的艺术思维方式,并渗透到他们的创作实践中,形成中国现代文学在某种程度上的理性化特点。

综上所述,浓郁的建设意识和建设渴望,是具有留学背景现代作家的一致的追求,共同的特点,也是他们取得卓越成就的力量源泉。有意识并不意味着一定有行动,但行动一定需要意识的先导,强烈的建设意识无疑极大地促进了这一独具特色的作家群体对中国现代文学的整体规划和构建,无论在基础性建设、规范性建设还是在引进性建设等方面,他们都奋发积极地走在了前面,并且最终成为各种建设中不可缺少的中坚力量,而这些建设加在一起则铸就了现代文学30年令人瞩目的辉煌。

(原载《文史哲》2004年第1期)

---

[1] 郭沫若:《郭沫若全集(15)》,人民文学出版社1990年版,第226页。

想象的革命图景与虚拟的知识阶级叙述
——论冯雪峰的革命观与知识分子观

柳传堆

冯雪峰《革命与知识阶级》一文历来为学界所重视。最近，程凯博士从解构传统历史叙述的目的出发，认为冯写作此文的根本目的是要颠覆创造社争夺革命文学领导权的虚幻感，因此全文才有那种居高临下的"模拟政策"①的发言方式。笔者以为与其说是为了革命文学领导权之争，不如说是冯为了重构"革命"和"知识阶级"本身的历史叙述学。

一、冯氏的革命想象

第一次大革命期间，冯雪峰在北京与丁玲、胡也频等几个文友靠卖文为生，同时也关注时代、思考革命，而他的关注与思考的方式是知识分子型的。1928年，25岁的冯雪峰脑子里演绎出一套独

---

① 程凯：《国民革命与"左翼文艺思潮"发生的历史考察（1925—1929）》（答辩本），北京大学2004年第5期，第18页。

特的"革命"发展逻辑——认为从"五卅"开始,中国革命就应当应和着世界无产阶级的滚滚红潮,立即将"国民解放运动"转向更为高级的"工农"革命。他脑海里有一个泛"国民解放运动"概念——视 1911 年"辛亥革命"所创立的"中华民国"为全中国人民为之奋斗的民族国家实体。他把为"中华民国"的创立、独立、自由、民主而努力的一切革命运动,包括军事、政治、经济、文化的革命统统纳入到一个大的泛"国民解放运动"这个概念里来,因而他才会认为国民解放运动的起因是"鸦片战争",起点是"辛亥革命",焦点是"五四"运动。所谓的到了"五卅"之后,国民解放运动有再次转向的必要的观点,并非转向到一场与中华民国的国民解放运动完全无关的革命中去。就是说,他所理解的"工农的党"所领导的工农阶级与资产阶级的斗争的革命还依然属于那个大的"国民解放运动"的范畴。相应的,他考察中国现代知识分子的精神谱系的视野也必然延伸至整个国民解放运动的历程。冯雪峰泛"国民解放运动"概念还有一层蕴涵的意义是:整个国民革命的发展轨迹是层递上升的,是一浪高过一浪的革命,越是到后面的革命就越先进、越纯粹,对知识分子的要求也就越高。工农阶级领导的"工农革命"是泛国民解放运动的高级阶段,工农革命获得了"国民解放运动"的命名。他考察中国知识分子与"革命"关系的坐标,便由原来的"国民解放运动"置换为工农革命,虽然革命的内在的意义转换了,但它依然获得了"国民解放运动"之名,从而为后来那一套从低到高的进化论式的革命历史叙述学的构建奠定了理论基石。

有什么样的革命逻辑,必然会有什么样的革命想象图景。一般而言，知识阶级眼中的革命图景，或者是一幅非常浪漫的革命图景（如创造社、太阳社文人的"革命加恋爱"的革命想象），或者是非常恐怖的革命图景（如冯雪峰）。1927年1月，冯雪峰在《莽原》半月刊第2卷第5期发表散文《结论》，开始思考生命与时代的关系。他预言当时的时代是个"可怕的东西"，"它是唯一消灭个人存在的机器。它永远饥饿着似的要求人的头颅，它嗜好用鲜血涂抹它的额、手、爪……"[①] 在《革命与知识阶级》中，进而把时代描绘成很恐怖惨烈冷酷的图景。"革命毫无情面地夺去了保障你底肉体的物质的材料，它是并要粉碎你底精神的生活的一切凭依，它粉碎了你的自尊，粉碎了你的灵魂。从前一切尊贵的，神圣的，不朽的东西，都成为失了色的死的东西；而这一切，都是通过你自己的眼睛的，你无法使它不真实……"[②]

冯雪峰对革命图景的想象充满着凌厉夺人的气势。他极力强化革命的神圣，更极力渲染革命的恐怖。《革命与知识阶级》，从题目上看，"革命"摆在前面，整篇文章完全是以"革命"作为主语，将它拟人化，所谓"革命没有特别看轻知识阶级的必要"，而将"知识阶级"作谓语，将他们拟物化（"它"），所谓"在大动摇的时代，革命的时代，十月到来的时代"，知识阶级必定扮演了它自己的角色，而且一旦向它提出工作，它必定动摇起来，不断地变质分化。这种"人/物"或"人/事"倒置的形式很耐人寻味。这样的革命，表层看意味着革命者的无条件牺牲，意味着对革命者的考验与选择。可

---

① 冯雪峰：《雪峰文集（1）》，人民文学出版社1981年版，第157页。
② 冯雪峰：《雪峰文集（2）》，第287页。

是如果从深层次看,意味着文学知识分子对"革命"的狂欢与诗意想象,同时更意味着"工农的党"改造"知识阶级"的革命诉求。

考察冯氏想象的革命图景,有四个特征:第一个特征是革命的铁血狂欢。这与现代知识分子对"革命"的独特体认有很大的关系。中国传统文人没有现代意义的"革命"(revolution)概念,他们对历代以来的各式各样的战争的审视,既没有时间上的差异(古今如一),也无空间性的差别。现代知识分子生逢、目睹的是现代意义上的"革命",一些所谓"革命的知识分子",如冯雪峰,1927年在北京耳闻过蒋介石在上海血腥屠杀共产党人的恐怖消息,目睹过军阀张作霖绞死李大钊的惨剧,特别是他那时的革命偶像李大钊的死,让他如五雷轰顶,脑子里"有一两分钟好像失去了魂魄似的没有一点主意"[①],为此他毅然决然地加入中国共产党,从事革命的地下活动,受过国民党政府的通缉,过着颠沛流离的生活,可他都无怨无悔。其主体对革命的介入达到狂欢的地步,革命流血的惨烈由痛感转换成快感,这种痴狂般的快感不是古代战争中个人的无条件牺牲,而是为了革命信念的集体式的殉难!第二个特征是他把革命的流血牺牲化为文学艺术的浪漫与潇洒。冯雪峰文面上说它是"可怕东西",但从他的叙述语气看,"可怕东西"并不可怕,作为一个革命者,生逢革命,介入革命,以自己的头颅和鲜血充当涂抹革命大机器运转的膏油,那是一项神圣而光荣的事业。第三个特征是他把精神的变革包容在革命含义之中,以肉体到精神都要经历革命风暴的袭击与洗礼,都要经历凤凰涅槃似的脱胎与换骨,死

---

① 冯雪峰:《雪峰文集(4)》,第133页。

亡与新生！"中国式现代革命观的建立意味着革命成为至高无上的新道义。它带来一个重要结果，这就是用暴力推翻旧制度、实行彻底变革的正当化。必须指出，由于'革命'这个词直接和彻底根本改变相联系，一旦以辩证唯物论作为新的天道，革命的流行不仅意味着对整体彻底变化的推崇，也意味着视暴力为正当观念的普遍化和斗争哲学的成熟。"① 阶级斗争一旦被视为推动历史进步的基本力量，那么革命观念中进步的含义不仅和激烈改变及斗争等含义合而为一，而且它同革命观念中用暴力夺取政权之意义相连，从而导致暴力革命的合法化和神圣化。

革命既要革去肉体生命，更要革去一切精神凭依，革去灵魂……把革命强化到狂欢的极致，匍匐于"革命"脚下的，一般都是像冯雪峰这样的知识分子。如果说创造社、太阳社的知识分子仅仅是属于对革命的表层的狂热的话，那么，冯雪峰则属于冷峻外表掩盖下的深层的狂热。二者的区别在于前者热得快，退却得也快；后者热得慢，退却得也慢。二者都会将革命推向异化的境地。唯鲁迅对革命的认识比较辩证。他一方面对其残酷性有充分的认识，认为"革命是痛苦，其中也必然混有污秽和血，决不是如诗人所想象的那般有趣，那般完美，革命尤其是现实的事，需要各种卑贱的，麻烦的工作，决不如诗人所想象的那般浪漫；革命当然有破坏，然而更需要建设，破坏是痛快的，但建设却是麻烦的事"②。另一方

---

① 金观涛：《革命观念在中国的起源和演变》，台北：《政治与社会哲学评论》2005年第13期，第7页。
② 鲁迅：《对左翼作家联盟的意见》，《鲁迅全集（4）》，人民文学出版社1982年版，第233—234页。

面也注意到革命的建设性任务,如他严厉批判过成仿吾辈极端的革命论调,"好似革命一到,一切非革命者就都得死,令人对革命只抱着恐怖","其实革命是并非教人死而是教人活的。这种令人'知道点革命的厉害',只图自己说得畅快的态度,也还是中了才子+流氓的毒"。① 革命革去生命,不论是知识分子还是普通的革命家,都有思想准备。作为知识分子的一种想象,冯雪峰的革命图景与太阳社蒋光慈的革命图景没有太大的本质区别。蒋光慈小说《咆哮了的土地》(又名《田野的风》)中的李杰赞同李木匠烧掉土豪房屋的建议后,李木匠进一步逼问:"但是李家的老楼怎么办呢?不烧吗?"此时,"李杰的脸孔顿时苍白起来","这病在床上的母亲,这无辜的事故不知的小妹妹,可以让他们烧死吗?可以让他们无家可归吗?这不是太过分了吗?啊?……"② 然而,李木匠的那种"残酷的、尖冷的、侮辱的声调"一次次在逼迫,使他最终接受了这种无情的审判。这种毁家、弑亲的革命行为也很符合冯雪峰的革命想象,因为它正好是"粉碎你底精神的生活的一切凭依,它粉碎了你的自尊,粉碎了你的灵魂"!

二、冯氏对"知识阶级"的想象与解构

冯雪峰"知识阶级"概念的元话语与参照系来自苏俄,但他又

---

① 鲁迅:《对左翼作家联盟的意见》,《鲁迅全集(4)》,第297页。
② 蒋光慈:《蒋光慈文集(2)》,上海文艺出版社1983年版,第378—379页。

绝不是在苏俄革命前的"知识阶级"概念内涵上使用"知识阶级"。

俄国人在 1870 年代出现的"intelligentsia"一词，它特指那些在政治、哲学、社会等领域富有批判性精神的知识分子，到了 1890 年代，"一个俄国人只受过教育、在公众生活里扮有一角，已经不足 intelligentsia 资格，还必须坚决反对旧体制的整个政治与经济制度"①；俄国知识阶级以贵族出身的知识分子占主要成分，品位高雅，具有忏悔意识和拯救意识，这些也是俄国知识阶级区别于西方知识分子特别是中国的知识分子的最大不同点。随着俄国资本主义经济的兴起，贵族势力的逐步削弱，平民出身的知识分子越来越多。"开始时贵族占优势，后来则是平民知识分子居多。多余的人、忏悔的贵族以及后来的积极革命者——这就是实际存在的知识分子的不同成分。"② 一句话，俄国知识阶级的最大特点是他们的独立批判意识、忏悔意识和拯救国民于水火的普世情怀。

（一）"知识阶级"概念的本土化阐释

"知识阶级"作为一个概念引进中国后，它在中国有一个逐渐被接纳、阐释、构建、改造、充实甚至被扭曲的过程。首先是晚清以降因废除科举后被体制剥离出来游荡于社会的"士"、"士子"、"读书人"在学术层面接受它，他们给自己命名为"知识阶级"，

---

① ［英］以赛亚·柏林著、彭淮栋译：《俄国思想家》，台湾联经出版事业公司 1987 年版，第 157 页。
② ［俄］尼·别尔嘉耶夫著，雷永生、邱守娟译：《俄罗斯思想》，生活·读书·新知三联书店 2004 年版，第 26 页。

找到了与国际接轨的时尚感觉。其次是在文化的批判层面接受了它,"五四"新文化运动前后时期的知识分子把政治批评、文化批判视为一种精神力量与道义担当。李大钊在"五四"时期欢呼《知识阶级的胜利》,他尊奉知识阶级为民众的"先驱",认为民众是知识阶级的"后盾"。鲁迅在《关于知识阶级》一文中,从中国传统文化基因视角审视知识阶级质疑中国知识阶级的操行,认为中国"伪知识阶级"多而"真知识阶级"少。再次是在泛政治批评的层面接受了它,陈独秀是其中的代表性人物。1923年他发表《中国国民革命与社会各阶级》一文,从政治的功利视角审视了知识阶级,看出了知识阶级的"动摇性"。另外是从政党政治层面接受了它,冯雪峰的《革命与知识阶级》就是从马克思主义政党的眼光审视甄别"知识阶级",认为"知识阶级"如果能够清楚地看到那些依附于旧的经济制度之上的"旧社会的个人主义的生活样式和文化艺术"必然走向灭亡("坟墓")的历史发展规律的话,那么,知识阶级就不能不发生动摇与分化……

总之,李大钊、陈独秀、鲁迅、梁启超等都参与了"知识阶级"内涵的阐释与构建。整体上看,他们过多地从政治、泛政治层面接受俄国知识阶级的内涵,而对俄国知识阶级文化的内涵的揭示比较欠缺。作为革命民主主义者的李大钊、鲁迅、梁启超等人,无论他们作如何解释,他们的共同特点是肯定了知识阶级作为一个阶级存在的合理性,尽管在称谓上出现了某些微妙的变化,如所谓"革命的知识阶级"、"小资产阶级的知识阶级"等等。但是冯雪峰是个异数,他的《革命与知识阶级》对知识阶级的二级"命名",促使了"知识阶级"的概念内涵发生了比较大的转变——"知识阶级"由革命的"启蒙者"转变为革命的"他者"形象,他笔下的知识阶级也由批判性的思维品质转换成对革命、革命阶级的顺从,他把完全顺从于无产阶级革命意识形态的称之为"革命者",把与无产阶级革命意识形态相悖的称之为"反革命者",把对无产阶级革命意识形态的顺从不够坚定的称之为"动摇者"和投机者。正是"批判了权威的信仰"之后,"又恢复了信仰的权威"。与俄罗斯知识阶级相比,现当代中国知识分子的精神的普遍特征,与冯雪峰对知识阶级的政治性阐释与解构,恐怕是有一定的关系的。

(二)如何理解冯氏笔下的"知识阶级"概念

在中国语境里,"知识阶级"与"知识分子"两个概念,一般常常混淆使用。但在革命意识形态的眼光里,二者之间,还是有明显的区别的,前者侧重于复数概念,后者侧重于单数概念,前者侧重于主体的独立与自由,后者倾向于集体主义或某个集团组织。一般说来,1949年之前,绝大多数的人习惯于用"知识阶级"概念,如李大钊、陈独秀、梁启超、鲁迅、冯雪峰等都是习惯用"知识阶级"概念。那么他们用"知识阶级"命名知识分子的真实意图是什么?是为了显示知识分子作为一个类群的团结力量,或者为彰显作为高贵的启蒙者的标志?

其实,冯雪峰使用"知识阶级"概念是暗含着政党的斗争策略与意图的。同样都喜欢用"知识阶级"概念,非党派的鲁迅以及李大钊等人所理解的知识阶级,更接近于俄国"知识阶级"概念,看重的是启蒙者的标识和与体制对立的独立的精神品格。而冯氏很能代表早期共产党人对知识阶级的暧昧态度,即一方面,在革命成功之前,从党的意识形态意图上说,从革命的反抗性和统一战线的力量上说,是更希望以"知识阶级"来命名那些有知识、有文化、有思想、有批判精神的人群。因为革命在结成同盟军的时候,争取到的是一个"阶级"的力量,而不是一群零散的"分子"的砝码,另一方面,早期共产党人(如陈独秀)从马克思主义经济学角度看,知识阶级显然缺乏作为一个阶级独立存在的经济基础,敏锐地看出了知识阶级的依附性以及他们不断分化的趋势。最典型的例子是像胡适这样的知识者,就被共产党认为他已由反封建的斗士蜕变成"反动的知识阶级"——资产阶级的附庸了。而在冯雪峰看来,像鲁迅这样的知识者还不能叫"反动的知识阶级",应当视为无产阶级革命的"同路人"。但麻烦的是,鲁迅依然觉得自己是知识阶级中的一员,毕竟还是"知识阶级"中的一个"分子"。冯作为共产党员,他最希望的是像鲁迅这样的知识者,如果能够让他改移自己的阶级立场,转变成"无产阶级"中的一个"分子",那是最圆满的了。

当然,知识阶级与"革命"的悖论关系,也给"知识阶级"和"知识分子"概念的使用与辨析增加了可变参数。知识分子作为一个阶级(阶层),以居高临下的"启蒙者"自居,自信而又自负地"启蒙"了民众,参与了革命。革命胜利了,结束了,知识分子还是固执地认为自己是"知识阶级"中的一个"分子",而不是无产阶级或执政党中的一个"分子",因而知识阶级与生俱来的批判思维并没有终结,而是还在继续。所以,1949年之后,人们喜欢用"知识分子"的概念。冯雪峰1949年之后的文章也是舍弃"知识阶级"概念而使用"知识分子"概念①,并参与了主流意识形态对知识分子的思想改造工作。② 因为"分子"带有单数、个体化的性质——政治家们当然不希望在一个和平建设时期出现一个具有批判意识的"知识阶级"。1956年周恩来在中央召开的知识分子问题会议上的报告中说:"知识界的面貌已经发生了根本的变化",知识分子的绝大部分"已经成为国家工作人员,已经为社会主义服务,已经是工人阶级的一部分"。如此一来,"知识阶级"作为一个阶级已经不复存在,知识分子也绝不是知识阶级中的一个"分子",而是"工人阶级"中的一个"分子",这使成千上万的知识分子立刻找到了一种附属于最革命阶级的皈依感、安全感。

此外,尽管知识分子自身也喜欢以"知识阶级"命名自身,但知识分子在文学艺术活动中自审性评价往往又自动解构作为一个"阶级"存在的合理性。频繁的笔墨官司,不断的"内讧",以及这个群体精神上的"自嘲"、"自讽"、"自艾"、"自戕"、"自虐"等行为,直接导致"知识分子"形象的扭曲与失真。相应的,现代文学家笔下的中国知识分子,也没几个正面的成功的形象——不是概念化的英雄,就是摇摆不定的投机者,或者是迂腐的书呆子。领袖或职业革命者眼中的知识分子,是一种可利用的资源。他们会根据不同的革命时期、阶段,根据不同的需要,来给知识分子命名、分类和派定任务。大众眼中的知识分子,是一群因掌握知识资源而高不可攀的人,在知识分子被意识形态全面改造之前,一般只能仰

---

① 冯雪峰:《雪峰文集(3)》,第518页。
② 麦克昂:《桌子的跳舞》,中国社会科学院文学研究所现代文学研究室:《"革命文学"论争资料选编(上)》,人民文学出版社1981年版,第496页。

视他们,在知识分子被意识形态全面改造之后,知识分子在大众的正义、勇敢、直率、诚实、朴素等革命品质的映衬之下,则越发呈现出集胆小、懦弱、动摇等弱点于一身的被贬抑的形象。所以到了反右、"文革"时期,包括冯雪峰在内的知识分子们都有赎不完的"罪"。知识分子沦落到如此地步,则可能是冯雪峰始料未及的。

(三)冯氏对"知识阶级"的解构及其原因

早在冯之前,创造社、太阳社等倡导"革命文学"的"革命家"们,已经将"知识阶级"区分为"革命的"或"反革命的"或"左右摇摆的"等类群,鲁迅在《关于知识阶级》一文中更径直地区分为"真知识阶级"和"伪知识阶级"两大类。但他们的分析不是为了争夺革命的话语权,就是为了区分良莠,无意去解构"知识阶级"作为一个"阶级"的存在。冯不一样,他为知识阶级划分类别,是为了改变知识阶级的属性,以便使知识阶级转变自己的阶级立场,聚合到工农阶级阵营中来,统一由工农阶级政党来领导。除了革命者、反革命者外,"革命"对那动摇者、投机者还有予以关注、争取、改造的必要,争取他们站到革命(即工农革命)的立场上来。可见冯雪峰的真实意图是要瓦解知识阶级。

冯一方面站在无产阶级革命的立场上去审视知识阶级,解构知识阶级,另一方面他又很难超越知识分子革命既成话语体系的影响和个人经验的限阈。经验迫使他看出"革命"改造、分化、瓦解知识阶级任务的艰巨性,迫使他从"革命"的宏观角度去看待知识阶级成分的芜杂性和知识阶级思想的复杂性与多重性,特别是能够超越"革命文学家"们的俗见,没有把"知识阶级"简单地划分为"革命"与"反革命"两大类,而是有区别地对待,认为像鲁迅那样的知识分子,是革命的"同路人",应该团结和利用他。这确实比当时的创造社、太阳社的革命文学家们的认识能力更高一筹,因而获得了现代文学史家的好评。但是,如果从政治文化生态学角度看,冯的知识阶级类群辨析法对于知识阶级来说,它的解构是毁灭性的,因为在他的意识里,革命对知识阶级的分类、改造带有化整为零的特点,最终的目的是消解整个知识阶级,让他们彻底转换阶级立场,站到工农阶级的立场上来,变成无产阶级的一"分子"。而创造、太阳两社的革命文学家们,他们极"左"的"革命"或"反革命"的简单化划分方法,话语的深层次里还承认革命必须有一个"革命的知识阶级",尽管前面加前缀"革命",但他们依然是一个阶级的存在。他们认为,革命文学家们应当同情无产阶级,站在无产阶级立场上说话,创造无产阶级文学,在遥远的将来,"我们的目的是要消灭布尔乔亚阶级,乃至消灭阶级的,这点便是普罗列塔利亚文艺的精神"。[①]

当然,冯对鲁迅"常常反顾人道主义"的情怀还是给予了必要的理解与宽容,认为"革命在它的手段上"必须抛弃人道主义,"但是在理想上","革命是无论如何都不肯彻底抛弃人道主义的"。冯的这些言论,似乎可以看做在他"革命"观彻底意识形态化之前,政治理性与人道悲悯情怀之间的矛盾纠葛。当时的他,不可能

[①] 麦克昂:《桌子的跳舞》,中国社会科学院文学研究所现代文学研究室:《"革命文学"论争资料选编(上)》,第365页。

认识到，在革命的年代，文学可以大显身手的领域恰恰在人道主义的关怀，而文学在政治理性面前，恰恰是最软弱无力的，诚如鲁迅所言，"一首诗吓不走孙传芳，一炮就把孙传芳轰走了"①。政治理性理想的目标是要摧毁政治生态的多样性，没有异己，没有杂音，而文学正是要呵护政治生态的多样性，当一种强势的话语压倒一切的时候，政治理性有可能漠视失势者、失败者、弱小者、零余者的微弱的呻吟，而文学恰恰要关注、倾听这些微弱的声音。

冯雪峰之所以要为中国的知识阶级作类群辨析，解构知识阶级的革命性，直至企图解构知识阶级本身，有两个因素值得我们思考：一是革命知识分子自身考察"知识阶级"视角。他们分析知识阶级的理论逻辑是来自书本上的无产阶级革命理论，即无产阶级革命的最终目的是要消灭一切阶级，实现共产主义。依照经典的无产阶级革命理论分析，小资产阶级、资产阶级知识分子更具有动摇性与两重性，所以判定鲁迅为革命的追随者、同路人，是符合"革命"逻辑的。革命若能瓦解知识阶级，将鲁迅这样的左右摇摆的同路人作家争取到革命的阵营中来，使之成为绅士阶级的逆子贰臣，成为"共产主义者"，成为无产阶级的一个"分子"也是非常符合"革命"逻辑的。冯雪峰一生中最"闪光"的业绩之一便是做鲁迅与党之间的桥梁。二是民主革命以来的一些革命先驱者、革命知识分子关于知识阶级的系列"言论"。中国无产阶级革命对知识分子的评价有一个规律，开始评价比较高，越往后越呈下降趋势。李大

---

① 鲁迅：《关于知识阶级——十月二十五日在上海劳动大学讲》，《集外集拾遗补编》，人民文学出版社1982年版，第190—191页。

钊视"知识阶级"为"民众的先驱",他认为,"民众作知识阶级的后盾","知识阶级的意义,就是一部分忠于民众作民众运动的先驱者"①,知识阶级与民众构成的关系是先驱与后盾的关系,亦即领导与被领导的关系。到了陈独秀那里,"知识阶级"的社会地位因"经济"因素开始动摇,评价开始降低,已经显露出将知识阶级"分子化"的端倪。认为"小资产阶级的知识阶级,他本没有经济的基础,其实不能构成一个独立的阶级,因此他对于任何阶级的政治观念,都摇动不坚固,在任何阶级的革命运动中,他都做过不少革命的功劳,也做过不少反革命的罪恶",正因为知识阶级没有特殊的经济基础,遂没有坚固不摇的阶级性,所以他主观上浪漫的革命思想,往往一时有超越阶级的幻象,这正是知识阶级和纯粹资产阶级所不同的地方,也就是知识阶级有时比资产阶级易于倾向革命的缘故"②。其实,像"不合作""家村立国"、"东方文化"、"新村"、"无政府"、"基督教救国"、"教育救国",这些在俄国没有理由不被看成革命的行动,在中国则被陈独秀看成是回避革命,也就是不革命,到了后来"文革"极左时期,则几乎被视同反革命了。鲁迅有感于杨杏佛遇刺后知识阶级普遍的惶恐,慨叹"盖怕死亦一种智识耳"③。鲁迅有时还愤激地认为,"知识分子,实在是应该轻蔑的,他们花样多……有些事情就败于他们之手"④。知识分子的

---

① 李大钊:《知识阶级的胜利》,《李大钊选集》,人民出版社1959年版,第308页。
② 陈独秀:《中国国民革命与社会各阶级》,中央档案馆:《中共中央文件选集(1)》,中共中央党校出版社1982年版,第159页。
③ 鲁迅:《致曹聚仁(1933年7月11日)》,《鲁迅书信集(上)》,人民文学出版社1976年版,第387页。
④ [英]以赛亚·柏林著、彭淮栋译:《俄国思想家》,第310页。

自我贬抑评价与政治家对知识分子的评价似乎可以找到一种潜在的逻辑联系。换言之，知识分子在虚构自身形象的同时，也映射到了革命者的脑海里，虚幻的镜像逐渐变成真实的形象。

总之，冯雪峰不仅以其独特的革命逻辑"想象"了革命，而且以苏俄无产阶级革命理论为元话语，为中国的知识阶级作类群辨析，虚拟出一套辨认知识分子身份的历史叙述方式，并借此历史叙述，解构知识阶级作为一个阶级存在的合理性，为重构革命与知识阶级、知识阶级与文学的关系寻找理论依据。此后，他的一整套文艺批评理论，关注的不是充满个人主义情调的"莎菲"，而是丁玲《水》中的英雄"群像"，这是很耐人寻味的。

（原载《文史哲》2006 年第 5 期）

追寻与反思

重评"五四"启蒙运动三题
——兼评李泽厚诸先生之说

李新宇

一、"借思想文化以解决问题"的是与非

"五四"启蒙运动一直遭到各种误解和非议,其中之一是面对中国复杂的问题而选择了思想文化革命。几十年前的主流意识形态否定了这种选择,原因不仅在于启蒙思想属于资产阶级的意识形态,而且在于它认定了思想启蒙与教育救国、科学救国等口号一样,不能解决中国的问题。按照当时的理论,只有工农革命才是解决问题的唯一出路,像陈独秀、胡适、鲁迅那样把思想启蒙看做解决问题的根本,不仅荒唐可笑,而且近乎反动。"文革"结束之后,一些人终于再次认识到启蒙的必要,重新致力于思想启蒙运动,因而也必然要重新认识"五四"新文化运动这笔遗产。但是,从20世纪80年代开始,就又遇到了新的质疑:"'五四'借思想文化以解决问题",作为一种思想方法是错误的,其结果是进一步加重了"中国意识的危机"①。进入90年代之后,伴随着保守主义思潮的

---

① 林毓生:《中国意识的危机》,贵州人民出版社1986年版。

兴起，这种认识开始被更多的人接受。他们认为"'五四'批判传统文化、改造国民性都是错误的选择，'五四'的选择虽然是当时知识精英深思熟虑的结果，然其问题的焦点似乎找错了方向"，"并没有抓住中国问题的关键"。①

新文化运动关注的重点的确是思想文化而不是政治或经济，这是任何人都无法否认的。但是，究竟应该如何认识这种选择，却有必要进行进一步的讨论。如果不带成见地回到历史现场，就很容易看到，"五四"新文化运动要解决的就是思想文化问题，而不是"借思想文化以解决问题"，解决思想文化问题是中国社会发展的迫切需要，对它的各种指责都是不恰当的。

应该注意的是，"五四"启蒙运动首先不是一场社会大变革的舆论前奏，而是一场大变革之后的思想文化补课。人们往往把它与后来的历史联系在一起，而忽视了它与此前历史的密切联系，这就很容易对它产生误解。

众所周知，中国现代化的历程是从器物层面开始的。它的第一步是以洋务运动为代表的经济和技术层面的变革，其主要成果是修铁路、开矿山、办工厂，开启了中国的工业化进程，带来了经济发展的现代模式。第二个阶段是以"戊戌变法"和"辛亥革命"为代表的政治变革，从和平的改革到武装革命，最后终于推翻了帝制，为中国带来了一个全新的民主共和的现代政治体制。但是，从某种意义上说，"辛亥革命"的确是一场条件不甚成熟的革命，中华民国这个亚洲最先出现的民主共和国也的确是一个早产的婴儿。

---

① 丁守和：《中国现代启蒙思潮》中卷，社会科学文献出版社1999年版，第3—5页。

革命在缺少准备的情况下忽然到来,并且催生了最为先进的民主共和体制,却没有为这个体制准备下新型的管理者和具有相应素质的公民。人们虽然在共和国的体制之下,思想观念和行为模式却往往停留在皇帝时代,甚至可以说,从上到下都不习惯这种现代的政治体制。一方面,作为共和国的总统、总理和各级管理者们,大都刚刚摘去清王朝的顶戴,很难迅速由"为王牧民"的臣子转变为现代国家的管理者,包括那些作为清王朝专制统治反抗者的革命党人,也并不熟悉现代国家的政治游戏规则。因此,他们很难迅速走上现代政治文明的轨道,而是不自觉地就会按照专制王朝的旧例行事。另一方面,作为理论上已经享有国家主权的人民,大多数并不知道自己已经是国家的主人,因而既不清楚公民的权利,也不清楚公民的义务,更不知道应该如何对待自己纳税雇佣的政府官员。他们仍然以草民自居,习惯于奴隶地位,就像鲁迅笔下的阿Q走上大堂时一样,官员们并不要他下跪,但他还是自觉地跪下了。总之,当时的中国虽已建立起现代的国家政治体制,而人们的思想观念和行为方式却远远不能适应。

启蒙运动就是在这个背景上发生的。启蒙者们把目光投向思想文化问题,并非他们的兴之所至,而是由当时的中国现实所决定的。我们不妨看一看陈独秀等人对当时中国国情的认识。

陈独秀在《旧思想与国体问题》中说:"我们中国多数国民口里虽然是不反对共和,脑子里实在装满了帝制时代的旧思想,欧美社会国家的文明制度,连影儿也没有。所以口一张,手一伸,不知不觉都带君主专制臭味;不过胆儿小,不敢像筹安会的人,堂堂正正的说将出来,其实心中见解,都是一样。袁世凯要做皇帝,也不是妄想;他实在见得多数民意相信帝制,不相信共和,就是反对帝制的人,大半是反对袁世凯做皇帝,不是真心从根本上反对帝制。"① 他甚至认为,那些创造共和、再造共和的人物也往往不知道共和是什么,而是满脑子装的都是帝制时代的旧思想。正因为这样,民主共和就很难真正实现。

李大钊在《新的!旧的!》一文中曾经指出:"中国人今日的生活全是矛盾生活,中国今日的现象全是矛盾现象。"他列举了一系列例子:过年了,刚过新年,又过旧年;贺年的人,有的鞠躬,有的跪拜;黄昏走在北京的街头,既有旧时代的更夫,又有新时代的巡警;制定宪法,一面规定信仰自由,一面规定"孔教为修身大本",以法律强迫人们尊孔;关于婚姻,一方面订立禁止重婚的刑律,一方面却保留纳妾的习俗。李大钊说:"矛盾的生活,就是新旧不调和的生活,就是一个新的,一个旧的,其间相去不知几千万里的东西,偏偏凑在一处,分立对抗的生活。这种生活,最是苦痛,最无趣味,最容易起冲突。"②

高一涵在《非"君师主义"》中说:"共和政治,不是推翻皇帝,便算了事。国体改革,一切学术思想亦必同时改革;单换一块共和国招牌,而店中所卖的,还是那些皇帝'御用'的旧货,绝不得谓为革命成功。法国当未革命之前,就有卢梭、福禄特尔、孟德斯鸠诸人,各以天赋人权平等自由之说,灌入人民脑中;所以打破帝制,共和思想,即深入于一般人心。美国当属英的时候,平等自

---

① 陈独秀:《陈独秀著作选》第1卷,上海人民出版社1984年版,第295—296页。
② 李大钊:《李大钊文集》上卷,人民出版社1984年版,第537页。

由民约诸说,已深印于人心,所以甫脱英国的范围,即能建设平民政治。中国革命是以种族思想争来的,不是以共和思想争来的;所以皇帝虽退位,而人人脑中的皇帝尚未退位。所以入民国以来,总统之行为,几无一处不摹仿皇帝。皇帝祀天,总统也祀天;皇帝尊孔,总统也尊孔;皇帝出来地下敷黄土,总统出来地下也敷黄土;皇帝正心,总统也要正心;皇帝身兼'天地君亲师之众责',总统也想身兼'天地君亲师之众责'。这就是制度革命思想不革命的铁证。"①

吴景超写过一篇《平等谈》,透露了当时社会的实际情况。他说,"辛亥革命"那一年他10岁,满耳朵所听的都是推翻清室,创造共和。他问他的老师:"我们为什么要推翻清室,创造共和呢?"面对一个10岁的孩子,他的老师作了很好的回答:"清朝是个专制政体,那些王公大人,都要仗他的势力来欺压平民,平民受他的欺负,谁也不敢作声。共和国却不然,以前那些什么阶级,什么贵族,都完全消灭了,凡是中国的国民,在法律上个个都是平等,没有什么我比你尊,你比我卑的。"吴景超说他因此而欢迎共和。然而,共和国建立了,八年之后,作为北京大学学生的他,却发现远远没有实现那个理想。他在文章中列举了几件事:一次他坐车到东城拜访朋友,路上遇到警察命令他停下来,因为那条路正禁止通行,原来是大总统正要从那条路上经过。又一次他在上海火车站,看到站台上有军乐队,有一排兵,还有五六十个戴礼帽穿马褂的人,原来是县知事要到南京去见省长,那些人是到火车站送行的。原来一个小小县知事就如此威风。他又说到听差的见到上司低头弯腰。如此

---

① 高一涵:《非"君师主义"》,《新青年》1919年第5卷第6号,第549—554页。

种种，往往都是"前清的规矩，不过现在没有更改就是了"①。

在这种情况下，中国究竟需要什么？是政治革命吗？如果是政治革命，革命的对象是谁？追求的目标是什么？结果又会是什么？历史已经证明，在当时情况下，任何革命都意味着破坏刚刚产生的共和国体制和《临时约法》所规定的秩序框架，不是导致战乱，就是导致复辟，而不可能带来建设性的成果。事实上，革命不止一次地发生了。孙中山发动了"二次革命"，结果是失败的，也是破坏性的；对于共和国体而言，袁世凯称帝也是一种"革命"，张勋把宣统皇帝重新扶上宝座也是一种革命，但结果众所周知，只能导致历史的倒退。总之，在已经具有现代政治体制框架的前提下，任何一种政治革命都只能导致政治上的大倒退，所以当时中国需要解决的是思想文化的问题，而不是政治的问题。也就是说，就当时情形看，中国所需要的不是革命，而是以既有的现代政治体制前提进行一场现代思想文化补课。

新文化运动正是这样一场补课。它是中国现代化全过程的一个重要环节，也是从经济改革（洋务运动）到政治改革（从百日维新到"辛亥革命"）再到文化改革这个全过程的最后一个环节。前面两个环节分别解决的是经济问题和政治问题，这一环节所要解决的是思想文化问题。所以，"五四"新文化运动并非"借思想文化以解决问题"，而是所要解决的就是思想文化问题。

在当时的中国，面临现代政治体制与中国文化传统的矛盾，出现了两种不同的思路：一是顺应中国传统而改造民主共和国体，它以袁世凯、古德诺、筹安会和张勋为代表；一是适应民主共和国体

---

① 吴景超：《平等谈》，《新潮》1919 年第 1 卷第 5 号，第 929—933 页。

而改变中国传统,它以陈独秀和《新青年》集团为代表。在新生的现代政治体制与根深蒂固的中国传统之间,启蒙者选择的是现代政治体制。他们是民主共和的捍卫者,他们爱惜那个来之不易的现代政治体制,不愿看到它因为与中国国情不合而夭亡,所以,他们思考的问题不是民主共和制度是否适应中国传统,而是中国传统是否适应民主共和。他们要做的不是改变现代政治体制以适应中国传统,而是要改变中国传统以适应现代政治体制。正如陈独秀所说:"我们要诚心巩固共和国体,非将这班反对共和的伦理文学等等旧思想,完全洗刷得干干净净不可。"① 在这种情况下,致力于解决思想文化问题,这一选择是错误还是正确,应该不难断定。

二、为什么反对"调和折衷"?

"五四"新文化运动的领袖人物大多反对调和折衷,拒绝接受中西融合的主张。在近几年的新保守主义潮流中,"五四"因此而受到了更多的指责。应该承认,"五四"的主张的确是极端和绝对的,但这并不意味着当下批评"五四"极端化和绝对化的人就比陈独秀、胡适和鲁迅高明。事实也许恰恰证明精神的退化已经使人们无法企及那一代人的高度。反对绝对、极端和片面的思维对于中国人来说实在算不了什么,孩子们读书伊始就学中庸之道,至于既这样又那样的庸人思维是一般人都会的。如果站在民族文化本位寻找

---

① 陈独秀:《陈独秀著作选》第 1 卷,第 297 页。

可以自豪的东西，倒是完全可以自豪地宣称：即使是中国的弱智者，也比西方人精通"辩证法"！正因为这样，在世界化过程所引发的文化冲突中，必然会出现"撷精取粹"、"熔于一炉"、"土洋结合"、"中西合璧"之类的主张。

新文化运动的领袖们坚决反对这种主张，态度激烈而决绝。究其原因，他们知道自己想要的是什么，所以全力推进世界化，也知道经过调和折衷之后出现的会是什么，而那样的结果他们不能接受。

在陈独秀们的眼里，欧化之路已经是无须讨论的选择，而中国传统与西方近代文化则是不可调和的，所以必须一心一意走西化之路。他说："无论政治学术道德文章，西洋的法子和中国的法子，绝对是两样，断断不可调和迁就的。……或是仍旧用中国的老法子，或是改用西洋的新法子，这个国是，不可不首先决定。若是决计守旧，一切都应该采用中国的老法子，不必白费金钱派什么留学生，办什么学校，来研究西洋学问。若是决计革新，一切都应该采用西洋的新法子，不必拿什么国粹，什么国情的鬼话来捣乱。譬如既然想改用立宪共和制度，就应该尊重民权、法治、平等的精神；什么大权政治，什么天神，什么圣王，都应该抛弃。若觉得神权君权为无上治术，那共和立宪，便不值一文。又如相信世间万事有神灵主宰，那西洋科学，便根本破坏，一无足取。若相信科学是发明真理的指南针，像那和科学相反的鬼神、灵魂、炼丹、符咒、算命、卜卦、扶乩、风水、阴阳五行，都是一派妖言胡说，万万不足相信的。因为新旧两种法子，好像水火冰炭，断然不能相容，要想两样并行，必至弄得非牛非马，一样不成。中国目下一方面采用立宪共和政体，一方面又采用尊君的孔教，梦想大权政治，反对民权；一方面设立科学的教育，一方面又提倡非科学的祀天、信鬼、修仙、扶乩的邪说；一方面提倡西洋实验的医学，一方面又相信三焦、丹田、静坐、运气的卫生；我国民的神经颠倒错乱，怎样到了这等地步！我敢说：守旧或革新的国是，倘不早早决定，政治上社会上的矛盾、紊乱、退化，终究不可挽回！"① 他又说："记者非谓孔教一无可取，惟以其根本的伦理道德，适与欧化背道而驰，势难并行不悖。吾人倘以新输入之欧化为是，则不得不以旧有之孔教为非。倘以旧有之孔教为是，则不得不以新输入之欧化为非。新旧之间，绝无调和两存之余地。吾人只得任取其一。"② 在这个问题上，陈独秀是清醒的，他问道："德谟克拉西是什么？纲常名教是什么？两下里折衷调和起来是个什么？"③

面对调和折衷的论调和陈独秀的问题，鲁迅揭示说："'西哲'的本领虽然要学，'子曰诗云'也要昌明。换几句话，便是学了外国本领，保存中国旧习。本领要新，思想要旧。要新本领旧思想的新人物，驼了旧本领旧思想的旧人物，请他发挥多年经验的老本领。一言以蔽之：前几年谓之'中学为体，西学为用'，这几年谓之'因时制宜，折衷至当'。"然而，鲁迅认为"世界上决没有这样如意的事"。他借易卜生之口表达了自己的态度："Allornothing!"④ 这种态度也许有点理想化，对于文化来说尤其难以实现，但这是新文化运动主要成员共同的理想。他们希望中国走上一条新

---

① 陈独秀：《陈独秀著作选》第 1 卷，第 386—387 页。
② 同上，第 281 页。
③ 同上，第 518 页。
④ 鲁迅：《鲁迅全集》第 1 卷，人民文学出版社 1981 年版，第 333 页。

的道路，结束不堪的历史。他们不愿接受打了折扣的理想，更不愿看到在折衷调和的名义下继续供奉吃人的幽灵。胡适说："为什么要反对调和呢？因为评判的态度只认得一个是与不是，一个好与不好，一个适与不适——不认得什么古今中外的调和。调和是社会的一种天然趋势。人类社会有一种守旧的惰性，少数人只管趋向极端的革新，大多数人至多只能跟你走半程路。这就是调和。调和是人类懒病天然趋势，用不着我们来提倡。……革新家的责任只是认定'是'的一个方向走去，不要回头讲调和。社会上自然有无数懒人懦夫出来调和。"① 几年之后，他又说："时髦的人当然不肯老老实实地主张复古，所以他们的保守心理都托庇于折衷调和的烟幕弹之下。对于固有文化，他们主张'去其渣滓，存其精英'；对于世界新文化，他们主张'取长舍短，择善而从'；这都是最时髦的折衷论调。"② 正因为这样，无论对哪一种折衷论调，他都是坚决反对的。

新文化运动之所以反对调和折衷，往往首先出于策略性的考虑。陈独秀在《调和论与旧道德》中作过一个比喻："譬如货物买卖，讨价十元，还价三元，最后结果是五元。讨价若是五元，最后的结果，不过二元五角。社会上的惰性作用也是如此。"鲁迅也说过："中国人的性情是总喜欢调和，折衷的。譬如你说，这屋子太暗，须在这里开一个窗，大家一定不允许的。但如果你主张拆掉屋顶，他们就会来调和，愿意开窗了。没有更激烈的主张，他们总连平和的改革也不肯行。"③ 胡适是这样说的："我是主张全盘西化

---

① 胡适：《胡适文集》第2卷，北京大学出版社1998年版，第557页。
② 胡适：《胡适文集》第5卷，北京大学出版社1998年版，第557页。
③ 鲁迅：《鲁迅全集》第4卷，人民文学出版社1981年版，第13—14页。

的。但我同时指出,文化自有一种'惰性',全盘西化的结果自然会有一种折衷的倾向。……古人说:'取法乎上,仅得其中;取法乎中,风斯下矣。'这是最可玩味的真理。"① 从这种策略性的考虑,也可以看到他们的努力方向。因为他们希望的是充分世界化,所以不愿自己先打折扣。

在 20 世纪的中国,一直不乏关于文化"融会"与"合璧"的想象:既引进外来文化,又保存本土文化,二者融会贯通,中西合璧。在物质文化和日常生活层面,这种想象是比较容易实现的。旗袍和高跟鞋的结合早已成功,西装和瓜皮帽也未尝不可,至于沙发和太师椅同置一室、满汉全席外加面包牛油,早已没人反对了。可是,在一些根本问题上,调和与折衷却难以进行。因为只要面对文化冲突的实际,就会承认在许多方面是难以调和折衷的。比如,民主与专制、科学与迷信、男女平等与夫为妻纲、一夫一妻与妻妾成群、言论自由与文字狱……折衷的结果是什么?融合之后又是什么形态?对于后来的中国人而言,或许已经见过,但陈独秀、胡适、鲁迅等人还缺少那样的想象力,而且不愿接受那样的杂烩。

三、"五四"启蒙运动的目标指向

在国家、民族或阶级至上的群体主义观念之下,要肯定一种事物的价值,就必须冠之以某种群体的名义,将其称之为爱国的、民

---

① 胡适:《胡适文集》第 11 卷,北京大学出版社 1998 年版,第 671 页。

族的、大众的……似乎不这样就无法证明它的意义。由于这种思维定势的作用，一些人想当然地认为"五四"启蒙运动的目标指向只能是国家和民族，因而无论反传统还是引进新文化，其目的都是国家的独立和民族的富强。然而，只要进入"五四"的历史现场，就会发现事情并非如此。

李泽厚"救亡压倒启蒙"的观点在20世纪80年代的中国学界产生了极大的影响，包括笔者本人，也是沿着他的思路开始思考这段历史的。遗憾的是，当时的李泽厚虽然提出了这一命题，却对它并未深究，对自己使用的概念也未作认真清理。所以，他一方面揭示着启蒙与救亡的冲突，并为救亡压倒启蒙而惋惜；一方面却写下了这样的结论："尽管新文化运动的自我意识并非政治，而是文化。它的目的是国民性的改造，是旧传统的摧毁。它把社会进步的基础放在意识形态的思想改造上，放在民主启蒙工作上。但从一开头，其中便明确包含着或暗中潜埋着政治的因素和要素。如上引陈独秀的话，这个'最后觉悟之觉悟'仍然是指向国家、社会和群体的改造和进步。即是说，启蒙的目标，文化的改造，传统的扔弃，仍是为了国家、民族，仍是为了改变中国的政局和社会的面貌。它仍然既没有脱离中国士大夫'以天下为己任'的固有传统，也没有脱离中国近代的反抗外侮，追求富强的救亡主线。"① 这不能不让人疑惑：既然启蒙的目标就是救亡，何谈启蒙与救亡的"双重变奏"？手段自然要服从目的，"压倒"之说又从何谈起？一些问题李泽厚朦胧地感觉到了，却没有把不同的思潮及其不同的目标指向作细致

---

① 李泽厚：《中国现代思想史论》，东方出版社1987年版，第11—12页。

的梳理，而是按照20世纪50年代赋予他的思维习惯把各自运行的不同思想系统纳入到同一个堂皇轨道之中。因此，他一方面感到救亡压倒了启蒙，一方面却仍然把启蒙看做救亡的手段。作为20世纪80年代的学界巨子，李泽厚的见解影响了一代人。许多学者都在这个问题上承袭了他所留下的矛盾，却很少有人对他发现的问题继续思考。

在当时的年轻学者中，汪晖对这一问题的思考是认真的。但遗憾的是，在李泽厚停步的地方，他没有继续往前走，而是详细论述了启蒙之所以被压倒的必然原因，结果，就成了对救亡压倒启蒙这一"历史的必然结果"的合理性论证。而且，在李泽厚犹豫徘徊的地方，汪晖干脆作出了这样的结论："从基本的方面说，中国启蒙思想始终是中国民族主义主旋律的'副部主题'，它无力构成所谓'双重变奏'中的一个平等和独立的主题。"① 于是，由李泽厚打开一角的一个问题，就这样又被抚平，恢复了过去叙述的原状。

但是，启蒙与救亡到底是什么关系？启蒙的目标指向究竟是什么？我认为，把启蒙看做救亡的手段，或把启蒙思想看做民族主义的副部主题，都是对"五四"启蒙运动的严重误解。启蒙与救亡是两个不同的思潮，也是两个不同的运动，各有其独立的思想体系和运行轨道，二者可能相遇、相交，但启蒙并不从属于救亡，更不是民族主义的"副部主题"。

考察"五四"以降的中国，应该注意同时并存的三个主题：启

---

① 汪晖：《预言与危机——中国现代历史中的"五四"启蒙运动》（下篇），《文学评论》1989年第4期，第35—47页。

蒙、救亡、翻身（或曰革命）。三个主题虽然存在着复杂的关联，却各有其不同的思想基础、出发点、目标指向和逻辑理路。它们是相互关联而又各自独立的三个体系，也可以说是三个不同的思潮或运动。三个主题产生于三种不同的意识：启蒙主题产生于人的意识；救亡主题产生于民族意识；翻身主题产生于阶级意识。三个主题又指向三个不同的目标：启蒙的目标是人的解放；救亡的目标是民族的解放；翻身的目标是阶级的解放。在启蒙的体系内，人的解放是根本目标，无论民族解放还是阶级解放，只要有利于人的解放，都可以被接纳；反之，则要受到排斥。也就是说，它可以接受任何思想，但前提是必须成为人的解放和人权保障的手段。在其他体系内，情况也是如此：在翻身体系内，阶级解放是根本目标，无论人的解放还是民族解放，都必须服从于它，如果不能为它服务，则必然受到排斥和打击。这一点，我们从马克思"无产者无祖国"的名言和列宁对于爱国主义的批判，从20世纪30年代左翼作家在中苏战争中"保卫苏联"的立场，从大半个世纪中对人道主义和人性论的态度变化，都可以看得清楚。在救亡的体系内，民族的解放和国家的富强是根本目标，无论人的解放还是阶级的解放，都只能与这一目标相一致，而不能与之相冲突。救亡要求全民族的大团结，要求全国上下一致对外，所以，它不欢迎启蒙对个人尊严和权利的强调，也不喜欢阶级斗争的鼓吹。这一点，我们从慈禧太后和光绪皇帝的圣谕，从张之洞等人的"中体西用"，从孙中山要求人们为了国家的自由而放弃个人自由的讲话，从国民党政府在20世纪30年代的一系列政策，也都可以看得清楚。所以，这三个体系常常处于矛盾之中，除了形势所迫，很少为"主旋律"所统一。所谓"正"与"副",所谓目的与手段,只是单方面的一厢情愿,并非双方形成的共识。

其实,从新文化运动足可以看到他们努力的目标。"五四"启蒙运动到底做了些什么?考察它关注的主要问题,大多与救亡无关,更与"反帝"无涉。翻一翻《新青年》、《新潮》、《每周评论》等刊物,就可以大致看到它涉及的一系列问题:孔教问题、伦理问题、女子解放问题、贞操问题、婚姻问题、父子问题、教育改良、戏剧改良、文学改革、语言改革……这些问题当然并非完全与国家无关,但是,它的解决与否并不直接关系民族和国家的存亡。恋爱是否自由,婚姻是否自主,贞操观念是否应该革除,孝道是否需要,独身主义和无后主义是否可行,如果经过学者的论证,当然都与救亡有关,但是,它首先是人生问题。人们可以把它纳入国家、民族的大话题之下谈论,但它本身并不必然指向国家和民族。新文化运动的领袖们之所以主张恋爱自由,不是因为恋爱可以救国;之所以反对传统的贞操观念,不是因为节妇烈女牺牲了国家的什么资源;之所以主张妇女解放,更不是要煽动娜拉们离开家庭而投身于民族解放的战场。从《新青年》集团的言论中,可以看到一系列相互对立的词语:"人的生活"与"非人的生活","人的文学"与"非人的文学","人的道德"与"吃人的道德","人国"与"奴隶的国度"……这正是"五四"启蒙运动的标志。它鲜明地昭示着人们:"五四"启蒙运动的目标是人,是人的解放,是人的自由和权利。

有人说,虽然"五四"启蒙运动直接关心的是人,但"立人"仍然是"强国"的手段,所以目的仍然是国家。在当下中国学界,这种说法是流行的。其潜在逻辑是：因为要救国，所以立人；因为要立人，所以启蒙。于是，启蒙为了立人，立人为了救国。启蒙就这样被编入了救亡体系。在这个体系中，人不是目的，而只是救国的工具。

所以，启蒙服务于救亡的观点若要成立，必须建立于两个基础之上：一是启蒙运动的领袖们是民族主义者或国家主义者；二是启蒙运动是适应救亡的需要而发生的。然而，这两点都只是理论上的假设，并非历史事实。

首先，"五四"启蒙运动的领袖们不是民族主义者，也不是国家主义者，甚至不是一般意义上的爱国者。他们大多具有鲜明的个人主义倾向和世界主义倾向，并不看重国家和民族这些介于个人与世界之间的概念。他们已经具有现代国家观念，懂得国家与公民应有的关系，因而知道爱国应该是有条件的，只有国家能够保障人的权利，这个国家才值得爱，否则，爱国就是愚昧的表现。早在发动新文化运动的前夕，陈独秀就说："国家者，保障人民之权利，谋益人民之幸福者也。不此之务，其国也存之无所荣，亡之无所惜。""或谓恶国家胜于无国家？予则云，残民之祸，恶国家甚于无国家。"有感于国家"不足以保民，而足以残民"的中国现实，他甚至写下了这样的文字："不暇远征，且观域内，以吾土地之广，惟租界居民，得以安宁自由，是以辛亥京津之变，癸丑南京之役，人民咸以其地不立化夷场为憾。"① 胡适在《易卜生主义》中介绍过易卜生的思想："个人绝无做国民的需要。不但如此，国家简直是

---

① 陈独秀：《陈独秀著作选》第1卷，上海人民出版社1984年版，第118—119页。

个人的大害。请看普鲁士的国力,不是牺牲了个人的个性去买来的吗?国民都成了酒馆里跑堂的了,自然个人是好兵了。再看犹太民族:岂不是最高贵的人类吗?无论受了何种野蛮的待遇,那犹太民族还能保存本来的面目。这都因为他们没有国家的缘故。国家总得毁去。这种毁除国家的革命,我也情愿加入。毁去国家观念,单靠个人的情愿和精神上的团结做人类社会的基本——若能做到这步田地,这可算得有价值的自由起点。"①李大钊曾有一个理想:"只要和平会议变成了世界的议会,仲裁裁判变成了世界的法庭,国际警察如能实现,再变成了世界的行政机关,那时世界的联合政府,就正式成立了。"他所要焚香祝祷的就是"全世界人类组织一个人类的联合,把种界国界完全打破"。②在《我与世界》一文中,他又写道:"我们现在所要求的,是个解放自由的我和一个人人相爱的世界。介在我与世界中间的家国、阶级、族界,都是进化的障碍,生活的烦累,应该逐渐废除。"③

其次,关于"五四"启蒙运动的缘起,过去的叙述大都把它解释为救亡运动的派生物,因而把人的解放纳入到民族解放的主题之下。这种解释只是一种非常勉强的逻辑推论,并非根据历史事实而作出的结论。面对鸦片战争之后中国的处境,皇帝及其官员们的确是从救亡和强国这个中心出发考虑问题的。最先的留学生们也往往是为救国而远渡重洋的。但是,在当时的中国,"国将不国"是众所周知的事实,"人已非人"也是一个事实。两个事实都是中国的

---

① 胡适:《胡适文集》第2卷,北京大学出版社1998年版,第484页。
② 李大钊:《李大钊文集》上卷,人民出版社1984年版,第625—626页。
③ 李大钊:《李大钊文集》下卷,第23页。

真问题。人们可以产生"国将不国"的忧虑,也可以产生"人已非人"的痛感。"国将不国"的忧虑产生了救亡运动,而"人已非人"的痛感造就了启蒙运动。

中国的启蒙主义者有着大致相同的精神背景。他们广泛地接受了西方现代知识,而且大都有留学的生活经历。他们远渡重洋,本来也许是一心为了国家,立志学成之后回国为皇上和他的国家效劳,但国外生活不仅使他们学到了富国强兵的技术,而且使他们看到了另一种人生。对他们来说,这是痛苦的一击,也是伟大的觉醒。因为他们本来也是麻木群体中的分子,生活历来如此,早已司空见惯,并未感到生活在中国多么无法忍受,所以,他们也是开口闭口"我大清",一心一意要为皇上重圆强国梦。但是,两种生活的比较使他们看到了一个现实:中国人活得不像人!早在王韬等人的言论中,我们就已听到了不平和叹息。在严复等人的文章中,我们已看到令人痛心的比较。至谭嗣同的《仁学》,则直言中国是"人间地狱",发出了如此慨叹:"幸而中国之兵不强也,向使海军如英法,陆军如俄德,恃以逞其残贼,岂直君主之祸愈不可思议……故东西各国之压制中国,天实使之,所以曲用其仁爱,至于极致也。"[①]

对于一个专制王朝来说,两种生活的对比是可怕的。当人们借助外国人的生活而发现自己和同胞生活在"人间地狱"时,当人们意识到这种可怜的生存状况并非源自外国侵略而是源于自己国家的压榨时,当人们意识到旧有基础上的民族独立和国家富强并不能改

---

① 丁守和:《中国近代启蒙思潮》上卷,社会科学文献出版社 1999 年版,第 256—257 页。

变自身命运时，一种思想就产生了：如果一个国家不能保障人的权利，而且剥夺人的权利，它的独立和强盛还有意义吗？如果一个国家像监狱，囚徒们有义务学好本领以加固监狱的高墙或制造新式刑具吗？对于留学生中的多数人来说，尽管并非来自苦难的阶层，但在西方人的生活面前，他们同样没有优越感。或者说，在西方公民的权利面前，原来或许有的"皇恩浩荡"之感很快就黯然无光了。这是大清王朝的不幸：为了强国，不得不派留学生"师夷之长技以制夷"，却又无法使他们只学习外国的技术而不受其社会制度和意识形态的诱惑，专制制度优越性的宣传也注定了不能掩盖事实的真相。结果，派遣留学生本是为了使自身强盛，到头来却为自己培养了成群的掘墓人。从制度维新的酝酿，到排满革命的宣传，其中一大批人的最终目标已经不再是救亡，而是使中国人也应该像人一样生活。到"五四"启蒙运动开始之时，其领袖集团的主要成员大都已经完成了一个根本转变：他们不再以救亡为目的，而是以人的自由、独立、尊严与权利为目的。

（原载《文史哲》2004 年第 4 期）

20世纪中国长篇小说之回顾

李 岫

到了晚清，由于种种原因，小说创作出现了一个繁荣的时代。据涵芬楼新书分类目录载，小说创作约120种，但据阿英在《晚清小说史》中所述，"至少在一千种以上，三倍于涵芬楼所藏"，[①] 其中不少已具现代长篇的规模。李伯元的《官场现形记》、吴研人的《二十年目睹之怪现状》、刘鹗的《老残游记》、曾朴的《孽海花》，被鲁迅称为四大谴责小说，[②] 或暴露晚清的政治窳败与黑暗，或揭露贼官酷吏的丑态，其他有反映立宪运动、种族革命运动、妇女解放的，反映工商业战争和庚子事变的等等，不同程度地剖析了清末民初中国半封建半殖民地社会的种种矛盾，共同描绘了20世纪初中国社会的广阔画卷，闪耀着批判现实主义的光芒，对上继承了明清优秀的现实主义传统，对下奠定了现代长篇小说的现实主义基础。

中国的小说在近代以前，被视为末技小道，不能像诗词歌赋般登堂入室，更谈不上对这种文学样式本身的社会功能和艺术素质的

[①] 阿英：《晚清小说史》，作家出版社1958年版，第1页。
[②] 鲁迅：《中国小说史略》下册，北京大学第一院新潮社1923—1924年，第343页。

认识。直到"戊戌变法"前后,中国近代的知识分子在观察世界的同时,接触了西方的文学观念,才开始认识到小说对社会变革和意识形态能产生重大的影响,于是出于变法图强的要求,希望利用并通过小说这一形式宣传维新思想和变法要求,以推行"戊戌变法"的运动和主张。1898 年,梁启超发表了《政治小说〈佳人奇遇〉序》(后改名《译印政治小说序》),正式提出了"政治小说"的概念,认为小说可促进"各国政界之日进",是改造社会的工具。1902 年,又发表《论小说与群治之关系》,表述了革新小说的主张,把小说的内容从封建传统思想的束缚中解脱出来,提出用小说改造社会、改良政治,起到新国新民的目的。作为我国古代向现代过渡的小说理论,这篇文章无疑是资产阶级改良派在小说理论方面的一篇纲领性文献,也是公认的"小说界革命"的宣言书。此后的小说杂志和创作实践都很活跃,梁启超的《新中国未来记》、刘天华的《狮子吼》等相继问世,寄寓着维新图强的政治理想和改良社会的强烈愿望。由此可见,政治小说的东渐对现代小说的确立和发展起了积极的作用。

如果说,梁启超在小说理论方面有所突破,那么,林译小说则引发了国人研究并借鉴西方小说的极大兴趣。自 1899 年,林纾译《巴黎茶花女遗事》出版,他一生共译英、美、法、俄、德、日、比利时、瑞士、希腊、西班牙、挪威等 11 个国家 98 位作家的 163 部作品,[①] 其中不乏优秀的长篇小说。有些作品至今无人重译,其

---

① 俞久洪:《林纾翻译作品考察》,薛绥之、张俊才:《林纾研究资料》,福建人民出版社 1980 年版,第 403 页。

翻译的覆盖面宽、数量多，不仅对我国清末民初的文化产生过很大影响，就是对整个 20 世纪的小说创作也起过积极作用。

林纾的大量翻译是在"戊戌变法"失败之后进行的，一方面适应了救亡图存的时代要求，力求通过译介西方作品向西方寻求真理、寻求新思想，达到警醒国人、报仇雪耻的作用，另一方面，当时大多数中国的知识分子尚不知西方文学的美学价值和艺术价值，林译小说为我国文学界引进了新的创作经验，促进了小说创作的革新，正如郑振铎在《林琴南先生》一文中所指出："中国'章回小说'的传统体裁，实从他而打破。"① 虽是创作形式变化，但在中国小说发展史上具有崭新的意义，不仅纠正了封建文人轻视小说的正统文学观，而且使知识界和创作界体味到西方文学在反映现实的深度与广度上，如此深入人心，如此有光彩，所以有人说："中国的旧文学以林氏为终点，新文学以林氏为起点。"②

林纾对新文学大家的影响更是显著的。青年时代的鲁迅，即很喜读林纾翻译的小说，据周作人回忆说："鲁迅还在南京学堂的时候，林琴南已经用了冷红生的笔名，译出了小仲马的《茶花女遗事》，很是有名。鲁迅买了这书……但是使得我们读了佩服的，其实还是那部司各特的《撒克逊劫后英雄略》。原本既是名著，译文相当用为，而且说撒克逊遗民和诺曼人对抗的情形，那时看了含有暗示的意味，所以特别地被看重了……我们对于林译小说又那么的热心，只要他印出一部，来到东京，便一定跑到神田的中国书林去

---

① 郑振铎：《林琴南先生》，《小说月报》1924 年第 15 期，第 4 页。
② 寒光：《林琴南》，中华书局 1935 年版，第 211 页。

把它买来，看过之后，鲁迅还拿到订书店去改装硬纸板书面。"①
至于周作人本人，不仅模仿过林纾的译笔，还曾把严复的《天演论》、梁任公的《十五小豪杰》、林纾的《茶花女》视为新文化潮流的三派代表，"而三者之中尤其以林译小说为最喜看"，"一方面引我到西洋文学里去，一方面又使我渐渐觉得文言的趣味"。② 郭沫若在自己的自传中多次回忆过林译小说对自己一生的深刻影响。茅盾不仅在他主编的《小说月报》上专门介绍过林纾的翻译，而且在林纾死后又为他的《撒克逊劫后英雄略》作注，使其重新印行。钱锺书说："《林译小说丛书》带领我进入一个新天地，一个在《水浒》、《西游记》、《聊斋志异》以外另辟的世界……接触了林译，我才知道西洋小说会那么迷人。"③ 很多作家把林译小说看做认识文学的第一步，并把自己所受的影响潜移默化地用到对中国新文学的建设中去。林纾虽然带着他世界观的深刻矛盾和对新文化运动的大惑不解于20世纪20年代去世，他对近代文学史和翻译文学史的重大贡献却是我们不应忽略的。

20 世纪对人类而言，既充满创造与辉煌，也充满了灾难与黑暗。中国文学一旦进入 20 世纪的时光隧道，立即毫不犹豫地和这个世纪的重大历史事件紧密相连。长篇小说更是义不容辞地担负起反映历史时代和人生的重任。

---

① 周作人：《鲁迅与清末文坛》，《鲁迅的青年时代》，中国青年出版社 1957 年版，第 78 页。
② 周作人：《我学国文的经验》，《知堂文集》，天马书店 1933 年版，第 14 页。
③ 钱锺书：《林纾的翻译》，《文学研究集刊》第 1 册，人民文学出版社 1964 年版，第 4 页。

"五四"运动以它彻底的毫不妥协的反帝反封建的姿态,揭开了中国新民主主义革命的序幕。作为新民主主义革命产物的是民族的、科学的、大众的新民主主义文化和文学。民族的,因为它是反对帝国主义压迫、主张中华民族的尊严和独立的,先进的世界观与中国具体的革命实践和文学运动相结合,成为反对旧道德提倡新道德,反对旧文化提倡新文化的重要组成部分;科学的,因为它是彻底反封建,反对封建道德和封建文化的,"五四"的口号之一就是科学与民主——德先生与赛先生,不仅是打倒旧文化和旧文学的思想武器,也是建设新文化和新文学的思想武器;大众的,因为"五四"以来的中国新文学反映了中国人民的历史要求,即彻底改变中国半封建半殖民地的面貌,建立一个独立、民主、自由、富强的新中国。有鉴于此,"五四"小说与民初小说在时间上是接壤的,在内容上,却有了根本性的、质的区别。它一改民初小说对才子佳人、神仙妖怪、黑幕宫闱的庸俗描写,既继承了清末民初的现实主义传统,又呈现出"五四"的狂飙精神和清新的风格。

郁达夫说:"'五四'运动的最大成功,第一要算'个人'的发现。"[①] "人的文学"、"平民文学"要求新文学从封建专制主义和蒙昧主义的桎梏中走出来,转而描写平民、知识分子和劳动者,这正是新文学民主意识和民主精神的真正体现。说到科学,新文学尤其是新小说不再是不登大雅之堂的末技,而成为一种具有科学尊严的艺术,它的地位与富国强兵之路密切相连,具有表现人生、指导人

[①] 郁达夫、茅盾、鲁迅:《导言》,《中国新文学大系·散文二集》,良友图书公司1935年版,第5页。

生的作用,它的内容与"五四"的反帝反封建任务完全一致,它的研究也渐渐具有了科学的眼光和方法,如郑振铎的《文学的统一观》、郁达夫的《小说论》、瞿世英的《小说研究》、周作人的《日本近三十年小说之发达》等都从理论上推动了新小说走上一条健康发展的道路。

新文学的发展促使各类纯文学社团纷纷涌现,他们发表自己的文学主张,形成各种流派,他们创办刊物,繁荣各式创作。一时间呈现出虽然有些杂乱但不失缤纷多彩的局面。茅盾曾把这比作"尼罗河的大泛滥,跟着来的是大群的有希望的青年作家,他们在那狂猛的文学大活动的洪水中已经炼得一副好身手,他们的出现使得新文学史上第一个'十年'的后半期顿然有声有色!"[①] 我们看到,在各种社团各种流派中,新小说始终以现实主义为其主流。现实主义的主流贯穿了整个100年。浪漫派、象征派、唯美派、现代派都有过它们的优秀代表作,但始终没有占据主流的地位。至于诸如未来主义、达达主义只介绍过理论,甚至没有相应的文学创作。这期间,文学研究会的成立和《小说月报》的革新有着不可忽视的作用,为小说创作的繁荣奠定了坚实的现实主义的基础。文学研究会高擎"为人生"的大旗,宣告"将文艺当做高兴时的游戏或失意时的消遣的时候,现在已经过去了","文学是一种工作,而且又是于人生很切紧的一种工作"[②]。他们重视文学的社会作用,认为文学不仅反映了人生,而且也具有指导人生的作用。周作人、沈雁

---

① 郁达夫、茅盾、鲁迅:《导言》,《中国新文学大系·散文一集》,第8页。
② 张资平:《曙新期的创造社(二十四)》。

冰、郑振铎、叶绍钧、庐隐等后来都是坚持现实主义的"人生派"。《小说月报》的革新突破了封建顽固派的堡垒，把曾经是鸳鸯蝴蝶派把持多年的一个阵地改换成宣传新文化、新道德的阵地，把对人生抱着游戏和冷嘲态度的创作倾向改变到严肃地为人生的现实主义道路上来，这意义是重大的。《小说月报》改革后最具特色的是开辟了"海外文坛消息"专栏，介绍世界的思潮、流派、作家作品，特别是"俄国文学专号"、"法国文学专号"、"被损害民族的文学专号"都使国人眼界大开，一种大时代的气息扑面而来，大大缩短了中国文学与世界文学的距离。许多提倡过浪漫主义、自然主义的作家也都自觉地接受了现实主义的影响，立志用自己的笔反映人生、思索人生的真谛，以冰心、庐隐为代表的问题小说便是"人生派"的一支，稍后的乡土派也是写实的。对于充满忧患的20世纪，中国文学一走上舞台便选择了现实主义，是历史的必然，也是文学发展的必然，它的主流不可能用一种凌驾于时代之上的、超现实的创作方法，短篇小说如此，长篇小说的发展更清楚地说明了这一规律。

　　新文学的第一个10年，可以称为长篇的小说很少，艺术上也很幼稚。那时的长篇也就十几万字，而且多带有某种自叙传性质。1922年2月，泰东书局出版的张资平的《冲击期化石》为现代文学最早的长篇，小说是作者献给亡父的，寄寓着对往事的回忆，一片故国之思，一掬怀旧之情。通过作者对自己身世的追忆，对"辛亥革命"的不彻底，对教育界的舞弊之风，对封建的旧式婚姻，都有所针砭，对下层人民和穷苦学生表示了一点同情，有一定的民主思想，但结构松散，叙议驳杂，全篇弥漫着"人类死后，他们的遗骸便是冲击期的化石"①的情调。在1925年又写了长篇《飞絮》之后,张资平便专写多角恋爱小说了。几乎同一时期问世的长篇有王统照的《黄昏》、杨振声的《玉君》、张闻天的《旅途》、老舍的《老张的哲学》后几位作者都比张资平的格调高、视野开阔,思想境界也是高的。《玉君》曾引起争论,鲁迅认为玉君"不过一个傀儡,她的降生也就是死亡",是作者"用人工来制造理想的人物",②但《现代评论》则把它列为新文学头10年的10部佳作之一,③说明《玉君》是颇引起人们注意的,它毕竟表露了作者的一种理想。张闻天的《旅途》则是表述理想主义的一部现实主义作品,虽然有"革命加恋爱"的情节,却不同于后来的"革命加恋爱"的公式,而是展开了对人生观、价值观的思考。书中主人公对革命和爱情的选择都是积极的、健康的,心理刻画也都细腻入微。茅盾对此称赞道:"闻天同志则写长篇,并且比我早了三年,我自叹不如。"④可惜,张闻天也是文学挽留不住的人,之后,政治家的道路选择了他。1925年,老舍于伦敦完成了他的第一部长篇《老张的哲学》,揭示了北洋军阀统治下动荡不安的北京城乡生活,抨击了恶势力横行的社会现实。老舍说过,"'五四'运动送给我一双新眼睛"⑤,这双新眼睛使他看到了过去未曾看到或不理解的东西,即反帝反封建,不该做封建礼教的奴隶和洋人的奴隶,"这两

---

① 张资平:《曙新期的创造社(二十四)》,《中华日报》1943年11月1日。
② 郁达夫、茅盾、鲁迅:《导言》,《中国新文学大系》,第3页。
③ 陈源:《新文学运动以来的十部著作》,《西滢闲话》,新月书店1928年版,第344—345页。
④ 茅盾:《序》,《张闻天早年文学作品选》,人民文学出版社1983年版,第1页。
⑤ 老舍:《"五四"给了我什么》,《解放军报》1957年5月4日。

种认识就是我后来写作的基本思想与情感"①。《老张的哲学》作为老舍的第一部长篇，虽还有幼稚的痕迹，但它反帝反封建的思想是鲜明的。被称为现代中国文坛上的教育小说作家的叶绍钧以短篇起家，但鲁迅预言"叶绍钧却有更远大的发展"②，长篇《倪焕之》的问世便证明了鲁迅的眼光。

"四一二"大屠杀翻开了新文学的第二个10年，即1927—1937年。从一开始，便决定了10年的文学必定和政治发生密切的联系。鲁迅说："中国的无产阶级革命文学在今天和明天之交发生，在诬蔑和压迫之中滋长，终于在最黑暗里，用我们的同志的鲜血写成了第一篇文章。"③ 茅盾目睹了大革命的失败后称"经验了动乱中国的最复杂的人生的一幕"，"于是我就开始创作了"。④ 作为文艺运动发展的重要标志的是1928年的革命文学论争和1930年中国左翼作家联盟的成立。现在看来，革命文学论争虽然有不少缺点和错误，但那是文艺运动发展过程中的一个必然现象，它毕竟促使中国现代文学反帝反封建的主题更加突出，使作家们更加自觉地审视时代、反映现实人生。因此，"左联"的成立既是国际左翼文学思潮对中国影响的结果，也是国内革命文学论争的结果。"左联"的成立，是中国现代文学史上的一件大事，标志着中国现代左翼文学主潮的形成、现实主义的深化和以长篇小说为代表的文学创作走向成熟。

---

① 老舍：《"五四"给了我什么》，《解放军报》1957年5月4日。
② 郁达夫、茅盾、鲁迅：《导言》，《中国新文学大系》，第2页。
③ 鲁迅：《中国无产阶级革命文学和前驱的血》，《鲁迅全集》第4卷，人民文学出版社1981年版，第282页。
④ 茅盾：《从牯岭到东京·致作协的一封信》，《茅盾研究资料》中册，中国社会科学出版社1983年版，第2页。

第二个10年的长篇小说大约有80多部,不仅数量多,质量也有了很大变化,题材面向全社会摄取,力求反映时代的风貌,时代特征决定了这时期长篇小说的主调、品格和艺术技巧的运用。

被称为"扛鼎之作"的《倪焕之》是叶圣陶在1928年奉献给读者的第一个长篇。作家或评论家都注意到《倪焕之》时代性的特征。夏丏尊曾指出,《倪焕之》不仅是作者创作道路上划时代的产物,也是当时国内文坛划时代的产物。茅盾在《读〈倪焕之〉》中曾分析了"五四"以来的王统照、许钦文、张资平等的小说所反映的人生是狭小的、局部的,读者从中看不到"五四"以后青年心灵的振幅,因而缺乏浓郁的社会性。《倪焕之》不然,它第一次描写广阔的世间。作为小学教员的倪焕之,把教育作为自己的终身事业,把一切希望"悬于教育",寄于教育,把教育看得很重,他和他的同事们在死水般的乡村试验新教育,得不到同情,得不到赞助。"五四"来了,幻灭了,"五卅"来了,又幻灭了,"把一篇小说的时代安放在近十年的历史过程中,不能不说这是第一部,而有意地要表示一个人——一个富有革命性的小资产阶级知识分子,怎样地受十年来时代的壮潮所激荡,怎样地从乡村到都市,从埋头教育到群众运动,从自由主义到集团主义,这《倪焕之》也不能不说是第一部。"① 针对"五四"以后的小说常常是信手拈来的"即兴小说",无须锐利的观察,无须冷静的分析,无须缜密的构思,仿佛刹那间即可得之,很少作家有意去表现一种现象,一种社会生活,茅盾认为《倪焕之》做到了这一点,不能不是一种进步,纵使

---

① 茅盾:《读〈倪焕之〉》,《文学周报》1929年8月第20期,第5页。

《倪焕之》还存在这样那样的缺点,但它有意表现了时代给予知识分子的影响,也表现了人们的集团的活力又怎样将时代推进了新方向,促进历史进入必然的新时代,这是它和"五四"时期的作品不同的地方。

具有时代性和社会历史性题材的作品还有王统照的《山雨》和茅盾的《子夜》,一写农村的破产,一写民族资产阶级的败落,同样反映半封建半殖民地中国的性质、前途和命运,1933年被称为"子夜山雨季"。王统照在1922年写过长篇小说《一叶》,属"文学研究会丛书"之一,也是中国现代文学最早的长篇之一。之后,他以开放的现实主义的态度区别于其他提倡"爱"与"美"的作家,把眼光和笔触转向军阀统治下的北方农村,意在写出北方农村崩溃的几种原因与现象及农民的自觉,小说写出了在山雨欲来的动荡时代里,饱受天灾兵燹之苦的农民如何在血泪中挣扎奋斗,虽是农村的一个侧影,却写出了与大社会的种种关系,透过侧影透视其心理与个性、悲剧或喜剧、偶然或必然,从而显露出社会的真态。文学史家称:"他是中国新文学中最早探索中长篇小说艺术形式的作家之一,也是较早把北方广阔原野的乡土气息带进小说领域的作家之一。"① 王统照和茅盾共同奠定了中国现代社会型长篇小说的基础。除时代性外,茅盾更追求一种史诗性。他的《子夜》是用长篇小说的形式回答了当时一个重大的社会问题,即中国并没有走向资本主义发展的道路,中国在帝国主义的压迫下,更加殖民地化了。《子夜》以恢弘的气势、多维的结构反映了30年代中国社会的

---

① 杨义:《中国现代小说史》第1卷,人民文学出版社1993年版,第373页。

基本矛盾,民族资产阶级的历史特征和社会的发展趋势,是 30 年代一幅宏伟的历史画卷。如果说,茅盾的前期作品塑造了"时代女性"的形象系列,后期作品则形成了民族资产阶级的形象系列,《子夜》中的吴荪甫、《多角关系》中的唐子嘉、《第一阶段的故事》中的何耀先、《霜叶红似二月花》中的王伯申、《走上岗位》中的阮仲平、《锻炼》中的严仲平等,这些人物走过的道路,可以构成一部中国民族资产阶级和中国民族工业发展的命运史,茅盾为中国现代文学人物画廊增添的民族资产阶级形象,是他对中国现代文学的一个贡献,而这个贡献,是别的作家所不曾提供的。瞿秋白曾预言:"1933 年在将来的文学史上,没有疑问的要记录《子夜》的出版。"① 事实证明,不仅此后的各种文学史都设有《子夜》的专章,20 世纪末当电视文化覆盖全球的时候,《子夜》又被搬上荧屏,成为多幕电视剧而赢得了相当高的收视率。《子夜》被驶誉为文学革命后第一部表现社会的长篇小说,文学史家刘绶松指出,《子夜》"是我们现代长篇小说最早的成熟的标志"②。茅盾一生留给后人的 1200 万字著作中,长篇小说 6 部占了很大分量。从民主革命到社会主义革命时期,茅盾为中国现当代长篇小说的繁荣与发展作出了特殊贡献。

老舍的《二马》、《猫城记》、《离婚》、《小坡的生日》、《牛天赐传》、《骆驼祥子》都写于 30 年代,在中国现代小说史上,老舍笔下的市民社会和市民形象系列是在 30 年代确立的,尤其是《骆

---

① 瞿秋白:《〈子夜〉与国货年》,《申报自由谈》1933 年 3 月 12 日。
② 刘绶松:《论茅盾的〈虹〉与〈蚀〉》,《文学评论》1963 年第 2 期,第 24 页。

驼祥子》达到了城市庶民文学的高峰。祥子成了中国现代文学城市下层劳动者画廊中的经典形象。

巴金的第一部长篇小说是《家》（1933年5月初版），它以大无畏的叛逆精神和高昂的热情描写了新旧民主主义交替时期一个封建大家族的崩溃和一群叛逆者们对新的人生的追求，"宣告一个不合理的制度的死刑，来向一个垂死的制度叫出我的'我控告'"①。后来和《春》（1938年4月初版）、《秋》（1940年4月初版）合称"激流三部曲"，其中的人物及影响一直活跃在20世纪的书籍、舞台、银幕上。此前有"革命三部曲"，此后有"爱情三部曲"，影响都很大，从而奠定了巴金在文学史上的地位。

李劼人的系列长篇《死水微澜》、《暴风雨前》、《大波》写于1935年至1937年，以其题材的新颖，内容的宏富，堪称一部四川的近代社会史。

以上各种"三部曲"的出现以及南北两大刊物《文学》和《文学季刊》对长篇的连载，各种"大系"、"文库"对促进创作繁荣都起了很大作用，巴金主编的《文学丛刊》、《文化生活丛刊》，尤其是《现代长篇小说丛书》14种，为长篇小说提供了广阔的园地，也带来了30年代绚丽多姿的多样化的文学格局。

新文学的第三个10年（1937—1949），完全处于战争时期。我们不应忘记20世纪人类经历了两次世界大战，第一次世界大战历时4年多，对中国的影响相对小些；第二次世界大战，尤其是8年

---

① 巴金：《关于〈家〉十版改定本代序》，《巴金全集》第1卷，人民文学出版社1986年版，第442页。

抗日战争，对历尽沧桑、饱经忧患的中国人民则是刻骨铭心的。二战是人类历史上规模空前的战争，它波及了61个国家和地区，有4/5的世界人口被卷入，战火燃及亚、非、欧和大洋洲的40个国家的国土。其中，中国的抗日战争，在太平洋战争以前是二战中东方反法西斯的唯一战场，在太平洋战争以后是东方反法西斯的主战场，作为世界反法西斯战争中重要的、影响全局的一部分，中国人民为打败日本侵略者，维护世界和平和人类尊严，曾经付出巨大的民族牺牲，为全人类作出了不可磨灭的历史贡献，在世界民族解放运动史上树立了一座不朽的丰碑。

抗日战争是中国现代史上的一个根本转折。标志着这个根本转折的是中国人民反侵略战争的全面胜利，中国人民虽然付出了沉重的代价，无数优秀的儿女献出了生命，但战争考验了我们民族的生命力、凝聚力、战斗力，为民族精神的振奋和民族素质的提高注入了新的活力，人民战争的汪洋大海注定了侵略者的灭顶之灾，标志着这个根本转折的是八年抗战改变了中国政治力量的对比，抗战的胜利准备了新中国与旧中国的决战，加上三年解放战争的胜利，加速了新中国的诞生，开通了中国实现现代化的道路。伟大的抗日战争结束了，留给后人的是战争产生的奇伟的文学。

当战争渐渐远去，半个多世纪以后的今天，蓦然回首，发现上个世纪的长篇小说，几乎都和战争相关联。战争，留给文艺的影响是巨大的：或者是世界反法西斯战争，或者是国内战争，或者是军阀混战，中国人民所经历的战乱真是太多了；或者是直接描写战争的，或者是以战争为大背景的，或者是某个情节某个事件和军事进展有关的，差不多都会涉及。描写教育家的《倪焕之》与北伐战争;描写民族资本家的《子夜》,其中不乏金融界与军阀混战的关联;《八月的乡村》、《科尔沁旗草原》、《呼兰河传》、《财主底儿女们》、《林海雪原》、《白鹿原》等都是以抗日战争为背景;《太阳照在桑干河上》、《青春之歌》等都是以解放战争为背景。战争是20世纪中国现实生活中摆脱不掉的重大历史事件,关键是不论描写战争的全貌,描写正义力量的强大或侵略势力的嚣张,还是解剖战争中各阶层心理,战争中的等待、痛苦、忏悔、向往,优秀的长篇小说总是高扬爱国主义,深刻分析战争的原因,能够给读者以胜利的信心。

战争究竟给了文艺以怎样巨大的影响?早在新文学的第一个10年,茅盾便写了一本《欧洲大战与文学》,那大概是第一本研究战争作为政治的延续和激化怎样成了"人类灵魂的天平"[1],怎样成了"知识者操守的试金石"[2],他在书中写道:"大战似乎离我们更远了,几乎灭绝人类的可怖的大战只成为渐就模糊的旧梦,现在这老欧洲正在庆幸伤痍的平复,光荣的欧洲踏过了血泪到原来的地方了,巴尔干依旧是世界的火药库,地中海沿岸的外交风涛依旧那样险恶,虽然地图上小小地换了些色彩,但是如同没有那次大战一样,老调子又在唱,历史又复演了。"[3] 虽然他把小说简单地分为战争小说、战时小说、战后小说,这仅仅是一种类别分法,但他在书中阐述的观点,对今天仍有借鉴意义。他说:"从大战的血花里

---

[1] 茅盾:《欧洲大战与文学》,《茅盾全集》第29卷,人民文学出版社2001年版,第8页。
[2] 同上。
[3] 同上,第3页。

爆出来的文艺上的新运动，有的已经夭折，有的已经落潮，更有的是尚未完全成熟。"① 如果说，具体所指即一战所产生的达达主义运动的早夭，表现主义运动的落潮和无产阶级文艺运动的兴起，集中代表苏俄新文学观点的《苏俄文艺论战》和托洛茨基的《文学与革命》从理论上对中国文学产生了很大影响，那么，二战之后的无产阶级革命文学运动则是比较成熟的，影响最大的理论著作是毛泽东的《在延安文艺座谈会上的讲话》。毛泽东在《讲话》的结论中说，讨论问题，应当从事实出发，不应从定义出发。"现在的事实是什么呢？事实就是：中国的已经进行了五年的抗日战争；全世界的反法西斯战争；中国大地主大资产阶级在抗日战争中的动摇和对于人民的高压政策；'五四'以来的革命文艺运动——这个运动在二十三年中对于革命的伟大贡献以及它的许多缺点"②，还有，根据地和国统区的文艺运动。最大的事实，就是战争的事实。《讲话》从当时中国社会最根本的事实出发，从文艺与社会生活的关系即马克思主义美学的根本问题出发，提出了文艺为什么人和如何为的问题。应当承认，《讲话》的精神指导了抗日战争后期的文艺运动和文艺创作，产生了一批优秀作品，一直到新中国成立后的几十年间，文艺界一直遵循着《讲话》的精神、原则和定于一尊的创作方法，这是不容忽视的事实。当然，今天回过头去看，从抗战时的"小米加步枪"到今天的信息化、网络化，历史发生了根本性的变化，《讲话》中的某些具体论述和结论已经不适合今天的需要了。

---

① 茅盾：《欧洲大战与文学》，《茅盾全集》第29卷，第4页。
② 毛泽东：《在延安文艺座谈会上的讲话》，《毛泽东选集》第3卷，人民出版社1991年版，第853页。

但是，战争能带来新的文艺运动，并产生新理论和创作，从一战到二战，都可以看到这样的规律。

《讲话》以后，文学史上出现了这样的现象：随着文艺大众化的讨论和深入，短篇小说向通俗化、大众化的方向发展，并和报告文学相融合，产生了纪实化的倾向，如《刘粹刚之死》、《一个连长的战斗遭遇》等，长篇小说则向重型化和反思型发展，经历了战争的伤痛和历史的沉淀，呈现出一种深邃感。沈从文的《长河》、茅盾的《霜叶红似二月花》、巴金的《憩园》、张恨水的《八十一梦》都产生过强烈的社会反响，萧红的《呼兰河传》、张爱玲的《金锁记》、沙汀的《淘金记》、老舍的《四世同堂》、路翎的《财主底儿女们》、吴组缃的《鸭嘴涝》，展示了特定历史条件下的人生；司马文森的《南洋淘金记》、黄谷柳的《虾球传》则带着明显的地域特点，徐訏的《风萧萧》、无名氏的《野兽、野兽、野兽》将宗教氛围、洋场风味的现代主义气息杂糅在一起。无论是大后方的流亡作家群，"孤岛"的作家，还是台湾的乡土作家（如吴浊流的《亚细亚的孤儿》），各路作家、各种风格的作家带着自身的传统自觉地向关系到民族存亡的战争靠拢，向真、善、美的民族化倾向靠拢。在民族抗战的大背景下，中国现代文学留下了作家们的足迹、思考与呐喊。

新中国的成立开创了中国历史的新纪元，标志着中国新民主主义革命的基本结束和社会主义革命的开始，中国从此进入了一个以大规模建设为主要任务的新时期。作为意识形态之一的文学艺术也进入一个崭新的阶段。第一次中华全国文学艺术工作者代表大会的召开，国统区和解放区两支文艺大军会师后，共同响应大会提出的号召，努力创造无愧于我们伟大民族的文学艺术作品，以高昂的热情投入了新生活。

从1949年到2000年，这半个世纪的长篇小说创作基本上可以分为两个板块：第一个板块是1949年到1966年将近20年的时间，第二个板块是1978年到2000年20多年的时间，中间是断层，前后有着极大的区别和变化，后20年与前20年几乎无法链接。

毛泽东在《在延安文艺座谈会上的讲话》中说："我们的问题基本上是一个为群众的问题和一个如何为群众的问题。"① 当作家们面对新生活的时候，"为什么人"和"如何为"摆在了面前。社会现实变了，题材变了，描写对象变了，而一切创作必须服从于文艺为政治服务，文艺为工农兵服务的方向，只有这样，才能解决"为什么人"和"如何为"的问题，此外，不能有其他道路。继承了"五四"新文学传统的作家们，即便是那些写惯长篇小说的大家，面对新形势也感到生疏和茫然。从新中国成立起，政治运动一个接一个，"左倾"思潮愈演愈烈，总是用文艺鸣锣开道。胡适批判、《红楼梦》批判、《武训传》批判、反"右"斗争一直到十年浩劫的开场锣鼓——《海瑞罢官》批判，文艺创作被提到一个空前的高度。如果说，利用小说反党是一大发明，那么，用文艺创作作为开始推行政治运动，也应该是一大发明。

应该承认，长篇小说作家们是勤奋的、用力的，他们对社会主义文学方向的紧跟和对马克思主义美学的探求都是认真的。他们在努力跟上新生活，用自己的笔反映伟大的社会主义建设，但头20

---

① 毛泽东：《在延安文艺座谈会上的讲话》，《毛泽东选集》第3卷，第853页。

年长篇能留在文学史上的并不多。有些作品所描写的事件在当时可能是天翻地覆的，但历史告诉我们，那些事件在当时虽然惊天动地，现在看来却是一种倒退，历史已经否定了它们，对描写它们的作品就很难评价了。有些作品被告知必须用社会主义现实主义或两结合的创作方法去写，必须与用社会主义精神从思想上改造和教育劳动人民的任务结合起来，必须塑造高、大、全的形象，而高、大、全的形象是不符合生活实际的，这样的形象即使塑造出来也是没有长久生命力的。只有那些反思型的、回顾历史的长篇小说至今仍留在读者心中。

50年代后期到60年代初期，长篇小说出现一个收获的季节，吴强的《红日》、杜鹏程的《保卫延安》分别写了华东战场和西北战场，曲波的《林海雪原》写了东北战场，塑造了经久不衰的传奇英雄杨子荣的形象。这一批描写战争的长篇，把人们又带回到以往的岁月。在建立新中国的政权以后回忆夺取政权的道路，在和平时期回忆硝烟弥漫的战场，无论作家的创作还是读者的感悟，都包含了历史的沉思和积淀。例如《保卫延安》，反映了1947年3月至9月延安保卫战的历史进程，反映了这场伟大战争的革命英雄主义精神和宏伟的场面。在整个解放战争的背景上，与刘邓大军挺进大别山、与陈赓大军强渡黄河等重要战役相呼应，不仅写出了延安保卫战的重要性，也勾勒了整个解放战争由防御转入进攻的全过程，通过描写蟠龙镇攻坚战、沙家店歼灭战等一系列战役，在敌强我弱、敌进我退的逆境中取得了胜利。在塑造周大勇、王老虎等一批我军战士的英雄形象的同时，真实而艺术地再现了彭德怀等一批高级将领运筹帷幄、高瞻远瞩的形象，有说服力地展示了毛泽东军事思想的威力和整个战争的历史轨迹。这样一部成功的长篇,它的出版发行却十分艰辛。1954年出版,在极"左"路线下,1959年被停止发行,1963年被下令销毁,十年浩劫中,作者杜鹏程更是没完没了地交代"罪行",书中描写的彭德怀将军更是遭到了空前的厄运,直到"四人帮"被打倒,这部长篇才获准重印,重又回到应有的历史地位。

比《保卫延安》的命运更为坎坷的是长篇小说《刘志丹》,就是那部被定罪为利用小说反党的《刘志丹》。一部小说还未正式出版,只印了几本样书送审,就被拿到中央的会议上去批判,制造出一个庞大的反党集团,上至国务院的副总理,下至陕甘老区的老贫农,包括作者搜集材料时为作者带路的老乡,中间包括审过书稿的老干部、出版社编辑,株连了一万几千人,其中有的人受尽折磨,被活活害死。一桩古今中外罕见的由长篇小说引发的文字冤狱发生在1962年。刘志丹是中国现代史上一位真正的民族英雄,小说描写他从青年时代起就献身革命,在错综复杂的历史环境中对敌人进行了艰苦卓绝的斗争,创建了陕甘根据地,最后壮烈牺牲。他牺牲后,毛泽东为他题词:"群众领袖,民族英雄",周恩来的石刻题词是:"上下五千年英雄万万千,人民的英雄要数刘志丹"。对这样一个英雄难道不值得歌颂吗?但在极"左"路线下,《刘志丹》被定为反党小说,作者的罪名是把毛泽东思想写成了刘志丹思想,是伪造党史等等。长期以来,在文学创作中,只能歌颂一个人,只能写一块根据地,这显然是违背历史真实的。如果说胡风的冤案是理论界的一个典型案例,《刘志丹》一案则在长篇小说发展史上给我们留下了许多发人深省的东西,诸如文艺与政治、历史与现实以及长篇小说的历史使命等等。

杨沫的《青春之歌》在很大程度上弥补了新中国成立以来反映知识分子革命历程小说的缺欠,周而复的《上海的早晨》则描写了新中国成立后我国民族资产阶级接受社会主义改造的全过程,欧阳山的《三家巷》长镜头地回顾了20年代发生在广东的省港大罢工、沙基惨案、北伐战争等重大历史事件,《红旗谱》中的朱老忠是民主革命时期既有鲜明时代精神、又富有革命理想主义光辉的农民英雄,《红岩》是一部特殊的长篇小说,那些渣子洞中革命志士形象鼓舞教育了一代又一代人,此外,李英儒的《野火春风斗古城》、冯德英的《苦菜花》、姚雪垠的《李自成》(第一部)都是这一时期的重要收获。《酒徒》是香港文学中长篇小说的代表作品,它打破了中国传统小说构架,把意识流和象征主义手法大量引进作品,被誉为中国第一部意识流小说,丰富了现实主义的表现空间,而又不失本质地表现现代都市人生。

截至1981年,共出版长篇小说120部。

1981年3月,茅盾与世长辞。逝世前,他在留给中国作家协会的最后一封信中提出:"为了繁荣长篇小说的创作,我将我的稿费25万元捐献给作协,作为设立一个长篇小说文艺奖金的基金,以奖励每年最优秀的长篇小说。"[①] 根据茅盾的遗愿和捐赠,作家协会设立了"为鼓励优秀长篇小说创作,推动新时期社会主义文学的发展,提高中华民族的精种素质而设立的我国具有最高荣誉的一项文学大奖——茅盾文学奖"。迄今,茅盾文学奖已评选5次,从这5

---

① 茅盾:《从牯岭到东京·致作协的一封信》,《茅盾研究资料》上册,第2页。

次的得奖作品中，我们约略可以看出改革开放 20 年间，也就是 20 世纪的最后 20 年，长篇小说发展的轨迹。

1982 年 9 月，成立了以巴金为主任的茅盾文学奖评委会。确定了第一届评奖范围为 1977 年到 1981 年的长篇小说，共收到各地推荐的 143 部作品，经过预选、筛选，评出了 6 部得奖作品，它们是：周克芹的《许茂和他的女儿们》、魏巍的《东方》、姚雪垠的《李自成》（第二部）、莫应丰的《将军吟》、李国文的《冬天里的春天》、古华的《芙蓉镇》。这 6 部作品大体代表了当时长篇小说的成熟。十年浩劫结束不久，长篇小说整体上还处于萧条状态，有人称之为"徘徊期"，有人称之为"复苏期"，加之长篇创作的周期长，总之不很景气。但是《许茂和他的女儿们》摆脱了阶级的框架，关注人物的命运。《冬天里的春天》尝试用现代派手法写长篇。《将军吟》通过一个部队内部及这个部队与社会的错综复杂的关系，家庭、亲朋、爱人的种种矛盾与纠葛，把人们带回十年浩劫初期那种狂热、盲从、动乱、纷扰的日子，深刻地揭露社会矛盾，无情地批判封建法西斯专政的悲剧。这部长篇的问世和读者对它的接受是有深刻的社会及历史的原因的。《东方》以朝鲜战场和小村庄凤凰台为背景，全面反映轰轰烈烈的抗美援朝战争，歌颂中国人民志愿军保家卫国的英雄形象，揭示新中国成立不久、装备落后的我们何以能战胜强大的美国侵略者的本质原因。小说的可贵不仅在于弘扬了爱国主义和国际主义精神，还在于大胆描写了我军内部尖锐的思想斗争，这在过去是不被允许的。

第二届评奖范围为 1982 年到 1984 年的长篇小说。这 3 年间共出版长篇 450 部，数量大大增加了，各地共推荐作品 92 部。1985

年9月,本着"反映时代、塑造典型、引人深思、感人肺腑"的精品原则,评出了3部得奖作品,即李准的《黄河东流去》、张洁的《沉重的翅膀》、刘心武的《钟鼓楼》。

从此以后,茅盾文学奖声誉越来越高,受到海内外作家的瞩目,的确起到了推动和繁荣长篇创作的积极作用。长篇创作的发展不但数量多,总体质量也大为提高。从选材的厚重、反映生活的深度和广度、艺术手法的圆熟,都出现了可喜的现象。第三届评奖范围定为1985年至1988年,各地推荐了104部,1991年3月,评委会评出了5部作品,即《少年天子》、《平凡的世界》、《都市风流》、《第二个太阳》、《穆斯林的葬礼》。这届文学奖增加了一项荣誉奖,老将军萧克的《浴血罗霄》和已作古的老作家徐兴业的历史小说《金瓯缺》获此殊荣。

没有评上奖项的优秀作品也很多,如贾平凹的《浮躁》、王火的《月落乌啼霜满天》、宗璞的《南渡记》、王蒙的《活动变人形》等。

第四届茅盾文学奖评出的作品有4部:王火的《战争与人》、陈忠实的《白鹿原》、刘斯奋的《白门柳》(一、二部)、刘玉民的《骚动之秋》。

2000年评出的第五届茅盾文学奖共4部:张平的《抉择》、阿来的《尘埃落定》、王安忆的《长恨歌》、王旭烽的《茶人三部曲》。

从以上得奖作品可以看出,改革开放以后的小说创作经历了一个怎样的历程。从短篇的伤痕小说、反思小说,到长篇的改革小说、现代小说,小说园地真是绚烂极了。随着国门开放,中国人的现实生活发生了极大的变化,多元的文化被引进国门,作家开拓了视野,学习和借鉴异域的营养,加之信息网络化和高科技的发展,人们迅速改变了自身的审美趋向、艺术鉴美方式、情感交流方式与信息传递方式。自20世纪80年代后期,小说观念和小说理论的更新深刻影响了创作实践,这也是文艺发展的必然规律。作家们从传统的被要求塑造"典型环境的典型性格"的现实主义的模式中走出来,试探着运用意识流、时空转换、心理变幻、感觉化等叙事模式,极大地丰富了长篇小说的创作。20世纪90年代以来,长篇小说的新形态和作家的出场方式又有了新的发展,有时甚至把小说、诗歌、散文、日记、法律文件、地方志等汇聚到一个主题下,这是否也是文体边界的模糊化?1993年问世的《白鹿原》是改革开放以来一部厚积薄发之作。它的问世,颇震撼了文艺界。它的史诗风格,它的悲剧力量立即吸引了评论界和广大读者的目光。人们普遍认为:"陈忠实的《白鹿原》是上一世纪90年代,中国长篇小说创作的重要收获之一,能够反映那一时期小说艺术所达到的最高水平。把这部作品放在整个20世纪中国文学的大格局里考量,无论就其思想容量还是就其审美境界而言,都有其独特的、无可取代的地位。即使与当代世界小说创作中的那些著名作品比,《白鹿原》也应该说是独标一帜的。"[①] 它一问世,阐释者、鼓与呼者群起,好评如潮。思想上它用家族史来反映中国近现代社会变迁、社会秩序和人的心理秩序的变迁历程,不愧是一部有史诗风格的震撼人心的民族历史画卷,艺术上为我们提供了多重视角的艺术展现的更大空间,人物的命运、社会的演进、文化精神与传统,三者相互作用,共同推进作品的时空,为我们提供了一个无比完整、无比厚

[①] 何西来:《序》,《〈白鹿原〉评论集》,人民文学出版社2000年版,第1页。

重、辐射力极强的世界。预言它不仅属于过去的世纪,而且属于未来的世纪,是不无道理的。

优秀的长篇小说,是社会生活的一面镜子,是时代的画卷和百科全书,一个时代纪念碑式的记录。回顾上个世纪长篇小说的历史,仿佛让我们回顾了上个世纪100年间人类所经历的一切:战争与和平、文明与落后、力量与秩序、财富与贫穷……总之,现实与理想、此岸与彼岸。中国的长篇小说更让我们看到亚洲这个最富变幻的国家所走过的道路。回顾上个世纪长篇小说的历史,可为21世纪的文艺繁荣和精神文明建设提供参照和借鉴,让那些诞生在20世纪却对未来世纪具有永恒意义的作品永驻我们心中。

(原载《文史哲》2002年第5期)

青春、历史与诗意的追寻和质询
——王蒙与米兰·昆德拉比较研究

张志忠

　　本文以比较文学研究中的平行研究方法,选取中国作家王蒙(1934—)与捷克作家米兰·昆德拉(Kundela Milan,1929—)进行比较研究,是出于如下的考虑:其一,两位作家都是成就显赫且具有相当世界影响的。他们都具有长达半个世纪的创作历程,创作生命力长盛不衰,拥有显要的文学地位,具有多方面的创作成就。其二,在生活道路和创作思想上,两个人都有类似经历和可比性:都曾遭受不公正的政治待遇,走过坎坷的生活历程;青春、革命历史、爱情和抒情性文学,都是他们关注和描述的重要对象。其三,他们都是富有思想气质的作家!在20世纪80年代,王蒙就被认为是中国文坛最富有思想深度的作家之一,昆德拉的思想之深刻透辟,其哲言妙语在大众传媒中的流传,更是不争的事实。在审视生活现实的同时,他们都长于从哲理高度进行理性的概括,揭示语言和现实中的荒诞和悖论,这样,不但是积极拓展了作品的心灵、情感的空间,还往往形成作品的幽默、嘲讽的喜剧风格,凸显出作家的智慧风貌。同时,他们的创作所具有的差异性和各自的艺术追求,又让我们看到了两个不同国度、不同民族的作家,对生活对时代对文学的不同理解。

一、以对青春的深刻凝思崛起于文坛

20世纪50年代，无论是在中国还是在捷克斯洛伐克，都刚刚确立了新的社会制度，都存在着一个如何面对新生的社会主义国家，如何用文学形式表现新的时代生活的新课题；同时，在现实中都受到苏联和斯大林主义的重要影响，捷克斯洛伐克还充当了苏联的"卫星国"，在思想和文学上，也有如何面对苏联文学影响的问题。

时代的巨变和一代新人的成长相重合，青春的认同和时代的认同相互纠缠，使这一问题显得更加迫切。恰恰是在50年代，作为文学新秀的王蒙和米兰·昆德拉都在文坛上崭露头角，而且都是以对流行一时的浮泛颂歌和简单化地对人的理解予以反驳和摒弃，而引人注目。22岁的王蒙在1956年问世的《组织部新来的年轻人》因为其鲜明的批判锋芒，曾经引发了从毛泽东到文学界的关注和争论，成为50年代文学和当代中国文学的代表性作品。与王蒙相近的是，1953年，24岁的昆德拉出版了他的第一部诗歌集《人，一座广阔的花园》，这是一部探讨人的心灵世界的具有丰富复杂性的长诗。比之于50年代初期，在苏联和东欧（也包括中国）所流行的"无冲突论"和只能写"好了还要好"的创作时风，《人，一座广阔的花园》树立起比较鲜明的抒情主人公形象，鄙薄当时流行的通体光明的无冲突论，针砭浮泛歌颂和美化现实的时潮，被称赞为"一部面对现实、独标真愫的诗集"，昆德拉也由此作为一名善于倾诉心曲的有棱有角的青年诗人登上捷克斯洛伐克文坛。[1] 此后，他

---

[1] 李凤亮、李艳：《对话的灵光——米兰·昆德拉研究资料辑要（1986—1996）》，中国友谊出版公司1999年版，第71页。

还创作了叙事长诗《最后的春天》(1955)，借著名的捷克斯洛伐克民族英雄伏契克与监管他的盖世太保警官的对话，阐发了诗人自己对生活、对社会以及大千世界的哲理性思考。

两位作家都是以对青春的深度凝思崛起于文坛，都具有时代先行者的思想气质，而且，他们的文化评价和文学选择又是富有先见之明的。这里所讲的，是他们对于苏联文学的褒贬弃取有着某种相似性。在两个国家和两位作家50年代的文学创作中，苏联文学是作为一个强大的参照系而前定地存在的。米兰·昆德拉在相当长的一段时间里，都是以中欧文化传统的继承者自居，并且以此来抗拒来自斯大林时代的苏联强势文化的压力。《人，一座广阔的花园》中对于人性富有深度广度的审视，就是抵制了斯大林时代文学的"颂歌体"和"光明行"，实现思想深度的突破的。王蒙的这种文化选择就更加复杂一些。一方面，在"五四"新文学传统形成仅仅30余年，成果极为有限的情况下，他和许多共和国的同时代人一样，是阅读着普希金和高尔基、肖洛霍夫和西蒙诺夫、《铁流》和《毁灭》等，投身于革命行列的。《组织部新来的年轻人》创作的直接背景，就是从苏联传入中国的"干预生活"的文学思潮的影响。可以说，小说是风靡一时的以反官僚主义为旨归的苏联小说《拖拉机站站长和总农艺师》影响下的产物，林震到区党委组织部去报到，他的口袋里就装着这本小说，他的耳边回响着的是中国共青团中央所发出的向娜斯嘉学习（《拖拉机站站长和总农艺师》中敢于旗帜鲜明地反对官僚主义作风的青年女主人公）的号召。但是，另一方面，王蒙的聪明过人在于，他在对现实的体验和观察中，认识到这种一相情愿的良好愿望与复杂多端的现实之间的巨大差距，认识到机关工作的限定性与人们丰富的内心世界的不相吻合，于是，在《组织部新来的年轻人》中，又明确地表达出，在现实中像娜斯嘉那样工作和生活并且轻而易举地取得反官僚主义斗争的胜利，并不是容易做到的，对于当下的时尚表达出审慎和怀疑；同时，对于人物心灵世界的敏锐体察，又使这部作品超出了"反对官僚主义"和"干预生活"文学思潮题旨外露、指向单一的缺憾，在同类题材中别具一格，具有丰厚蕴涵。

刚刚踏入社会生活不久的青春时代，需要有两个层面的思考，一个层面是对于人自身，对于自我的确认，一个层面是对于自己处身其间的社会生活的思考和认同。摆在青年时代的昆德拉和王蒙面前的，就是这种认同的困惑。生命的青春期和革命的新时代重合在一起，流行的浅薄单一的思想观念与执著的个人求索发生了撞击。如果说，昆德拉的《人，一座广阔的花园》是从对人的心灵世界的探索，要从各个角度揭示人的精神状态，那么，王蒙《组织部新来的年轻人》则更多地表现在林震对社会现实与理想状态的差距、对人们的社会角色和心灵世界的差异的质疑。

在这里，我们引入埃里克森的"认同理论"（Identity，同一性）对这种现象进行深度阐释。美国著名心理学家埃里克森，精神分析学的重要代表人物，把人的一生分为不同的八个阶段，在生命中的每一个阶段，都有不同的心理认同课题。埃里克森指出，其中最为重要的就是青年时期所面对的"同一性（认同）"／"同一性（混乱）"即所谓"认同危机"的出现。在个人从儿童到成年之间的青春时期，刚刚正式地踏入社会生活，从受保护受教育者到独立成人，需要承担必要的社会职责，需要确认自己的自我形象和社会角色,要进行对自己的人生目标和客观现实的双向认同。埃里克森说,在讨论同一性时,我们不能把个人的生长和社会的变化分裂开来,因为这两方面是相互制约的,而且是真正彼此联系着的。个体的身份认同往往产生于自己的唯一生命周期与人类历史某一时刻片断的巧合之中,同时,社会也可以通过"承认"的方式,承认并且肯定它的年轻成员的身份,从而对他们的正在发展的同一性发挥一定的作用。其中,社会的意识形态发挥着重要的作用,"一种意识形态体系乃是参与其中的各种意象、观念和理想的集合体,这个集合体所依据的,不论是一种系统阐释的教义,一种含蓄的世界观,一种有高度结构的世界意象,一种政治信条,或者的确是一种科学观念,或者是一种'生活方式',都为参与者提供了如果不是系统简化了的,也是在时间和空间中、在手段和方法上表现出前后一贯的全面倾向性"①。众所周知,50年代的中国和捷克斯洛伐克,恰恰也是新的社会意识形态对青年一代熏陶最烈的时期啊!

在此意义上,青年时代的王蒙和昆德拉,以及他们笔下的人物,就都是面临这一认同性的危机和困惑。在昆德拉来说,通过对人物的心灵世界进行探索,认同于人性的广阔和丰富,这是青年人的自我意识觉醒所导致的一种认同行为,从而实现了青年时代的同一性认同。以王蒙笔下的林震而言,他从相对来说比较单纯一些的学校,调到区委组织部,一心要做一个职业的党务工作者,但是,他心目中的党务工作者,与他所面对的刘世吾、赵慧文等活生生的

---

① 埃里克·H.埃里克森:《同一性:青少年与危机》,浙江教育出版社1998年版,第176页。

个体，以及理想与现实之间的差异，给他造成的烦扰，就是这种"同一性混乱"所造成的认同危机的鲜明展现。更为严重的是，这种个人的认同困惑尚未得到解决（王蒙在很大程度上是因为他笔下的人物所表现出来的这种困惑而被主流意识形态判定为异端，被打成"右派"），在旧有的"同一性混乱"之上王蒙自身又增加了新的混乱：原先的林震的"同一性混乱"，主要是指向现实与理想的差距的，是无法确认自己面对的现实生活，此时，落难的王蒙，首先要面对的却是自我角色的混乱：他当然坚信自己是不会反党的，但是，无情的现实却将他划定为党和人民的"敌人"，拒绝"承认"他；这一认同危机，比林震的困惑要严重千百倍，几乎是致命的，也是此后困扰作家终生的一大难题。

二、叙述青春的各自方式

埃里克森指出，人生各阶段的心理问题，是必须面对、无法回避的；青年人面临认同危机，只有作出某种断然的决定和选择，并且形成自己的坚定认同，才能结束其青年时代，真正走向成熟。因此，从面临青春时代的精神困惑这样的起点，王蒙和昆德拉的答案各自不同，却都没有最终完成，此后许多年间，他们都在继续进行克服他们各自的认同危机的追寻。因此，在他们此后的许多作品中，青春，都成为他们创作中的一个重要情结，主导了他们相当长一段时间的文学方向。

这首先得之于他们各自的坎坷人生。如果说，王蒙是在短暂的

"百花时代",推出了他的代表性作品《组织部新来的年轻人》,那么,不无相似的是,1967年,在捷克斯洛伐克历史大转折的"布拉格之春"前夕,昆德拉的以斯大林主义笼罩东欧时期为背景的长篇小说《玩笑》,在相对宽松的社会环境下在捷克斯洛伐克出版,短期内就连印三版,受到捷克读者的热烈欢迎,并且奠定了昆德拉在捷克斯洛伐克乃至世界文坛的重要地位。西谚说,书籍有它自己的命运。那么,在当代社会生活中,作家因其作品而遭遇厄运,似乎也成为东方社会主义国度中特殊而又普遍的现象。王蒙的作品虽然曾经得到毛泽东的称赞,但他仍然不能规避此后被打成"右派"的坎坷命运,直到70年代末期被"改正"后才复出文坛,昆德拉在"布拉格之春"中出尽风头,当苏军的坦克开进布拉格,他的作品也遭到查禁,作家甚至连生存都成为大问题,失去了经济来源,他的一系列新作都不得不首先在国外发表,直到作家自己也流亡法国巴黎,去国30年,常做异乡人。

  坎坷的经历,动荡的青春,成为他们思考和创作的丰富源泉。青春、革命、抒情文学的三位一体,再加上爱情,构成他们一系列作品的内在构架,只是评价和取向各有不同。复出之后的王蒙,从70、80年代之交的《最宝贵的》、《风筝飘带》,到穿越90年代的"季节"系列(《恋爱的季节》、《失态的季节》、《踌躇的季节》和《狂欢的季节》),对青春的描述,持续了他从50年代开始的热烈思考,昆德拉呢,从《玩笑》、《生活在别处》和《笑忘录》中,都可以看到他对青春的冷峻拷问和愤怒嘲讽。两位作家都围绕同一主题做文章,但是,他们对青春的评判和描述,却产生了巨大的差别。

  这首先表现在两位作家的视角选择上。王蒙的"季节"系列,带有很强的精神自叙状的意味，而且经常是从贯穿四部长卷的主人公钱文的角度，进行情感的主观倾诉。虽然说，由于作家所采取的相对主义的认知态度和语言方式，亦此亦彼，亦庄亦谐，亦正亦反，亦是亦非，使得作品中的判断性描述不那么单一化绝对化，但钱文的主观性立场却是非常明确的——这或许是因为，钱文的生命和心灵历程，在很大程度上是与王蒙相重合的，王蒙无法像写作《最宝贵的》和《活动变人形》那样，以冷峻的目光、无情的解剖刀去拷问剖析身为旧知识分子的父亲一辈和比作家年轻许多的因蒙昧和无知犯罪的红卫兵一代，相反却有意无意地表露出作家浓郁的自恋：他在叙述方式上是采用第三人称，全知全能式叙事，但是，一旦进入钱文的生存环境，王蒙就情不自禁地被往事的追忆所吸引，转换为主观抒写的角度。譬如，在这些作品中占据重要位置的钱文的妻子李冬菊，尽管她经常是故事的在场者并且对钱文屡有帮助，但是，作家总是把她作为钱文的陪衬人物来使用，很难让她作为一个独立自足的人物鲜活起来，当然这难以提供有别于钱文的另一种人生尺度。尽管王蒙在80年代就提出了文学的多元化问题[①]，尽管王蒙能够以开放的目光同时既欣赏王安忆、铁凝也推崇王朔、徐坤，但是，一旦进入他切身感受甚深的往事，他还是不能自遏地被回忆的潮水裹挟而去。

与王蒙的主观倾诉、定于一尊即定于钱文相迥别，昆德拉的《玩笑》、《笑忘录》、《生活在别处》，都是带有强烈的客观分析倾向的。昆德拉笔下也不时出现作家自己的身影，比如在《笑忘录》

---

① 王蒙：《王蒙文集（6）》，华艺出版社1993年版，第323—333页。

中讲到自己被开除清洗,脱离了集体狂欢的圆圈舞的行列,讲到在被苏军占领期间隐身地下匿名写作占星术文章的悲喜剧,还谈到自己和父亲对雅那切克和贝多芬音乐的讨论,但是,昆德拉的小说叙事,却是与他笔下的主人公拉开相当距离,经常持一种批判态度的。他总是以"当局者迷,旁观者清"的姿态,作为一个已经解决了"同一性认同"的过来人,去审视那些懵懵懂懂的青年人的认同困惑和认同喜剧。昆德拉并不拒绝人物心灵的开掘和第一人称叙事,但是,从本体论意义和技术层面同时对复调理论的运用(依照复调理论的命名者巴赫金的阐释,复调理论不仅仅是一种音乐和小说写作技巧,它在根本上是一种多元共存、心灵自由和对话精神的呈现),引发出多人称平行或交叉叙事,在相互的补充或相互的颠覆中,形成了立体交叉的目光,形成各自评价事物的立场,也疏离了作品主人公与读者之间的情感联系,让读者以不断得到调整的视角去考察作品中的故事和人物。比如说,《玩笑》的主人公卢德维克,一直在作第一人称叙事,他的自述占了作品的绝大篇幅,但是,雅罗斯拉夫、海伦娜和科斯特卡的各自诉说,不但补充而且消解了他的情感痴迷和思维误区,映衬出他今昔所为的荒唐可笑;《笑忘录》中采用了多重叙事,用了诸多不同色彩、不同文化背景的人物和故事,在现实和幻景中,考察人们在存在中如何面对欢笑与痛苦、记忆与遗忘的两难困境。如果说,在王蒙的情感紊流中,我们会不由自主地跟随钱文的心灵波动、情感起伏,在昆德拉这里,我们却仿佛置身于一个心灵的法庭,众多的人都在这里陈述自己的故事,表露自己的困惑,维护自己的权利,我们则得以经常保持一定的距离,经常调动自己的理性进行批判性思考。

两种不同的叙述态度,各有得失。王蒙的作品,激情洋溢,意气纵横,却容易情感过分膨胀而理性思考不足,即所谓情感遮蔽了理性,让我们想到当年李健吾批评巴金的"爱情三部曲"感情太强烈,缺少必要的节制和冷静;昆德拉的作品,经常是热情消退之后的冷峻沉思,故事的头绪万端,也正是作品的思绪万端,过分追求理性和哲学的结果,会使作品缺少足够的感情凝聚力,理性遏制了情感,造成理胜于情的弊端。

另一个比较点在于,两位作家都把小说作为精神的盛宴,心灵的狂欢,从而造成了作品的丰富驳杂、气象万千。学者陶东风就曾评述过王蒙小说的狂欢化倾向,昆德拉对拉伯雷的《巨人传》也有很高的评价。狂欢化的根源,在于两位作家都具有奔放不羁的精神姿态,具有非常开阔的文化视野,占有非常丰厚的文学资源,都是拥有强悍的精神活力和艺术创新精神的"力量型"作家,能够举重若轻地超越常规的文学程式,能够轻而易举地实现他人全力以赴尚且难以完成的艺术创新。王蒙曾说:"以我个人的近作来说,有吸收了某些'意识流'手法的,也有吸收了侯宝林、马季的相声手法和阿凡提故事的幽默手法的,在《风筝飘带》和《蝴蝶》中,我还有意识地吸收鲁迅的杂文手法和李商隐的象征手法。虽然,我一个人的能力有限,但我愿意把路子走得宽一些,我希望我的习作在艺术手法上呈现出一种多元的景象。"[①] 昆德拉在《小说的艺术》中,一再谈到欧洲文学史上的诸多大师,从薄伽丘、塞万提斯、狄德罗、福楼拜、列夫·托尔斯泰,到他尊奉的中欧文学作家卡夫

---

① 王蒙:《王蒙文集(8)》,华艺出版社1993年版,第65页。

卡、穆齐尔、布洛赫等，他都烂熟于心，如数家珍，并庄严声明：
"我不以任何事物为归宿，我只皈依于被贬值了的塞万提斯的遗
产。"① 取精用宏的结果，给他们以非常开阔的自由驰骋的文学空间。
不过，两位作家的芜杂和狂欢化，又是处于不同层面的。王蒙的芜杂
和狂欢化，更多地表现为情感和语言层面上，取譬连类，汪洋恣肆。
曾经有研究者指出，这是深受了庄子散文的影响。我却更倾向于认
为，王蒙语言的铺陈夸张、连篇累牍，与汉代大赋的文风更为相近，
甚至落入为文而造情的窠臼。昆德拉的芜杂和狂欢化，主要是在思辨
的领域中进行的，面对同一命题的不同思考和不同答案，相互撞击，
相互砥砺，迸发出智慧和灵感的火花，并且因此而创造了适应其思想
漫游的新的小说体式，其弊端则是因为于叙事中造成的嘈杂有时让人
摸不着头脑，找不到路径。

由此引发的一个相关话题，就是两位作家乃至他们所各自代表
的两国作家不同的文化背景和哲学追求。王蒙的哲学可以说是从理
想主义到经验主义的，在当代中国这样一个具有超级意识形态性的
国度，人们为了某些虚妄的观念和政治口号而吃尽苦头，王蒙自己
就曾经被打成"右派"而深受其害。因此，积多年经验，他不轻易
相信什么，而是以非常务实的态度对待人生。在一篇文字中，他描
述了愤世嫉俗者、感时忧国者、享乐主义者、犬儒主义者等大言炎
炎的众生相后，推出这样一种人，他"没有说明他是什么不是什
么，他只是做他能够做和必须做的事情。他碰到了好事便快乐，碰

---

① 艾晓明：《小说的智慧——认识米兰·昆德拉》，时代文艺出版社1992年版，第247页。

到了坏事便皱眉。该思考的时候便思考，没考虑出个结果来就承认自己没有想好。和别人的意见不一致了，他也就只好说是不一致，和别人意见一致了，他也就不多说了。有人说他其实很精明，有人说他本来可以成为大人物，但是胆子太小了，就没有搞成。有人说他其实一生下来就过时了"①。这样一段话，可以看做是王蒙的"夫子自道"，也可以看做是从古至今的中国哲学家思想家所寻求的入世、务实和世俗化的经验主义路径。昆德拉的哲学是西方的形而上学的路径，他曾经就读于布拉格查理大学哲学系，接受专门训练，而且，他受到现象学大师胡塞尔和存在主义哲学家海德格尔的影响，也是非常明显的。在《贬值了的塞万提斯的遗产》中，他引述并且阐发了胡塞尔所提出的现代社会在科学进步的同时所出现的人的生存困境："存在的被遗忘"，在另一篇访谈录中，他又明确地赞同把自己的小说设定为"对存在的诗意的沉思"。② 在昆德拉的作品中，我们经常会看到一些具有人类普遍性的命题，以悖谬的方式在笔下展开。软弱，梦幻，媚俗，灵与肉，不能承受之重和不能承受之轻，遗忘，抒情，恶……这些从具体情境中绁绎出来的形而上思考，如韩少功所言，从政治学走向哲学，从捷克走向人类，这样的思考强度，不但是王蒙，而且是当代中国作家所几乎没有涉及的。

此外，在艺术构思上，我们也可以发现两位作家的某些相近之处。例如，两位作家都擅长于将宏大的命题与琐细的情节有机地融合在一起，在两者间形成一种奇妙的张力；两位作家都擅长于采用

---

① 王蒙：《王蒙自述：我的人生哲学》，人民文学出版社2003年版，第102页。
② 艾晓明：《小说的智慧——认识米兰·昆德拉》，第36页。

幽默、嘲讽，常常会将气象森然的时代风云与滑稽幽默的小情景拼接在一起，从而产生无穷意味。例如，在人与人之外，两位作家都长于观察和描写人与动物的关系，王蒙在《狂欢的季节》中津津有味地描述养鸡、养猫的逸闻趣事，对其时一直被宣称为"史无前例"、"轰轰烈烈"的"文化大革命"的喧嚣与骚动进行了内在的消解；昆德拉也讨论人与动物的关系，在《生命中不能承受之轻》和《为了告别的聚会》中，他一再断定说，斯大林主义肆虐的那个畸形的时代，对于人的迫害是从对动物的迫害开始的，当人们对身边的动物的命运失去同情心时，也正是他们对周围的人们的遭遇失去同情心的时刻。两位作家的描写异曲同工，相互映衬。

至于两位作家的区别，虽然他们都是以写小说著称，在很大程度上却是诗人和戏剧家之间的区别。或者如王国维所言，是"主观诗人"和"客观诗人"的区别："客观之诗人，不可不阅世。阅世愈深，则材料愈丰富，愈变化，《水浒传》、《红楼梦》是也。主观之诗人，不必多阅世。阅世愈浅，则性情愈真，李后主是也。"[①]尽管说，王蒙在半个世纪的文学道路上，主要是以小说家名于世，但是，他的骨子里却是一个非常富有主观抒情气质的诗人。这不仅是说，王蒙不但能写诗评诗，他曾经以诗歌创作而获得意大利蒙特卡罗诗歌节奖项，他对于李商隐诗歌的品评和解读，也曾经令许多诗歌界人士感到耳目一新；更重要的是，他的小说作品中那种主观抒情的气质，也总是不可遏止地倾泻出来，形成滔滔滚滚、泥沙俱下的语言紊流。换言之，王蒙在文坛的形象，尽管有多副面孔，但

[①] 王国维：《王国维学术经典集》，江西人民出版社1997年版，第347页。

是，在其骨子里，却是一位青春的歌手，清纯的诗人。个中原因在于，50年代的王蒙，刚刚写了《青春万岁》，写了《组织部新来的年轻人》，就于23岁年纪被打成"右派"，青春的被冷藏和文学梦的被冷藏，造成人生一个重大的坎坷和断裂，"同一性认同"的危机，在林震那里表现为对于在新的工作岗位上自己如何做和做什么，在王蒙自己则是无端获咎被清除出革命队伍之际却更加迫切地变本加厉地要进行革命认同；青春认同和革命认同的双重危机，以此为甚。70年代末期复出文坛以来，尽管他曾经用各种笔法各种题材，证明了自己的文学才华，但是，只有"季节"系列小说，才是他心目中的最爱，才是他念兹在兹的深刻情结；以手中之笔宣泄那被压抑被沉积的青春记忆，才是他年长日久的心之所至；所以才会有洋洋洒洒100余万字的青春喷涌，才会有一旦触及往事就打开封闭已久的记忆闸门而心潮澎湃，江河直下。昆德拉自己呢，却是从诗歌出发而走向了小说和戏剧，所谓复调和对话，其本性是属于戏剧的，在每个人各自的陈述、交流和冲突中建构起戏剧的空间。戏剧家不同于抒情诗人之处，就在于他能够从不同角度、从不同人物各自的精神状态入手，获取了观察和评价生活的多重视角。昆德拉的小说都具有相当的戏剧化特征，他还曾经将狄德罗的小说《雅克和他的主人》改编为戏剧文学剧本。昆德拉虽然也遭受过政治的挫折和迫害，但是，他对于青春的思索，对于认同危机的描述，他的写作生涯，却一直是在考察他人的言行中得以持续。如前所述，通过《玩笑》、《生活在别处》和《笑忘录》等，他终于以自己的方式解答了这一命题，得出了别具一格的结论。

三、青春—革命—抒情诗：信守与否弃

两位作家的文学选择和人生落脚不同，他们的作品中对青春的描述和评判，也具有鲜明的差异。

尽管说，王蒙在复出之后，他的新时期之旅并非一帆风顺，但是，他对于中国大陆的政治认同和民族认同，却是毫无疑义的。一个在 14 岁的小小年龄就投身于地下党的少年布尔什维克的革命情怀，始终在他胸中燃烧。经过漫长的历史淘洗之后，王蒙仍然坚定地声称："我的头一个身份是革命者，这一点不含糊。我 14 岁入党，15 岁北平解放我就是干部。……革命、共产主义是我自己选择的。一个革命者、社会的理想者，在我身上打下了深深的烙印。讲政治、党员的修养、权利和义务，那是我的童子功。我不是书斋型的知识分子。"① 昆德拉呢，尽管他在大学读书时期就加入了捷克共产党，尽管他笔下的人物萨宾娜曾经声称，她不是反对社会主义，她是反对媚俗，但是，昆德拉对苏东社会主义模式的抛弃和批判，却是毫不含糊的。这样的选择，当然也和中捷两个国家几乎同时走上社会主义道路最终的结局却大相径庭密切相关。中国革命和社会主义建设曾经走过弯路、受过挫折，但是，在结束了十年浩劫的灾难之后，在经过了 80 年代末期的"政治风波"之后，中国的社会现实和经济形势，得到了长足的进步和改善，市场经济的确立，为中国的发展增添了新的强大的动力。昆德拉的祖国捷克呢，先是被苏军和华沙条约国部队占领多年，后来又出现了国家体制的变

---

① 王蒙：《我只是文化蚯蚓》，《羊城晚报》2000 年 7 月 21 日。

动和捷克与斯洛伐克的分离。回首往事,昆德拉对于 50 年代的青春狂欢深恶痛绝,对于青年人的盲目性很强的革命激情和抒情气息痛加鞭笞。我们是否可以说,昆德拉对捷克时局的预见,包括他对于将捷克和斯洛伐克拼凑为一个国家的厌恶,都是有先见之明的?

从这一立场出发,王蒙和昆德拉对青春—革命—抒情诗三位一体的综合考察,都注意到了这特定时代的特殊现象。

《踌躇的季节》中以戴罪之身写作表达革命忠诚的诗歌的钱文写在日记中的这一段自白,可以作为理解这种三位一体的引线:"这里就是我的长诗的主题:永远革命,永远前进,永远改造自己,永远与人民肩并着肩,与党心连着心!往者已矣,光荣已矣,自豪已矣,耻辱已矣,罪孽已矣,除了前进没有别的选择!这就是人生,这就是爱情,这就是脚印与方向,这就是激情,这就是诗。"[①]排除了在特定环境下的自省自责,革命、爱情、诗歌,再加上虽然坎坷但仍然让作家永远激动不已的青春,构成了"季节"系列的"关键词",构成了作品的时而慷慨激昂、时而低回宛转的主旋律。青春、革命爱情和诗歌——也包括各种样式的文学作品,的确有着内在的相通之处:它们都是激情满怀的产物,都是对于世俗生活的对抗和叛逆,都是相对于有限现实的一种无限想象,都是有待于完成的理想,都是那么单纯而又深情,或者说,都具有某种罗曼蒂克的"乌托邦"性质。这种情调,可以说是贯穿于钱文数十年的人生之中,贯穿于"季节"系列之中。相反的,昆德拉对这三位一体的"乌托邦",却予以旗帜鲜明的否定。"抒情态度是什么?青春是什

---

① 王蒙:《踌躇的季节》,人民文学出版社 1977 年版,第 125 页。

么?……如果青春是缺乏经验的时期,那么在缺乏经验和渴望绝对之间有什么联系?或者在渴望绝对和革命热情之间有什么联系?以及抒情态度怎样表现在爱情中?有爱情的'抒情形式'吗?"[1] 在《生活在别处》的序言中,昆德拉劈头就向我们发出了一连串的质问。在小说的正文中,他进一步剖析青年与革命的天然相亲:"革命和青年紧紧地联合在一起。一场革命能给成年人什么允诺呢?对一些人来说,它带来耻辱,对另一些人来说,它带来好处。但即使这一好处也是有问题的,因为它仅仅对生活中糟糕的那一半有影响,除了它的有利外,它也需要变化无常,令人精疲力尽的活动,以及固定习惯的大变动。青年的境况要好得多:他们没有罪恶的负担,革命可以接受所有的年轻人。革命时期的变化无常对青年来说是有利的,因为受到挑战的正是父辈的世界。刚刚进入成熟的年龄,成人世界的壁垒就哗哗啦啦倾塌了,这是多么令人激动啊!"[2] 在常规社会中,年轻人作为后来者,必须遵照既有的游戏规则,必须接受前人积累的成熟经验,经常被笼罩在成年人的光环之下,他们资历最浅同时获益最少。革命则意味着既成秩序的破坏和利益的调整、地位的变更,意味着青年人会获得特殊的升迁机会和充当社会的主角(请回想一下从听从社会、学校、家庭多方教诲的青年学生到"叱咤风云的红卫兵"所引起的身份变化,就可以理解)。与此同时,青少年时代又是充满了叛逆和反抗——叛逆和反抗成人世界,经常希望能够创造出一个与现状不同的、更加有利于青少年自

---

[1] 米兰·昆德拉:《生活在别处》,作家出版社1991年版,第3—4页。
[2] 同上,第150—151页。

己的生存与发展的理想生活来。因此，颠覆现存的社会秩序，重新进行权力与利益的再分配的革命运动，对于青年人来说是最有吸引力的，青年人理所当然地成为革命的最重要的生力军。青春激情和浪漫气息，则成为青年人投身革命的心理动力。

青年与革命的紧密联系，以及这种联系中所蕴涵的抒情色彩和文学意味，王蒙和昆德拉都不同程度地察觉到了。为此，钱文的身份是一个身陷厄运却仍然痴情于诗歌和文学创作的青年诗人，《生活在别处》中的雅罗米尔也是一个深受超现实主义影响的青年诗人，他们的生活与创作乃至他们的作品，都在小说中得到了酣畅淋漓的表现。发人深省的是，在作品对青春、革命、抒情诗三位一体进行的现实运演中，两位作家却背道而驰。王蒙所表达的是青春无悔，革命到底，诗情长在；即使是在遭受不公正待遇的年月和后来对这一段历史波折有了新的认识之后，王蒙也不改初衷。《狂欢的季节》中，王蒙写道："时间和季节永远不可能是单纯诅咒的对象。它不但是一段历史，一批文件和一种政策记录，更是你逝去的光阴，是永远比接下来更年轻更迷人的年华，是你的生命的永不再现的刻骨铭心的一部分。它和一切旧事旧日一样，属于你的记忆你的心情你的秘密你的诗篇。而怀念永远是对的，怀念与历史评价无关。因为你怀念的不是意识形态不是政治举措不是口号不是方略谋略，你怀念的是热情是青春是体验是你自己，是永远与生命同在的快乐与困苦。没有它就不是你或不完全是你。它永远忧伤永远快乐永远荒唐永远悲凄而又甜蜜。"[①] 正是这种怀念之情，构成了"季

---

① 王蒙：《狂欢的季节》，人民文学出版社 2000 年版，第 276 页。

节"系列小说的创作推动力。相反,昆德拉却对这新时代青年的三位一体,对于东欧各国克隆的苏联革命模式,以及主观化绝对化的抒情诗,予以了坚决的否定。与此同时,对于青春本身,昆德拉也绝不轻易放过。在《玩笑》中,流放归来的卢德维克在痛定思痛之际,坚决地抨击青春的蒙昧和青春的丑陋。对于卢德维克的命运以及相关的政治批判,以及在拨乱反正中对错误的政治原则进行历史的清算,这些我们都不算陌生。昆德拉却在进行政治追诉的时候,将其与青春的追诉联系在一起,借助于卢德维克之口,对青春的本质予以无情的揭露:"青春是一个可怕的东西:它是由穿着高统靴和化装服的孩子在上面踩踏的一个舞台,他们在舞台上做作地说着他们记熟的话,说着他们狂热地相信但又一知半解的话。历史也是一个可怕的东西:它经常为青春提供一个游乐场——年轻的尼禄,年轻的拿破仑,一大群狂热的孩子,他们假装的激情和幼稚的姿态会突然真的变成一个灾难的现实。"[①]还有昆德拉对抒情诗人的独特理解。在《生活在别处》中,雅罗米尔成长为一个诗人和革命者同时也丧失真正自我的过程,就表明了作家对当代诗人的批判态度。"在抒情诗的领域中,任何表达都会立刻成为真理。昨天诗人说,生活是一条泪谷,今天他说,生活是一块乐土;两次他都是正确的。这并不自相矛盾。抒情诗人不必证明什么,唯一证明的是他自己情绪的强度。"[②]诗人拥有他的特权,拥有他的独立自主性,只要是真情的抒写,就足以成立,而无须求

---

① 米兰·昆德拉:《玩笑》,作家出版社1991年版,第89页。
② 米兰·昆德拉:《生活在别处》,第199页。

助于其他的证明。但是,抒情诗的缺憾也是非常明显的,"抒情诗的特征就是缺乏经验的特征。诗人不谙世情,但他把从生命里流出来的词语安排成像水晶一样匀称的结构。诗人自己不成熟,可他的诗具有一个预言的定局,在它面前,他肃然敬立"[1]。(这可以与前文所引王国维论述"主观诗人"相印证。)那么,昆德拉如何处理这种抒情的合理性与前面所讲到的三位一体的颠覆呢?作家非常机智地回答说,20世纪已经不是一个抒情的年代,在诗歌、革命和青春的乌托邦导引下,人们进入了一个相反的地狱,它由诗人和刽子手联合统治!

(原载《文史哲》2003年第6期)

---

[1] 米兰·昆德拉:《生活在别处》,第199—200页。

战后20年文学论纲

黄万华

战后：一个新的文学时期的开启

"五四"文学革命开始的中国文学现代性进程，尽管有种种曲折、分化，但一直到抗战全面爆发前，整体上仍有着"一脉"相承的进展。其中的重要原因，自然是这一时期中国社会的现代化进程，始终呈现着向前发展的态势。

这一情况由于抗日战争的全面爆发及其残酷性而产生了重大变化，中国文学由此进入了一个不得不面对许多新课题的新时期。

对20世纪30年代中期至60年代中期的文学，迄今为止的文学史都按照"四十年代文学"和"十七年文学"的视阈、思路构建。这种研究格局正呈现出它难以克服的几种缺陷。

一是遮蔽了抗战8年文学与国共全面战争时期（1945—1949）文学的重大差异，因为如果认真仔细地考察1945至1949年的文学，我们就会发现它跟8年抗战时期文学有很大差异，而更多地联系着50年代文学，甚至在许多方面构成着50年代文学的先声。

香港、台湾光复后的文坛现状，就很能说明当时中国面对的问题已经很不同于抗战时期了。毛泽东在二次大战结束前4个月作出的"两个中国之命运"决战的预见构成了1945至1949年的历史进程，也决定性地影响着这一时期的文学走向。自然，决定"两个中国之命运"的主战场是在二次大战结束后的解放区、国统区，决定胜负的也主要是军事、政治力量。但香港、台湾的存在此时显得不可忽略。因为当中国现代性的历史进程完全被纳入"两个中国之命运"决战的轨道时，现代性的曲折性已不可避免，而此时香港、台湾既联系着整个中国命运，又不同于内地状况的存在，为1949年后中国现代性的曲折展开提供了"另类"空间的可能，也为中国文学多种历史可能性的出现埋下了"伏笔"。

二是造成了20世纪五六十年代文学历史的严重残缺。目前撰成的20世纪五六十年代文学史，都拘囿于"十七年文学"的基本框架，或呈现社会主义文学单一"经典"的视野，或构筑"民间"思潮、写作的"虚拟"空间。但从民族文化的有效积累乃至文学史的典律构建来看，这样的文学史构建由于文学资源的匮缺恐怕难以长存。

三是割裂了中国文学的整体感。"十七年文学"属于共和国文学形态，但战后中国文学应该包括台湾、香港地区。1949年后的台湾文学、香港文学看似跟中国内地文学隔绝，事实上却面临着共同课题，构成着潜性互动、内在互补的关系。如果将它们视作民族新文学的整体，不仅留存住了这一时期民族新文学的丰富资源，而且可以在一种互为参照的历史视野中深入把握到这一时期中国文学运行的内在机制。近年来我一直有一种思考，以"战时文学八年"和"战后二十年文学"的思路替代以往的"四十年代文学"和"十七年文学"的思路。这种思路产生于这样的考虑：一是想弄清楚原先被分割成"现代文学"和"当代文学"的"两种时期"文学间的内在联系；二是力图立足于完整意义上的中国文学全局，对"分流"的中国内地文学和台港澳文学完成某种历史整合。自然，由于"战后二十年文学"这一概念包括着中国大陆、台港澳文学，所以其时间起始都指抗战胜利的1945年，而其时间终止则大致到20世纪60年代后期。

关于"战时八年文学"，我在已经完成的60余万字的《战时中国文学史论》中作了较详细的论述，其中谈到，抗战时期文学在置身世界战争文化中将"五四"新文学对世界进步文化的呼应机制转换成"融入"机制，拉近了中国文学跟世界进步文化的"心理"距离，中国现代文学由此获得了一种新的世界性视野；抗战时期文学的艺术探索不仅具有前瞻性，而且触及了中国文学现代性格局的深层次调整；抗战时期文学在其开放性格局上不仅打破了中国新文学自"五四"以来以北京、上海为中心的单向吸纳和输出的格局，在战争迁徙中，进行着"外来"文化和地域文化的多重叠合，形成了一种较平衡运行的文化多中心机制，而且还进入了一种跨国别的汉语文学创作传播机制的初步运行，中国文学的本土自足性第一次有可能代之以跨国别、跨地区的开放性。

然而这一切在二次大战结束后有了很大的改变。在东西冷战架构开始形成和东亚现代性曲折展开的背景下，亚洲知识分子面临着新的更为重要的抉择，即选择什么样的民族国家制度，而自由主义同共产主义的分化、对峙，成为影响抉择的最重大因素。

战后香港文学：意识形态对峙中文化个性和文学品格的寻求

对于中国知识分子而言，上述抉择由于国共两党的战争变得更为具体、迫切。1945年8月光复后的香港，由于恢复了港英政府的传统，在国共战争日趋白炽化的中国内地之外，为中国现代文学的生存发展，提供了一种较具包容性的空间。但当我们去认真考察这一时期的香港文学时，发现它所提供的文学形态主要的并非战时中国文学形态的延续，而是后来中国大陆50年代文学的前奏。中共领导下的左翼文化力量在香港成功地构筑了一个主导作者、编者、读者及其公共空间的影响、传播机制，以毛泽东《在延安文艺座谈会上的讲话》为核心的文艺政策在香港文坛得到了全面诠释、宣传、推广，香港文坛本地化进程在很大程度上被纳入"革命化"、"大众化"轨道，以较大声势开展的大批判和作家自我改造运动，也成为日后中国大陆文艺模式的某种先声。这一切，构成了本时期香港文坛"文化政治"最重要的背景，也直接影响着20世纪50年代后香港文坛左、右翼营垒对峙分明的格局。

可是由于香港文坛并未介入体制上的意识形态操作，左翼文学的存在也未影响香港体制的根本性改变，所以20世纪50年代后的香港文学反而出现了容纳被左翼文学排挤的其他新文学传统的情况。按许子东的说法，除了左翼传统在北京、上海等地进入体制而成为中国大陆文学主流外，"五四"后另外三种主要的文学传统——现代主义都市文学传统、鸳蝴通俗文学传统、坚守艺术本分的传统"全都转移飘零到香港"①（其实并非只是流落到香港，更有流落至台湾的）。值得关注的是，这几种文学传统跟香港本土文学力量结合在一起（此后的南来文人也少有来了又匆匆走的），改变了此前南来文人的"中原情结"总跟香港文学本地化进程发生冲突，乃至对峙的局面。甚至可以说，真正意义上的香港文学格局，开始形成于20世纪50年代。

所以，1945年和1949年两次中国内地作家南来香港构成了对香港文坛的历史检验，这两次南来的走向相反。战后的1945年，南来作家以左翼为主，香港由此成为反蒋争民主的文化中心之一；1949年新中国政权成立后，南来作家以"右翼"为主（与此同时，左翼作家北上回国居多），香港由此成为冷战对峙中西方世界的一环。但香港文坛并未如政治格局那样明晰单一。一方面，香港文坛左、右翼力量对峙分明，这种情况一直延续至六七十年代。但更重要的另一方面，香港文学创作却一直拓展着其超越政治意识形态对峙的脉路。无论是现代主义都市文学，还是市民通俗文学，或是以艺术为本位的纯文学，它们要应对的主要还不是政治环境，而是由经济转型、文化消费、教育制度等因素构成的人文生态的变化（香港市民对政治一向较为淡漠）。香港文学正是在这种应对中形成了自身的运行机制，这种机制容纳政治倾向不同的文学力量，但更适合在经济急遽变动影响下，文学资源的开掘，人文精神的蓄积，创作脉路的拓展，其中自然包括着种种失落、曲折，但香港文学的品格也形成其中。从这种意义上讲，战后香港文学真正开始了其文

---

① 许子东：《华文文学中的上海与香港》，《香港文学》2003年第1期，第15—161页。

化个性和文学价值的寻求，这种寻求一直到70年代初，随着香港经济繁荣和社会转型淡化了香港文坛的政治对峙而得到了初步完成。此后，香港文学更注重对现代工商社会的价值尺度、生活节奏、消费方式抗衡、调适的实践，由此，更清晰地呈现其个性，即在速食文化环境中坚持从容的审美创作，在商业的集体消费方式中保留、拓展个性的多元形态。由此可见，战后20年的确构成了香港文学史中一个重要的时期。

正因为如此，我们才清晰地感受到，无论是刘以鬯的现代主义小说实验，还是梁羽生、金庸的新武侠小说创作，其提供的文学范式，都是属于战后五六十年代的。中西文化交汇滋养中的传统"文人型"作家跟香港英殖工商社会市民文化的互动形成于这一年代，也构成了对香港文化资源较深入的开掘，由此产生出新的香港文学范式。而香港文学对无法存身于内地的"五四"后文学某些传统的接纳，则显示出其跟中国内地文学的潜性互补。

使战后香港文学构成一个新的时期，并且内在沟通着香港文学跟内地文学、台湾文学联系的，是香港作家在战后冷战格局中的人生抉择。在香港，不同势力的对峙构成着此时作家创作的社会大背景，但在整体上尚无体制性力量迫使作家政治化，这给香港作家提供了突围出政治"陷阱"而寻求创作的"自我"的历史可能性。这其中最值得考察的是南来香港的作家，他们中不少是出于对中国革命的恐惧而离开了大陆，那么，在香港，他们的创作能不能避开"陷阱"？仔细考察可以发现这些作家在身心无依的境地中进行着创作的"突围"。这种"突围"往往既呈现出政治对文学的牵制和文学对政治的超越并存的情况，又有着对香港工商社会人文生态的调适和抗衡。

战后至60年代前的香港文学能自成一个时期的重要原因还在于它跟70年代后的香港文学"划清了界限"。王赓武在《香港史新编》中说："到70年代，一种源自中国价值观的、独特的香港意识出现了。它与英国和中国大陆的主流意识形态不同。"① "香港意识"的历史存在形态到底如何，自然是个需要认真探讨的问题，但它的独立形态确实出现在70年代后。五六十年代的香港文学在文化认同上还较"沉迷"于英殖民地的从属属性，政治对峙的模式则未能摆脱中国内地的影响。但到了70年代以后，无论是对香港自身都市文化资源的把握和开掘，还是对香港本土历史意识的体悟和提升，都开始成为香港文学文化定位的最丰富最重要的层面。而香港归属前景的逐步浮现，既促使香港的文化认同开始摆脱"英联邦空间"，也潜在推进着香港文化既回溯于中华民族价值观，又相异于中国内地现实格局的寻求。这一切直接促进着香港文学独立品格的形成。从文学范式来看，五六十年代和70年代后的香港文学明显分属于两个时期。

战后台湾文学：影响整个中国文学的三种走脉

我们再来看一下战后20年台湾文学能否构成一个历史时期和它的构建对于20世纪中国文学史的意义和价值。

---

① 王赓武：《香港史新编》，香港：三联书店有限公司1997年版，第7页。

1945年日本战败对于台湾文学而言，无论如何是重大转折，而这一重大转折很快呈现出其曲折。本来，台湾作家是将"祖国"作为一种整体归宿来看待，迅速完成从日文至中文的转变是他们共同的心迹。但国民政府接收人员在台湾的恶政很快引起台湾作家的分化。一些作家开始意识到"两个中国之命运"的存亡。例如，吕赫若是日据时期创作影响颇大的一位作家，战后很快完成了语言、文风等转换，投入揭示日据时期台湾地区的人民精神创伤的创作，相继发表了《故乡的战事一、二》、《冬夜》等小说，但在"2·28事变"后，他痛苦地意识到"国民党中国"不会给台湾带来光明，毅然告别文坛，参加中共地下党的武装基地建设而殉身，殖民暴政都无法制止的文学生命却中断于"两个中国之命运"的决战中。1947至1949年关于台湾文学问题的论争就是在这样一种背景下发生的，也由此开始了台湾文学的重大历史转折，它结束了"殖民（地）文学"的历史，也开始了一种更复杂的纠结。在这种纠结中，台湾作家要继续跟母国"疏离"，又面对如何应对国民党政权造成的"冷战"生存环境，台湾文学精神由此要经历种种严峻的考验。

　　那么，这种由国民党政权的统治而开启的台湾文学新时期止于什么时候构成一个阶段呢？我觉得，大致可以划至1966年左右。其理由依然是在社会政治、经济、文化结构经受现代化冲击的背景上，考察文学自身多元流脉互动纠结的过程，确认此时期的文学范式跟其前后期文学的根本差别。

　　1945年后在台湾建立的国民党政权，在国家主权上尚未独立，但在政治意识形态上一直享有主权合法性，这主要表现为美援介入下的经济改革和思想领域中的一元主导。对于台湾作家而言，他们面临的主要课题：一是如何将日据后期的日文写作空间转换成中文创作空间，其中既包括台湾地区的作家对语言障碍的克服，也包括大陆迁台作家对语言资源的开掘；二是如何突破国民党当局政治高压造成的创作"悬置"，构建文学自身的舞台，其中包括台湾地区的作家中政治倾向、阶级意识"淡化"的现实主义文学的"复苏"，大陆迁台作家现代主义思潮的传承和蜕变，对"五四"新文学传统的接续，从女性文学、通俗文学等角度切入的对文学政治化的反驳等；三是文学如何呼应台湾在"韩战"爆发后的政治背景上启动的资本主义工业化过程中产生的问题，在这种回应中，文坛会形成互补互动的多元势力。1966年前后，美援结束，《台湾文艺》、《笠》、《文学季刊》等划时代文学刊物问世，黄春明、陈映真、王祯和等一代乡土作家登场，表明上述课题的实践大致可告一段落。

正是在上述课题的实践中，台湾文学呈现出了一些重要的走脉，对整个中国文学产生了影响。

一是这一时期的台湾文学思潮引发的文学传承和转换具有文学史整体的价值和意义。

一个地区的文学有没有可能影响全局，首先看它引发的文学思潮、运动能否成为文学全局性进展中不可或缺的一环，或承前启后，或自成一脉，长久地影响日后全局性的文学走向。50年代初期台湾文坛狂嚣的"反共八股"浪头涌过之后，台湾文学在孤岛隔绝、历史离散的荒寂感和西方现代思潮汹涌而至的失落感中，将20世纪上半叶中国文学中潜流断续的现代主义文学推到了文学的中心地位。它从诗歌发难，在小说领域也潮流涌动，并波及戏剧、散文。它因"横的移植"而招致历史误解，实际上，它是中国新文学富有实绩的革命性传承和转换。

50年代中期的台湾现代诗坛出于"突围"意图,不无过激之处。但在其本质的运行上,人们却有着颇多误解。时过将近半个世纪后,台湾地区50年代"现代诗"运动的力倡者纪弦仍思路清晰地叙述了台湾地区"现代派"倡导"横的移植"和"反传统"的本衷:

> 中国新诗的源头,不是从唐诗、宋词、元曲一脉相传地发展下来的,而是自"五四"运动以来,由胡适等这班留洋学人,在欧美受了影响,把西方的诗观、创作技法,甚至语法等等搬到中国来。因此中国新诗是移植之花,亦即把西洋的花,种植在中国文化的土壤上,嗣后溶入中国的文化,成为中国文化的一种。
>
> 我们所谓的反传统就是反浪漫主义,这是世界性,不光是中国一方面的事。……那并不是反中国的旧诗,反中国古典文学的诗词歌赋……旧诗的成就好比一座既成的金字塔,推也推不倒,摇也摇不动;我从未反对过,但是我们今天从事现代诗的写作,想要在另外一个基地上,建立一座千层现代高楼巨厦,一砖一石,一层层往上盖,并不是要把金字塔摧毁之后,再盖千层大厦的。这是两件事。我们没有反对中国旧文学的旧诗的意思,我们是反整个世界性浪漫主义的作风。①

纪弦的上述回顾,历史的真实成分居多。如果将"现代诗社"、

---

① 纪弦:《从"横的移植"谈起》,《创世纪》第122期,第87页。

"创世纪诗社"、"蓝星诗社"这些五六十年代异常活跃的台湾现代诗社跟纪弦的历史诠释结合起来看，可以梳理出这样几点：一是50年代台湾现代诗运动是在艺术乃至思想层面上对"五四"后新文学最有效的传承，它使台湾文学得以突围出当时由官方政治的强大牵引而造成的"悬空"状态。1965年现代主义文艺的重要刊物《文星》被封，余光中曾为《文星》写下这样的诗句："向成人说童话/是白天使们/的职业，我是头颅悬赏/的刺客，来自黑帷以外……"足见现代主义独立的思想姿态已跟当局的文化政策构成尖锐对立，也避免了新文学艺术脉络在50年代的全面断裂。二是台湾现代诗运动确立的艺术取向和情感视野相对密切了中国文学跟世界文化潮流的关系，尤其是这种密切是在台湾文学注重本岛文化资源开掘的环境中发生的，开启了"横的移植"的国际化和"纵的继承"的民族化间的新的互动局面。三是台湾现代诗运动内部有着分歧乃至不同的流脉，各群体的现代诗创作也时有修正、实验，它们之间的对峙、争论以及各自的变化，呈现的是在中国文学现代性上的成熟形态。

五六十年代台湾地区的现代主义文艺运动是多维度的，至今它尚有不少历史空间未进入我们的研究视野。例如，1961年末至1965年底由李敖在《文星》杂志发表15篇长文而引发的关于现代主义文化的大论争，遍及文学艺术的各个领域，其锋芒直指专制文化、僵死心态、愚昧习气，以致余光中当时发出如此兴奋不已的欢呼："知识青年正等待《文星》以全力支持第二个'五四'。"① 这场

---

① 余光中：《迎七年之痒》，《文星》1963年第10期，第31页。

文化运动奠定的台湾现代绘画、现代音乐、现代雕塑、现代建筑、现代文学等基础，澄清了"五四"新文化运动的一些盲点。如果将这些收入我们的研究视野，会推进我们对此时期台湾现代主义文学思潮的全面认识。

过去一般的看法将五六十年代台湾地区的现代主义视为美式的现代主义，强调其是美援经济格局中的产物，但如果我们对台湾现代主义文学运动细加考察，我们就会发现，即便在过激的口号下，也潜行着对传统新的回归和发扬。从整体走向上讲，五六十年代台湾文坛在"现代性"旗号下的嬗变，不失为"五四"新文学运动之后最有传承性也最有革新性的文学运动，在对西方现代文艺的认识和对中国传统文化的重估上都对"五四"有所超越，其成员在这过程中表现出来的全球视野、创新能力、求变意识及硕果累累的创作实践，在中国新文学史上是罕见的，自然构成此时期中国文学史极重要的一章。

总之，上述台湾文学思潮、运动，显然具有文学史整体建构的意义和价值。

二是这一时期的台湾文学提供了一批富有求变意识或创新锐意的上乘作品，并初步进行了多元典律构建的尝试。

以小说为例。1999年由中国大陆和台湾地区、北美、东南亚等地学者和作家评选出的"20世纪中文小说100强"，其中五六十年代的台湾地区的小说多达12部。这些台湾地区的小说的意义在于初步拓展出了一个多元典律的空间，直接孕育着台湾文学精神。这些小说都在疏离、叛逆官方意识形态中实现文学的突围，而这种突围也是多层面的，有侧重政治叛逆的，如《将军族》、《台北人》；

有侧重人性关怀的，如《铁浆》、《狂风沙》；有侧重伦理颠覆的，如《家变》、《窗外》等。以往视五六十年代的台湾文学为现代主义时期，可是《亚细亚的孤儿》、《城南旧事》、《原乡人》、《狂风沙》、《嫁妆一牛车》、《将军族》等台湾乡土文学经典不仅数量上占有某种优势，而且已经拓展出乡土文学的多维文化视角，从殖民时期的民族意识到国民党时期的抗争品格，从遥遥乡愁乡思的寄托到脚下本土文化资源的开掘，从经济转型中精神家园的寻找到外来冲击下弱势族群心声的表达，从乡土写实的深化到语言世界的构筑，台湾乡土文学提供了比其他任何一种中国地域文学都丰富的形态。尽管在以后的生存、发展中，台湾乡土文学由于承受了太多的文学启蒙使命而在历史纠结中产生身份危机，但其"乡土"精神的丰富层面仍提供了中国现代文学史典律构建中有价值的资源。而即使是消费文化层面上的言情小说，从50年代的孟瑶、郭良蕙，到70年代的琼瑶，也都有无法漠视的文学史意义。总之，小说创作上，先锋和通俗、传统和现代、乡土和世界……都可在经典性上获栖身之地。

其他文体创作典律构建"多元成规"的倾向也是明显的。诗歌方面，且不讲不同社团、流派间的竞争，同一社团内往往也汇合中有分流。例如，1954至1964年处于鼎盛状态的"蓝星诗社"，诗社同仁余光中、覃子豪、钟鼎文、叶珊（杨牧）、罗门、蓉子、周梦蝶、向明、夏菁、黄用等，各以自己的方式追求现代诗，都在中国新诗史上留有自己的足迹。如果再考虑到洛夫、郑愁予、痖弦、商禽、李魁贤等诗歌大家、名家都成就于五六十年代，或古典、或现代、或传统、或西化，价值倾向、风格个性各异，那么，余光中所言，此时期是"一次小小的盛唐"确不为过了。

至于散文，承接"五四"流风余绪者，更是多脉并流，思果、庄因等人的小品承继周作人平淡醇厚之风，琦君、林海音等人的记叙散文以夏丏尊的清新朴实为前驱，张秀亚、胡品清、张晓风等人的抒情散文以徐志摩的潇洒飘逸为源头，柏杨、李敖等人的杂文以鲁迅的泼辣深邃为祖师，吴鲁芹、夏菁、邱言曦等人的说理散文则视林语堂的幽默、睿智为风气之先，王鼎钧等更以许地山为开山人，多作博学沉潜的寓言……这些散文类型50年代后在中国大陆都沉寂多时，绝大部分在大陆文学史观念中并非主流，但此时却成为台湾散文的主导力量，表明对"五四"新文学可以有不同侧面的继承，并流变出不同的主流文学状态。传承中有创新，而余光中、杨牧、陈之藩等接受台湾文学环境中的现代艺术观念，散文观念上更有大的突破。例如，1959至1964年，余光中发表了20万字的文学论评，其中提出的现代散文理论包含着文学史观念的变革和对现代散文本质的深入思考，今天仍闪耀着真知灼见。

跟大陆五六十年代文学的单一化不同，台湾文学此时期却呈现出容纳"异数"、"另类"的情景，开始形成"容百水而成淤"的"沼泽型文化"形态。而那种超越台湾"孤岛"的隔绝，努力定位于中国现当代的历史脉络中，回归于中华文化的传统长河中的台湾文学精神，就开始形成于这一时期。

三是这一时期的台湾文学对其他地区文学，尤其是东南亚华文文学产生了辐射影响，影响到五六十年代华文文学的整体格局。从50年代起，大批南洋华人学子负笈台湾，学成南归后，将台湾文学的种种影响融入南洋文学传统，对20世纪后半叶海外华文文学的基本构成都产生了影响。这从一个侧面说明了本时期台湾文学的思潮、创作实践具有民族新文学整体格局中的转换意义。总之，地处"边缘"的台湾文学以其中兴的局面在战后 20 年文学中成为某种影响民族文学全局的中心。

战后 20 年中国文学格局中的"十七年文学"

在对战后 20 年的香港、台湾文学有了历史回顾后，再将它们跟同时期中国内地文学整合在一起，大致可以呈现出这一时期中国文学的历史整体性。

这一时期的中国内地文学就是目前学术界所指"中国当代文学"的发生和形成。它起于抗战后期的延安文学，并开始了原旨意义上的延安文学理想和激进实践的延安文学理想之间的复杂纠结。由毛泽东《在延安文艺座谈会上的讲话》确立的延安文学理想在抗战后期和解放战争的特殊环境中，围绕着"两个中国之命运"的根本课题，得到了系统的理论阐释和规模不断扩大的实践。原旨意义上的延安文学理想是要持久地建设一种服务于人民大众，首先是服务于工农兵的新文学，而当这种文学理想被驱遣入非常现实的政治斗争时，它往往转化成一种破坏性的激进实践。这种复杂纠结构成了"中国当代文学"前 20 年的基本进程。

1949 年中国共产党领导的人民革命战争的胜利，开始了中国当代文学中"十七年文学"的时期。"十七年文学"得以存在的政治前提，其本身呈现的意识形态本质，都是难以抹煞的历史存在。因此，要将"十七年文学"作为文学史来叙述，人们能作的努力似乎只能有两种：一种是努力在意识形态化了的文学进程中挖掘"异质"，寻找"另类"，乃至在"潜在"的（难免虚拟的）写作空间中构建文学史。但这种寻找的结果难免"散点"，又很难在民族新文学思潮的传承、递变上"聚焦"，由此构建的文学史空间会不会是脆弱的？另一种努力是回到"十七年"那种"高度政治化和高度一体化的历史语境"①中去，但要在这种语境中"去揭示它们的生产机制和意义架构"②，去揭示"其内在的话语矛盾，以及这种话语矛盾所造成的'十七年文学'的历史叙述"③，这种努力的可能性在多大程度上会被新历史主义揭示的历史建构实践"扭曲"是值得关注的。而且，如果置身于中国文学传承的历史长河中，那么，"17年"高度一体化的政治规范对文学的制约、主宰，对于民族精神文化的积累、传承，究竟有多大意义，这也是值得思考的。再者，"十七年文学"的雏形孕成于抗战后期开始的解放区文学和战后4年的香港文学中，"十七年文学"面临的困境也存在于1949年后台湾、香港文学的某些层面，"十七年文学"脉络的理清需要引入同时期台湾、香港文学的参照，更需要置于战后民族新文学的整体格局中。

正是立足于上述思考，将"十七年文学"纳入战后20年中国文学的格局去考察，不仅可以从历史分合的态势上去把握这一时期整个中国文学的转型，而且也能从民族新文化长远积累、建设的角

---

① 於可训：《论"十七年文学"的历史叙述》，《文学评论丛刊》第5卷第1期，南京大学出版社2002年版，第12页。
② 同上。
③ 同上，第14页。

度给予"十七年文学"确切的历史定位。如果从战后现代性的曲折展开这样一种背景上去审视"中国当代文学"的发生和形成,那么它跟台湾文学、香港文学一起被置于同一历史层面,战后中国文学的一些共同性就呈现了出来,如作家在社会政治"规范"中的调适和突围,新的文学典律的探求等。当然,这些共同性又是寓于"中国当代文学"的特殊形态中的。

任何文学的生存空间都大致有两个层面:一是跟地域联系在一起,又由政治体制、语言文化环境、自然风俗人情等因素形成的社会空间;二是由文学自身建制提供的生产、消费空间,即有作者和编者(生产者)、读者(消费者)及其公共空间(文学报刊、出版机构、图书市场、流通资金、典律体系等)组成的文学运行机制。在前一个层面上,中国大陆文学面对的是跟悠久的历史传统和崭新的社会主义制度文化联系在一起的人生悲欢离合。在后一个层面上,作者队伍构成上自由撰稿人和政府机关成员间身份的变动,编者队伍上自由办刊人和官方政策把关者之间的交替,读者需求上的社会主义文明熏陶和个性文化消费多样性之间的协调,其他如党的宣传文化部门对传统艺术、主旋律艺术的扶持,文学典律构建上官方性和民间性的互补等,这些都构成了中国大陆文学不同于其他汉语文学的生存空间。不管是"为工农兵服务"还是"为人民服务",不管是"为政治服务"还是"为社会主义服务",也不管是"政治标准第一,艺术标准第二"还是"思想性、艺术性、观赏性的统一"……中国大陆文学一直要在共产党的文艺政策这一大环境中来拓展自身的生存空间,它要寻求的是能否在历史的磨合中形成文学创作同文艺政策的良性互动,能否在政策文化的群体要求中保留艺术个性的丰富形态。这就是从延安时代到共和国时代中国内地文学的基本格局。

20世纪70年代"文革"灾难的蔓延和结束,从深层次上影响、制约甚至规定了中国内地文学的今后走向。一方面,它惨痛的历史灾难表明了激进功利的"文学理想"的破产,并促进了文学的觉醒;另一方面,它也以中国共产党对自身错误的纠正规定了今后内地文学仍要在社会主义"典律"构建内运行,仍要以丰富、拓展原旨意义的延安文学理想作为文学的主旋律。因此,大致把70年代作为中国内地文学在社会主义"规范"内开始自觉自立的"模糊"时期是可以的,而此前的文学自然也可以自成一个时期纳入战后20年中国文学的整体格局中。

从上述内容中,我们可以把握到,中国大陆文学、台湾文学、香港文学,它们各自文学个性的自觉自立,都可以70年代为界限。战后20年文学,从整体上讲,就是一个进入"文学的自觉自立"前的过渡时期。这一时期所蕴含的丰富课题及其实践,初步形成了中国文学分合有致的多元格局;所提供的文学范式,则包含着民族新文学面临政治困境、经济转型冲击、社会动荡压力时作出各种应对的历史经验。如果这样去审视20世纪五六十年代的中国文学史,其丰富性当"无愧于""五四"新文学传统,而其历史传承性,更提供着20世纪中国文学历史整合的重要基石。

(原载《文史哲》2005年第4期)

寻根小说的美学追求

张学军

一、寻根——审美意识的更新

小说界文化寻根意识的缘起，固然同国内文化热的高涨和拉美文学的爆炸有着密切联系，但是还有一个不可忽视的重要原因，就是寻根文学的倡导者们为了摆脱创作中的困境，而寻求审美意识的更新。但在以往的关于寻根文学的争论中，人们多注意于这一文学现象的社会学评价，而很少从寻根者的理论主张和创作的结合上，来考察其艺术思维过程和其中蕴涵的美学情致。其实，从这一角度入手更能切近寻根小说的艺术本质。

寻根文学的倡导者在 80 年代初期几乎都陷入了创作的困境之中。如韩少功，从 1983 年 5 月到 1985 年《文学的"根"》这篇寻根文学宣告发表前的两年中，只发表了一个短篇小说。贾平凹在《商州初录》问世前的一年里基本上不写小说，只写散文和不供发表的诗歌。如何突破政治、伦理的范畴和旧有的"反映论"的小说艺术规范，向着审美趣味的多样化选择方面发展呢？他们在艺术探求的道路上苦苦地徘徊着，寻觅着。这种创作上的困境，并非仅仅是因为缺少生活的积累,更重要的是缺少一种自我表现的艺术感觉,一种对生活的审美感知能力。而这种艺术感觉和审美感知能力的获得,既需要一种自然的天赋才情,也取决于后天的修养、情感的蓄积、人格的修炼、学识的积累、审美视野的开拓。80年代中期,国内不断高涨的文化热潮和加西亚·马尔克斯《百年孤独》的影响,开拓了这批为自己的创作方向难以选定而徘徊不前的作家的艺术视野。他们发现自己过去的创作中不自觉流露出来的文化因素,正是审美意识转移的突破口。他们在自己所熟悉的地域生活中,来探寻民族文化的源流和精髓。对民族文化传统和艺术精神的重新发现,庄子的美学情致,屈骚的浪漫精神,重视悟性、感觉、表现的艺术思维方式,启悟了他们的艺术思索。从而把那种对传统艺术精神的不自觉认同,变为一种对历史审美经验的自觉追求,并明确地打出了"寻根"的旗帜。

从寻根文学的倡导者的理论文章中,可以看出他们是非常推崇传统的审美意识和艺术精神的。韩少功认为,寻根"是一种对民族的重新认识,一种审美意识中潜在的历史因素的苏醒,一种追求和把握人世无限感和永恒感的对象化表现"[①]。李杭育说:"我常想,假如中国文学不是沿着《诗经》所体现的中原规范发展,而能以老庄的深邃、吴越的幽默,去糅合绚丽的楚文化,将歌舞剧形式的《离骚》、《九歌》发扬光大,作为中国文学的主流发展到今天,将是个什么局面?"[②]贾平凹也说过:"对山川地貌、地理风情的描绘,只要带

---

① 韩少功:《文学的"根"》,《作家》1985年第4期。
② 李杭育:《理一理我们的"根"》,《作家》1985年第9期。

着有意'寻根'的思想，而以此表现出中国式的意境、情调，表现出中国式的对于世界、人生的感知、观念等等一系列美学范畴的东西，这当必然是'寻根'的结果。"①

这样看来，典型的寻根作家大都是基于艺术视野的开拓、审美意识的更新的愿望和要求，进而提倡寻根文学的。他们推崇的传统艺术精神，把儒家经世致用、文以载道的传统排斥在外，正是为了使文学挣脱单纯的社会政治功利性的束缚，而向审美意识多样性选择方面进行开拓发展。他们所追求的是中国传统文化的艺术气质，也就是直观地把握世界的方式、对于本体自在状态的审美观照、注重个体感性表现的审美逻辑关系，在艺术思维方式上重视顿悟、感觉、体验，追求一种超脱现实功利的境界。而这种艺术气质具体在表现手法上，必然偏重于比兴、象征、隐喻、情韵、意境等等。这种注重表现的传统艺术精神，同机械的反映论的认识模式拉开了距离，是传统的艺术精神在当代的复活。

在创作实践上，他们试图以注重表现的东方艺术精神来建构审美逻辑关系。阿城的《棋王》、《孩子王》等小说，以超然舒缓的叙事态度来表现创作主体的内心体验，那大巧若拙的描写，朴素简洁的语言，平淡冲和、旷达淡泊的艺术人格，都浸润着传统的艺术精神。《遍地风流》则以自然舒展的生命形态，来表现边地的民风习俗，从中感悟到世界、人生的博大和神秘。郑万隆以感觉、情绪、印象、幻觉，这些主观意绪的自行涌现，来展现人物的行为、欲望和命运；并以"有生命的感觉"的叙述方式建构着那苍茫、荒凉、

---

① 贾平凹：《答〈文学家〉问》，《文学家》1986年第1期。

神秘而又跃动着自然生命力的艺术世界。韩少功虽然基本上属于一个写实的作家，现代人的批判性思维高于主观表现，其作品中承载着过多的理性内容，使他难以潇洒浪漫起来。但由于他对楚地神话巫术文化和屈骚浪漫传统的推崇，在他以强烈的孤愤和忧患意识审视着民族劣根性的同时，也以寓言、象征等艺术手段，重新复活了楚文化中光怪陆离、神秘瑰奇的神话系统，而涂抹上浪漫的色彩。李杭育在"葛川江"系列小说中，把南方的孤独散发为自由自在的生命形态，在对"吴越的幽默"地咀嚼中，细细品味那洒脱豁达、不乏机巧的性格。张承志不仅从神话传说、古老的民歌和寓言中来结构自己的作品，而且也墨酣意畅地抒写出那感怀千古的澎湃激情和心游八极的浪漫情怀。贾平凹虽然曾在商州山区生活过 20 年，但他进行小说创作的时候，则是以城里人的身份来看取商州人事和山水的，这就同现实生活拉开了审美的距离，使他能够用冷静超脱的态度来对待所要表现的生活。他把自己的书斋命名为"静虚村"，也的确是以静虚的审美态度来进行创作的，这同他达观的生活态度是一致的。《商州》和《商州三录》中的一篇篇小说，徜徉于田园山水之间，往来于山民村妇之中，犹如一幅幅清新淡雅的水墨画，轻轻点笔，淡淡施晕，以超然的心境来写自然意趣，表现出不滞于物的洒脱淡泊的人格情怀，显示出奇崛朴拙而又率真空灵的美学风格。

寻根小说中的这种崇尚直觉、情感体验、妙悟和表现的艺术观念，是潜在的历史审美意识在当代小说创作中的复苏，在审美领域中拓宽了艺术思维的空间，使作家的个性才情得以更加充分的发挥。

二、庄子美学情致的浸润

寻根作家对中国艺术精神源头之一的庄子美学情致，表现出更加浓厚的兴趣，尤其是庄子自由独立的艺术人格，超脱世俗功利的审美的人生态度，自然无为、返朴归真的审美理想，"万物与我为一"的审美境界，都成为开启寻根作家艺术灵感的钥匙。

庄子自由独立的人格理想，并不是要树立一种遗世绝俗的人格神，他所塑造的"至人"、"真人"、"神人"的形象也是一种精神理想。实际上他追求的是一种心境，一种摆脱物役、无拘无束的自由的心境。寻根作家们深得庄子美学思想的精髓，在其作品中浸润着庄子的美学情致。阿城《棋王》中的王一生，在动乱的岁月里知足常乐，随遇而安，在访棋友悟棋道中悠然自得。"何以解忧，唯有象棋"，寄情于楚河汉界之中，来躲避纷纷扰扰的外部世界，以求心灵的宁静和自由。《孩子王》中的"我"，对能摆脱繁重的体力劳动的教书工作没有过分欣喜，而是淡然处之，被辞退之后也没有苦恼和悲伤，安常处顺，泰然从容。在他们看来，身外之物是不足取的，内心的平静和自由则是重要的。这种淡于世事、甘于寂寞、安常处顺的人生态度，正体现出一种旷达淡泊的艺术人格。阿城在《棋王》的结尾写道："不做俗人，哪会知道这般乐趣？家破人亡，平了头每日荷锄，却自有真人生在里面，识到了即是幸，即是福。衣食是本，自有人类，就是每日在忙这个。可囿在其中，终于还不太像人。"在切切实实的简朴清苦的生活中，体验到了人生的乐趣，正是对世俗人生的一种审美的态度。这既同儒家的"一箪食，一瓢饮，在陋巷"也不改其乐的生活信念有关，也与庄子的充满着自由自在、随遇而安地遨游于自然和人间的平民气息的美学观相通。不为世俗利害得失所动，而是在简朴清苦的生活中，依然可以获得审美的慰藉和快乐，这种对世俗生活的审美态度也正是对那种龙争虎斗的动荡岁月的冷嘲和调侃。他之所以把一组小说命名为"遍地风流"，其旨意也在于人杰英豪并不高居于庙堂之上，而在于山野之间，是对世俗人生的肯定。李杭育的"最后一个鱼佬儿"福奎，对阿七让他放弃打鱼生涯到味精厂去打杂的劝说并没当回事儿，在他看来，仰人鼻息，屈就他人，为世俗利禄劳形苦心，"在螺蛳壳里做道场，哪比得上打鱼自由自在！"福奎感到打鱼自由自在和王一生待在棋里舒服，都是为了保持心灵的宁静和精神的自由。他们对生活采取了一种超越于穷达贫富、成败荣辱之上的情感态度，将自我消融在自然本性之中，达到物我一体的和谐境界。这种个体生命对自在之物的认同，是一种生命自由存在的方式，一种对生活审美的态度。而肯定个体自由的价值，也正是人对现实审美感受的一个本质特征。对他们来说，外在功利的满足是卑微渺小的，而精神的自由则是最为宝贵的。郑万隆的"异乡异闻"系列小说对那些山野汉子们粗犷强悍、质朴自然的感性力量的张扬，莫言对祖辈们蔑视人间礼法的无拘无束、自由自在的生命形态的认同，也无不同庄子的富有情感而独立自由的人格理想密切相关。

寻根作家不仅从独立自由的艺术人格上认同了庄子，而且在人与自然、宇宙的精神联系中寻求美的追求上，也同庄子"身与物化"的审美境界相契合。他们对嘈杂喧嚣的都市文明有着一种排拒心理，而对那朴实天然的自然状态却有着一种亲近感。莫言的《红蝗》对现代都市文明的厌恶，使他对故乡农村那天然合理的素朴状态进行了热情的礼赞。张承志的主人公也告别了城市,到茫茫草原、条条江河中去寻找精神的慰藉和理想的归宿。郑万隆则直接在蛮荒的山野密林中,表现出自然的神秘力量。贾平凹描绘出商州山区因人迹罕至而保持着原始状态的山水茂林,犹如"桃花源"一般恬淡清幽的田园风光,那山野儿女们则怡然自得地生活其间。这种对古朴的自然状态的依恋,也正应合了庄子返朴归真的理想。阿城的《树王》中的肖疙瘩同山上那棵擎天巨树之间的神秘关系,乌热尔图的《老人和鹿》中的老猎人对大森林自然状态的依恋,也无不反映出人与自然的感应、生命与宇宙的交流。郑万隆的《我的光》中的天阶湖畔,夕阳西坠,金光万道,湖水映出火的金红,远处的马架山如奔马般涌动腾跃。面对这落日熔金的壮观景色,鄂伦春老猎人库巴图大叫"我的光!我的光!"伏地而歌,沉浸在壮美的自然景观之中。这种从主体与对象之间所构成的某种境界去考察美,正是庄子美学的重要特征。人感受着大自然的生息律动,吸收着大自然的神韵气质,而又把自己的性格、意志和情感赋予了自然,使人与自然融为一体,息息相通。"北方的河"雄浑冷峻的气魄神韵,与主人公锲而不舍的拼搏追求精神相对应而契合。李杭育笔下的葛川江虽然有时暴虐凶险,但它的儿女们依然怀着深厚的感情眷恋着它,他们以浪漫的情怀来看待人与自然的关系,以欣赏的态度来看待自己在对江湖的征服中,所表现出来的自身价值和本质力量,即使这种搏斗以经济损失和生命为代价也在所不惜。客观存在的美,也只有在与主体的心灵情感的结合中,才能获得审美的感受。人们的人格力量和个性精神,在人与自然的相互确立和融合中,在与大自然律动的共振中,获得了酣畅淋漓的伸张和激扬。《北方的河》

中的主人公，把浩浩荡荡奔腾不息的黄河比作自己的父亲，当他扑向父亲的怀抱、感受着黄河浑厚宽容的抚慰时，一种"天地与我并生，万物与我为一"①的豪迈之情，"乘云气，御飞龙，而游乎四海之外"②的生命的自由舒展，脱去尘浊，超然物外"乘物以游心"③的逍遥自在沛然而生。从而达到使个人与无限宇宙融为一体的自由的境界，给人一种奋发昂扬的壮美之感，这不正体现出庄子的个体与无限同等统一的"大美"吗？

三、屈骚浪漫精神的濡染

寻根作家对屈骚浪漫主义精神也充满了欣羡之情，韩少功推崇"楚辞中那神秘、奇丽、狂放、孤愤的境界"④。李杭育赞美的是"楚辞浪漫、奔放，异想天开，且大量地运用了上古的神话传说，充满象征意味和神秘色彩"⑤。郑万隆也在《我的根》中写道："我企图利用神话传说、梦幻，以及风俗为小说的架构，建立一种自己的理想观念、价值观念，伦理道德观念和文化观念；并在描述人类行为和人类历史时，在我的小说中体现出一种普遍的关于人的本质的观念。"虽然他没有直接谈到屈骚的浪漫精神，但以浪漫的态度

---

① 《庄子·齐物论》。
② 《庄子·逍遥游》。
③ 《庄子·人间世》。
④ 韩少功：《文学的"根"》，《作家》1985 年第 4 期。
⑤ 李杭育：《理一理我们的"根"》，《作家》1985 年第 9 期。

进行小说创作的意图却是显而易见的。我们知道屈原的作品很少受儒家实践理性的束缚，洋溢着自由不拘的个性精神。《离骚》、《九歌》、《天问》、《九章》等，是原始楚地的祭神歌舞、巫术神话的延续，充满了原始的野性活力，狂放不羁的情感意绪、奇幻瑰丽的浪漫想象和孤愤忧患的情怀，以雄厚巨大的搏动，为我国的文学艺术带来了雄浑狂放的旋律。这正是寻根作家们心向往之的重要原因，他们也以神话传说、巫术活动，狂放的想象，寓言象征等来建构自己的作品，并贯注于澎湃的激情，以此来反叛理性的压抑，使文学回归到艺术生命的本质属性上。

在寻根作家笔下的艺术世界中，也充满了原始的活力、浪漫的激情，弥漫着神秘的氛围。韩少功在《爸爸爸》、《女女女》、《归去来》、《蓝盖子》、《史遗三录》等小说中，给我们展示了一个神秘怪诞、充满了巫术文化的艺术世界。那与世隔绝的湘西山区，闭塞幽暗充满了蛇虫瘴疠的村寨，"不知有汉，无论魏晋"的村民，石壁上的鸟兽图形、蝌蚪文线条，都带有原古洪荒的气息。《爸爸爸》中的鸡头寨的村民们认为，人的命运同自然界的一切紧密相连，山水草木、禽兽虫蛇都具有神秘的灵性。年成歉收，是因为鸡头寨的地理位置不好；丙崽娘生下痴呆儿子，是由于冒犯了蜘蛛精。这种"万物有灵"论，显然带有原始思维的特征。打冤械斗、坐桩殉古、畏天祭神、唱古歌的祖先崇拜、家族迁徙的神话传说等等，都弥漫着原始氏族社会荒诞怪异的神秘气氛，渲染了湘西山区独具的混沌蒙昧的荆楚文化风貌。贾平凹在表现陕南山区文化风貌的时候，也把巫术文化引进小说创作之中。《西北口》中那声势浩大的祭神活动，表现出村民们在旱魃的淫威面前无可奈何的情感；《古堡》中神出鬼没的麝搅得村民们心神不安，对那棵奇形怪状的"九仙树"又虔诚地膜拜，《浮躁》中乡民们对不静岗寺和平浪宫神灵的敬畏，金狗与州河神秘的联系等，都涂抹上神秘的色彩。郑义的《老井》中孙老二背井的神话，孙小龙以血饲石龙的故事，孙旺泉是小龙转世的传说，孙石匠以自戕的方式祈雨的场面，万水爷在父亲死后愤而绑晒龙王的举动等等，这种神灵崇拜和游戏鬼神的态度，不仅表现出在严酷的自然环境中老井人强大的意志力量，也使小说的时空含义超出了自身的天地，而具有一种苍凉悲壮的历史感。郑万隆的《黄烟》中的人们，把山上的黄烟看做是神在显灵，部落里每年都要用活人来供奉神灵；《钟》中的鄂伦春猎手莫里图与视为灾星的白丹吉娅恋爱，被看做是部族灾难的原因，竟要把他杀死献祭。在"异乡异闻"系列小说中，种种的图腾禁忌、神灵崇拜构筑出一种神秘的文化氛围，而人的价值则在这蒙昧的巫术文化中被毁灭，从而显示出一种悲剧性的光芒。

　　为什么寻根作家的小说大都表现出对神话传说和巫术文化的偏爱呢？是为了猎奇作为故事的点缀，还是企图借助巫术文化的神秘性而故作高深？其实，并非如此。我们知道，作家们在对文化传统的寻找中，都带有新的选择和重构的意向，他们着重表现的是在封闭的社会环境中的蒙昧状态对刚刚萌发的个性精神的窒息和扼杀。因而这种表现不是对它的认同，而是带有强烈的批判意识；不是乞求神灵的启示，而是为了凿破历史的混沌和蒙昧，使人们从浑噩晦暗的睡梦中惊醒过来。神话和巫术是产生于人类童年时期古老的文化现象，人创造出了神，而又要向自己创造出的异己力量进行膜拜，并从这信仰和希望中来获取激情，这本身就带有一种历史的悲剧性，而这悲剧性因素也是审美实现过程中的一个重要条件。同时，神话传说和巫术文化形态所造成的神秘感，显示出一种浑厚朴茂的野性气息，那谜一般的复杂混沌也融合了历史前夜的深广幽暗。这神秘性正是屈原作品艺术魅力的一个重要方面，也是寻根作家一种自觉的艺术追求。神秘作为一个审美范畴，它能给人一种朦胧、含蓄、深邃的美感享受。而它作为一个认识论的范畴，则意味着认识的有限，同时也表达了人的认识欲望的无限，它能调动读者丰富的想象，产生对彼岸世界的追慕，从而超越了小说狭小的时空界限，使人们产生一种苍茫博大幽深之感。另一方面，那奇异的幻想，激越的情感，原始的野性活力，这些文学艺术中美的特质，都与神话传说和巫术文化有着密切的联系。所以，对它的表现不是为了猎奇卖弄，而是一种审美的需要。

从以上所述中我们可以看到，寻根作家对传统艺术精神的追溯和认同，使潜伏在民族心理深处、附着在民族文化底蕴上的审美意识在当代得以复苏。这种对重视悟性的内省直觉的艺术思维方式的倚重，在作品中对情趣、气韵、意境的追求，为新时期文学灌注进我们民族所特有的美学情韵。寻根小说不再重视人物性格的刻画，而是在对群体意识的观照中，来展示民族的文化心态；它不再注重事物发展因果联系的过程，而是在对客体有限的描述中，突出主体的自我体验和瞬间的顿悟；它也不再人为地设置矛盾冲突，而是在人与自然、宇宙的交流融合中追求一种情韵和境界。这种审美情趣的转移，和他们在艺术形式上的探索，为新时期文学提供了新鲜的艺术经验，也促进了新时期文学的艺术变革。这种注重表现的审美意识是对理性片面发展的一种反驳，它同与科学知性分析相悖的西方现代主义文学，呈现出某些较为一致的特征。现在的一些西方作家也发现了中国古典哲学和艺术同西方现代人精神追求的趋同倾向，这说明我们的民族文化传统，对整个人类的生存具有普遍的意义。我们更应该以强烈的民族自豪感，继承和发扬这份优秀的文化遗产。我们的作家本身就带有东方文化的体验、气质和灵性，那么再从民族文化的底蕴中，来寻求与当代世界审美意识相一致的美学情致和审美经验，就能使我们的文学以鲜明的民族色彩、独特的气质，对世界文学的发展作出应有的贡献。

（原载《文史哲》1994年第2期）

世界性"老舍热"与各民族审美方式的异同

宋永毅

一、择取与变形：三次世界性的翻译热潮

老舍的作品最早被纳入世界性的审美视野还是在37年前。1940年，日本兴亚书局出版了日译本中篇童话《小坡的生日》，这是老舍作品的第一个国外译本。接着，在不短的时间内日本连续译出了老舍的《赵子曰》、《牛天赐传》、《骆驼祥子》等四部中长篇。由于当时的日本正处于与欧美、中国的交战状态，因而，在日本国内凡不是与这场战争有关的作品都难以产生大的社会反响。（这里值得一提的是，上述日译的四部作品都是老舍小说中政治色彩较弱的作品，这也反映了媒介中的某种政治情势的限制。）战争时期的世界，自有它对一切文艺作品择取的战时标准与读者期望水准，这一点苏联第二次世界大战中对老舍作品的翻译同样是一个例证。苏联最早译出的老舍作品是他作于抗日战争中的短篇小说《人同此心》。由Л.波兹涅耶娃译，收在莫斯科1944年出版的《中国短篇小说选》中。值得注意的是，这篇小说绝不是老舍第一流的短篇小说，仅仅是一篇直接写人民抗日题材的作品。另外，译者更改了原

著的题目,译为《在被侵占的城市中》。这虽然是文学作品翻译中常见的一种"创造性背离"的现象,但在这一现象的背面,却清晰地显现出接受美学这样一条原理:"在这种社会性接受中,根据文学作品的客观社会功能,将形成某些对于传统文学和当代文学的评价标准,而这些标准具体体现社会阶级、阶层、集团对于文学问题的认识。"①

老舍作品的第一次世界性翻译热潮的掀起在 1945 年,也就是说在第二次世界大战后,发源地是美国。它很快又波及欧洲、日本,一直持续到 50 年代初。1945 年美国翻译家伊文·金(Evan King)翻译了老舍的代表作《骆驼祥子》,由纽约 Reynal and Hitchcock 公司出版,此书一时风靡美国,发行量达百万册。不仅成为美国"每月一书"俱乐部的代表作,还被列为全年的畅销书,以致中国"祥子"的命运竟成了美国人经常谈论的课题。接着,老舍的另外四部长篇名著《离婚》、《四世同堂》、《鼓书艺人》、《牛天赐传》也被译成英文。

在短短的两三年内,老舍的这些名著在西方世界的中心美英二国如此集中地出版,自然引起了辐射性的传播。伊文·金译的《骆驼祥子》很快被译成瑞典文、德文、法文、意大利文、捷克文和西班牙文,郭镜秋译的《离婚》也很快被译成瑞典文和波兰文,普鲁依特译的《四世同堂》也被转译法文。

翻译延伸了老舍作品的生命力,扩大了它世界性的阅读范围,使老舍获得了国际性的声誉。但另一方面,翻译与阅读都通常是一

---

① 《接受美学》,《百科知识》1984 年第 9 期。

种"创造性叛逆"。为了使原著与接受国的风习民俗相一致，或是为了迎合本国读者的趣味与时尚，译者常常会对原著进行自由翻译、篡改甚至改编。这一点，在美国翻译家伊文·金所译的《骆驼祥子》与《离婚》中显露得十分明显。《骆驼祥子》的译作是基本忠实于原著的，但原来的结局是祥子堕落成为一个告密者与吊儿郎当的车夫，最后他幻想找到小福子，重返曹先生家以实现"良心自救"，但小福子在妓院里死了，他的幻梦也随之彻底破灭了。老舍以这个不团圆的悲剧揭示着：旧社会是绝不会让一个毁灭中的劳动者有任何自救的可能的。伊文·金却删掉了这几段极重要的文字，把结尾改写成祥子重回曹家，从三等妓院里救出了小福子，实现了大团圆。尽管老舍自己与许多专家都对译本有这样的结尾表示不满与惋惜，但这个译本在美国读者中仍大受欢迎。这种反常的接受现象其实在接受美学中并不反常。只要回溯一下战后美国一般民众的社会心态便不难知晓了。如同经历了种种磨难的祥子一样，当时的美国也刚从第二次世界大战的磨难中走出来，因而，他们对于《骆驼祥子》那样描写人的"命运"的作品自然是十分期待的。但另一方面无数亲人的死亡，无数家庭的悲欢离合，都使美国人渴望生而不渴望死，希望磨难后的"团圆"而不希望磨难后的"毁灭"。伊文·金的篡改，显然是为了迎合这样一种社会心理与读者期待。然而，《骆驼祥子》又显然不是一本仅仅满足于他们所期望的那种小说，它既通俗又高雅，既与之有所吻合更有所超越。这样才引起了美国读者的极大兴趣。因为《骆驼祥子》的翻译成功，伊文·金在他第二本译作《离婚》里更使"背离"达到淋漓尽致。《离婚》是老舍自己最喜欢的小说。它通过老李、邱先生、孙先生、吴太极等一群北平科员家庭人人想离婚，喊离婚，最后又不敢离婚，离不了婚的悲喜剧，深刻地揭露了我们民族性格的软弱、苟且与庸懦。而伊文·金的翻译却轻易地把这样一种深刻的大讽刺变成了一场轻浮的小闹剧，他不仅让所有闹离婚的人都如愿以偿，而且还让老李与马少奶奶结合，李太太与丁二爷也上了床。对于老李这样一个感情上向往西方式的浪漫之爱理智上又恪守旧婚姻道德的中国知识分子，伊文·金删去了对他的大量心态刻画，并且还让他与马少奶奶轻浮调情，甚至第一次见面就发生了性关系。这样，这个有着丰富思想内蕴的中国知识分子的典型，便一下子蜕变成了浅薄无聊的"美国奶油小生"。应当一提的是，50年代初的美国，正处于"性革命"由滥觞向高潮发展的中途。在伊文·金如此趣味低下的篡改中，恐怕不仅有美利坚民族的婚恋风习的因素，还多少有着对上述社会性心理潜流的迎合。由于老舍的亲自干涉，这种翻译中畸形的"背离"得到了有效的抑制。

自然，老舍的作品之所以在欧美形成第一次翻译高潮，绝非是因为译者迎合了某一层面的读者群不高的审美趣味；相反，是因为他的作品达到了人类共同期待的人道主义深度，具有超越时空的普遍价值。尤其这些作品是向世界形象地展示了中国人民的苦难、屈辱和他们的抗争，沟通了这一星球上有着大体相同的发展阶段的人类群体的心灵。由于中国人民在抗日战争中所作出的贡献，战后的西方世界对中国是非常关注的。想了解这个神秘的东方古国，想体认占全球人口四分之一的人类的情感、信仰与意念，是那个时代西方读者主要的群体审美期待视界和趣味。这在美、日两国对《四世同堂》译作的赞赏与欢迎中便不难看出。1951年《四世同堂》的节译本在美国问世,又马上被选为"每月一书"俱乐部的优秀新书,并成为该年最为畅销的书。同时它还受到书评界相当的重视。

日本汉学界也是在1951年翻译出版了《四世同堂》。当时的日本正处于战后经济恢复初期,整个民族正处于"历史的反省"之中,这部描写中华民族在抗日战争中的灾难、牺牲、奋斗的巨著,正为人们的忏悔提供了丰富而又形象的资料。因而,《四世同堂》很快就在日本产生了强烈的反响,成为畅销书。

在波及欧美日的第一次世界性的老舍作品翻译热潮里,我们可以看到除老舍作品本身所达到的思想艺术高度外的种种审美选择。首先是时代的因素。尽管英、美、日诸国读者不生活在同一文化区域,但刚刚结束的世界大战不可避免地使几乎全人类的心理、意绪都围绕着它的余波作惯性运动,对欧美是回味和进一步了解世界,对日本则是忏悔和深刻地反省自我,而这都在无形中对老舍的作品形成了期待视野。其次还有民族性与时尚的制约。

老舍作品第二次世界性的翻译热潮是在50年代中期60年代初,主要翻译国是日本和苏联,并波及了东欧的一些国家。在日本,仅1954—1955年两年,就基本上译出了老舍的全部重要作品。苏联自1954年开始大规模翻译出版老舍的作品。1956年,莫斯科国家文学出版社出版了H.费德林编的《老舍短篇小说、剧本、杂文选》,1957年,H.费德林又主编了一套两卷本的《老舍文集》。在苏联的这一翻译热潮中,仅老舍的短篇小说就译了22篇,而且都是主要佳作。最成功的剧作《茶馆》、《龙须沟》,长篇代表作《骆驼祥子》都得到了出版。

50年代至60年代的第二次世界性老舍作品翻译高潮的形成,

与欧美的第一次高潮已有很大的不同。从翻译来看，无论日本或苏联的译者，都相当忠实于原著，有些重要的著作一再重译，从中也正可以窥见认真的翻译态度。从造成上述审美择取的原因来看，似乎也比第一次更贴近文学本身。苏联50年代大规模译介老舍作品，除文学本身的原因（老舍作品对以托尔斯泰、契诃夫为代表的俄国现实主义传统的师承），还和中苏两国人民有着大致相同的苦难历史，以及50年代正是中苏两国友好关系的黄金期有很大的关系。正是这种友好关系推动了大规模的文化交流，使苏联读者迅速地了解了中国新文学的巨匠老舍。由于苏联的影响和50年代"社会主义阵营"的友好关系，在这期间东欧一些国家也开始翻译老舍的作品。

国外第三次老舍作品的翻译热潮，从某种意义上说是真正世界性的。它并不表现为某种隔离性的区域性形态，而是同时在欧美、苏日全面展开。它非但表现为文字翻译，还表现为某种"国际旅行"式的艺术直译（如《茶馆》剧组1980年与1982年两次远征欧美与日本）。如同历史行进中常有的悖论那样，这次热潮的起讫时间是1966年，中国开始十年动乱，正是"四人帮"一伙对老舍的残酷迫害和对他作品的无耻诋毁时期，推动了世界人民对他作品的加速翻译和深入理解，从而使老舍研究在国外跃上了一个新的高度——在文学接受中也像在复杂的生活中一样，因果关系常如此奇妙。世界上第一篇公开发表的悼念老舍的文章，不是出自中国，而是出自日本。1967年3月，老舍死后9个月，日本著名作家水上勉写了有名的散文《蟋蟀葫芦》进行悼念。接着，1970年日本老作家井上靖又写了回忆性的悼念文章《壶》。由此，苏联、美国、西欧，海外才得知老舍被害的确切消息，引发了一场世界性的沉痛悼念。这一例子充分说明了马克思、恩格斯关于"各民族的精神产品成了公共的财产,民族的片面性和局限性日益成为不可能,于是由许多种民族的和地方的文学形成了一种世界的文学"的预言。确实,如同没有任何力量能抹去世界人民的微笑与记忆一样,在世界已连成一体的天下,也没有任何力量能在一座"围城"中把人类文化的珍品硬说成是瓦砾。

这次老舍作品的翻译热潮至今方兴未艾。与前两次相比不仅持续时间长,延伸区域广,而且显示出一定的组织性与系统性。以日本为例,1981年10月,"学研社"有组织地在世界上首次发行日文版《老舍小说全集》10卷本。1984年2月,日本又成立了由作家、教授、汉学家及老舍著作爱好者组成的"日本老舍研究会"。在苏联,五六十年代虽然也译了不少老舍作品,但对老舍这样一个长篇小说家,截至1966年还只译了《骆驼祥子》一部长篇。在这次热潮中,苏联汉学界先后译出了《小坡的生日》、《猫城记》、《离婚》、《赵子曰》、《鼓书艺人》、《正红旗下》,现红还正在译《四世同堂》、《二马》等。这样,老舍长篇小说的80%已有了俄译本。1981年,苏联莫斯科"进步"出版社为纪念老舍逝世15周年,在已有两本《老舍选集》的基础上,又出了一本新的《老舍选集》(A.法因加尔编)。一位中国现代作家在苏联已出了两本选集的情况下再出新的选集,除了鲁迅外仅有老舍。西欧在这次翻译热潮中也非常活跃。法国1973年根据中文重译了《骆驼祥子》(程纪贤译,巴黎第七大学出版社出版)。另外,还译出了《猫城记》(1982)、《北京人》(老舍短篇小说集,1982)、《老牛破车》(1974)、《全家福》(中法对照本,1977)、《我这一辈子》(中法对照电影剧照本,1977)。最近,他们又出版了《正红旗下》(1987)与《离婚》(1987)。1980

年 2 月，由法国汉学家倡导，在巴黎还成立了第一个国际性的老舍研究组织——"老舍国际友人会"。联邦德国自中国《茶馆》剧组 1980 年 11 月去演出后，仅一年内就出版了两种《茶馆》译本，1981 年在法兰克福出版了以《微神》为名的老舍短篇小说选。

　　如果细心地比较一下这次翻译热潮与前两次的差别，便不难发现世界读者的审美择取越来越接近了老舍作品的美的内核。换言之，即是说文学的、美学的标准越来越成为择取的主要标准。而政治外交、民族性、风习民俗等差异的影响已越来越缩小。这又似乎从另一个侧面论证着世界文学的规律。例如，老舍同一著作，尤其是代表作的译本，常常不是一版与一种译本，而是多版与多种译本。如《骆驼祥子》在日本就重版 13 次，共有 7 个不同的译本。这不仅说明接受面的广阔，更说明译者们已认识到这些伟大作品的审美真谛，力图用本民族的语言一次次地在更高的审美层面上再现。

　　纵观这空间上由欧美→苏日→世界，时间上至今还在持续的第三次国外老舍作品的翻译热潮，我们似乎不难感悟到这样一点：在我们这个时代，只要是一个真正有世界性的作家及其作品，就一定会进入世界性的审美视野。不管他最初进入这一视野时由于民族性、时尚性等因素会造成多少变形与误解，最终会在某种共同的审美层面上被世界所接纳，所体认。

二、传播与扩散："国际旅行"的多重媒介

　　世界性的文学接受问题，不只是一个文字的翻译问题，也绝不

只是发动者（被接受者）消极被动地等待接受者通过媒介接受的过程。既然文学接受是一种社会性的活动，那么被接受的一方也就可以采用多种社会活动的形式，来促成和推动接受热潮的形成。总之，它的媒介绝不是单一的而是多重的。这里，作家本人的"国际旅行"无疑有着直接的原动力的作用。从这一视点去审度三次世界性的翻译高潮的形成，我们会找到"老舍热"形成的又一重原因。

在伊文·金译出《骆驼祥子》英文本后的第二年（1946），老舍应美国国务院邀请赴美讲学。在美国，老舍亲自找了翻译家郭镜秋女士请她为纽约 Reynanl and Hitchcock 公司译出《离婚》。不久，老舍又请艾达·普鲁依特女士译他的《四世同堂》，又请郭镜秋女士译他的新作《鼓书艺人》。虽然伊文·金译的《骆驼祥子》与老舍的这次访美无关，但其他三个英译本都是老舍在艰苦的条件下亲自参与译成。可以说，老舍的这次"国际旅行"是促成国外第一次老舍作品翻译热潮的一个直接的动源。

文学"国际旅行"的形式绝不只是作者亲自参加翻译的一种，按歌德的意见，国际间的通信活动，作者本人的友好访问、旅行、留学等同样属于这一范畴。50年代在苏联、日本所掀起的第二次翻译热潮，就不能说与老舍的上述旅行形式没有关系。老舍50年代曾两次出访苏联，在这期间又写了十余篇表达中国作家对苏联人民友谊的文章。另外，还有他1956年与1958年两次回答苏联《外国文学》月刊"问题调查"的国际通信。这些文章的译文都刊载在苏联影响最大的《真理报》等报刊上。这就大大提高了老舍在苏联一般读者中的知名度，并且自然地形成了苏联读者希望了解老舍及其作品的愿望，推动了苏联"老舍热"的形成。日本的情况也是同样。虽然老舍不像鲁迅、郭沫若等与日本有着留学的渊源关系,但他 1965 年 3 月 24 日—4 月 28 日率中国作家代表团的访日,却在日本留下了不可磨灭的足迹。老舍以一个普通文学工作者的谦虚态度,拜访了许多日本名作家,并且多次参加集会并访问了一批文化文艺团体。这样,便等于老舍同日本整个文化阵营见了面。尤其是作为中国著名老作家的老舍访问当时的日本中青年作家水上勉、开高健、城山三郎、有吉佐和子、本多秋五等人的私宅,这在国际文坛交游史上实属罕见。这种与他作品一致的"庶民"风格,使这些作家及整个日本文坛都很受感动。由于中国古文化的染濡,日本民族也一向不仅重视"文品",更重视"人品"。因而,老舍被迫害致死后,日本之所以能迅速掀起悼念热潮,就和 1965 年老舍访日留下的美好印象极有关系。而且,在悼念热中最活跃的正是老舍当年降格拜访的日本少壮派作家。

在一个现代化的世界里,文学"国际旅行"的媒介不仅是多元的,还常常是立体的。影视、广播报纸……一切现代化的通信工具与大众传播媒介都可以迅速地造成扩散型的"国际旅行"的接受效果。例如,50 年代的日本,《骆驼祥子》曾被日本电台改编成广播剧,这迅速地使祥子、小福子在日本成为家喻户晓的人物。

老舍除了是位杰出的小说家,还是位出色的剧作家。而戏剧是一种文学、美术和舞蹈的综合体,是以塑造舞台形象为目的的直观艺术。它可以直接诉诸观众的听觉和视觉,激荡起他们审美的心潮,并通过他们的感受进一步造成接受的传播与扩散。粉碎"四人帮"后,尽管老舍先生已经逝世,但他的剧作《茶馆》经北京人民艺术剧院的出国演出,引起了强烈的反响。《茶馆》'征服了',

欧洲","《茶馆》'征服了'日本",这是西方世界的观众与评论家们的一致赞叹。由此,域外的观众不仅通过《茶馆》了解了中国,并急切地希望进一步了解中国伟大的作家老舍。

《茶馆》剧组的"国际旅行"之所以能激起如此巨大的反响,从接受美学的角度来看,首先是与开放后的中国加速走向世界和世界也加速走向中国这一全球性的社会潮流有关。因为《茶馆》与老舍成了国外观众窥视中国景象的一扇窗口。而《茶馆》延绵的时空、宏阔的结构与众多的人物使得它成了最合适的一扇窗口。交流,是基于人类本能的一种强烈欲望;交流,又是人类文化能够得以发展的基本前提之一。《茶馆》所达到的接受效果绝不只是在异国情调的满足上,相反,是一种审美的共鸣。联邦德国《莱茵—内卡报》在报道中指出:《茶馆》剧组"用他们激动人心的话剧给我们打开了一扇门,展示了对我们来说还是十分陌生的文化,但就其人类的共性来看又似乎是极其熟悉的境界:人们在战争、动荡、暴力和普遍的愚昧自欺中经受的苦难是相同的"[1]。这段话可以说已理论性地概括了接受共鸣的历史基础。确实,生活在同一星球,有着大体相同的历史发展阶段的各民族,怎么会没有一点共同的历史感呢?

无论是对中国的好奇,还是异域民族文化心理中某种"先结构"的契合,都毕竟还是文学接受中浅层的原因,对老舍及其博得全球性声誉并历久不衰的杰作来说,更深层的原因,恐怕仍要到作品中去寻找。接受中价值的实现不妨理解为作品中潜价值的被发

---

[1]《东方舞台上的奇迹——〈茶馆〉在西欧》,中国文化艺术出版社1983年版,第8页。

掘。如同伏尔泰讲到各民族文学共生互补的必然过程时明确指出的那样:"如果欧洲各民族不再互相轻视,而能够深入地考察研究自己邻居的作品和风俗习惯,其目的不是为了嘲笑别人,而是为了从中受益,那么,通过这种交流和观察,也许可以发展出一种人们曾经如此徒劳无益地寻找过的共同的艺术欣赏趣味来。"① 这种"共同的艺术欣赏趣味",世界观众、读者在《茶馆》中是已经找到了的,那就是现实主义创作方法的美学魅力。从当今世界文学潮流的变迁寻踪来看,已出现了一股"返朴归真"的文艺思潮。要求从五花八门的现代主义、非理性主义重新复归到现实主义,已是一股不小的潮流。如同一个刚从光怪陆离的幻梦中苏醒过来的人重见阳光会感到格外明丽一样,在这种情势下阅读和观看老舍那些不饰浮华、刚健深沉的现实主义杰作,无疑如痛饮稀有的甘泉。瑞士的库克森教授说:"现在欧洲的戏剧正处在十字路口,许多戏剧家在无休止地搞试验,搞探索,究竟试验什么也不清楚。路子越来越窄。不仅丢掉了广大观众,连知识分子也都看不懂了。你们的现实主义,有人说是代表过去,我认为是代表着我们的未来。"②

三、视点与盲区:研究世界性、民族性与审美个性

与国外三次老舍作品的翻译热相连,根据文章的密集度和研究的

---

① 《西方文论选》,上海译文出版社 1978 年版,第 325—326 页。
② 《〈茶馆〉的舞台艺术》,中国文化艺术出版社 1983 年版,第 398 页。

纵深度，在世界性的老舍研究中，国际汉学界也曾三次显示出热诚。

与40年代至50年代初第一次欧美老舍作品的翻译相适应，这一阶段的老舍研究也还是处于学步阶段。研究文章的形式还主要是随感式的书评、资料性的生平介绍，有不少评论老舍的文学更是淹没在对整个中国文学的评论论文之中。只能说这是世界性的老舍研究的发端与"史前期"。与五六十年代日、苏的老舍作品翻译热相适应的，是同样的老舍研究热——研究真正进入了学术的堂奥，并有了相当的广度与深度。这一阶段日本的老舍研究，已有了铃木择郎和柴坦芳太郎的二本《老舍年谱》的出现，研究文章的数目已达40余篇。在苏联出版的不少中国新文学史的专著中有老舍的专章，这一阶段共出现了30余篇老舍研究的文章。有的是长达三四万字的宏观性长论。1966年在捷克出版了世界上第一本老舍研究专著《一位现代中国作家的历程——老舍小说分析》。这一阶段，欧美学者也有宏观性的论文问世。所有这些，都标志着世界性的老舍研究已走完了学步阶梯的最后一级。

自"十年动乱"持续至今，域外老舍研究陡起一座高峰，跃上峰巅的主要标志不仅在于研究论文数量上急骤递增，还在于出现了一系列有系统的、有理论深广度的老舍研究专著与研究论文，成立了世界性的老舍研究组织，开始了广泛而有实效的中外学者之间的研究交流——在一个一体化的世界里，老舍真正跃上了世界性的层面。

勾勒出一个大致的轮廓只是描绘性的第一步，但循着这一轮廓我们就可以具体地比较各民族审美个性的差异。

审美毕竟是一种个体性的活动，它的实质是审美主体对特定的艺术作品产生独特心理效应的过程。虽然它逃脱不了政治性、社会性的制约，但归根结底，它毕竟只能发生在一个个别有独特的文化——心理结构的个体身上。因而，决定研究者视点择取的一方面是由于民族性等大背景的因素，另外则在研究者本人的个性、气质、职业等因素之中。我们不妨以老舍在国内外引起争论最大的长篇小说《猫城记》为例来作一具体的说明。《猫城记》在美国1970年译出。译者 A.莱尔在《序》中表示"这本书远不是老舍小说中的最佳之作，而且从某些方面说来还可能是他最糟糕的作品"。那为什么要译成英文呢？他认为："它作为30年代初期社会文献资料来说，有极大的价值。"出于欧美各民族了解中国的需要，西方学者注重的是把它作为一种政治和社会的原始资料的认识价值。苏联 A.安基波夫斯基早在1967年就坚决地肯定了这部被中国同行们指责为有"严重政治错误"的作品，他写道："所有评价的基本点是说老舍没有指明陷入绝境的中国社会的出路，没能拟出一个积极的方案。但在我看来，揭露现实黑暗面的讽刺作品中，没有必要一定要提出一个改造这个社会的方案。在果戈理、谢德林、奥斯特洛夫斯基、鲁迅的作品中都没有直接的美好远景，但这绝没有降低这些作品的价值……由于自己的倾向性和艺术特色，《猫城记》已接近了伟大讽刺家的优秀作品。"[①] 日本学者藤井荣三郎认为："《猫城记》描写猫人国的灭亡，这是老舍向中国人预报中国有灭亡的危险……这里写的猫人国的事情，完全与鸦片战争以来的中国历史事实相符合。""作者以批判的目光看周围，同时也发现了自己同周围

[①]《老舍的早期创作》，莫斯科1967年版。

的同质性,从而不免苦痛和绝望。……这是民族的苦难的产物。"①日本学者肯定《猫城记》时,所用的是"苦恼的"爱国主义的价值尺度。不管美、苏、日学者们所用的价值尺度是否带民族的狭隘性,也不管它们是完整是片面,比起我们以往把《猫城记》说得一无是处的政审式的结论来,它们都要有价值得多。

国外学者们的研究并不囿于民族狭隘性,而是都具有世界性与民族文化的交流性。考据学是中国古代有名的"旧学"之一,但日本学者日下恒夫用它别开生面地研究老舍的作品。他考证了《猫城记》中反复出现的中心词语"毁灭的手指",指出:"《猫城记》运用的是《圣经》式的思维。"精神分析法是奥地利的弗洛伊德所创,日本学者伊藤敬一在《〈微神〉小论》中都用它来分析老舍的初恋与小说的关系。罗兰·巴尔特的结构主义研究法和雅·拉康的心理分析语言批评都发端于法兰西,美国学者李欧梵却在《老舍的〈黑白李〉——一篇心理学结构的作品》中成功地用来论述了老舍的小说。马克思主义发源于德国,马克思主义文学批评盛行于苏联和东欧。美国杜克大学教授弗·杰姆逊却用它来分析《骆驼祥子》,对祥子与虎妞的道德臧否得出了惊世骇俗的结论。认为:"《骆驼祥子》是一部带着伟大的巴尔扎克式的执著的关于钱的小说。"他认为,祥子、虎妞两人"实际上都是个人主义者",而就他们奋斗目标的实现来看,虎妞"做生意"的道路比祥子的成功可能性要大得多,因为"祥子至少在'将储蓄金投资'这个问题上"是个藏死

---

① 《〈牛天赐传〉的意义》,《吉川博士退休纪念中日文学论集》,筑摩书房1968年3月版。

钱的"守财奴",相反虎妞的"价值观与思想观非常具有那些现实资本家和商品买卖的特征"。

数十年前,伟大的科学家爱因斯坦在谈及科学与人类的关系时说了这样一句话:"科学是没有国界的。"这话同样也适用于今天的人文科学。如果说"一千个批评家有一千个哈姆雷特"这句夸张的形容多少带有对文学接受中聚讼纷纭的贬义,那么在文学理论形成世界性的思潮与多元互补局面的今天,我们完全可以把这句不无贬义的话从褒扬的角度理解为精神现象的丰富多彩。并且,可以补充说:"一千个批评家毕竟只有一个哈姆雷特——作为人类艺术瑰宝的哈姆雷特。"这就是说,只要真正有人道主义深度与艺术形式完美的文化珍品,它必然最终会被人类在审美的层面上共同接受。似乎,我们还应当作这样的补充:"一千个批评家可能有一千个属于本民族的哈姆雷特,也可能有一千个不属于本民族的哈姆雷特。"——狭隘的民族性的樊笼毕竟已被冲破了,代之的是文学接受与研究的世界性、民族性、审美个性统一的大趋势。

哈姆雷特如此,老舍自然也如此。

(原载《文史哲》1987 年第 6 期)

改革与骚动

改革与传统道德的关系
——改革题材文学探幽之三

沈敏特

一

当前,960万平方公里的土地上一场伟大的改革方兴未艾。它以经济改革为中心,影响正逐渐渗透到社会生活的各个领域。这是一个全民性的伟大实践,它将不断提出崭新的社会课题,让人们去思考,去探寻解决的途径。文学作为社会认识极其敏感的组成部分,在这个过程中处于"先锋"的地位。改革引起的观念、心理、伦理的变化,必然会在一些写改革题材的文学作品中有所反映。本文将着重研究改革题材文学如何反映改革中人们道德观念的发展。道德是一个复杂的事物,它并不以纯然新的或纯然旧的状态呈现在人们面前,它的具体规范包含复杂的历史因素,常常扑朔迷离,是非难辨。文学创作如何反映这个问题,存在着几种基本情况。

(一)改革引起新旧道德的交替,一部分作家不适应新道德比较实用的品格,而习惯于旧道德的高蹈和精致,于是产生了怀旧的倾向。他们回过头去赞扬"古朴之美",赞扬那种封闭生活环境中的淳厚和义气、内心世界无所求的安详与平衡,赞扬那种对于贫困的知足和安乐，甚至把对于噩运的忍受、对于无爱婚姻的愚忠，都当做中国人民的美德来加以赞扬。这种倾向已经开始为文学界所关注。不久前，一位作家注意到马克思对于工业社会的"内心的贫困"与农业社会的"原始的丰富"之间的比较，使我们认识到前者较之后者实际上是一个历史的进步。因为，"内心的贫困"感标志着人们全面发展的内心要求，它正在冲击着由于愈来愈细的分工造成的思想拘囿。而"原始的丰富"则是静态的停滞，是对于孤立状态的一种满足。因而，所谓醇厚常常与视野狭小联系在一起，义气常常反映了对于扩大社会交往的恐惧，内心的安详与平衡则因为缺乏经济和文化上的竞争力，而忍从、愚忠都是鲁迅当年早已否定的"安贫乐道"的奴性罢了。

（二）在新旧道德的交替中，一些作家满腔热情地描绘了经济变革中萌芽的新的道德面貌，讽刺甚至鞭挞了与经济变革格格不入的陈旧的道德观念。章友法、刘宗昌（陈世旭《天鹅湖畔》）、武耕新（蒋子龙《燕赵悲歌》）、门门、才才（贾平凹《小月前本》、《鸡窝洼人家》）等，都在他们经济改革的实践中体现了一种新的道德面貌。这些人物，作家们显然是赞美的。而同时，作家们塑造了一系列时代的落伍者，如季嘉兴（《天鹅湖畔》）、贾平凹笔下的才才、回回和韩玄子（《腊月·正月》）等，在他们身上残留着旧的道德观念，尽管这些观念都有"革命"的色彩。值得特别一提的是蒋子龙对于谢德连（《燕赵悲歌》）的陈旧道德观念的揶揄和讽刺，实为痛快淋漓。这位高级干部，不乏个人品质上的某种长处，但当农民企业家武耕新住进高干病房，他看着这个不是高干的人物享受着高干的待遇，他不能容忍了。那种浸透了等级观念的道德准则与农民的物质要求发生了尖锐的矛盾，而武耕新的"回击"却显示了新道德力量的震响：

> 看样子你是个领导干部，共产党闹革命就是让老百姓过好日子。可老百姓刚过上好日子，你们当头儿的就看不顺眼，生气、眼红。皇上只能你们当，高干病房只能你们住，山珍海味只能你们吃，老百姓喝苦水住土房，你就舒服了？

这里给了我们一个启示：只有经济改革带来的农民的实际经济利益，才能彻底冲刷等级制的道德准则。

（三）如果说以上两种情况还比较容易把握的话，那么第三种情况就比较难分辨了。新旧道德急剧的更迭中，具有新色彩的道德观念是否都属于社会主义精神文明的范畴？这些道德观念是否包含着改头换面的旧因子？传统的道德观念是否应该一概摒除？其中有没有可以化入社会主义精神文明的成分？这些成分的具体历史内容是什么？应该如何继承？应该说，从一般原理来回答这些问题也许并不十分困难，但具体表现在改革的实践中以及改革引起的社会生活的变化中，却又是丰富多彩、五光十色的；它使人震惊，又使人困惑；它要求人们给予明确的答案，而事实上，这答案又绝不是"立竿见影"的产儿。于是，一些作家不回避问题的复杂性，他们把那些带着所谓易卜生式的问号和萧伯纳式惊叹号的社会现象真实地展现在读者面前，他们并不匆匆忙忙地把一个结论塞给读者，而只是确信在这些社会现象的背后隐藏着不易把握而终究是可以把握的结论；这些十分矛盾的社会现象，具有值得我们去探寻的认识价值。

二

　　道德的发展在具体的经济生活中表现得最为直接，但也绝不是简单的。具有深入思考习惯的作家不径直走向所谓高尔基式的句号，而努力于真实地展示生活方程式的排列和演算，追求着一个水到渠成的结论。王润滋《鲁班的子孙》的尾声标题是"明天的故事"，很耐人寻味。

　　对于善良、忠厚而又艰辛备至的老木匠作家寄予了同情，但在他和新的经济生活的冲突中作家恰恰没有肯定他的道德观念。作品一开头就写以老木匠为首的大队木匠铺的倒闭。老木匠坚守的鲁班式的道德信条：一是良心，二是手艺。但是，讲良心、讲手艺并没有挽救木匠铺倒闭的厄运，也不能帮助情深义重的徒弟们摆脱贫困。他说："天底下最宝贵的不是钱，是良心。"这无疑包含合理的因素。但是，在存在着商品和货币的社会里，完全离开了"钱"的良心究竟有多大的实际作用呢？在旧社会，政治压迫、经济剥削，完全剥夺了劳动人民控制经济的权力，经济对于他们来说是一头无法驾驭却能噬人的怪兽。面对这头怪兽，他们以"良心"为旗帜，联结起来，互相帮助和扶持，渡过重重生活的难关，"良心"是有一定意义的。但是，经济毕竟是改造世界的强大杠杆，劳动人民只有在党的领导下通过经济实践逐步掌握经济规律（包括商品和货币的规律），才能从根本上制服这头怪兽，使它变成为人民谋福利的杠杆。如果说要讲什么"良心"，这才是对人民最有实际意义的良心。普列汉诺夫说得好："人类道德的发展一步一步跟随着经济的需要，它确切的适应着社会的实际需要。在这种意义之下，可以也应当说，利益是道德的基础。"① 所以，一旦劳动人民掌握了经济规律，包括商品、货币的规律，来为人民利益服务，良心与经济就不再是截然对立的两个范畴。从历史上看，把良心和经济对立起来，曾经反映了劳动人民合理的道德要求。但是，在今天，把两者对立起来，企图在这个基础上坚持某种良心，必然是过时的，对人民是无益的。老木匠的悲剧就在于此。

从实际的描写看，小木匠也并不完全是一个见利忘义的角色。小木匠也自有"良心"，他的"良心"也感动过老木匠。他"发财了"，仍记挂着在苦难中把他拉扯大的养父，记挂着和秀枝在苦难中培植起来的爱情。他把自己在个体经营中赚得的2000元毫不吝啬地交给了养父，而他的钱连同着他的心意也确实震撼了老木匠的心灵，使他朦胧地感到了自己那颗"良心"的软弱和无力。如果不是坚持老木匠那种置经济于良心对立面的道德观，我们就可以看到小木匠和老木匠的摩擦包含着对传统道德的冲击。小木匠的道德观念服从于新的经营方式。

农民要摆脱贫困，必须抛弃陈旧的小生产者的经营方式，排除阻碍经济高效率发展的种种陈旧的道德观念。有些批评家不注意从道德变化与经济发展的关系中去划清新旧道德的界限，而沉醉在传统道德的"古朴之美"中，不自觉地把新的经营方式的行为准则一股脑儿归之为充满铜臭的资产阶级道德。但是，另一些批评家又趋于相反的极端，即走向唯经济的道德观，似乎只要是能赚钱的经济

---

① 《普列汉诺夫哲学著作选集》第2卷，第48页。

手段，本身就是新的道德准则。因此，对小木匠的思想性格给予了简单化的分析。小木匠在生意兴隆的情况下，片面追求利润，偷工减料，以钉代榫，木料也顾不上烘干，结果损害了顾客的利益。这也是他和老木匠发生矛盾、不得不出走的一个直接原因。有的批评家抓住这一点，断定是作家不适应新经济、新道德，感情倾向于老木匠，因而在描写上有意"褒老贬小"，强加给小木匠一些不符合性格逻辑的行为。这就把问题简单化了，新的经济生活，并不一定带来新的道德面貌。

在老小两个木匠的复杂的性格摩擦中，作家实际上为我们提出了一个值得深思的问题。经济和道德的关系是至为密切的，但唯经济的道德观不是不足取的。因此，对于老小两个木匠都不能简单地褒贬。他们的思想性格是否存在着可以互相纠正、互相补充的因素？也就是说，追求利润的观念是否可以导出两个方向的道德，需要防止逆向的道德？老木匠所坚持的传统道德观念要不要一股脑儿地扫荡，在新的历史条件下是否还有可以继承并予以发展的部分？这就是作家在读者面前摆出的问号。

三

经济改革也使爱情、婚姻的道德观发生了十分复杂的变化，这在农村青年中尤其显著，并已成为作家们十分关注的文学主题。

一个突出的内容是，爱情、婚姻已成为青年农民追求新的物质文明与精神文明的有机组成部分。作家们已从千百年来歌颂所谓"贫贱夫妻""糟糠夫妻"的传统主题中走出来；不再把甘于贫贱看做是维持爱情、婚姻的永恒的道德基础。在旧社会政治压迫、经济剥削的重压之下，贫穷、愚昧像影子一样追随着广大的劳动人民，必须甘于贫贱才是维系爱情和婚姻的强韧的道德纽带。夫妻二人，男耕女织，厮守在一间能抵挡风雨的茅屋里和一小块提供温饱的土地上，岁岁年年，白头到老，曾经是最美的生活理想，对此忠诚不贰，则曾经是最高的道德理想。在那样的历史条件下，如果在物质和文化上产生了超出于此的要求，而厌弃贫贱，就会发生爱情婚姻的变异，甚至走上阶级背叛的道路。因此，憎恨陈世美，同情秦香莲，几乎成了一代又一代中国人民固守的道德感情。但是，道德终究属于历史范畴。当改革席卷中华大地，面朝黄土背朝天的农民开始看到一个更新的，并非可望而不可即的天地，在这片天地里物质和文化的更高要求已具有的历史的合理性和现实性。这种物质和文化要求的变化，必然要反映到爱情、婚姻的领域中去。

《人生》中高加林和刘巧珍的爱情变异，是很值得思考的。从一方面看来，高加林追求更高的物质和文化，难以维持和刘巧珍的爱情关系，这中间包含着某种历史的合理性。从另一方面看来，刘巧珍那种纯而且真的深情，换来的竟是一个空虚，这无论如何是值得同情的；让这样一个善良柔弱的少女来为传统道德付出历史代价确是过于沉重了。但是，随着农村经济改革的向前发展，文学作品反映爱情、婚姻中的道德变化逐渐消退了犹豫和困惑，显示一种更为明朗和欢快的色调。并且，耐人寻味的是，发生爱情或婚姻变异的已不单首先从男方开始，而也有千百年来曾属于绝对被动方的妇女。贾平凹《小月前本》中的小月向往更高的物质文明和精神文明，对才才的感情发生了变异。她认为才才是"好人"，可惜却是个"古代的好人"。《鸡窝洼人家》中回回的老婆烟峰，对能持家、能守业的回回已颇为不满，厌倦了那种"只知道那几亩地，种了吃，吃了种"的老式农民的生活方式，而对"到外面跑跑"的禾禾投出了青睐。有意思的是，女方首先发生感情的变异，这一次倒没有遭到猛烈的攻击，而实质上变异的原因与高加林是相似的。不满足于"种了吃，吃了种"的几亿人口搞饭吃的局面，曾经被认为是动摇社会主义的羡慕城市生活的"资产阶级思想"，甚至让大批城市知识青年转变为农业人口来扩大这种局面。而农村经济改革的发展趋势恰恰与此相反：农民要求在发展经济的过程中扩大自己的生活领域，摄取更丰富的物质营养与精神营养。这种要求反映到了爱情、婚姻的领域中。当男女双方共同具有了这种要求，爱情、婚姻便闪现出一种前所未有的道德美；当这种要求的发展不平衡，又会造成爱情、婚姻中种种痛苦的摩擦，甚至变异。对于现实生活中这种意义深远的新因素，正有愈来愈多的作家给予了密切的关注。

但是，明朗和欢快的色调还不能笼罩整个生活画面，其中仍然跳动着令人焦灼的问号。城乡差别毕竟还在逐渐消失的漫长的过程中。农村青年物质、文化的更高要求常常表现为对于城市生活的向往。但是，一方面这种要求无疑是合理的，一方面城乡物质、文化条件一时尚难以全面平衡。这种客观存在的矛盾，就使农村青年的道德感情朝着两个方向发展：一是把物质、文化的迫切要求化为改造农村面貌的巨大动力，使农村青年的精神面貌达到一种更新的高度；其中当然包含着对于不平衡状态的忍受力，不甘于贫困而又能承当消灭贫困过程中的艰难。一是把对物质和文化的要求变成对于城市生活的盲目的羡慕，反而削弱了改造农村的信心和毅力。这种朝向两端的发展，也影响了农村青年的爱情、婚姻，以一个新的角度提出了道德变化的新问题。贾平凹的新作《九叶树》①敏锐地捕捉了这个动向。石根和兰兰这一对男女青年，在封闭的山沟出生和成长，是农村责任制的推行，城乡经济交流的发展，激发了他们对于新的物质文明和精神文明的追求。这种共同的追求哺育了他们的爱情，他们的爱情不再只是种地、吃饭、生儿育女。然而，两者又是有差别的。石根眼界比较开阔，对城乡差别的认识更实在，对发展前景也更乐观。他说："现在眼界开了，倒觉得城里有的，咱这儿慢慢也会有，咱这儿有的城里却永远不会有。"而城市对兰兰来说却是云端雾里的神秘世界，这个世界使她羡慕，也使她自卑和气馁。这就在她的精神世界中形成一个疲软地带。从城市来的摄影个体户何文清看准了这个地带，占有了她，伤害了她和石根的爱情。对于这样一个思想过程，贾平凹作了深刻而细腻的描写。但是，结尾落入了俗套。兰兰又回到石根身边，原因是何文清使她失身怀孕，却又抛弃了她。这个解决实际上影响我们去探求矛盾的真正解决。因为，她是被何文清"抛"回石根身边的，她和石根爱情的悲剧性的矛盾并没有解决，她并没有从思想上回到石根的身边。因此，尽管作品似乎有个结尾，读者却应该看到仍然存在着一个需要思考的问题：即维系石根和兰兰的爱情的纽带除新的物质文明和精

---

① 《钟山》1984年第4期。

神文明的共同追求之外，中国的两性关系的某些传统的道德观念是否还可以部分地发挥作用？这是哪些部分？又应在何种限度内予以保留？这又是一个问号。

四

从当前的创作实践看，有些作家已经产生了一种意念，尽管还是不稳定的：即认为中国传统道德是否存在着某些因素可以被新的经济生活所消化，从而演化为新道德观念的组成部分。

从《鲁班的子孙》看，老木匠和小木匠之间存在着融合的趋势。老木匠开始重新认识小木匠，也在不断地估量自己。他感受到儿子发生变化的背后有一种强大的历史力量，就像存在着一只"大手"，一只自己扳不过的"大手"，在使儿子发生变化，自己对儿子也许是"太过分"了。是不是自己认死理儿，不能顺潮头？他觉得可能。是不是儿子变得无情无义了呢？他也觉得不完全是。这种矛盾的心理，到小木匠出走之后变得更加强烈。值得注意的是，通过具体描写，作家让我们看到，老木匠经过震动后的道德力量又在弥补着小木匠的不足和缺陷。偷工减料，以次充好，引起顾客纷纷退货，是老木匠挑起了包修包赔的担子，面对小木匠的偏向，鲁班式的"良心"起着纠正的作用。

在老木匠曾经坚持的传统道德——良心——中比较突出的是"义信"二字。这两个字如果简单化为只讲良心，不讲金钱，便会和经济变革对立起来，最终也阻碍了新的道德观念的发展。因为没有经济变革，是从根本上损害了人民的利益。按照马克思主义科学，这归根到底是不道德的。但是，对其中的一些合理因素，加以消化，则可以使新道德更加完善，反过来推动经济改革的健康发展。"义"如果不是意味着平均主义，意味着只算人情账，不算经济账，而是指在经济改革和发展的过程中，要注意发扬劳动人民之间的互助友爱精神，在扶植先进奖励优秀的同时，还需要采取相应措施帮助因种种原因而落后的成分，甚至包括利用新的社会财富发展社会救济事业。那么，这样的"义"不仅化入社会主义精神文明，并且正是进一步发掘人的潜能的一个有力的杠杆。至于老木匠的"信"，如果不是被理解为只要"好名声"，不要经济效益（扩而大之，即所谓"只算政治账，不算经济账"），而是看做精益求精，保质保量，讲究信誉的职业道德，这样的"信"属于社会主义精神文明，而它本身也必然转化为持久的、不断扩大的经济效益。马克思主义归根到底要把利益视为道德的基础，无产阶级继承传统道德的有益部分终究要转化为物质力量。在这里十分生动地展现了新的经济生活对于传统道德的冲击，以及传统道德的合理因素在新的道德领域中沉淀的复杂过程。

《九叶树》中石根和兰兰的爱情也给我们相似的启发。石根和兰兰的爱情当然包含了崭新的物质文明和精神文明的共同追求。这种共同要求如果同时渗入中国传统道德中的合理因素，则可能成为加固爱情和家庭的强劲的纽带。从石根和兰兰的心理状态中我们看到了这种趋势。石根那改造农村面貌的狂热和决心中包含着要和兰兰共同来建设一个婚姻家庭的强烈的向往。这与西方那种爱情与家庭分离、爱情狂热而家庭淡漠的心理状态是不同的，而对于家庭的严格的尊崇和维护恐怕是中国传统道德的一个特点。至于兰兰尽管越出了这条轨道，把谨守传统道德的老父亲活活气死，但她毕竟不是西方性开放的妇女。在她的心灵中依然存在着传统道德的沉淀物。她对于贞操的珍重，对于爱情的专致，使她的内心产生了愧疚和悔恨。正是在这种愧疚和悔恨中，我们看到了有关两性关系的传统道德与社会主义道德的一个交会点。

　　文章到此，我的头脑中产生了一个希望，希望我这篇文章仍然是一个"问号"，新道德在建设发展的过程中，传统道德也在被消化的过程中，其发展变化的具体形态将是错综复杂、千姿百态的。我们不应仓促地去作结论，重要的是进一步地观察和探讨。

（原载《文史哲》1985 年第 5 期）

商品观念与中国当代文学的繁荣

杨守森

随着社会主义市场经济的发展,我国当代文学亦不可避免地加剧了商品特征。许多出版社、报刊编辑部及作家,常常不得不从经济角度考虑作品价值问题。对此,文艺界已有不少人士为之扼腕叹息、忧虑不安,似乎感到了文学末日的来临。实际上,这种忧虑和担心是不必要的。我们相信,商品意识的真正强化,不仅不会毁掉中国当代文学,相反,必定会促进社会主义文学的繁荣与发展。

一

首先,我们应该充分认识到,目前,我国正在日趋完善的社会主义市场经济体制,已决定了艺术生产也必将不以人的主观意志为转移,被纳入到社会主义商品经济的大系统中来。因为在商品生产条件下,人类各项活动将无不受到商品规律的制约。艺术生产当然也不会例外。如要挣脱这种制约,则必将受到应有的惩罚。事实上,在人类现有社会条件下,尤其在我国整个社会生产力还比较低下的情况下，那种企图寻求纯而又纯的所谓文学独立价值，把文学活动仅仅看做与他人不相干的自我实现，使之独立于整个社会经济系统之外的美好愿望，是不现实的。长期以来，在我国，正是由于蔑视经济发展的市场规律，结果，如同物质生产遭到惩罚一样，文学生产也同样蒙受了惨重损失。正是在接受历史教训的基础上，现实改革已经向我们提出了迫切要求：必须进行关于文学生产中的市场规律的研讨，以求按规律办事，搞好社会主义新时期的文学事业。

根据商品规律，商品只有获得消费者的喜爱，才能促进商品的生产、流通、消费与发展。文学作为一种精神产品，当然也必须经由读者消费市场的检验，才能评判其价值高低，才能窥见文学发展的趋向；也只有经过消费市场的制约，才能促使文学充分考虑各种社会效益，更合理地进行生产。具体说来，商品规律对文学发展的意义主要有以下几个方面。

商品规律必将打破我国原来一统化的创作格局，促使文学创作的真正多样化与文学功能的真正开放，促使文学真正以满足广大人民群众日益增长的精神生活需要为目的。由于读者审美心理需要是多方面的，文学功能当然也应是多方面的，文学创作当然应该多样化。但长期以来，由于我们的文学生产没有经济效益之忧，缺乏商品规律的制约，作家捧的是铁饭碗，没有人真正顾及消费系统的实际需求，而是遵从一统化的创作指令，用文学来充当宣传、图解某种政治甚或政策概念的工具，对读者进行着生硬的政治训诫和思想灌输。久而久之，终于导致了读者对这类作品的厌烦。其结果是，不仅宣传教育的功能难以实现，反而造成了大量人财物力的浪费。我国现有的改革成果也已表明：只有强化商品观念，才能迫使刊物和作家不得不考虑与读者心灵的自由沟通，不得不注意运用经济价值的探测器，及时调整创作方位，以设法不断满足广大读者多方面的审美需求。我们相信，只有尊重商品规律，将经济杠杆大胆地引入文学活动，并确立一系列与商品机制相应的规章制度，才会彻底打破一统化创作格局，进一步焕发社会主义文艺的生机和活力。

商品规律必将有效地医治文学中公式化、概念化的痼疾，促使文学作品不断创新，促使创作水平不断提高。流通消费过程表明，文学作品要想赢得读者，获得较高的经济效益，就必须做到：感情真挚深厚，形象生动丰满，内容形式新颖，独具艺术个性。而公式化作品的特征则是：蹈袭前人，互相雷同；概念化作品的特征则是：缺乏感情，形象苍白。显然，文学商品市场的形成，必将使这类作品无容身之地，必将迫使作家倾尽全力克服这些弊端。

商品规律必将促使文学创作竞争机制的建立。任何事物，只有在竞争中才能焕发活力，只有在竞争中才能不断发展。我国文学创作生机的长期萎缩，其重要原因之一，便正是由于缺乏自由竞争。在我国文坛，某些迎合政治需求的作品往往得天独厚，包打天下，主宰沉浮。有不少此类作品尽管备受读者冷落，但发表照样可以占头条，以致引起了许多读者"刊物头条可以不看"的逆反心理；评奖照样可以位居榜首，以致损伤了评奖的权威性和信誉。相反，有些作品，或因其特有的艺术情趣，或因其对某些现实的干预（如被称为重放的鲜花之类的作品）不仅难以得到肯定，反而会因之罹祸。中国当代文学多少年，一直就是这样过来的，至今余风犹存，仍在不时妨碍着文学的正常发展。文学商品机制确立之后，相信有利于各种文学品类同生共存，互相促进的自由竞争机制也必将随之确立。

商品规律必将有效地抑制我国文艺界的"走后门"现象。由于缺乏消费市场和经济效益的制约，我国文艺界一直存在着"照顾发稿"、"交换发稿"甚至"贿赂发稿"之类的弊端。这实际是一种借助国家或政府拨款，借助特定权力，牟取个人私利、败坏社会主义文学事业的恶行。对此，也只有依据商品规律，制定相应的管理措施，才能使之得到有效的控制。事实上，近几年来，某些编辑出版单位实行自负盈亏以后，这种弊端已经大为收敛。

总之，我以为，从商品角度考虑文学价值，这无论如何不能不说是中国当代文学观念的一种进步。

二

概括起来，对文学商品观念持忧虑态度者的主要理由是：商品观念将诱使作家为金钱而创作，将使之丧失应有的社会责任感、使命感以及艺术献身精神，将危及"严肃文学"的生存，导致文学的日趋庸俗化，甚至堕落。对此，我们也只有进行具体分析，才能得出正确的结论。

首先，可以看事实。在西方文学史上，随着资本主义商品经济体制的产生，商品观念就已严重地浸染了文学观念，致使许多作家确有为金钱创作的动机。比如泰纳就曾这样论及巴尔扎克："由于需要，由于面子，由于想象和期望，他成了金钱的猎获物，金钱的奴隶。金钱凌驾着他，虐待着他，使他伏在案头，拉不起身，金钱把他牢牢地绑在工作上,激发着他的灵感,进入了他的思想和梦魂,指导着他的目光,牵引着他的手掌,铸造着他的诗思……"①但这样一种金钱的"凌驾"与"牵引",并没有使巴尔扎克丧失社会责任感、使命感及艺术探索精神,并没有使之走向堕落。他的《人间喜剧》,也照样成了卓越的人类文学瑰宝。即以一向被人们看做已经进入了腐朽没落资本主义阶段的现代派文学来看,作家们也并没有全部成为唯利是图、腐朽堕落之辈。相反,如卡夫卡、萨特等现代派大师,照样因其严肃的精神追求和高规格的作品,成了全世界许多读者心目中的精神偶像。有趣的是,在中国文学史上,我们会发现,虽然没有形成市场经济,虽然没有商品观念的诱引,《如意君传》、《肉蒲团》之类赤裸裸的淫秽之作并不少见。《金瓶梅》中大段大段的淫秽描写,也不见得与金钱诱惑有什么关系,因为作者连自己的真实姓名都没有透露给世人。在十年"文革"期间,人的社会观念被高度纯化,每天都在"狠斗私字一闪念",当然无法产生文学的商品金钱观念,但正是这个时代毁灭了文学。

如此看来,将文学的商品观念与文学的堕落联系起来,未免是轻率的。

从理论上来看,仅仅为金钱而创作,确有导致某些作家走向堕落的可能,但二者之间并无必然联系。金钱动机往往只能成为艺术创作的一种原始动能,真正进入创作境界之后,支配作家运思走笔的,只能是作家具体的生活体验和情感积累。而这种情感和体验的

---

① 泰纳:《巴尔扎克论》,见《外国文学评论选》上册,湖南人民出版社1982年版,第394页。

性质、层次、深浅才是决定作品价值高低的根本。此外，就作家创作动机本身来看，也往往是复杂的。以巴尔扎克而论，他既有强烈的金钱追逐欲，同时也曾宣称，他信奉的准则是："一个作家在道德上和政治上应该持有固定的见解，他应该把自己看做人类的教师。""从来小说家就是自己同时代人们的秘书。"① 正是这样多重动机的制约，使作家不可能仅仅为金钱而创作，倒是有可能促使他竭力谋求金钱效益与社会效益的统一，创作出《人间喜剧》这样的成功之作。

这也进一步表明，文学的商品观念与作家的社会责任感、使命感以及艺术追求之间，并不存在天然对立。事实上，真正具有高度社会效益和艺术价值的作品，也往往会产生较高的经济效益。拉美作家马尔克斯的《百年孤独》，既是一部具有强烈社会历史责任感的作品，又是一部独具艺术特色的"魔幻现实主义"代表作，同时也是一部获得了巨大经济效益之作。问世以来，已为许多国家竞相翻译出版，并搬上银幕。我国古典名著《红楼梦》、《聊斋》等，不知几经出版刊印，能说没有经济效益吗？在我国当前创作中，富于社会历史责任感、又具一定艺术特色的《新星》、《人妖之间》等作品，同样也赢得了较高的商品价值。由此可见，那种关于商品观念会导致作家使命感、责任感及艺术探求精神丧失的担心，实在是不必要的。

近几年来，在商品观念的刺激下，通俗文学确已强有力地占据

---

① 《人间喜剧·前言》、《古物陈列室》、《钢巴拉》初版序言，《巴尔扎克论文学》，中国社会科学出版社 1986 年版。

了我国文化市场，正在严重地危及着"严肃文学"的生存，致使不少正宗文学刊物备受冷落，订数锐减。对此，我认为：理应表示庆贺，用不着大惊小怪，更犯不上因惶恐不安而问罪于文学商品观念。通俗文学的振兴，是我国社会主义文学日趋繁荣的重要标志之一。具体说来，第一，文学史本来就是由俗雅不断更迭而成的，只有在广泛俗化的基础上，更高雅的新文学才有立足之地。一味雅化，只能导致文学贵族化和生命力的衰竭。第二，通俗文学以其特有的故事性、趣味性集中体现了文学作品最基本的消遣娱乐功能，而这一方面，正是我们的正宗文学长期以来所匮乏的。第三，标志着文学回归人民。文学本来产生于人民生活，但经高度纯化之后，终于演成一副贵族面孔，令许多读者望而却步。尤其在文化层次仍然比较低下的我国当代社会，原来"严肃文学"的一统天下已使不少读者远离文学。通俗文学则以其通俗易解的语言形式，重新拉近了许多读者与文学的距离，使文学终于又回归到广大人民群众之中。第四，通俗文学本来就是一个模糊概念，它与"严肃文学"并没有绝对的界限，有的通俗作品，往往本身又是具有较高思想和艺术价值的"严肃文学"作品。如冯骥才的《神鞭》、《三寸金莲》，王蒙的《神医梁有志传奇》等等。正是借助这些作品，可以迅速提高我国广大读者的审美欣赏层次，以促进整个民族文学水平的提高。第五，将促使"严肃文学"反省自身，总结经验，探究日渐失去读者的原因，以设法自我提高。从这个意义上来看，通俗文学的振兴，很可能预示着一个"严肃文学"创作高潮的到来。而所有这些，如果不是借助文学商品观念的诱导，打破原来过分强调政治价值、社会价值的传统文学观念，是不可能实现的。

对此，令人不满的倒是，透过通俗文学繁荣的表面现象，我们会发现，近几年充斥通俗文学市场的，大多还是译作，或出自台湾、香港地区作家之手的作品。真正属于我们自己培养的优秀通俗文学作家尚不多见，这势必有碍于通俗文学的进一步发展。

此外，不可否认，在大量形形色色的通俗文学作品中，确也夹杂着一些色情淫秽、恐怖凶杀之类低劣作品。对于这些作品的泛滥，我们认为同样不能简单地仅仅归罪于文学的商品观念。还应看到，这其中包含着对我国多少年以来文艺作品过于单调古板、文艺观念封闭保守的报应，是中国畸形文化进程结下的苦果。相信随着文艺观念的进一步开放，随着批评界的正确引导，随着消费市场识别能力的提高，这种现象必会得到纠正。

至于"通俗文学"的振兴使"严肃文学"所受到的冲击，与其怪罪于"商品观念"和"通俗文学"，倒不如说是咎由自取，怪自己不争气。

新时期以来，我国文学确已发生了重大历史变化。但因沉重的社会因袭，作家的真诚问题，良心问题，独立人格问题，创作自由问题，并没有得到根本解决。鲁迅当年斥责过的"瞒"、"骗"文风仍然颇有市场。活跃于当前文艺领域的许多作家、理论家，实际上并没有彻底挣脱"宣传说教"文学风气的影响，仍在浅薄地图解着某些人所共知的现成社会政治内容。即如《燕赵悲歌》、《阵痛》这样的优秀之作，也只不过或浮光掠影地宣传了农村经济体制改革的成就，或浅尝辄止地勾勒了改革过程中的某类人物心态。另有大批作家，视广大人民群众密切关注的中国社会历史的艰难运行、视社会现行体制的许多弊端、视某些官僚机构的公开腐败于不顾；或单纯沉溺于文体形式的探求，故弄玄虚，哗众取宠；或背离应从真情实感出发的基本创作规律，一味醉心于摹仿外来艺术技巧，以此蒙骗国人。我觉得，真正值得为中国当代文学的命运忧虑的倒是僵化的创作格局或醉心于生硬摹仿之类的弊端。这样产生的作品当然不可能真正引起广大读者的兴趣。

如果没有商品观念的冲击，没有消费市场的检测尺度，没有"通俗文学"与之竞争，这类作品或许可以长此以往地"创作"下去，这大概才是真正令人忧虑不安的事情。

由此可进一步看出，我们没有必要无端否定文学的商品观念，及由商品观念刺激而振兴的通俗文学。相反，应该设法强化文学的商品观念，为各类文学作品的自由竞争提供更充分的条件，以此遏制低劣"严肃文学"、"纯文学"的泛滥，逼其改弦更张，回到真正有生命力的"严肃文学"和"纯文学"的正确道路上来。

三

当然，我们肯定文学的商品观念，并非主张将经济效益看做衡量作品价值高低的唯一尺度。诸如乔伊斯的《尤利西斯》、福克纳的《喧嚣与骚动》之类的"阳春白雪"之作，恐是难以用读者数量和经济效益判定价值的；相反，如仅用经济标准，那么，某些读者众多，广泛流行社会的猎奇、凶杀、侦探之类，则会被误为文学英华。我们只是以为，商品规律，必须被看做文学活动的基本规律之一。经济效益虽然不能完全说明文学作品的价值高低，但毕竟是可资参考的明显依据。尤其在我国现行政治经济条件下，对于文学商品观念的强调，有着更为迫切的积极意义。

文学商品观念的兴起并不可怕，用不着忧虑不安。我们就是应在肯定文学作品社会价值和艺术价值的同时，尊重商品规律，充分肯定文学作品的商品价值。并设法改革现行文艺管理体制，使其有利于文学商品价值的实现。只有这样，通过多重价值尺度的综合作用，才能有利于我国社会主义文学新局面的开拓。

（原载《文史哲》1988年第5期）

论改革中作家自我超越的难题

贺立华

应着改革的呼唤,沉睡多年的东方巨龙悄悄苏醒,带着筋骨扭动和锈迹剥落的声响,抖落着厚重的灰尘和泥垢,缓缓蠕动,亿万中国人民热切地关心着她的命运,有责任心、有使命感的作家为她呼风唤雨、推波助澜。

但是,当乔厂长手持军令状呼啸着闯进新时期文坛不久,作家们就困惑了,颇有"江郎才尽"之感;读者们也开始不满意于乔光朴的小兄弟们了。改革文学似乎走到了绝处,人物形象纷纷钻进了那个"文革"文学留传下来的老套子:"文革"中是书记继续革命,厂长停止不前,改革中是厂长思改革搞活,书记因循守旧,"文革"中是四类分子上蹿下跳,改革中往往有"四人帮"的爪牙作祟;"文革"中知识分子是阶级觉悟不高白专道路的典型,改革中知识分子是百折不挠、精忠报国的楷模;"文革"中的英雄皆为"高大全",战天斗地所向披靡,改革者的形象大都灌注着乔氏的血液,硬骨铮铮大刀阔斧;"文革"文艺的尾声,要么斗争胜利,要么阶级斗争永不熄灭,同志们尚需继续革命,改革文学的结局,要么成果辉煌,要么改革之路艰难漫长,改革者还要勇往直前。

确有许多作家在作这种努力：人物性格组合得复杂些，人性描写复杂些，梦幻情节多一些，"意识流"、闪回、切入、句式错位、语言创新等等，左冲右突，试图打破藩篱，使自己来一个超越。他们不顾传统的非议，勇敢创新的精神，是令人钦佩的。但他们只不过是在艺术的表现手法上作了些探索，仍然没能摆脱陈旧的艺术模式，没有找到突破和超越的自己的路子，这确实是一个难题。

陈旧的艺术模式，积淀着中华民族的文化特征和心理特征，它用文字形式固定下来，千百年来培养着一代又一代华夏子孙，加强着传统文化和民族心理的延续力。所以要想更新，绝非一朝一夕之力。陈旧的艺术模式反映着陈旧的思维模式。中国人传统的思维模式是基于漫长的小农经济和血缘宗法社会而发展形成的，它是一种个体与群体交融互摄的思维，也就是说个体不从大类中划出部分，不能从类中分离出来。这种思维的优点是容易产生整体一致的责任感，容易形成一股强大的群体力量，容易强化民族团结；但换个角度看，它也有严重的弊端，那就是个体独特的创造性思维容易淹没在大的类之中，容易形成一种集体的无意识，容易使人盲从，形成一种执拗的盲动，容易导致搞艺术创作的人不自觉地去重复别人或重复自己。一般的作家，在动笔写改革文学的时候，往往有一种属于当今中国人这个大类的集体意识，悄然地潜入他的无意识之中，那就是："改革是伟大正确的事业，完成这个事业是艰难的，但前途是光明的。"首先把这样一个既定的思想意识不自觉地横置在头脑中，就容易把世界写成单一的和已知的，容易"把历史描写成从一个已知的点向另一个已知点运动的线性过程"①，即知道了原因就可以推算出结果，"人的思想．感情也都可以纳入一定的模式，人的行为也有一定的规律"②。只要拟定了故事的开端，就可以推导出它的结局。艺术思维变得简单化、公式化了。

值得注意的是，长期以来，"文学是社会生活的反映"这个以现成的反映论为哲学基础的艺术观念，对作家的影响很深，"生活—文学"这条线性因果链已牢牢地嵌入作家的无意识之中，这也是使艺术思维变得公式化、简单化的一个原因。例如，在改革文学中写青少年犯罪问题，几乎都沿袭着这样的思维模式：因为"文革"动乱或动乱的余毒尚存，社会教育废弛，造成一代青年的无知，导致道德败坏，于是胡作非为，走上犯罪道路。我不是说青少年的犯罪不存在这样一个因果关系，而是说把这样一个线性思维模式作为一个筛子，就会漏掉青少年犯罪的其他因素，就会使艺术视野变得狭隘，使艺术品变得索然寡味。青少年犯罪是全球性的社会疾病，有许多复杂的原因，人口的密集居住、工业社会的生活方式、旧道德观念的崩溃、新道德观念的尚未确立、伴随现代文明而来的性成熟期的普遍提前和婚龄期的普遍推迟，以及季节、气候、生理遗传等等都是犯罪的因素，这些当然不为法律量刑所考虑，但最好不要被以人为描写对象的具有文学目光的作家所遗忘。要真真切切表现活人的一个行为过程，实在是难用一个既定的或政治的或社会的框架所能概括得了的。

也有的作家出于对"文学是生活的反映"这个艺术观念的厌

---

① 高尔泰：《美是自由的象征》，人民文学出版社1986年版，第222页。
② 同上，第223页。

倦，出于对镜子式的机械反映论的反驳，在创作中故意淡化生活，淡化政治，淡化社会现实，去追求所谓更高的审美旨趣，追求艺术的永恒与不朽。我觉得文学艺术当然没有必要强调一定要为什么什么服务，但它毕竟还是在客观社会生活之中人的主观精神产品，是人的艺术，凡是与人有关的任何东西都应该与艺术有关，没必要把它们硬是同艺术割裂开来。那些传世的不朽之作，并非是与客观社会生活割裂所得，恰恰相反，它们都是艺术家关注参与社会生活所得，由心血和眼泪凝成。话又说回来，那种割裂，并不能从根本上摆脱陈旧的思维模式。

人的思维，人对客观世界的反应，"绝不仅仅是单维的、直线式的机械摹写或映像。人类高级神经系统并不像洛克所描述的那样，只是一块白板，执行着静止复印外在客观事物的指令。机械唯物主义往往将反映看做一种单向度的客体到主体线性因果过程。而真正人类的能动反应，则应该是人脑这一机能系统的历时态的整合运动过程，是主体客体之间不断交换信息、能量、物质的运动行程，是人脑机能系统在人类实践活动的基础上，所进行着的立体的、多维的精神模式的不断建构和动态的平衡运动"[①]。人的思维是一个多层次、多维度的复杂过程，具有宽广无边的时间和空间，其中，伴随着心灵的激动和艺术灵感火花的迸发。在创作的时候，作家往往不能甚至无法真实地描绘出人的思维过程，而是削足适履似的将许多鲜活的思维结晶又纳入了那个既定的冰冷陈旧的理性框架之中，还要讲究一番起承转合、矛盾冲突、大团圆等等。这是令

---

① 宋伟：《超前反映与艺术审美的超前功能》，《文史哲》1986 年第 6 期。

中国艺术家们苦恼和悲哀的事情。正是基于这种状况，所以一些青年作家和评论家、理论家才激烈地强调感性，强调感性的思维，强调创造性的思维，强调艺术创作无拘无束地宣泄，强调生命的内在需求和生命的感觉。许多青年作家"上穷碧落下黄泉"，不仅追到老子那里、庄子那里，而且纷纷把目光投向域外，到弗洛伊德那里，到叔本华、尼采那里，到萨特那里，去寻找割断束缚、解放自己的武器。应该肯定，他们的博览，不失为一个克服自己的单一性、不断同自身以外的艺术与非艺术交换信息和能量、吸取营养、武装自己的途径。事实上，随着信息时代的临近，任何人在封闭的民族和传统文化之内，绝不可能成为现代意义上的作家了。

有些乡土文学作家可能对此不以为然。他们以"越是民族的，就越是世界的"为理论根据，认为"越土的东西，在外国人那里越洋"，所以就一门心思搞"土"的，去写朴拙或优雅的古风遗俗，去写温柔敦厚的大团圆。在他们那里"越是民族的"之说，实际上已经成为维护传统观念因循守旧的借口，成为抵挡新文化思想冲击的盾牌了。是的，"越土的东西"、有"中国味"的东西，某些外国人越欣赏。但他们欣赏的东西，就都是"洋"的、美的吗？就一定"越是世界的"吗？那么，今天中国的面目倘能回复到"秦皇汉武"，中国男人脑后倘若仍然拖一条长辫，中国女人的天足仍然裹缠成"三寸金莲"，岂不是更"洋"，更是"世界的"了？千万莫以为凡洋人看中的东西，皆为国宝，千万莫以洋人欣赏的目光来决定自己的动作。貌似民族精神，实际上是一种向后看的陈旧封闭的农业社会的意识。这种意识是一种沉重的自缚力，是一个民族进入工业社会、走向现代化、走向文明的精神负担。作为人类灵魂的工程师，特别是以重塑中国人灵魂为己任的中国作家，是不该用这种意识从事创作的。在写改革遇到的困难和阻力的时候，总会引起作家历史的反思，但请作家们小心：在赞美中华民族脊梁精神的时候，万不可将传统文化中的劣根也划在赞美之列，在抨击孔孟程朱古典文献所表述的那些腐朽思想的时候，万不可忘记对风习民俗文化的批判认识。特别是立志搞乡土文学创作的作家们是更应该警惕的。写北京的老作家老舍和写天津的当代作家冯骥才创作乡土文学的成就很值得研究。老舍之所以不同于一般的乡土文学作家，就因为老舍不像他们那样满足于渲染异域情调和猎奇古风遗泽，他笔下的风俗全是人们最常见的饮食、礼仪、婚丧、节庆等等，而正是在这些集体无意识的社会生活模式中，老舍相当多地揭示了我们民族年深代远心理积习的腐朽与沉重，向人们指出这种凝聚心灵深处的东西，远比外部的社会政治经济的规范设施更稳定，更有延续力。老舍先生正是从民俗风情的描写中，掘出了造成民族性格缺陷的病根。当代作家冯骥才由改革诱发的反思之所以深刻，就因为他是力图站在透彻地认识外部世界且充分地认识自己民族的制高点上，去写《神鞭》、《三寸金莲》和《阴阳八卦》的。

　　再回到思维问题上来说。我非常赞成这样的意见：作家需要感性思维，需要独特的创造性思维，需要独特的艺术感觉和独特的艺术表现形式。但我不能完全同意有的评论家把作家不能超越自己，说成是理性太强之故，是理性淹没了感性、窒息了感性之故。

　　大家知道，中国作家自身所负载的传统文化思想是以儒道互补为特征的。"如果说与酒神精神相比，道家思想的弱点在于缺乏感性的冲动，那么与日神精神相比，儒家思想的弱点则在于缺乏理性的冲动。强调理性与实践的结合,这本是儒家的一大优点,然而从另一个角度来看,由于儒家用狭隘的、急功近利的态度去看待理性与实践之间的关系,因而从客观上用实践功利的内容束缚了理性的自由发展。"① 所以说,中国作家的理性同感性一样也不发达,他们所作的理性思考,往往在现实和实用面前止步,他们许许多多感觉,许许多多充满血色和生气的感性材料,大都缺乏人类已经发展了的深刻的理性之光的照耀。有一位青年作家告诉我,他正在构思一部改革小说,是一位青年干部思想转变的故事。这位青年干部是一位很有才干、富有创造精神的县政府办公室主任,人人都以为他很有希望接任县长的职位,他自己也是雄心勃勃希望能干一番大事业。但后来的事实是,当老县长离休之后,一位非常平庸的干部出人意料地被任命为县长了。这位有才干的青年主任非常气闷,于是跑到自己身为知青时插队的农村去,同朴实的农民兄弟吃喝玩了几天。农民们安居乐业的生活,淳厚的乡下风情,使他驱散了苦闷;农民没有官欲、没有权欲、满足于起码生活水准而无过高奢望的忠厚善良的心灵,深深感化教育了这位青年干部,他精神变得非常轻松了。几天后,他愉快地返回政府大院,心甘情愿地在那位平庸的县长手下继续当办公室主任。从作家的叙述中,可以看出他是由衷地赞美那位青年干部和农民们。我毫不怀疑这个故事的真实性,毫不怀疑作家的真诚和感情的丰富。但听完故事之后,我沉默了许久,我为故事中的农民难过,更为那位青年干部难过,他又通过"接受再教育"(当知青时,已"接受"过一回),磨掉了所谓当官

---

① 陈炎:《中国的儒家道家与西方的日神酒神》,《文史哲》1986 年第 6 期。

的野心，同时也磨掉了可贵的进取精神和积极的参政意识，又回到他父兄的老路上，安分守己过日子了，同时，我也为这位青年作家难过，那种主动地将活泼泼的个性活力交给蒙昧的群体意识泯灭的行为，难道是值得歌颂的进步举动吗？我们的作家意识难道只能与那位办公室主任，甚至与普通农民停留在同一水平线上吗？不应该具有更强健的理性思维和理性高度吗？由此看来，只有感性的思维，而缺少理性的照亮，缺少新的思想情感方式的输入，作家仍然不能高飞远举，仍然不能写出真正具有改革意识的作品，无论作家的感官多么冲动，也避免不了作品实质的平庸。

说到理性的张扬，势必要谈到价值观念的更新问题。当今改革之日，理性的高扬，就意味着价值观念的更新，就意味着对传统价值观念的摒弃。具有一整套全新的价值观念是作家突破自己超越自己的一个重要内容。进入新时期以来，伴随着改革的深入发展，已经呼唤出一个富有魅力的价值天地，人们的目光开始闪耀出奇异的光彩，对过去所肯定的一切和所否定的一切重新进行审视，对政治、经济、伦理、道德等许多传统的观念都来一番价值分析，分析的尺度，就是看是否符合人自身主体的需要，是否符合人的利益，是否符合改革的要求，"人们不再相信所谓社会运动具有排斥主体作用的纯粹客观自发性，而断然以实实在在的切身利益标准以及与此相连的有效性原则来审视一切现存事物的合理性，一旦他们以此而发现现实的并非都是合理的，便从内心源源不断地迸发出依此来改革和完善现实的热情"[①]。对于作家，他的全部价值观念的问题，

---

① 远志明：《改革与价值观的改变》，《青年论坛》1984年第1期。

都是集中在"人"上,他对于"人"的价值的认识水平,从某种意义上说,决定着他作品的成就。

回想整部人类文学艺术史,实际上就是一部不断地艰难探寻司芬克斯之谜的历史,也即探寻"人"的历史。从古希腊俄狄浦斯王猜破司芬克斯之谜开始,就揭开了人认识人自身的沉重序幕,这正是后来刻在古罗马阿波罗神庙里那句箴言"认识你自己"的先声。从此,人类的艺术就从对神的崇拜歌颂转向了"人"——英雄的人和现实中的人。文艺复兴时期的艺术,则把"人"从中世纪被化作零的黑暗中释放出来,强调人的自然本性,尊重人的自由意志,确立了"人"在宇宙万物中的中心位置。启蒙运动时期,则进一步承认人生存的种种权利不容侵犯,"人"作为单个的人得到了确立,卢梭的自我崇拜,就是对人个性的大胆充分地肯定①。19世纪中叶以来,西方现代派文艺大盛,对于人的价值的认识理解,又勇敢地迈出了新的步伐,作家们开始从人的外部潜入到人的内心,探寻潜意识的生命运动,强调人的主观作用和本能欲望,强调"生命意志"和"权力意志",提出了"超人哲学"和"人的存在先于本质"等等。这就是西方现代派作家对于"人"不同角度不同侧面的探索和认识。如今,西方的文学艺术仍然在执著地向司芬克斯之谜探秘。在中国文学的历史上,对这个谜的探寻似乎十分混沌困难。中国的封建社会太稳定太漫长了,人的价值和尊严被践踏得太久了,人一生下来,就淹没在一个封建伦理浸染透了的风习民俗之中,人把自己看做是卑贱的,是生来专为皇帝拉车的。在中国文学

---

① 见《忏悔录》。

中的"人",也都要被纳入封建伦理规范之中,人的价值,"人的天性,还没有重要到需要人去研究和描写的程度"①。虽然偶尔有几声"人"的呐喊,也很孤单,很快就被封建专制的黑暗吞没了。这种局面一直到了1919年的"五四"才被打破,以鲁迅为代表的一群精神界的勇士们,在思想文化领域形成了肯定人的价直尊严的一支威武雄壮的大军。我们之所以称鲁迅是中国现代文学的开山巨匠,就因为他首先离经叛道,变革了关于人的观念,猜破了中国人之谜。他"最早从严译《天演论》中接受的达尔文、赫胥黎、斯宾塞等人的进化论学说,一旦与他后来的反封建思想的斗争实践结合起来,很快便形成了社会思想和社会伦理道德的进化发展的观念。正是这种观念,使他不但彻底否定了中国封建伦理道德的具体内容,而且建立了与之完全不同的'人'的观念以及表现人、描写人的艺术原则。作为终极标准和永恒样板的'人'被具有相对意义的、具体的、历史的'人'所代替了,作为单纯道德观念负荷体的'人'被特定环境、特定阶层、特定历史条件产物的'人'所代替了。他为'人'的表现带来了严格的现实性和具体性,同时也为'人'的发展留下了永恒性和无限性"②。

继以鲁迅为代袭的"五四"新文学之后。又一次歌唱人的价值和尊严的文学大潮,是粉碎"四人帮"之后新时期兴起的。这次关于人的观念的认识与更新,比"五四"时期更为复杂和困难,因为这不是在封建的旧中国,而是在人民翻身做主人的社会主义新中

---

① 赫士列特:《论英国小说家》,《古典文艺理论译丛》第4册,第204页。
② 王富仁:《鲁迅:先驱者的形象》,《走向世界文学》,湖南文艺出版社1986年版,第80、81页。

国，这就为作家们对于"人"的认识深度和描写分寸增加了艰巨性。应该感谢理论界关于真理标准的讨论，特别是《中国共产党中央委员会关于建国以来党的若干历史问题的决议》，阐述了共产党对"文化大革命"的评价，使作家走出了困惑；十一届三中全会以后，作家们思想更为活跃，他们由自发地描写十年浩劫给中国人带来的累累伤痕，到自觉地反思中国社会的历史和文化，关于"人"的观念逐渐深化。许多作家清醒地认识到，"五四"时期反封建的任务并没有彻底完成，新中国成立以后，许多以红色的面目出现的最最革命的东西，背后总隐藏着封建主义的黑色幽灵，一个沉重的反封建的任务，历史地落在今天中国人的肩头，发展着的中国新文学需要回答历史遗留下的严峻课题。作为中国的当代作家，今天当然不能再重复鲁迅、郭沫若，但历史需要他们沿着鲁迅、郭沫若等老一代作家冲开的那条血路继续向前走，走出一个新的"人"的价值天地。

作家们看到，当今中国的出路只有改革。所以，他们热情地扑向这场全国人民普遍关心的大事业，歌颂改革的英雄，鞭挞阻碍改革的旧势力。这是令人钦佩的。但如果苛求我们的作家，就会发现，他们在歌颂什么的时候出了毛病：在歌颂改革新星时，不自觉地宣扬了一种"圣君贤相"意识，在歌颂改革硬汉子大刀阔斧的铁腕时，不自觉地宣扬了极权专制主义。不否认我国这样的现实：广大人民心中仍然有一块造神的沃土，仍然在呼唤圣贤"青天"；我们的改革有时也不得已要采取集中权力强化改革者力量的硬措施，这正是一种近乎悲剧的抉择。然而，我们的作家不应该用他的作品去强化人民的奴性意识，相反，是需要唤醒人的自觉、自尊、自主、自强，培养起"不靠神仙皇帝"的主人意识，加速人的精神文明；更不应该对极权大加张扬。我们的作家应该是具有超前意识的人，应该成为历史的预言家，绝不要以为中国目前有些地方还有出色的封建家长式领导、我们的人民还不习惯使用民主的权力，就去歌颂专制极权。

改革者形象塑造的危机，说明我们作家观念中缺乏先进的理性建构。作家们要走出危机，实现超越，如前文所说就不要惧怕自身所负载的传统文化同西方文化的碰撞，"五四"新文学的伟大，不能说与这两种文化的碰撞无关。作家要走出危机，更重要的是到改革的实践中去看看，甚至应该像作家黄宗英那样去参加改革的实践，品尝改革的喜悦与酸辛。改革的神奇力量使我们身边的一切都在变，改革解放了生产力，解放了"人"。在农村，在工厂，伴随着责任制和承包的落实，人们把自身的利益同社会的劳动紧密结合起来，人的潜能和价值得到了自觉自愿地挖掘和正常发挥，他们自己富裕了，也为社会创造财富，一个人的贡献顶得上过去几十个人。劳动者们不必再低三下四把自己的命运交给哪个生产队长或厂长安排了，经济上的独立和翻身，使他们自觉不自觉地抬起了头，摒弃了奴性心理，获得了做人的尊严。富，正在成为一个人的能力和国家功臣的象征（例如国家最近对农民企业家的大力表彰），"越穷越革命，越穷越光荣"的观念已被摒弃。改革中，共产党人的价值观念率先变革了，已由过去阶级斗争运动的先锋尖兵，转变为国家最先进的生产力的代表，去当企业家、实业家，去做买卖当商人，去参加平等的自由竞争，推动着商品经济的发展。不再是"以阶级斗争为纲"，而是"把发展生产力作为全部工作的中心"，作为"考虑一切问题的出发点和检验一切工作的根本标准"。这种观念的变革，正是时代、历史赋予共产党人的光荣使命。这些令人惊喜的变化，都会给作家们带来强烈的激动，动摇许多传统的价值观念。作家不应满足于旁观，要想实现真正的超越，还应该来一番自我价值观念的更新，必须经历一个自我剖析、自我否定的过程。作家剖析客观世界，解剖他人的灵魂，相对来说还算容易，要剖析否定自我就不容易了；小说《崇高的献身》早已传递出这样的信息：那位艺术家在课堂上诚挚热烈地赞美裸体模特儿为绘画艺术的崇高献身，然而一旦他自己的年轻美丽的爱人（一个崇拜艺术家的学生），主动站出来要为绘画艺术做模特儿的时候，这位艺术家无比震惊，他被自己所培养教育出来的崇高献身精神折磨得无比痛苦。由此可见，观念的更新作为理论的探讨，作为口头或书面的宣传是容易的，但要作为社会意识的全面实现，要具体落实在每个人头上，就是非常困难的了。自我灵魂的剖析和否定，确实是痛苦无情的，是非常漫长的。然而，只有经历这样一个过程，才能在更高的层次上认识"人"自身，真正的自己解放自己，对自我进行一种新的肯定，完成新理性的自我重建。当代作家应该向先驱者鲁迅先生学习，他的一生既解剖国民的灵魂，又严格地解剖自己。老作家巴金之所以在晚年又跃上了一个创作高峰，写出了《随想录》，正是因为他敢于解剖和拷问自己的灵魂。认识"人"自身，"认识你自己"，将会使我们作家的个性大大张扬，获得敏锐而深刻的艺术感觉，获得新的艺术生命，将会使我们的作家探进司芬克斯之谜的深处。

（原载《文史哲》1988年第1期）

作家和他的文学创作

莫　言

主持人称我"莫言教授",我感到惶恐,因为在我心中教授的地位至高无上,在我们村里有人说谁家有个教授就跟说谁家有个省委书记差不多。北京人叫我"老莫",你们都叫我"莫言"就行了。说实话,作为一个小说家,用笔在纸上滔滔不绝地写还行,偶尔登台演讲一次两次,谈谈创作经历也还可以,要带研究生、设帐授徒,必须拿出一套系统的理论,这对我来说是非常困难的。这也是我一开始犹豫再三不敢答应山大聘任我当教授的原因。我的老家是山东,这里又有我的许多朋友,他们的邀请不好谢绝;再说我女儿也在这儿"抵押"着(女儿是山东大学英语系本科生),先答应了吧,也可以借这个机会经常来看看孩子。今年招到了王美春和赵学美这两个研究生,都是我的老乡,潍坊人。她们两个跟着我注定学不到任何东西。实在不行,我就经常来请她们吃火锅吧,她们精神上得不到滋养就用食物来滋补,比较实惠!幸好有山大的教授垫底,我解答不了的问题,可以找他们。

今天讲课我想还是一种漫谈式的。上半年,我确实想坐下来准备讲稿,但发现各种各样的内容太多了,要把自己的创作思想完全爬梳出来很困难。我觉得对作家，尤其是小说家，理论知识太多，就会对他的创作产生反面影响，因为他知道的太多了，理念的东西太多了，就会扼杀或影响了小说创作。而一个作家靠原生性的、本质的、自发性的东西来创作，可能会使小说更加多义。如果他在理论上太成熟了，头脑太清晰了，他的小说反倒容易单向了。

第一个问题先讲一下作家的创作态度。

当代作家刚开始创作时，创作心态都是差不多的，无非是想成名、成家或者说要表现自己、满足自己对文学的爱好、追求。就我个人来讲，开始时连这些想法也没有，无非是想挣点儿稿费，买块手表什么的。一旦成名后，作家的创作态度便有了区别。在当前的形势下作家的创作态度我想大概可以分为两类：

一、为老百姓写作。有些作家，站在很高的角度上，打着"为老百姓服务"的旗帜，充当"老百姓的代言人"，想成为社会或时代的"记录员"，创作的社会意识非常强。这一类作家的创作态度可以称为"为老百姓写作"。去年在苏州大学时，我对这种创作态度有所贬低，认为他们在潜意识里把自己当作高于老百姓的人，往往以"精神领袖"自居，采取居高临下的态度。现在应该修正这种观点。这种态度还是需要的，因为社会上确实存在着许多黑暗面，很多老百姓有冤无处诉，这种文学客观上可以对社会产生影响，起到改良社会的作用。而且文学繁荣的标志是文学作品多样化，这样才能适应不同层次读者的需要。"为老百姓写作"的小说一般来说批判性较强，易于类型化。所以较难写出精品，但有它存在的价值。

二、作为老百姓写作。有些作家的创作态度是作为老百姓写作，基本上是从个人出发的，站在个人的角度上写自我，这是一种个性化写作。我自己更喜欢这种写作,这种写作才能写出个性化的、原创性的作品。我认为小说写原生性的或本质的、自发性的东西,会更加多义性,思想内涵会更丰富。因为有深刻体验和切肤之痛,发自内心而被触动了灵魂,它肯定是从作者自我生发的。当个人的精神痛苦与时代精神痛苦一致时,就会产生同时具有社会和时代意义的真正伟大的作品。这种写作的负面是作家易于顾影自怜、无病呻吟。但真正流传下来的作品肯定是作为老百姓的写作,写的是自己切肤之痛的生活,是发自内心的,曾经触动过他的灵魂的大悲大爱。所以个性化写作不会完全站在客观立场上。假如从自我写作的作家,个人痛苦恰与广大社会的痛苦一致,作品就具有了时代意义甚至社会批判意义。这样的作家是幸运的。如托尔斯泰、陀思妥耶夫斯基、卡夫卡等人,他们的作品是从自己的精神世界出发,但也同时反映了广阔的社会。

写作只能是作家内心深处的要求,不能像安排任务一样,那样写不出作家灵魂深处最痛苦的东西。如果一个作家写出了自己灵魂最深处的痛苦,并且他的痛苦跟大多数人的痛苦一致,他的作品极可能成为伟大作品。如前几年兴起的打工妹和打工仔文学,比较好的是打工妹或打工仔自己写的。但如果为了写作而去体验,得到的仅仅是一种技术上的东西,不等同于真实的感受。如果为了写乞丐生活,自己沿街乞讨,可以体验到表层的东西,但深层的东西,乞丐内心深处、灵魂深处的东西不容易体验到。真正有天才的、想象力丰富的作家即便不去体验照样可以写得很深刻,这样一种把别人的痛苦当作自己痛苦的能力是考验或衡量一个作家能否持续写作的标志。

从20世纪80年代到现在，堪称经典、伟大的作品几乎没有，这主要是社会原因造成的。西方作家是业余的，中国的作家大多是职业化的作家，一般具有很高的行政级别，物质上养尊处优，几十年不写作，照样可以周游列国，分房子、加工资等都不会落下。这样的结果使中国作家大部分成为精神贵族，不太可能写出超越出自己成名作（未成为精神贵族之前的作品）的作品。

　　还有一个问题就是作家的自大狂心态，尽管没有大作家，但是中国狂妄的作家实在太多了，自认为是托尔斯泰、巴尔扎克。作家自我标榜，不能写出好作品，甚至连做人都不行。这种人注定是虚伪的、无耻的、令人讨厌的家伙。中国作家的官僚化、职业化、自大狂妄心态和强烈的功利心导致了当下大手笔作品的缺失。

　　我觉得写作应该是寂寞的，作家就是一种职业，不管老百姓怎么看你，自己千万不要自认为是高人一等的精神贵族。王朔作品中对作家的调侃，是对中国作家自大狂的讽刺。成名作家要保持平常心很困难，随着社会地位的提高，物质条件的改善，作家会不知不觉中改变。成名后，名誉、地位、金钱都有了，会对灵魂产生很强烈的腐蚀。如果作家有强烈的自我警惕的意识，他还可能保持作为一个老百姓的心态。作家一旦成为精神贵族，自认为是巴尔扎克、托尔斯泰，将小说、诗歌等神圣化，这将是荒诞的。文学就是一种艺术形式，本质是一种游戏的东西，当然这种游戏中有庄严有神圣，也有痛苦和欢乐，但它毕竟就是一种艺术形式，绝对没有神圣到不可侵犯的程度；作家更是凡人，而且作家的人品与文品没有完全直接的关系，一些道德败坏的小人写出的作品说不准是精品，而一些道德完善的君子写出的作品却会很烂。

今年春天，我接待来访的大江健三郎先生，他质朴得像个农民，见到我的父亲（一个本色的农民）非常恭敬；我为母亲上坟时，他也跟着下跪；生活中不提任何要求，标准很低，随遇而安。这些质朴的东西值得中国作家学习。

另外一个妨碍中国出大作家的原因在于功利心太强。有正常的功利心是应该的，但把自己的写作完全锁定在功利上很难写出好的作品。因为创作时头脑中杂念太多，创作的过程中肯定会有世俗的、商业化的、媒体的等很复杂的因素掺杂进去。我觉得写小说的最应该保持一种平常的老百姓心态，就是为了写小说而写小说，至于写出来以后是否畅销，是否受到影视导演青睐，被改编为影视剧，完全是以后的事。你写出来的文章被改编嘛，当然也不是件坏事，但是写之前绝对不能有这种先入为主的功利心。蒲松龄写《聊斋志异》，曹雪芹写《红楼梦》，开始都没有什么其他的想法。将文学作为晋身之阶，更是下作的官僚作风。

第二个问题讲一下小说的独创性。

每年各种刊物上小说都发表得很多，但是真正具有独创性的并不多。模式化问题严重。我心中的好小说是语言、题材和思想都具独创性的小说。创新就像一条狗，咬得作家拼命跑！无论有多大缺点，有原创性的小说就是值得看的小说。现在的中国小说基本上可以分为几大类：

1. 反腐败小说，是当前的主旋律的小说，也是最易受到表彰的小说。这类小说最易与影视相连。

2. 官场小说，主人公多为处长、科长、乡党委书记，良心未泯，却随波逐流，一边行贿受贿，一边又为老百姓办事。读完这种小说给人的感觉就是腐败在中国是合理的，对腐败是一种理解和同情，也算是分享艰难的小说。

3. 新都市言情小说，主人公大多为白领丽人，多具有小资情调，有别墅，出入高级娱乐场所，多有婚外恋情，也是电视热门题材。

4. 都市颓废小说，多是年轻作者写的，主人公是幽魂一样的男女，泡酒吧，食摇头丸，这也不是他们的独创，是从加缪等人那里学来的，是一群多余的人。

5. 历史小说，这种小说几百年前就有，现在的更多了主观臆断和戏说的成分，也易为影视所青睐。

6. 农村题材小说，与前几类有所交叉，比如官场小说中也有写农村的，但与20世纪80年代的这种小说不一样，因为主人公有变化，由20世纪80年代的下层农民到现在的乡村干部，现在真正写农民生活的作品不多了。

7. 校园小说，多为大学生写大学生活，中学生写中学生活，把校园当作一个小社会。过去认为校园是神圣不可侵犯的，这种小说暴露了校园中的钩心斗角、争名夺利，知识分子的龌龊行径和心态。

第三个问题讲一下我心目中的好小说。

《聊斋志异》。首先，语言具有独创性，当时官方推崇的文章应该是八股文，他的这种文言文肯定是一种另类。而且在它之前，《红楼梦》、《西游记》这种白话文已经出现了，而他在小说中用典雅、优美的文言，是非常独特的。其次，故事具有独创性，写鬼写狐。再次，思想具有独创性，故事中的鬼、狐比人可爱。

蒲松龄之所以写出这种小说关键在于科场的失意，怀才不遇，对科场的迷恋在小说中能体现出来，有人做了善事，他的儿孙就会中举等。正是因为对科场的迷恋而又失败，造成了他的作品的多义性、复杂性。蒲松龄晚年凄凉的心境产生了凄美的文字，他写作时完全从自我出发，发泄自己未能中举的个人愤怒和痛苦，但是这种痛苦与未被录取的广大秀才的痛苦一致，自己落魄的情形与广大老百姓一致。于是从自我出发，个人痛苦与时代痛苦合拍了。

《红楼梦》是曹雪芹家境败落后写出的，经过繁华生活后才写出的。把它定位为对封建制度的批判是种误读，作者通过小说怀念以前的富贵，是留恋心境的体现，是为封建大家庭唱挽歌。在描写贵族家境的过程中自然写出的腐败，并非故意写的。

多义性是伟大作品的标志之一。《战争与和平》也是好小说，是真正的历史小说，真正的战争小说，真正地展示了历史画面的好小说。从人出发的小说，才能真实地反映历史，完全写实的东西反而不能真正再现历史。

《罪与罚》这部小说个性太鲜明了，完全与陀思妥耶夫斯基的病态的人格、半神经病的精神状态紧密相连。如果作家没有这种特异性，绝对不可能写出《罪与罚》来。作家很可能具有强迫症，所以虽然很危险，可能成为尼采，却是人类灵魂复杂性的表现。这种小说探讨了人类灵魂的秘密。

我自己一贯眼高手低，我觉得现在的小说中，好小说没有，但是坏小说也不多，作品大多类型化，没有原创性、独创性，读完后让人拍案叫绝的作品不多。现在的小说作者出手很高，语言很优美、流畅。现在找不到有明显的优点或缺点的小说。原因不完全是作家的。经过历代累积，小说花样太多了，现在若无天才，搞不出新花样来。20世纪80年代，作家成名容易，那时的作品从技术、思想性上比不上现在的小说，是从"文革"废墟上重建起来的，作家突破禁区如爱情主题、公安层面的阴暗面就可成名。80年代中国作家疯狂阅读外国文学，产生震动并进行简单摹仿。假如一个作家懂外语，事先阅读了作品，摹仿后更容易成名。

现在的作家成名靠很多非文学的因素，如包装自己，伪造家史（宣称自己是大人物的私生子女）等。作品中暴露灵魂深处的东西不多，现在要找写作匠容易，但是找真正的文学大师不容易。有一些作家以一种非文学的手段获得一种同样非文学的名声。

卡夫卡的小说。卡夫卡是一个做梦的作家，他的小说就是仿梦小说，描写梦境，具有不确定性、非逻辑性；通过荒诞、悖论写出人世的许多悖论的现象，这与他个人的精神状态、成长环境也是密切相关的，从卡夫卡写给父亲的一封信，可以说明他为什么能写出这样的小说。

《百年孤独》为中国作家提供了一种在小说不景气的时候挽救小说的方法。马尔克斯毫无疑问受到了福克纳的影响，把欧洲的现代派小说与拉丁美洲的神奇传说结合起来，产生了魔幻现实主义。任何一门艺术当它濒临危机的时候，拯救这门艺术的只有两个方法：一是对本民族文化中未被挖掘部分的挖掘，从另外角度对已有文化的利用；二是从外国借鉴人家的东西，通过外边东西的刺激结合对本民族文化积淀的挖掘，再加上作家独特的想象力，才有可能产生新的作品。

现在要写出一部完全新的作品，没有一点前人的痕迹是不可能的，文学的突破也只能从边缘上去突破。

福克纳的小说，鲁迅、沈从文、张爱玲的小说，也是好小说。

我觉得作家与文学家是两个概念，文学家首先应该为本民族语言的发展作出贡献，如鲁迅，他的杂文、短篇小说，用现代人的眼光看，为近现代中国的汉语作出了重大贡献；沈从文也是文学家，因为他独创了一种文体，使用他独特的语言讲述他独特的故事。张爱玲使用一种别人没用过的语言写别人没写过的故事。有了个性化的语言，反映了别人没有反映过的生活，具备了这两点才是好小说。而如果一个作家是一个伟大的思想家的话，不一定写出伟大的作品，鲁迅不适合写长篇小说，就是因为他太有思想了，思维太清楚了。长篇小说需要一种模糊的东西，应该有些松散的东西，应该有些可供别人指责的地方，里面肯定有些败笔，有些章节可以跳过去。总之，好的作品应该具备以下几个要素：语言的开创性与独特性、故事的独创性与多义性、思想的不确定性。

> 王美春、赵学美根据莫言2002年10月在
> 山东大学为研究生讲课时的录音整理
> （原载《文史哲》2002年第5期）

新时期现实主义小说的精神风貌

谭好哲

新时期现实主义小说创作取得了光彩耀目的艺术成就。从伤痕小说到反思小说和改革题材小说，再到80年代中期以后现实主义小说多形态多声部的合奏，现实主义小说创作真正恢复了它与现实生活之间真实而又生动的美学联系。它不仅以忠实于历史的史诗之笔多方面、多侧面、多角度地反映了新时期社会生活的发展动态和人民群众的思想情绪，塑造出了众多闪烁着时代精神特质、蕴涵着历史和人生思考智慧的艺术形象，而且以富于历史主动精神的艺术求索和审美评判，大胆地干预社会问题，真诚地面对人生难题，成为新时期历史—文化进程的一股积极推动力量。

然而，与20世纪中国现实主义文学的其他发展阶段相比，新时期现实主义又有其特殊的社会条件和文化境遇。它是在社会生活和民族生存心态急剧变化和西方文化与创作思潮影响日甚的历史背景上发展起来的，是在非现实主义小说流派和思潮的竞争、挑战与冲击下，在与世推移的开放性发展中取得其在新时期小说创作中的主潮流地位的。因此之故，在继承借鉴以往现实主义优秀创作传统的基础上，新时期现实主义创作又熔入了新的生机，进行了新的创造，表现出超越以往创作成规和模式的新追求、新素质。从总体上看，新时期现实主义小说创作主要从下述四个方面显示出了自己独特的精神风貌和阶段性风格特征。

一、面向真实的艺术勇气

自从现实主义作为一股文艺思潮登上中国20世纪文艺舞台之后，写真实就成为真正的现实主义作家所努力追求的艺术创造境界。早在"五四"文学革命运动时期，鲁迅先生就曾大声疾呼中国作家中能产生几个睁了眼睛看人生的凶猛闯将，冲出中国作家深陷已久的"瞒和骗的大泽"，"取下假面，真诚地，深入地，大胆地看取人生并且写出他的血和肉来"，从而开辟出"一片崭新的文场"。① 自此以后，直到50年代中期，写真实一直是文艺家和理论家们所认可的最高艺术原则。然而，从50年代后期开始，随着对"现实主义广阔的道路论"、"现实主义深化论"等理论和创作主张的批判，"写真实"也逐渐被打入了资产阶级和修正主义文艺思想之列，到"文革"期间，"写真实"更被列为"黑八论"之首。至此，文艺创作在"高大全"、"假大空"模式中再度跌入了"瞒和骗的大泽"。因此，新时期文学以伤痕文学为开端向"五四"以来我国进步文学的现实主义传统的复归，首先即是向艺术真实性的回归。真实是艺术的生命，没有真实，就没有艺术的生命。新时期文

---

① 鲁迅：《论睁了眼看》，见《坟》，人民文学出版社1951年版，第220页。

学就是从这一由痛定思痛得来的真诚艺术信念出发，勇敢地挣脱了"四人帮"封建文化专制主义以及由此派生出来的各种文学教条的束缚，冲破了一个又一个从前不敢问津的禁区，对当代生活和历史生活作了全方位、立体化的艺术观照和反映，对我们民族的性格和文化心理积层进行了深入充分的开掘和表现。

新时期现实主义小说的真实性，首先表现在对于生活真相和社会问题毫无掩饰的如实描绘和深刻揭示上。真实，不再是按照某种政治需要和虚假理想人为地截取甚至有意美化或丑化了的生活片断或虚相的艺术泡沫，而是生活本真状态的艺术呈现。现实生活的主流与支流、现象与本质、光明与阴暗、美丽与丑恶、崇高与卑下，全在文学的镜子中映照出了它们本然的形质与色调。现实主义作家既以他们关注生活的热情，敏锐地捕捉新时期现实生活的每一次新的律动，描绘出了新的生活场景和新的人物形象，为生活中的真、善、美唱出了最为真诚的颂歌；同时他们也不隐讳遮蔽生活里的矛盾、问题甚至阴暗与血污，人生中的颓唐、困顿乃至丑恶与卑劣，而是将这一切也如实地展示出来，使人们感受和认识到社会、人生和人性的另一面与复杂性，从而在震惊中伸张开社会与人生思考的翅膀。像《沉重的翅膀》、《新星》、《浮躁》和《古船》等优秀作品，都不仅展示和塑造了改革生活的新现实与新人物，同时也对盘根错节地渗透于我们民族生命肌体和心理中的种种痼疾与弊端作了深刻的揭露与剖析，具有触目惊心、振聋发聩的艺术冲击力。

现实主义小说的真实性还体现在对作家主观心灵世界的真诚表露上。新时期现实主义作家不满足于对生活作静态的、滞后的实录，而是力求在与行进着的生活并行甚至超前的动态交往中，建构起与生活的能动性关系,在反映生活中干预生活的进程,在客观真实的如实再现中同时展露富于独特个性的主观人格精神和价值追求,从而辐射出一种与现实相搏击的主体精神和人格力量。正是从这个意义上,可以说《伤痕》和《班主任》等作品以其血泪控诉推动了揭批"四人帮"斗争的开展,《剪辑错了的故事》和《天云山传奇》等作品以其沉痛反思助成了《关于建国以来党的若干历史问题的决议》的产生,《人啊,人!》和《爱,是不能忘记的》等作品以其感伤的呐喊参与了"人性、人道主义和异化问题"的大讨论,而《活动变人形》和《古船》等作品则以其宏阔深邃的历史意识、文化透视和人生思辨,将民族生态与民族文化心理的反思推进到了一个新的高度。新时期现实主义小说创作就是这样将历史生活的现象真实、本质真实,与恩格斯所赞许的"真正艺术家的勇气"[①]及思想家的气度和深刻有机地统一了起来。

二、愈益深沉的反思精神

从最基本的文学精神上讲,20世纪中国文学就没有间断过进行历史的反思。从远距离上看,现代文学的第一股大潮——"五四"新文学运动就滥觞于对绵延数千年的中国传统文化和封建礼教制度的批判性反思。新中国成立之后,反思精神又在革命历史题材的文

---

① 恩格斯:《致玛·哈克奈斯》,《马克思恩格斯选集》第4卷,人民出版社1972年版,第461页。

学创作中得到了展现。进入新时期之后,一方面,一场荒谬的灭绝人性的动乱虽然结束了,但动乱留给人们的内外创伤促使人们不能不认真追问一下造成这场动乱的原因;另一方面,社会生活中一些难以革除的痼疾,改革进程中不断遇到的一些新的困难和挫折,也促使人们从历史与文化的深处来寻求社会文化机制与民族心理机制上的根源。由此,便引发了新时期反思精神的再度复兴,人们希望从对历史与人生的反思中总结经验教训,以获得民族振兴与前行的精神动力。

就具体创作看,新时期文学深化时期的反思文学曾作为一股重要的创作思潮,以其偏重于政治反思和人生反思的定向性思考,为新时期的拨乱反正作出过不可磨灭的历史贡献。其后,又有轰动一时、硕果颇丰的寻根文学将反思的触角由政治和人生层面,扩展到深广的民族文化传统和民族心理领域,使文学的反思回归到了"五四"时期的视野上来。而且反思精神也不仅仅体现在反思小说与文化寻根小说中。在伤痕小说辨黑白争是非的启蒙理性精神里,即已蕴含了反思的意向,在众多的改革题材小说中,尤其是在像《花园街五号》和《古船》等这样一些长篇力作中,对现实矛盾的披露和展示是与对历史、文化及人生的深刻反思紧密纠结在一起的,而且正是这种深刻的反思意向成为小说宏阔构思的艺术支撑点,扩大了作品的生活含量,增强了作品审美意蕴上的历史厚重感与人生沉重感。此外,像《皖南事变》、《黑坟》、《军歌》等新历史主义小说创作都不再满足于仅仅去追忆、再现历史,而是力求用现代意识烛照往昔岁月,从逝去的生活片断中回味、发掘出点什么东西来。即使是将聚焦点落在中国人眼前生存状态上的纪实小说和新写实主义小说,其思维空间也绝不是封闭狭窄的,许多这类小说中不仅蕴含着深刻的哲学、人类学、社会学思考，而且将思维的触角或隐或显地伸向了历史的古往今来和文化的玄幽深处，在写实中依然闪烁出悠远凝重的历史文化的折光。

由于受特定时代条件的制约，滥觞于"五四"时期的文学反思精神并没有贯穿现代文学的始终，而新中国成立后的现代革命斗争历史题材作品中的反思精神只是内容上显示出来的一种意向，并没有成为当时作家的一种自觉意识和主动艺术追求，同时其反思意向也逐渐失去了"五四"时期鲁迅等革命文学先驱们那种对传统文化劣根性和不良国民性的激烈批判精神，以及对民族前途和存亡的强烈忧患意识，相反，却愈来愈多了颂扬与乐观的情调，直至导入伪浪漫主义的理想虚饰。新时期现实主义小说创作中的反思精神则不仅是自觉意识层面上的主动追求，是作家自觉创作动机的一个重要构成因素，并恢复了"五四"时期文学反思的批判精神和忧患意识，而且贯穿于新时期文学的全过程，渗透于新时期各种类型的小说创作之中。由对一场浩劫引发的政治性反思为开端，到对民族历史与个体人生全方位的文化性反思，由在一种特定的文学思潮中亮出反思的旗帜，到把反思精神扩展、普渗于不同类型的创作中，新时期现实主义小说的反思精神就这样一步步趋向丰厚，走向深广。反思精神的渗透与熔铸，使新时期现实主义小说显示出一种理性力度和阳刚之气。

三、人道情思的日益高扬

如果说对改革现实的关注和向历史文化深层的反思这双向思维

流程的二重组合，构成了新时期现实主义小说创作富于张力的心理场的话，那么日益高扬的人道主义情思则是洒在这片心理场上的一抹鲜丽而又凝重、悲凉而又和煦的阳光。当极"左"思潮肆虐中华大地，人的权利、自由、价值、尊严、情感乃至生命本身遭受到无情践踏与戮杀之时，人在文学中也逐渐被挤压成一个干瘪的、失去生命的鲜活与美丽的政治符号。因此，从伤痕小说发出苦难人生的第一声呻吟与呐喊，反思小说怀着哀怨、悲凉的心情将目光投向普通人的生存境遇开始，人道主义情思便如一道潺潺清流在新时期文坛上流泻、奔涌开来，致使人的重新发现与民族灵魂的重铸成为贯穿与流注于新时期现实主义小说创作中的一条基本线索，一个基本主题。

从反映对象上看，新时期现实主义小说创作由对社会政治题材的热衷，逐渐转向了对人的生存状态的关注。新时期现实主义小说创作不再把政治视为社会生活的主导内容甚至唯一内容，将人仅仅作为政治斗争中的工具和显示符号，而更加关注个人的命运，重视对人性和人生价值与处境的美学思考。即使像反思"大跃进"、三年自然灾害和"反右"斗争扩大化时期这种政治性很强的作品，作者大多也并不仅仅局限于政治上的拨乱反正，而是将笔墨集中于展示人生命运以及在不同人生境遇和命运轨迹中显示出来的人格、人性与道德灵魂的不同面目上。这样，小说中所展现的社会生活不再仅仅由政治评判获得单维度的定性，而是由不同的人生命运所充实，并由此交织出丰厚深广的多维属性。

从人物形象塑造上看，新时期现实主义小说由对人物外部斗争行为的描述转向了对人物内在精神世界的开掘。在许多作品中，作者不再仅仅把人物及其性格置于人与环境、人与人的情节关系即人的外在因果性行为链条上加以塑造，而是进一步注重对人性、人格、人的丰富而曲折的心理世界的审视，对人的灵魂深层直至无意识层面（包括个体无意识与集体无意识）心理结构的剖析。这样，人物形象不再单纯是政治观念或道德伦理的寓言化抽象品，而获得了其活生生的属人存在的个别性、具体性。同时，人物性格和人性本质的多面性、多质性在现实主义小说创作中也得到了艺术的揭示。像刘思佳（《赤橙黄绿青蓝紫》）、刘毛妹（《西线轶事》）、高加林（《人生》）、福临（《少年天子》）、雷大空（《浮躁》）、隋见素（《古船》）、李金斗（《桑树坪纪事》）等等这样一些人物形象及其性格内涵，都具有杂多的复色调，其人性的亮点和美质与黑点和劣质浑然交织，是很难用单一的政治尺度或道德尺度予以评判的。

从创作主体角度看，新时期现实主义小说创作由主体意识的淡漠与泯灭趋向于主体意识的复苏与强化。以往的许多现实主义作家往往只是满足于做时代的书记官，满足于如实描述外在的客观事象，而创作主体的自我表现欲望极为匮乏，以致人们常常很难从作品里听到作者自己的声音。随着主观真诚的恢复和反思精神的萌生，新时期现实主义小说家在其与现实生活的反映——建构关系中越来越自觉到自己的精神主体地位。他们开始追求以一种更富于人性的眼光透视社会、探索人生，由注重文学的认识性转向强调创作活动的人生体验性质，将小说创作作为感悟人生、创造自己生命家园的一种此在经验形式。这就使得人道情思不仅流注入小说反映的生活对象和塑造的人物形象中，而且涌动于作家的创作流程中，从而使新时期现实主义小说创作焕发出令人感奋的主体人格力量和生命激情与活力。

四、艺术观念的开放态势

新时期现实主义作家没有固守某些传统的成规与模式不放,没有自我封闭,作茧自缚,而是在改革开放的大文化背景中,自身也呈现出一种动态的开放性态势。这鲜明地体现于思维心态、小说功能和表现形式三个方面的调整与变化之中。

在文学思维心态上,逐渐摆脱了以往政治型思维定势的束缚,走向了对生活的全方位自由思考与观照。我国的新文学运动一开始就与政治结下了不解之缘,以往的作家也往往自觉不自觉地沦为政治的附庸,成为某种政治观念的单纯传声筒。这种思维心态在客观政治形势的不断强化下,就使得现实主义的道路越走越狭窄,某些伪现实主义创作更是跌进了"三突出"的创作陷阱和"阴谋文学"的政治泥潭不能自拔。直到新时期文学的最初几年,不少作品依然是靠引起人们政治神经的紧张、兴奋和颤抖而成就其"轰动效应"的。1979、1980年间,由一篇小心翼翼地"为文艺正名"的文章引发的"文艺是否从属于政治"的大讨论,将批评理论界的思考重心由文学与政治的关系导向了文学与生活的关系。以此为契机,不少作家也纷纷表达了超越政治型思维心态的愿望。他们提出小说创作最要紧的是需要有一种与政治眼光、经济眼光不同的"文学眼光"。小说家应以文学眼光来观察、分析生活,到生活里去接触、观察和研究各种各样的人,去展示人的命运,剖示人的心灵世界。[①] 正是随着这种思维心

[①] 参见高晓声:《扎根在生活的土壤里》,《文艺研究》1981 年第 1 期;刘心武:《我掘一口深井——生活问题随想》,《文艺研究》1981 年第 1 期;蒋子龙:《跟上生活前进的脚步——创作笔记》,《文艺研究》1981 年第 8 期。

态的自觉调整,在以往单一的政治视角之外,道德伦理的、人性的以至大文化全方位观照的视角才不断地被引进现实主义小说创作中,生活才渐渐呈现出其多样化、立体化的存在景观。

与思维心态的调整相联系的,是对小说艺术特性和艺术功能认识上的变化。随着主体意识的觉醒与强化和思维心态的渐趋开放与自由,小说家们越来越不满足于恪守"生活(刺激)→小说(反映)"这一线性图式,把认知或反映作为小说主要甚至唯一的特性,而是注重从"生活⇌小说"这样一种双向互动关系中理解小说的艺术特性和艺术功能。一方面并不否认和排挤小说艺术的反映特性,不放弃做历史生活的文学书记官的努力,另一方面又同时将小说创作作为干预或介入生活的形式,作为建构自己的人生经验和生命体验寓所的动态化生存方式。相应的,以往的现实主义创作所极力强化的小说的认识功能和教育功能,简言之,它的对于政治的简单化服务功能,随着时日的推移,也逐渐弱化了,而小说艺术的人性重塑和人生愉悦功能,也就是其审美功能却得到了愈来愈多的认同。尤其是在80年代中期以后,随着先锋派文学所发起的文体实验的冲击波越来越强,再加上不断涌入的国外创作和批评潮流的影响日甚,小说的政治意识的淡化与消解,在许多作家那里是愈加常见和普遍了。在新时期文坛上颇有影响的现实主义作家邓友梅总结自己对小说的认识时写道:"小说所以成为小说而不是别的,恐怕主要是因为小说能提供美的欣赏,从文字到形象都可以成为欣赏对象。"[1] 这种观点在80年代中后期的现实主义小说创作中是比较有

---

[1] 邓友梅:《略谈小说的功能与创新》,《北京文学》1983年第3期。

代表性的。

最后,艺术表现形式上的多样化探索也是新时期现实主义小说文艺观念开放性的一个突出表现。对以往现实主义小说创作的成功艺术经验,诸如故事情节的生动曲折,细节描写的细腻逼真,形象刻画的精确传神等,新时期现实主义小说创作都有所继承和发扬。同时,新时期现实主义作家大多又不满足于轻车熟路地沿袭旧有的表现方式和手段,而是大胆吸收和融合其他小说流派的创作方法甚至别的艺术领域中可以为己所用的成分,力求在艺术表现上有新的追求新的创造。就总体差异而言,以往的现实主义小说主要运用说明性的故事统领全局,结构多是线状的,手法比较单一,为避免故事的讲述过程成为令人乏味的流水账,常见的艺术技巧不过是来一点倒叙或插叙之类;新时期现实主义小说则不仅更加注重作为语言艺术的小说的话语性或叙述性,不少作品还将故事进程的叙述与心理轨迹的描绘成块状结构交织起来,并且大胆地引进了象征、隐喻、魔幻、荒诞、变形、时空交错、意识流等西方现代小说的创作技巧和方法,以及电影中的蒙太奇、音乐上的对位法、戏剧中的场景设置和报告文学中的报道体等其他文艺门类中的表现方式。新方法、新技巧的大胆移植和成功运用,大大拓展了新时期现实主义小说艺术表现上的自由度,并强化了作品的思想意向,甚至扩展、深化了作品的审美蕴含,从而给人以新颖、陌生而又丰富、深刻的艺术感受。刘勰《文心雕龙》有言:"夫设文之体有常,变文之数无方……名理有常,体必资于故实;通变无方,数必酌于新声;故能骋无穷之路,饮不竭之源。"此数语正可用以概括新时期现实主义小说创作。正确处理通与变的关系，在继承传统的基础上兼收并蓄，在兼收并蓄中竞新求变，这正是新时期现实主义小说创作在艺术表现上的追求与气度。

（原载《文史哲》1994年第1期）

中国第三代诗歌后现代倾向的观察

孙基林

这个世界并非总是如人们所预置或愿望的那样,按照某种观念抑或假定的逻辑,不言自明地成为现实。相反,它充满着诸多偶然性、不定性甚至难以预期的非理性机缘。直至在某一天,它会不期然地降临到你的面前,成为你生命中一片陌生乃至不情愿面对的奇异所在。后现代主义或许就是这样一种所在,一个精灵,它让你不得不面对它,却又让你难以进入它、接纳它。它的命运与你的命运共同遭遇在这个时代,你又能作何种言说呢?

事实就是这样不容置疑:我们无法拒绝后现代主义的侵入。诚然,我们的社会形态并没有进入如贝尔所谓的"后工业社会",但是,后工业社会形态绝不是后现代性的唯一理由。事实上,转型期的中国社会,正在产生着某些后现代因素,比如经济形态、生活方式等诸多方面呈现出的多元拼贴性,非中心化观念形态特点等等。而且,在80年代的中国社会,也确有一种新的情感和文化因子在悄然滋长。正如每一位历经文化大变革的当代美国人都不会忘记60年代一样,当今的中国青年又有哪个能会忘记80年代的文化变革呢!《伊甸园之门》的作者曾这样描述麦迪逊广场花园一个夜晚的情景：当美国著名的摇滚歌星迪伦以他那沙哑、咆哮而又哀鸣的声音，"演唱了其最佳新作中的一首《永远年轻》时，时间好像停止了。音乐会接近尾声时，全场到处亮起了火柴和打火机——每一个人都为自己的不朽点燃了一支蜡烛——随着迪伦演唱《像一块滚石》，彬彬有礼的人群怀着同代人团结一心的激情向前涌去。……人们沉浸在一片狂热中，经历了一次罕见的充满自发激情的时刻"①。我们这一代中国青年是否也曾经历过"一次罕见的充满自发激情的时刻"呢？回答应该是肯定的。因为在 80 年代中期，同样也是一个夜晚，地点是北京的首都体育馆，当万人合着崔健那同样嘶哑、咆哮而又哀鸣的声音齐声高唱《一无所有》时，此情此景，恐怕也不亚于麦迪逊广场花园的那个夜晚。这就是一代新文化人的狂热。这种新的情感、新的感性运动，在美国，酿成了蔓延整个世界的反文化的后现代风潮；而在中国，一种带有后现代倾向的新文化和新情感同样也在四处弥漫。近一个时期以来，一些后现代批评家们开始注意到中国实验文学的后现代因素，但不无遗憾的是，第三代诗歌的后现代倾向，始终未在后现代权力话语中占据应有的位置。这里仅陈述一点个人的观察，对此作些初步的探讨和阐释。

一、反文化：第三代诗歌的缘起

反文化，或许是主流形态的后现代主义所特有的价值指涉。任

---

① 莫里斯·迪克斯坦（Morris Dickstein）：《伊甸园之门——美国六十年代文化》，上海外语教育出版社 1986 年版，第 186 页。

何文化,都是人类既有的物质的或精神的确定性形态和秩序,它是人类历史文明发展到特定阶段时仅存的硕果。作为精神形态的文化,它潜在地决定着人们的思维方式、行为方式和意识形态等等。卡西尔把人定义为"文化的动物",意在阐明生存在文化之中的人所必然具有的文化本性。艾略特的"非个人化"原则,科恩的"社会个体"概念,旨在强调人的文化归属性。就如先锋诗人蓝马所说:"现代人几乎无一例外的是在传统的模具中'成长壮大'的。受到'文化的预制作用'的严重影响,现代人在来不及自己处理自己之前,毫无疑问地就已经被'订做'成了地地道道的传统的人了。"① 由此可见,我们置身其中的这份世界,原来早已是被文化、理性秩序化、绝对化、中心化了的宇宙程式,个性乃至生命都只能在被置放的那个位置上,执行着文化所规定、所赋予的那部分功能。因此,任何渴望生命的自由及创造性的边缘人,都将必然地反抗作为权力话语中心的传统文化。美国 60 年代兴起的"新感性"运动,就是这种"反文化"的意识形态革命,由此带来了生活方式、美学观念及艺术形式的根本变革。如果说早在 30 年代的达达主义者,此类反叛行为还只是在较小的圈子内弥散,那么美国 60 年代的反文化,则已成为整个社会普遍滋长的情绪和行为。他们不仅反抗传统文化、现实文化,而且也反抗使这种文化得以存在和延续的现行体制及一切表现形式,这自然也包括美与艺术。就如马尔库塞所言:"今天对现存现实文化的反抗,同样还反抗着这种文化中的美,反抗着这个现实文化中所有过于升华、分割、有序、和谐

---

① 蓝马:《走向迷失》,《作家》1990 年第 10 期。

的形式。今天的反抗中对自由的渴望,表现为对传统文化的否定,这就是一种在方法上的反升华。"① 于是,反升华、反超越、反英雄、反高雅、反理性就成了这场反抗运动最为直接、日常而平凡的生命姿势。嬉皮士式的亚文化语言和生活方式,颠倒杂乱、大哭大叫的黑人音乐,披头士飘举的长发,震耳欲聋的重金属摇滚以及垮掉派诗歌、黑色幽默小说等,都参与了这场旨在颠覆和反抗文化的"新感性运动"。它主张生活本身即艺术,因而它无限量地释放马尔库塞所谓爱欲潜能及感官享乐情绪,重体验、重感性,反解释、反智性。正如桑塔格所说:"我们需要的是一种艺术的生活欲望,而不是艺术的阐释学。"② 在她看来,后现代主义的基本特征就是"逃避解释",这与现代艺术总指涉一种隐于字词背后的意义,因而必须得到解释与理解不同,后现代主义不指涉什么,它仅仅是生命的直接体验本身。而阐释必然会把人导向抽象的智性层面或既定的文化语义,这与生命不相连属。因而,重生命、重体验、反理性、反形而上学、反文化就必然成了后现代主义的基本标志。

当 80 年代的中国,在经济生活还相对贫弱的土壤上,却渐次生长出这种反文化的后现代观念形态时,我们确乎为之惊异。当然,我们不会将此简单地归因于西方后现代主义的影响所致,也不会把美国 60 年代文化看做这种反文化倾向的直接背景。事实上,它是在一种相对隔绝的情况下产生的,就如当年李亚伟及莽汉主义者并不知晓美国有金丝伯格和嚎叫派诗歌那样,韩东在写作《有关

---

① 马尔库塞:《审美之维》,三联书店 1989 年版,第 127 页。
② 引自佛克马·伯顿斯编、王宁等译:《走向后现代主义》,北京大学出版社 1991 年版,第 19 页。

大雁塔》时,恐怕也并非摹写美国反文化运动的经典文本:"有关大雁塔/我们又能知道些什么/我们爬上去/看看四周的风景/然后再下来。"诗人显然是要拒绝文化,拒绝解释,并从根本上消解大雁塔背后所指涉的文化语义,而将此还原为一个有一定高度的物体,我们登上去,只不过亲身体验一下观览四周风景的心境而已。这无疑表现了一种重感受、重体验,反解释、反文化的叛逆姿态。至于这种姿态的最初动因,应该说首先是基于诗人们对中国传统文化不堪重负的深刻认知以及对当时文化寻根诗盲目归趋的一种反驳,当然也与诗人生命意识和诗歌本体意识的觉醒有关,由此便进一步产生了对历史与文化的深深怀疑及反抗情绪。诗人们后来之所以能够自觉地接受或表现出某些后现代倾向,我想大概是与这种新的感性基础分不开的。①

二、揭示或呈现存在的后现代倾向

生命与诗歌本体意识的觉醒同对文化的怀疑几乎是同步共生的。当朦胧诗人个人意识的觉醒最终导向一种认识论或主体性时,后期朦胧诗人又将个人纳入一种文化或传统的既定秩序之中。这时,新一代的先锋诗人们便预感到一种危机,一种"存在无异于失去"的个人生命与诗歌本体意识的危机。于是,便纷纷寻找某种可能的语言实体,寻找那个"不变形"的本来世界,企图"归真返

---

① 参阅拙作:《文化的消解:第三代诗的虑义》,《青年思想家》1990 年第 6 期。

朴"到所谓"前文化"之中。因为只有这个"永远不被文化的世界",才是真正的生命和诗歌本真的栖息之所。这时,文化、生命和语言之间的冲突,事实上已成为第三代诗歌冲突的核心。在诗坛呈现出短暂的对抗状态之后,许多诗人便一股脑儿弃绝了文化,而回到生命与语言的原生之乡,并在此达成了生命与语言的同构共生性。

生命意识的觉醒即是以揭示或显现本真的生命状态为旨归的,这是第三代诗的基本走势之一。在他们的诗中,我们随处都可感受到原初的生命存在状态或行为过程,它是对"自在"生命、事物及其姿势的一次发现、揭示和命名。它通过生命瞬间感觉或行为过程的显现与描述,将这个世界的万事万物以及常人难以发现的隐秘揭示、显现给人们。在此过程中,第三代诗学始终在企图确认一种关于"事物"本身的思想方法,即事物就是事物。人作为能感觉的客体,只不过与事物同在而已。这种回到事物本身的现象学倾向,表现出客观事物存有的"自在性"观念:它在那里存在着,自身显现着自身,自身表现着自身,就如于小韦笔下"不断向前"的那列火车:"它走着/像一列火车那样。"我们再也无须寻索事物背后那隐藏的意义或认识论"自我",因为这个"自我"已悄然远逝了,置身面前的只是一些客观存在着的事物,甚至包括"我"在内,也不过是一个与万事万物平等共存那里的"物"。他们不仅仅"以物观物",而且还要"以物观我","我"自然被消解在这一片物的世界之中。

随着物的"自在性"而来的,便是它的"此在性",就如诗人本身一样,他也是一个在此时此地存在着的生命体,"此时此地"是他安身立命的生命之源、存在之根。正如第三代诗人的代表人物韩东所说："哪怕是你经历过的时间，它一旦过去，也就成了从来没有存在过的东西了……"① 历史的"'根'是没有的。它是对往事的幻觉，一种解释方式。对未来，我们真的一无所有"②。"此在性"不仅指时间上的，而且也是空间上的，即"现时"的"在"与"现地"的"在"。这种"现在感"与"此岸感"，具体表现为一种生命的"过程意识"。在历史上，大凡宗教文化或理性精神居主导地位的时代，诸如此岸/彼岸、现实/历史、现在/未来、感性/理性等二元对立的哲学文化概念，前者均被视为即将过去的短暂过程，扮演着地地道道的灰姑娘角色。尼采的非理性主义哲学在某种意义上说就是"生的哲学"、过程哲学，它标志着一个新的价值时代的开始。尤其海德格尔、萨特等人的存在主义哲学更是视人生存在的过程为生命的本质意义。"存在"一词，按本义解释，即指"突然冒出来或走出来"的意思，这实际上是指一种短暂的瞬间即逝的过程。存在哲学家们真正唤醒了人的本真的生命意识——一切都将逝去，不存在任何永恒超验的生命形式。生命真正地存在于他"现在"的感觉及行动中，无数瞬间即逝的过程构成了真实的人生，所谓"存在主义"，也即"过程主义"。与这种生命过程论哲学相适应，现代的生活方式与文学艺术，也愈来愈注重过程③，从而使艺术诗学由哲学认识论的阐释学变为生命过程的本体论。第三代诗学同样与这种世界性的过程哲学和生命本体论诗学相呼应，表现了一种注重"此在性"的过程意识和生命本体论观念。当然，这与中国独

---

① 见《诗刊·青春诗话》1985 年第 9 期。
② 引自韩东给作者的一则诗话。
③ 参阅滕守尧：《走向"过程"的现代美学与艺术》，《上海文学》1987 年第 2 期。

特的历史人文背景也不无关涉。长时期以来，似乎我们的生命始终深陷于对过去与未来的双重幻觉之中，既失却了"此在性"作为根性，只好别无选择地被抛置在无时空凭附的荒原之上，这显然是一种虚假的生命状态、病态的心理范式。第三代诗人毅然告别了"在某个时代（往昔的或未来的）、某个不为人所知的地点存在着的某种'美好的日子'"，而回到今生今世"只有一次的人生"①，回到"此在"的生命过程之中。正如于坚《在旅途中不要错过机会》所告诫的那样："假如你路过一片树林/你要去林子里躺上一阵　望望天空/假如你碰到一个生人/你要找个借口　问问路　和他聊聊"，因为你只有抓住眼下每一个可供感觉栖息的时刻，才能真正去体验"此时此地"的生命过程和漫长而又短暂的人生之旅。

美国著名的后现代文艺思想家威廉·斯潘诺斯（William V. Spanos），曾于70年代提出了存在主义的后现代诗学概念。他认为，后现代主义思想最早应追溯到海德格尔、萨特的存在主义哲学，尤其海德格尔的现象学解释学，更是成了他存在主义后现代诗学的基石。海德格尔现象学认为："现象"意指"在自身中显现自身的东西"，其中"在……中"充分表明现象原是从自身存在的潜在状态中"被揭示或呈现出来"②。尽管这种"被揭示或呈现出来"的存在的潜在状态，在斯潘诺斯的后现代话语中被称作"解释"的结果，但这种"解释"已与传统的阐释学有了根本的分野。因为这种现象学的阐释学不再是认识论的，而是存在本体论的："此在"要被当做"存在"

---

① 于坚语，参见《当代青年》1988年第6期。
② 参见王岳川：《后现代主义诗学品格》，《文艺理论研究》1993年第1期。

(Sein)的显现自身来观照，而"存在"又是一切事物的存在之因。所以，这种现象学的"理解"不再是一种认识方法，而是"此在"的存在方式本身。海德格尔这种以语言显现生存的结构方式，似乎称做"生存现象学描述"更为恰切。面对这种描述而显现的生存现象或某种潜在状态，已经没有必要甚至也不可能像现代主义者那样去寻求描述背后所谓"未变更的绝对意义"了。因为它期待你的不再是阐释和追寻，而是生命的感受形式；不再是认识论的或形而上的概念，而是本体论的生命体验过程。存在主义的后现代诗学既然是一种生命过程本体论，"瞬间过程"在本体论上居于优越位置，那么，它对行动和过程的强调自然就大大高于某种形而上意义的符号形式及终极结果。在这种意义上说，它又是行动本体和过程本体。而作者作为文学本体之维，他本人已从"世人的瞩目中悄然隐退。他在无比消极冷漠的距离之中，在一种客观性的呈示之中，漠然地修剪他的指甲"①。这种"客观性的呈示"，表明作为本体之维的作者，已不再是那种全知全能的"明察秋毫者"，居高临下的创世"超人"和"训诫者"，作者已失去了主体性权力地位，而变成一个与其他任何平凡之人一样，存在于这个同样日常平凡的世界之中，他与生命过程及行为同在，与日常感觉及客观存在着的物同在。由此可见，第三代诗人的"自在性"或客观性显现、"此在性"的存在状态和生命过程意识，无疑与斯潘诺斯的存在主义后现代诗学倾向达成了某种程度的一致性、相似性。

当然，我们也不会否认它们之间存在着的差异性，比如，斯潘诺

---

① 斯潘诺斯语。转引自王岳川：《后现代主义诗学品格》。

斯尤其强调文学与世界的历史性对话,因此"历史意识"就成了他后现代诗学的重要因素,这也是他把以罗伯·格里耶为代表的"新小说"等排除在他的后现代范围之外的根本原因。他认为"新小说"和反文化运动完全与历史无关,是一种"超越历史的取向","结果,后现代主义文学想象最初的冲动的存在主义源头便黯然失色了,这样也就危及二次大战后的冲动……即试图使文学代表现代人的真正历史意识的恢复介入与世界的本体论对话"①。在斯潘诺斯看来,后现代作家是一个历史性的人物,无论他说些什么,他都在与他那个时代的人们对话,并且烙上文化的印记,受其历史条件所决定和制约。② 尽管斯潘诺斯所谓"真正历史意识",始终与当下现实和个人的生命存在紧紧相连,但与新小说和反文化艺术拒绝历史深度的后现代倾向还是有着不同的质素。正是这一点,第三代诗学与存在主义的后现代观念产生了分歧,斯潘诺斯所拒绝的文学形态和诗学观念,第三代诗歌却恰恰给予了相当的认同。比如杨黎给新小说派大师罗伯·格里耶的献词《冷风景》一诗,就明显地表现出与法国新小说相类似的客观化倾向;而那种拒绝意义、拒绝解释、拒绝任何深度神话的反文化诗学,更是第三代诗歌所遵循的基本走势。其中,对历史意识的消解和拒绝,显然构成了第三代诗歌反文化、反传统的最初动因,而韩东那首著名的《有关大雁塔》,就是拒绝和消解历史意识的范型作品。或许历史的重负对这一代人来说显得过于沉重,新一代诗人便纷纷从历史的生存范式中回到"现在",过去、现在和未来三维时间流转一体

---

① 引自王宁等译:《走向后现代主义》,第 25 页。
② 参阅王岳川、尚水编:《后现代主义文化与美学》,北京大学出版社 1992 年版,第 250 页。

的整体感消失了、断裂了,人们开始获得了一种只关注当下体验的时间意识。由此可看到,第三代诗学一方面受到了海德格尔·萨特存在主义哲学思想的影响,另一方面又接纳了被人们称做反文化、反历史的某些后现代观念。在斯潘诺斯的后现代概念里,两者本来是截然异趣、水火不容的诗学思想,但在第三代诗学中达成了整然化一的融合,表现出独具特色的"揭示或呈现存在的后现代倾向"。

三、文化或符号解构的后现代倾向

后结构主义是西方后现代主义重要的思想基础,其中尤以德里达的解构主义对后现代艺术影响最大。所谓"解构",自然是相对于结构主义而言的。结构性、整体性、中心化是结构主义的核心之所在,它认为,就文学对象而言,整个系统结构是单个作品意义的根据或来源,而单个作品又是一个系统、一个结构、一个整体,它始终有一个意义中心在统摄、支配着每一个组成部分,各个部分只是和谐地联系着,成为这个意义中心的影像或折光。恰恰相反,德里达的解构主义哲学却彻底否认文学作品存在着任何内在结构或中心,他认为作品本文就是一个"无中心的系统",它既没有什么确定性意义,也无终极意义。对此,巴尔特曾有一个形象的描述,他说文学作品就像一个葱头,从表面上看来它似乎是统一的,其实它有许多层构成,里边到头来并没有心,没有内核,没有隐秘,没有不能再简约的本原。① 为

---

① 张隆溪:《二十世纪西方文论述评》,三联书店1986年版,第159—160页。

此，解构主义者常常面对传统的本文，通过拆解、颠覆所谓的"系统性结构"，或揭示内在结构存在着的矛盾性、差异性，从而消解其中心意义，呈现出本文的不确定性和多义性特征。由此看来，中国古代典籍那无标点、无句逗的耗散结构形态，应是解构主义者理想的范型本文，比如"道可道非常道名可名非常名"。然而，这在传统阐释学的经典释义中，却被给出了一个所谓本原的终极的确定性意义，即"道可道，非常道；名可名，非常名"。面对范型本文及其确定性结构，"非非主义"诗人周伦佑曾经进行过较为典型的解构式操作实验，他在大型组诗《自由方块》中曾这样写道："——可以这样解：'道，可道非常道；名，可名非常名。'/——可以这样解：'道可道，非常道；名可名，非常名。'/——可以这样解：'道可，道非，常道。名可，名非，常名。'/——可以这样解：'道，可道非，常道；名，可名非，常名。'"当然还可以再解。作者通过反复移植句逗的位置，使其本来就弥散不定的语词在一次次的重组中，呈现出意义的游移性和不定性，从而还原和揭示了经典本文的非确定性和多义性的存在状态，并且从根本上消解了所谓的"系统性结构"以及传统阐释中的确定性意义。这种写作方式的另一种效应，还在于消泯了传统观念中不同文体之间的差异性，从而使诗体写作事实上已成为一种消解式批评，这同样也是典型的后现代特征之一。

解构主义者德里达，在阐述自己的哲学观念时，曾以"词义向心说"（Logocentrism）这一概念，指称和描述自古至今所产生的一切思想方式。他认为："以柏拉图为最先范例的西方哲学，一般都以这么一种假设为前提，即语言是从属于语言以外的某种观念、意图或所指的。"① 因而，作为"媒介"的语言，总是被当做某种东西的传播工具，这种东西既与它分离却又从外面制约着它。不仅西方的语言观念如此，中国的语言观念也同样具有这种"词义向心说"的倾向，如"文以载道"说，即是将语言和文学形式作为某种封建道统的传播工具而运用。结构主义符号学可说将这一观念凝定为一种形而上的概念形态，因为符号概念本身，说到底就是一种结构、一个统一体，按照传统观点，符号就是一种观念或东西的工具或替代物，尤其当它一旦被分解成能指和所指时，能指就必然地成了所指的替代。因此，在符号学观念看来，文学作品本文的形式和语言，一定是指向它本身之外的某种观念或某个东西的，这显然与德里达所谓"文本以外不存在任何其他东西"或"不存在什么外部的文本"之类思想相抵触。因而，以消解文本之外的意义为目的，对符号结构的拆解与颠覆，或者如弗·杰姆逊所说符号学深度模式的削平与抛弃②，就必然地具有了解构主义的后现代倾向。第三代诗歌对符号结构所进行的消解式实验，就是这一后现代倾向的基本表现形态。要指出的是，这一实验始终是与文化的消解这一根本目的息息相关的。对文化的怀疑必然导致对文本之外的意义的怀疑和清算，于是诗人们便纷纷弃绝思想、弃绝意义而回归本体，回到语言和生命。这一步实验以净化、纯化语言开始，结果淡化了文化对诗歌本体的干预和渗透，在一定程度上达到了消解文化的目

---

① 安纳·杰弗森等著、陈昭全等译：《西方现代文学理论概述与比较》，湖南文艺出版社1986年版，第122—123页。
② 参阅弗·杰姆逊：《后现代主义与文化理论》，陕西师范大学出版社1987年版，第162页。

的。当然,若从符号学角度分析,这种回归语言的实验,主要是以清除、弃绝语言之外负载的文化价值因素为旨归,从而中断了语符中能指与所指系统的必然关联,甚至抛弃了表现深度的所指而回到能指本身,就如韩东笔下的"大雁塔",已消解了它与传统历史文化的某种象征性或隐喻性关联而回到自身一样。当然,即便如此,它依然在执行着一部分符号功能。对此进行更进一步实验甚至彻底解构和颠覆符号学深度模式的要算是"非非主义"的代表诗人和理论家,比如周伦佑、蓝马。在他们的诗学观念里,语言不仅往往负荷着它自身之外的某些文化价值因素,即使它本身,依然体现着或代表着某种文化价值形态,尤其那些形容词,如伟大、崇高、光荣之类,本身就是某类深度和文化价值的评判者、所有者。因而,他们要彻底反文化、反价值,自然就必须彻底解构和颠覆语言符号,弃绝所指甚至能指,淡化和抛置形容词,解构、颠倒或重新组合新的语言关系,甚至自铸新词,以便真正解除有效的文化语义运动,使之发生偏离、中止和丧失,最终产生他们所谓"超语义"的"语晕"现象。① 这或许就是他们到达真正的生命栖息之地——"前文化世界"的必由之径。比如作为诗人兼理论家的蓝马,他在《九月的情绪》一组诗中,一再向世界裸露出无色透明的"白"来,不仅仅是雪山、白云、大海、阳光……即使"鸟",也是"看不见各种颜色的鸟";而"晚风"呢?更是"行星上一无所有/树梢上一无所有"。他似乎要在解构符号的所指、掏空事物的意义之后,将整个世界真正还原到单纯、透明的"前文化"之中。再如他

---

① 蓝马:《语言革命——超文化》,《百家》1988 年第 2 期。

的《世的界》、《的门》等一类作品，同样进行了更为彻底的符号学解构式实验，甚至标题都已拆解成符号的碎片，不仅所指已消失，能指也随字词的溃散而终被消解。

当然，这种实验似乎也面临着前所未有的困境，这种困境始终是与诗人的语言历险分不开的。但是，无论如何，我们都必须真正地面对实验，只有它，才能充分揭示生命的自由和诗歌的创造性意义。这也是我们从第三代诗歌不断拓展可能性的实验中所获得的启示。

（原载《文史哲》1994年第2期）

问题、主义与方法

现代性与文学性
——关于中国现代文学研究的反思

张 华

近些年来,在我国文学界,由于与近代文学、当代文学之间的密切关联,时段的短暂,以及许多跨时代的诗人、作家的存在,中国现代文学,作为一门独立学科已经受到了质疑。以宏阔的眼光来看,自"五四"运动至1949年,实在不过是中国历史上微不足道的一瞬,但对于中国人来说,这无疑却是一个具有独立意义的重要时期。这一时期,既不同于"五四"之前,也不同于新中国成立之后,是中国社会最为剧烈的转型时期,是数千年的中国专制体制及相关意识形态遭到猛烈冲击与批判的时期,是中国人未来之路的选择时期,是中华民族的现代意识得以觉醒且异常活跃高涨的时期。在同步而生的文学艺术中,闪射出的是前所未有的现代意识的光彩。与现代性的精神追求相关,艺术本体意义的文学性,也受到了高度重视。正因社会历史意义的现代性与艺术本体意义的文学性追求,才构成了中国现代文学之为现代文学的学理依据。尽管中国现代文学不可能是一个自成一体的封闭系统,但作为一个相对独立的研究领域,还是极有必要的。我们需要进一步加强的是,提升学术视野,回到文学现场,深化理论观念,而不是孜孜于没有多少实际意义的名分之争。

一

按照英国学者吉登斯的看法,现代性"首先意指在后封建的欧洲所建立而且在20世纪日益成为具有世界历史性影响的行为制度与模式"①。具体来说,现代性的标志是:一是建立在工业技术基础上的物质文明创造,二是建立在民主与法治基础上的制度文明创造,三是建立在个性自由基础上的精神文明创造。其中,制度文明、精神文明与文学艺术的关系尤为密切。而正是在这两个方面,为"五四"先贤标举为精神旗帜,后来一直渗透在中国现代文学中的"民主"与"科学"追求,正是制度文明与精神文明的现代意识的体现。

中国现代文学的历程虽然短暂,且大多时间处于战争状态,但长期板结的中国社会内部积蓄的强劲的开放冲动,大量输入的西方现代思潮的影响,以及因权力分散而形成的空隙等多种因素的合力作用,使这一时段的文学活动,不仅得到了相对适宜的生存与发展空间,而且在出版体制、文艺思潮、文学流派、创作主张、作品意蕴等方面,均较为突出地体现出以民主、自由为主导倾向的现代性特征。

这一历史时期的执政当局,虽不乏取缔报刊、迫害文人之类的劣迹恶行,但其范围与程度还是有限的。我们仅从马克思主义思潮可以自由传播,《新青年》这样的激进刊物可以兴盛一时,胡适等

---

① [英]安东尼·吉登斯著,赵旭东、方文译:《现代性与自我认同:现代晚期的自我与社会》,三联书店1998年版,第1页。

人创办的《独立评论》可以公开指责国民党的独裁专制，中国共产党主办的《新华日报》可以在国统区公开发行这样一类事例，即可见出现代文化制度文明曾经在中华大地上闪现的影像。与之相关，写实主义、浪漫主义、唯美主义、现代主义，人性论、自由论、性灵论，文学研究会、创造社、学衡派、鸳鸯蝴蝶派、现代评论派、新月派、论语派、普罗文学等众多文学思潮、文学主张、文学流派，以及难以尽数的文学社团、刊物的纷涌迭现，自由竞争，构成了中国文学史上一度繁荣、多元的时代景观。其文学艺术的活跃生态，在今天看来，仍令人向往。

在人格精神方面，这一时期的许多诗人、作家，也表现出鲜明的现代性风范。他们不肯轻易趋奉于某种政治势力，或皈依某一社会集团、党派，而是设法保持独立不羁的个性。曾经身为"左联"领袖人物的鲁迅，虽然认同马克思主义，与瞿秋白、冯雪峰等共产党人关系密切，但也曾当面向冯雪峰等人表示过对革命的疑虑。1927年大革命失败之后，流亡日本的茅盾，曾经远离时代洪流，导致了"脱党"之嫌。如果换一个角度看，这倒恰可以视为茅盾是在力图以个人的独立眼光面对时世。长期以来，在许多中国人心目中，胡适是蒋介石的帮凶，国民党反动派的走狗，而实际上，胡适终其一生，不曾加入过国民党，且对国民党政权的独裁专制，不时发出抗议之声。他曾在《人权与约法》、《我们什么时候才可有宪法》等文章中疾呼，应废除一切钳制思想言论自由的命令、制度、机关等，他曾在《新文化运动与国民党》一文中大胆宣称："我们要明白指出国民党里有许多思想在我们新文化运动者的眼里是很反动的。如果国民党的青年人们不能自觉地纠正这种反动思想，那么，国民党将来只能渐渐变成一个反时代的集团，决不能作时代的领导者，决不能担负建立中国新文化的责任。""今日的国民党到处念诵'革命尚未成功'，却还想促进'思想之变化'！所以他们天天摧残思想自由，压迫言论自由，妄想做到思想的统一。殊不知统一的思想只是思想的僵化，不是谋思想的变化。用一个人的言论思想来统一思想，只可以供给一些不思想的人的党义考试夹带品，只可以供给一些党八股的教材，决不能变化思想，决不能靠此'收革命之成功'。"① 胡适虽然不赞成共产党领导的暴力革命，但也极力反对国民党对共产党人的镇压，据白吉庵的《胡适传》披露：为了国家的统一，他甚至曾私下写过一篇文章，主张将东北让给中国共产党，由他们去试验搞共产主义，试验成功后，再进行推广②。这一主张，很容易使人联想到多年之后邓小平的一国两制的设想，由此可见胡适对现代社会制度文明的思考。曾经为鲁迅骂为"资本家的'乏'走狗"的梁实秋，实际上也是一位有着独立人格精神的作家。梁实秋确曾有过对革命文艺的不满，但他不满的只是"以政治的手段要求文艺的清一色"，反对的只是将文学作为阶级斗争的工具，而不是革命文艺本身。相反，当国民党当局查禁普罗文学书籍时，梁实秋曾明确表示："凡以政治力量或其他方式的暴力来压迫文艺的企图，我反对。"③ 在《关于民族主义的文学》一文中，他还曾进一步为共产党与革命文艺辩护说："共产党可否用一个'匪'来包括干净是一个问题，我并不要讨论。普罗文学可否也算

---

① 《胡适文集》第5卷，北京大学出版社1998年版，第586、587页。
② 白吉庵：《胡适传》，人民出版社1993年版，第338页。
③ 黎照：《鲁迅梁实秋论战实录》，华龄出版社1997年版，第410页。

是一种'匪'也是一个问题，我也并不要讨论。我只是觉得，剿匪而剿到文化上来，文化似乎根本的就变成武事了，不论是'官'胜，或是'匪'胜，都没有什么文化可言了。文化这东西不是剿得的。"① 另如在不肯听命于"左联""战士"指令的郁达夫，在有意与政治保持距离、悄悄地构建自己心目中能够供奉人性的"希腊小庙"的沈从文，在为了坚守信仰而不惜献出生命的"左联"五烈士之一、在面对国民党特务的手枪、敢于拍案而起的闻一多，在无所顾忌、敢于坚持自己"主观拥抱客观"之文艺主张的胡风等诗人、作家那里，亦均可以见出可贵的独立人格精神。中国现代文学的纷纭多姿，显然正是得力于许多作家所奉行的这样一种人格精神。

在漫长的中国文学历史上，如果说魏晋是文学的自觉时代，那么，第二次更高程度的自觉，则见之于中国现代文学。虽然，与社会变革的时代浪潮相关，中国现代文学中，一直涌动着批判现实、改造社会的强烈使命意识，甚至出现过郭沫若的"留声机"论、"左联"教条主义的"工具论"之类的偏颇主张，但从整体上看，对文学的本体特性，也一直是高度重视的。在文学革命的先驱者梁启超等人的论著中，即已可见出这样一种科学的文学观。在1902年发表的《论小说与群治之关系》一文中，梁启超一方面强调文学改革社会的重要作用，有"欲新一国之民，不可不先新一国之小说"之类的著名论断，与此同时，梁启超也充分注意到了小说特有的审美价值与情感宣泄功能，认为："小说者，常导人游于他境界，

---

① 刘丽华：《从新发现的三篇佚文看梁实秋对普罗文学的态度》，《鲁迅研究动态》1989年，第59页。

而变换其常触常受之空气者也。""人之恒情,于其所怀抱之想象,所经阅之境界,往往有行之不知,习矣不察者,无论为哀为乐,为怨为怒,为恋为骇,为忧为惭,常若知其然而不知其所以然",而小说的独特功能正在于可以将这种种情感"和盘托出,彻底而发露之"①。在此后兴起的新文学运动中,虽然改造社会是其发动者的初衷,但在那些领袖人物的主张中,同样不乏对文学本体的重视。陈独秀这样讲过:"文学之文,特其描写美妙动人者耳。"② 李大钊这样界定过"新文学"的特征:"是为文学而创作的文学,不是为文学本身以外的什么东西而创作的文学。"③ 鲁迅亦曾明确指出:"文学和学说不同,学说所以启人思,文学所以增人感。"④ 随着历史的发展,文学艺术服务现实的功能虽有强化之势,但许多诗人、作家、理论家及文学社团,并未忽视语言形式、审美特征等有关文学本体因素的探索。如创造社曾特别重视"直觉"与"灵感"在文学创作活动中的作用,以胡山源、赵祖康等人为代表人物的"弥洒社",则提出了彻底的"为艺术而艺术"的主张;闻一多曾致力于新诗格律的建构,提出了诗歌的绘画美、建筑美等主张;胡秋原在《阿狗文艺论》、《勿侵略文艺》等文章中,既批判国民党当局对文艺自由的压制,又不满于"左翼文学"将艺术堕落为政治的"留声机",强调"固然不否认文艺与政治意识之结合",但"政治主张不可主观地过剩,因为艺术不是宣传,描写不是议论。不然,都

---

① 郭绍虞:《中国历代文论选》第4册,上海古籍出版社1980年版,第207、208页。
② 《答曾毅》。
③ 《什么是新文学》。
④ 许寿裳:《亡友鲁迅印象记》,人民文学出版社1955年版,第27页。

是使人厌烦的"①；在接受了马克思主义影响之后，鲁迅亦有过这样的辨析："我以为一切文艺固是宣传，而一切宣传却并非全是文艺。"② 中国现代文学历程中涌动着的文学意识的自觉，显然是与现代性的科学追求密切相关的。这样一种自觉，既是对文学独立性的维护，又是追求民主与自由的时代大潮的组成部分。

综上所述，可以看出，正是现代性与文学性，构成了中国现代文学的价值向度。又正是这样双重价值向度的追求，造就了中国现代文学的辉煌。诸如鲁迅的《阿Q正传》、《祝福》、《故乡》、《野草》，曹禺的《雷雨》、萧红的《呼兰河传》、艾青的诗等许多能够代表20世纪中国文学成就的作品，正是合于这样双重价值向度的优秀作品。

二

在我国，虽然早在20世纪60年代，周恩来总理即按照毛泽东主席的提议，在政府工作报告中提出了关于"现代化"的设想，但这现代化的目标，尚基本停留在物质文明层面，即注重的仅是农业、工业、国防与科学技术的四个现代化，而缺乏关于制度文明与精神文明的现代化思考。加之长期占据主导地位的是"暴力革命"、

---

① 吉明学、孙露茜：《三十年代"文艺自由论辩"资料》，上海文艺出版社1990年版，第34页。
② 《文艺与革命》。

"民族斗争"、"阶级斗争"之类的意识形态,这就在多方面掩抑了中国人的现代性视野。表现在文学研究领域,就是我们所说的"中国现代文学"之"现代",这主要是从与"中国古代、近代"相对应的时间维度着眼的,缺失更具人类历史进步意义的"现代性"审视目光。其结果是,许多真正具有现代意识的作家作品及文学观念,长期受到了冷落乃至批判否定,相反,另一些现代意识匮乏,乃至某些背离现代意识的作家作品及文学观念,却得到了更多的肯定与赞扬。

仅以建国以来编写出版的中国现代文学史教材来看,呈现出的便是观念日趋偏颇、视野日趋狭窄之势。1951年问世的王瑶先生的《中国新文学史稿》(上册),本是一部尊重历史,力图做到科学公允之作,但刚一出版,即遭到了严厉批评。在《文艺报》组织的一次座谈会上,某些文学史专家与文学界知名人士,纷纷指责作者缺乏阶级立场与阶级斗争观点,对代表资产阶级、小资产阶级和无产阶级的思想社团与作家,未加区别,等量齐观,对在文艺运动上起过反动作用的徐志摩、沈从文等人的作品,往往是以赞美为主,对在政治上显然是反革命的胡适、周作人、林语堂等人也有不少赞扬之词[①]。在这样的政治裁定下,王瑶先生迫于时势,也不得不承认:"我错误地肯定了许多反动的作品,把毒草当做香花,起了很坏的影响。"[②] 对王瑶先生的批评,自然只能进一步加大中国现代文学研究的误区。在1955年由作家出版社出版的丁易的《中国现代文

---

① 《中国新文学史稿(上册)座谈会》,《文艺报》1952年第20期。
② 《王瑶文集》第7卷,北岳文艺出版社1995年版,第557页。

学史略》中,则直接以阶级划分的方法,将胡适、陈西滢、梁实秋、徐志摩等,定性为"反人民"的"逆流"。在同年出版的张毕来的《新文学史纲》中,也径直将作家分为"革命作家"、"进步作家"、"小资产阶级作家"、"右翼作家"等不同类属予以政治性的评判。在1956年出版的刘绶松的《中国新文学史初稿》中,绪论中强调的重要研究原则之一亦是"划清敌、我"。直至目前,我国高校使用的某些现代文学史教材中,亦仍贯穿着鲜明的阶级斗争视角。

而正是以现代性视野来看,曾长期被视为敌人的胡适、梁实秋、徐志摩等一批对西方现代文化有着深入了解的诗人、作家、理论家,是应给予更为充分肯定的,他们奉行的是具有历史进步意义的立场,他们重视的是现代人性的培育与中国现代民主制度的建设,在他们的作品中,有着更富于现代意识的思想内涵。但迄今为止,他们似乎仍未在现代意识层面上得到应有的重视,相关视野的研究成果仍极为罕见。由于视野局限,甚至像胡风这样一位原属革命文艺阵营、极富现代意识、且自信是崇尚马克思主义的文艺理论家,也长期遭到了误解与批判。早在20世纪40年代,当全国人民正奋力于抗战救亡之际,当许多热切关注现实、热血沸腾的文艺家、理论家更注重文学艺术在战时的宣传鼓动效果时,胡风就透过战争的硝烟,极富预见性地指出,历史虽然向前发展了,但"五四"新文艺精神却被削弱了,如自我扩展的精神变成了封建才人的风骚,"人生问题"的精神变成了或是回到对封建故国的母性礼赞。并据此主张,战时文艺,不仅要歌颂人民的战斗精神,更要进一步揭露人民身上由长期封建社会而形成的精神奴役的创伤。在认为在当时的背景下,虽然大敌当前,民族危亡压倒了一切,但并非反帝反封建的斗争只剩下了"反帝",断言"反帝反封建的斗争,没有对于解放要求的热切的感受,固没有可能,但没有对于精神奴役创伤的痛切的感受,也同样是不可能的"①。与之相关,胡风反对当时战争背景下的文学"写将士的英勇,他的笔下就难看到过程底曲折和个性底矛盾,写汉奸就大概使他差不多的报应,写青年就准会来一套救亡理论"的公式化倾向。② 当年的胡风,当然还缺乏现代性追求的自觉,但他凭依自己对社会现实的深刻洞察与中国历史脉搏的敏锐把握,表现出的正是与20世纪的世界大潮相通的现代思想指向。正如李泽厚在《记中国现代三次学术论战》一文中所评判的:"胡风从其所了解和坚持的鲁迅传统,一贯强调文艺不但要与敌人作斗争,而且也要不断揭发中国'国民性'的弱点和病态,即揭露人民大众中的'精神奴役的创伤'。他的整个理论的重点的确是'启蒙',是'化大众',而不是'大众化'。""从整体上说,胡风确是'五四'新文艺传统的捍卫者,是着重于继续吸收外来文化的营养包括欧化语言和形式,结合中国现实社会斗争来创造民族文艺及其形式的代表。他注意'启蒙',注意暴露'国民性',注意文艺的内容和形式必须具有新的时代的性质和特征。"③ 可惜的是,胡风不仅难以见容于新的国家体制,即在当时,便已招致来自同一革命阵营的斥责与围剿。40年代末,"左翼"文化界曾在香港组织发动了一次对胡风等人的颇具声势的批判,将胡风的见解指斥为"主观唯心主义"、"反马克思主义"等。胡风的悲剧人生,实际上

---

① 《胡风评论集》下册,人民文学出版社1984年版,第342页。
② 《胡风评论集》中册,人民文学出版社1984年版,第14页。
③ 李泽厚:《中国现代思想史论》,东方出版社1987年版,第82—83页。

正是由这次批判开始的。"文革"之后，胡风虽被平反，其理论贡献也已重新受到重视，但对其文艺思想中的现代性内涵，至今仍缺乏更为深入的开掘。

正是由于缺乏开放性的现代视野，即使在我们所高度重视的关于一些"革命作家"、"进步作家"的研究方面，也往往呈现出简单化与片面化之弊。比如关于鲁迅的研究，成绩当是最为突出的。作为新文化运动的旗手，有着决绝地反封建立场的鲁迅，对中华民族的文化思想贡献当然是巨大的。但如果以现代性目光予以审视，由于时代及人格素质方面的某些局限，鲁迅的思想意识又是复杂的。在我们的现代文学研究中，鲁迅是被定位为伟大思想家的，但鲁迅思想的主导特征是对传统观念的批判，尚缺乏对现代社会体制与精神文明的建设性思考。尤其是他后期所坚持的"阶级论"与"人性论"二元对立的褊狭立场，以及对"怨敌""一个也不宽恕"的仇恨心态，实在够不上现代，也有失一位大思想家的风范。而在我们的鲁迅研究中，却对思想呈现为倒退之势的后期的鲁迅，大加赞美，甚至被赞扬为具有了马克思主义世界观。鲁迅常常为人尊崇的另一重要见解是：中国的历史书上只有两个字"吃人"。对此激愤之语，仅就一位小说家而言，或许是可以理解的，而作为一位思想家，其见解就未免太简单化了。

在另外许多有关作家作品的研究中，由现代性视野局限而导致的褊狭之论更是随处可见，兹举二例如下：萧红于1940年创作的长篇小说《呼兰河传》，无论就其情感的真切，艺术描写的细腻，还是就其现代意义的对人性压抑的抗争，对冷酷野蛮的传统文化的揭露而言，无疑都是远远超出她的另一部长篇《生死场》的，在整个中国现代文学史上,也算得上是一部不可多得的佳作。但这部作品问世之后,却遭到了批评界的责难,被判定为"狭窄"、"脱离大众",是萧红创作的倒退等等。甚至连茅盾这样的文学大师,在为《呼兰河传》所作的序中,一方面肯定"它是一篇叙事诗,一幅多彩的风土画,一串凄婉的歌谣",另一方面也从简单化的政治立场批评在小说中"看不见封建的剥削和压迫,也看不见日本帝国主义那种血腥的侵略"①。也许正是受这类权威性评判的影响,至今,在中国现代文学研究领域,对于萧红的《呼兰河传》,仍然缺乏足够的重视。在已有的中国现代文学史上,孙犁战争题材的《荷花淀》之类作品,一直享有很高的声誉,但以现代性眼光视之,却是存在严重缺陷的,正如梁卫星在《荷花淀:人性失落的地方》一文中指出的:"战争在我们的作家笔下不再是一种反人类的生存境遇,而仅仅是这一个或那一个被贴上了正义标签的党派与主义及其意识形态表现自己的舞台。主旨是歌颂:歌颂战争,歌颂战争的正义,歌颂领导战争的党派以及意识形态和领袖。"如在夫妻话别一节中,本应是生死离别,此刻,即使丈夫是一个胸怀大志的人物,也应有复杂的情感,而水生只是炫耀自己的第一个举手报名,嘱咐妻子要不断进步,识字,生产,乃至冷酷无情地命令妻子如果叫敌人汉奸捉住了要和他们拼命。从这些话语中折射出的水生是一个全然不懂夫妻之情、不解人性欲求的人,是一个已然被抽空了所有最基本人性人情的符码式存在。他不是一个男人,甚至已不是一个人,他只是正义、真理、民族气节之类强大的意识形态霸权的载体。这位学

---

① 《萧红全集》上卷,哈尔滨出版社1998年版,第108—109页。

者的见解无疑是深刻独到的，但在长期形成的视野拘谨的中国现代文学研究界，也只能是一种微弱的声音。

值得欣喜的是，近些年来，随着西方现代思潮的广泛输入，现代性问题已成为中国学术界的热点之一。吉登斯的《现代性与自我认同》、鲍曼的《现代性的矛盾性》、卡林内斯库的《现代性的五副面孔》等大批西方有关现代性的论著，在我国纷纷翻译出版。相关研究著述也越来越多，如刘小枫的《沉重的肉身——现代性伦理的叙事话语》，汪晖的《当代中国的思想状况与现代性问题》，俞吾金等人梳理西方马克思主义源流的《现代性现象学——与西方马克思主义者的对话》等。这些著作，深为国内学术界所瞩目，有的甚至引发了新"左派"与自由主义的论战。此外，有"现代性"标示的出版物也已多达数百种。与之相关，现代性问题在文学研究领域也受到了充分关注。钱理群先生曾在一篇文章中强调，文学的"现代性"问题，涉及现代文学学科的性质、研究范围、内在矛盾等关系到自身存在的根本问题。从"现代性"视野出发，可以使我们更为深入地从中国文学、学术自身的发展，特别是晚清、民国以来文学、学术的发展，揭示"五四"文学变革，以及现代文学诞生的内在理路与线索等，可以使我们进一步思考如何将现代文学置于与现代国家、政党政治、现代出版（现代文学市场）、现代教育、现代学术等方面的广泛联系中，来理解文学的现代性问题；如何从更广阔的视野来考察中国现代文学与世界文学的关系，如何认识与处理20世纪中国文学发展的总体格局中的不同组成部分，新、旧文学，雅、俗文学及其关系，新文学内部的不同组成部分，自由主义文学、革命文学及其关系，如何认识与处理中国现代化进程中城市与乡村、沿海与内地之间发展的不平衡,及其在文学上的反映,由此形成的海派文学与京派文学的对峙与互渗,如何评价反思现代化后果的文学作品及作家等等①。钱理群先生的见解无疑是正确的,正是借助于现代性视野,可以从根本上改变现代文学研究的陈腐与滞后局面,使之在深刻性与复杂性方面,更切近中国现代历史进程的本相。

在以现代性视角进行的具体文学研究方面,也已取得了令人瞩目的成就。如杨春时先生在《现实主义、浪漫主义还是启蒙主义》一文中认为,虽然"五四"文学也引进和借鉴了浪漫主义和现实主义,但由于启蒙的需要,从科学和民主角度对其进行了改造,而使之不是浪漫主义,也不是现实主义,而是富有现代性的启蒙主义。②俞兆平先生在《现代性与"五四"文学思潮》的专著中,也以现代性作为出发点,对"五四"文学进行了新的评价。逄增玉先生在《现代性与中国现代文学》的专著中,结合许多作家作品,从主题、思潮、倾向、叙事和形式美学特征,改造"国民性"与"立人"的关系、历史语境等多方面、多角度地探讨了中国现代文学的现代性问题。张志忠先生在《现代民族共同体的想象与认同》一文中认为,20世纪30年代的"左翼文学"和"前十七年"的红色经典文学,也应纳入具有"现代性"品格的作品之列。因为所谓"启蒙现代性"等并不就是现代性意义的全部,现代民族国家的建立,和文学所担当的对现代民族共同体的想象和认同,其意义不容低估,

---

① 钱理群:《矛盾与困惑中的写作》,《文学评论》1999年第1期,第47—49页。
② 杨春时:《现实主义、浪漫主义还是启蒙主义》,《厦门大学学报》(哲社版),2003年第5期,第5—13页。

或者可以说，这是种种现代性之所以展开的必要前提，也就是从"左翼文学"到"十七年文学"的现代性价值所在。民主、科学、人道主义的倡导，通过国民性改造进而实现社会改造等等，都是现代性问题的一个侧面。但是，现代世界是以诸多国家并立的方式存在的，现代民族国家的建立，是现代化进程能够积极展开的必要条件。在现实中，国家作为现代化进程的组织者和实施者，无论在西方还是东方都是无可替代的。在清末以来风雨飘零中的中国，现代民族国家的建立，正是追求现代性的第一要义[①]。这些新的研究成果，有力地开拓了中国现代文学的研究空间，无疑具有重要意义。但从整体上看，还不够深入，尚缺乏更为深邃精警的学术成果。究其原因，或许在于：在我国学术界，尚缺乏对中国现代性本身的发展历程及其复杂特性的认识。

与有着几百年现代精神洗礼的西方社会不同，中国的现代性萌生于有着几千年封建传统的文化语境中，长期挣扎在动荡、战乱、思想禁锢的历史背景中。由于历史进程的差异，现代性与后现代性成为20世纪以来西方社会的重要文化冲突，而在我们的国度里，迄今为止，现代性的许多基本目标尚未实现。如果对此缺乏清醒的认识，我们就难以用现代性的尺度评价现代文学史上出现的形形色色的文学现象。由于历史条件的制约，在20世纪的中国历史上，现代性欲求几乎宿命般地与民族性、阶级性、革命性纠结在一起。而现代性与民族性、阶级性、革命性等范畴之间，有时可能是统一的，而有时是互不相容的，甚至是剧烈冲突的。在20世纪的中国

[①] 张志忠：《现代民族共同体的想象与认同》，《文史哲》2006年第1期，第80—86页。

历史上,由于民族性、阶级性、革命性一直处于主导地位,而现代性,在许多时候也许只能成为牺牲品了。强有力的证据是:在文化界、知识界、文学界,许多一度被视为异端、右派、阶级敌人、反革命分子者,大多恰是富有现代意识的精英人物。仅仅据此,即可使我们体悟到:如果不从更根本的层次上,进一步清理诸如现代性与民族性、现代性与阶级性、现代性与革命性之类的关系,中国现代文学的现代性研究就很难有更大的突破。而这些方面的深入研究,显然不只是文学研究的任务,尚有赖于人文学科的共同努力。

三

1988年7月,上海学者陈思和、王晓明等人曾提出了"重写文学史"的主张,认为应"重新研究、评估中国新文学重要作家、作品和文学思潮、现象",以"冲击那些似乎已成定论的文学史结论"①。在"重写文学史"的主张中,论者们强调的"重写"原则之一是:贯穿"审美主义"及"纯文学"的研究思路,力图"把文学史研究从那种仅仅以政治思想理论为出发点的狭隘的研究思路中解脱出来"②。这类主张,当然是极具学术进步意义的,我们原有的许多现代文学史,的确不够"文学"。

---

① 陈思和、王晓明:《主持人的话》,《上海文论》1988年第4期,第4页。
② 陈思和、王晓明:《关于"重写文学史"专栏的对话》,《上海文论》1989年第6期,第4页。

长期以来，许多版本的现代文学史著作，基本上是现代政治史、革命史的附庸。在这类著作中，某些文学创作才能并不突出的作家，某些文学水准较低乃至粗糙的作品，如蒋光赤的《短裤党》、《田野的风》等小说，蒲风、柯仲平、田间等人的诗歌，郭沫若的某些历史剧等等，往往因其切近了某些政治时势方面的需要，而得到了不切实际的好评。但许多具有独立观念、独特艺术成就或具有艺术创新性的作品，如施蛰存等人的现代派风格的小说，徐志摩、穆旦等人的诗歌，却长期遭到贬抑。"文革"结束以来，随着文学观念的变革，"文学性"的维度虽已得到了高度重视，在许多新编文学史中也大为加强，但"非文学性"的一般社会功利，仍呈现为主体性的研究视角。如仅就文学性而言，鲁迅的小说并非字字珠玑，篇篇经典，但在鲁迅研究领域，却一直少见实事求是的分析。巴金的文学艺术成就，与其享有的巨大声誉相比，也实在存有不小的距离。其小说，不仅大多篇什艺术构思拖沓散乱，文字枯燥，且存在严重的欧化倾向，但论者往往更多地从巴金"用笔铭记历史的苦难，记录时代的真实"、"说真话"之类主张出发，予以高度推崇。另如丁玲的《太阳照在桑干河上》，无论在语言还是人物形象刻画方面，都远不及她早年的《莎菲女士的日记》，但至今仍被许多人奉为现代文学的经典之作。相反，另有一些颇具艺术个性与文学成就的作家作品，如叶灵凤、梅娘、无名氏等人的小说，则至今仍很少被人提及。

在中国现代文学研究领域，原本并不缺少真正具有文学眼光的批评家，如活跃于20世纪三四十年代的李长之，就是优秀的一位。李长之曾这样批评过至今仍被视为巴金代表作的《憩园》："它的内容犹如它的笔调,太轻易,太流畅,有些滑过的光景。缺的是曲折,是深,是含蓄。它让读者读去,几乎一无停留,一无钻探,一无掩卷而思的崎岖。再则他的小说中自我表现太多,多得让读者厌倦,而达不到本来可能唤起共鸣的程度。"对鲁迅的某些作品,李长之也曾给予过尖锐的批评,他认为《头发的故事》、《一件小事》、《端午节》、《在酒楼上》、《肥皂》、《兄弟》等,"写得特别坏,坏到不可原谅的地步"。"有的是因故事太简单,称之为小说呢,当然看着空洞,散文吧,又并不美,也不亲切,即使派作是杂感,也觉得松弛不紧凑,结果就成了'吗也不是'的光景。"① 鲁迅研究、巴金研究,一直是中国现代文学研究的重镇,成果众多,但仅就对其作品艺术特征及创作得失的分析,尚很少有人能够超越当年李长之的见解。

为了实现真正属于"文学"的"文学史"研究,加强"审美性"与"文学性"视角,当然是很关键的,但遗憾的是,迄今为止,"审美性"与"文学性"研究仍未落到实处。如上所述,仅以具体的作家作品的个案研究来看,真正体现出"审美性"与"文学性"视角的成果并不多见,更未出现一部如此视角的现代文学史。如以被视为实践"重写"主张的陈思和主编的《中国当代文学史教程》,洪子诚著述的《中国当代文学史》来看,正如有的批评者所指出的,尽管"两部文学史都强调以'审美性'和'文学性'作为评价的标准,但是,实际上他们所编写的文学史并没有真正贯彻文学性和审美性的叙述原则。他们对于文学史的整理并不是

---

① 郜元宝、李书编:《李长之批评文集》,珠海出版社1998年版,第164、75页。

真正从'审美性'和'文学性'出发的"。"洪子诚的文学史写作宣称以'审美性'和'文学性'作为标准；然而，实际上却不是审美的把握，其特色主要在于对文学环境、文学规范和文学制度的深刻剖析与把握。"① 可见，在中国现代文学研究中，要强化文学性的研究维度，还需付出艰辛的努力。

在肯定"重写文学史"主张重要意义的同时，我们还应注意到：这一主张中也存在着另一种偏颇，那就是忽视了本文所强调的关于"现代文学"的"现代性"内涵的研究。文学研究的对象，虽然首先应该是文学，但作为文学研究的内容，又不应仅仅局限于文学本身，因为人类的文学艺术活动，毕竟包含着政治的、社会的、历史的、哲学的、思想文化等方面的因素，是与人类的文明与进步密切相关的。而对于中国现代文学而言，把握这些因素的基点正是现代性。从全球视野来看，"辛亥革命"的成功，是中华民族迈进人类现代社会的重要标志，中国人的历史，也就更为明显地成为人类现代历史进程的重要组成部分，20世纪上半叶的中国历史，也就呈现出了为现代性而奋斗的历史属性。文学，不论有其怎样的独特性，在整体上，毕竟是最为显赫的时代映象，因此，与这一时期相伴而生的中国现代文学活动中，必然涌动着与现代性相关的思绪、情感、追求及矛盾冲突等等。而所有这些，亦理应成为中国现代文学研究的重要方面。

从根本上来说，现代性的历史欲求，是具有一定政治功利色彩

---

① 旷新年：《"重写文学史"的终结与中国现代文学研究转型》，《南方文坛》2003年第1期，第1—6页。

的，所以极易导致人们如此担心：强调现代性会使文学研究重蹈政治化的覆辙。而实际上，无论在什么时代、什么国度，文学与政治功利之间的密切关联，都是难以否认的。如果仅从创作实践来看，甚至"为政治服务"的主张本身也没什么错处，也并不一定影响创作水平。在古今中外文学史上，诸如屈原、杜甫、苏东坡、曹雪芹、雨果、巴尔扎克、托尔斯泰、马尔克斯这样一些卓有成就的文学大家，不是都具有一定的政治使命感与社会责任感吗？另如鲁迅，曾经坦承自己的创作是有"改造国民性"之类强烈政治动机的，甚至自称是"遵命文学"，但这并未影响其创作成就。事实上，政治影响文学创作的关键只是在于：第一，作家力图服务的是具有历史进步意义的现代性政治还是封建主义、法西斯主义之类的反现代性政治。当然只有前者，才可能写出有意义的作品。第二，即使为之服务的是进步政治，还要看其是自我选择的主动服务还是别有原因的被动服务。显然，前者体现为合乎现代性原则的民主自由精神，而后者体现出的则是反现代性的专制与强权行径；前者才符合"言为心声"的艺术创作规律，而后者只能写出"言不由衷"的虚假之作。注重为政治服务的鲁迅，之所以大获成功的重要原因即在于"是我自己所愿意遵奉的命令，决不是皇上的圣旨，也不是金元和真的指挥刀"[①]。因此，在中国现代文学研究中，实在不必讳言文学与政治、文学与革命的关系，而应从现代性视野出发，从更高的精神层面上，对其作出切合历史实际的具体分析。

中国现代文学研究的重要职责正在于，通过对作家作品及文学

[①] 鲁迅：《南腔北调集》，人民文学出版社1973年版，第32页。

思潮、文学现象的分析，分清哪些是顺应历史潮流的现代性因素，哪些是与世界潮流背道而驰者，深入发掘其现代文明资源，以促进中国社会的深层变革，推动中国历史的进步。同时，又应坚守文学性的尺度，加强对艺术特征与艺术规律本身的探讨，以促进中国文学事业的进一步发展。

(原载《文史哲》2006年第6期)

基督教文化与中国新时期文学

牛运清　丛新强

基督教与伊斯兰教、佛教并称世界三大宗教。马克思在获得博士学位之后，曾计划写几部书，"其中有一部关于宗教和艺术的稿子，似乎已经写得相当可观"①。至于基督教何时传入中国，学术界说法不一。全国政协副主席、中国基督教协会名誉会长丁光训先生认为，基督教于19世纪初传入中国本土，被称做"洋教"。新中国成立后，中国基督教人士第一批1500多人联名发表宣言，"号召全国基督教徒割断教会与帝国主义国家的关系，实行自治、自养、自传，俗称三自爱国运动，以达到革新中国基督教的目标"②。

历史的存在与发展总是合力作用的结果，文化史与文学史同样如此。历史进入新中国的新时期，对于基督教文化的认识与研究同样进入新的历史阶段。基督教文化与新时期文学存在着怎样的关系，对于当下中国文学的存在状态与价值建构具有何种学理意义乃至实践有效性，便是本文考察与探讨的问题。

---

① [英]希·萨·柏拉威尔：《马克思和世界文学》，三联书店1980年版，第44页。
② 丁光训：《我们应该按三自原则办好教会》，《人民政协报》2001年7月28日，第4版。

一、新时期文学的基督教文化背景

宗教和文学作为人类重要的文化现象与精神现象,在历史渊源、思维方式、精神作用等方面有许多相似之处。同时,由于各自的特性和关系,它们互为影响,宗教文化成为文学创作的一个常恒的源泉。对于西方社会来说,基督教文化是其精神支柱,不了解基督教文化,就难以解读西方文学。对于中国社会来说,由于以儒家文化为支柱的传统文化根深蒂固,加上佛教文化的强大势力,基督教文化在中国的传播历经坎坷。尽管如此,中国现代文学家与基督教文化仍然有着颇为密切的联系,其中或受洗为基督徒,或就读于教会学校,或迷恋于《圣经》文本。可以说,基督教文化与中国现代文学结下了不解之缘。

新中国成立后,由于历史的原因以及受极"左"思潮影响,文学与基督教文化的联系一度受阻。随着"文革"的结束,思想解放运动及改革开放的政治背景为宗教的复苏提供了宽松的社会环境。更为重要的是,"过去十多年的动乱的确带来了一个精神上的真空,而宗教生活的再现无论如何都是填补这一真空的方法之一。因而在政府支持下,道观、佛寺、清真寺、基督教教堂等纷纷重修和开放。各宗教团体也获准训练新的神职人员。皈依基督教的人也日见踊跃"[①]。实际上,新时期以来,文化获得了新的方向性开拓,人们对宗教采取了现实主义的态度,谈论宗教和信仰宗教不再是禁区,学术界、出版界也有效配合了涌动在社会中的这股精神潮流,

---

[①] 秦家懿、孔汉思:《中国宗教与基督教》,三联书店1997年版,第193页。

一批知识分子开始致力于探讨宗教的当代意义。基督教文化研究以及与世界其他宗教文化比较，与历史、哲学、文学、艺术诸类关系的考察都有许多著作出现。这些，无疑成为新时期文学显在或潜在的重要文化背景。

在外来思想文化与汉语本土语境的关系发展过程中，知识分子总是起着重要的不可替代的作用。基督教文化在华土的波折经历，除受政治环境影响之外，与知识分子对基督教的诸种态度也有着密切关系。新时期以来，当代中国知识分子对基督教文化显示出几种颇有代表性的倾向。第一种是对基督教文化采取基本抵制的态度。改革开放以来，中国大陆与西方国家关系逐步获得了改善，对基督教的认识也已远远不似从前，但又不能不承认，意识形态的分歧、政治的对立以及经济交往的摩擦等，还直接或间接地影响着国人对西方国家及其中心文化精神——基督教文化的认识。而且，一些中国知识分子从亨廷顿的"文明冲突论"中得到启发和警醒，把基督教文化视为将与中国文明发生冲突的未来对手，故此他们转向儒家传统，寄希望于新儒家的"第三次浪潮"和所谓的"国学复兴"，以一种自我保护、防患于未然的心态来看待、抵制基督教文化。第二种倾向为兼容基督教或与基督教结合。一些当代知识分子基于中西国力与文明的强烈反差和刺激，从而重新认识基督教文化，也看到基督教作为文化积淀、价值规范、伦理准则、社会公义在西方国家中所起的巨大作用，从而抱着"拿来主义"的态度来看待基督教精神体系和文化意义，试图将之与中国文化因素相结合，重建和振兴中华文明，使中国文化发展走出低谷，重新成为世界文明中的重要组成因素。第三种倾向则是趋于信仰基督教文化，将之视为拯救国家或拯救个人的根本途径。这类知识分子对中国传统文化及其现实价值体系感到失望,继而折服于基督教信仰及其价值体系,折服于基督教文化的忏悔意识、超越追求和拯救精神。甚至于"走向十字架上的真",皈依基督教信仰,希望在其中实现个人的得救、民族的得救以及所属文化的得救①。不难看出,当代中国知识分子对于基督教文化的基本态度是以国家兴亡、民族命运为观照视角的。就主流来说,在他们看来,中华民族的自强与复兴之路,除了需要器物、制度、文化上的变革之外,精神层面的超越转换也是必须而且迫切的。这些从文化意识、文化比较而进入基督教的当代知识分子在当代学界被广义地称为"文化基督徒",虽然他们与中国农村发展的"民间基督徒"和中国教会及其神学组织发展的"教牧基督徒"各有不同,而且所占比重较小,但他们在现代中国社会充当着启蒙或先知的角色。这一现象"表明中国知识分子在超越狭隘的民族主义的基础上开始客观地正视和审视基督教,将基督教纳入现代中国文化的知识学视野之中,不再情绪化地看待基督教,并渐次走出'五四'以来知识精英的科学主义的思想范式,使基督教成为现代中国文化精神的重要维度"②。

可以说,新时期文化的基督教背景,为基督教文化再次成为可以讨论和写作的文学资源提供了可能。也正是在此基础上,基督教文化与中国文学的关系才得以恢复并获得重新确立。虽然新时期文学的基督教文化言说还远不及中国现代文学过程的基督教文化言说

---

① 卓新平:《基督宗教论》,社会科学文献出版社2000年版,第343—344、356页。
② 樊志辉:《汉语言哲学思想的超越取向》,《天津社会科学》2001年第3期。

表现得明显和充分,但它在经过了一个曲折的历程之后,毕竟又有了一个新的开端,而且具有了一个比此前更为令人乐观的前景。

二、新时期文学的基督教文化言说

礼平写于1976年而公开发表于1981年的中篇小说《晚霞消失的时候》,可以说是新时期文学较早涉及基督教文化言说的作品。小说产生在一个老红卫兵对过往历史的无尽反思之中。作品开头关于"文明和野蛮永远分不开"这一囊括人类历史全部问题的思考和讨论,便将读者视线引入对人类悲剧命运的反思与体味。女主人公南珊在经历了一系列的人生变故之后,毅然皈依了基督教。《晚霞消失的时候》以文学的方式默默地参与了当时的启蒙运动与反思潮流,以明显的基督教文化关怀为基点思考了整整一代人的精神危机与转变历程。

史铁生也不是文学主潮中的弄潮儿,但他以具有浓厚宗教色彩的文学言说表明了自己在新时期文学中的独特存在。史铁生文学言说的宗教色彩并不是单纯明晰的,除了佛禅情感的表现以外,最主要的就是基督教文化精神的体现。

史铁生发表于1984年的短篇小说《奶奶的星星》中写道:"人类浩荡前行,在这条路上,不是靠的恨,而是靠的爱……"他正是靠着特有的真诚、热情与爱走向文学的。在他看来,文学不是用来打倒人,而是为了探索全人类面对的迷茫而艰难的路。并且,这条路应该是用对生活的挚爱和思索铺就的。后来的《关于詹牧师的报告文学》、《我的遥远的清平湾》、《插队的故事》中,他更以充满爱的温馨语言深刻揭示出,没有爱的世界只能使人类变傻。如果说这还是出自作家本性的话,那么在写作《山顶上的传说》时则注入了对于宗教意识的思考。"为什么一定要活着呢","人到这个世界上来是干吗呢","上帝给了你一条艰难的路,是因为觉得你行……"他感到了一种冥冥中的异己力量在安排着人的命运。

1985年前后,"先锋文学"和"寻根文学"正当火热,对此,史铁生有着清醒的思考。"说'某些作品'没有文化,大概是指此类文字对人类的困境压根儿没有觉察,更不敢用自己的脑袋作出新鲜的思索,绝不是说它没有洋征古引。"① 史铁生的思索偏离了文学主潮,但却成为了空谷足音:"教堂的穹顶何以建得那般恐吓威严?教堂的音乐何以那般凝重肃穆?大约是为了让人清醒,知道自身的渺小,知道生之严峻,于是人们才渴望携起手来,心心相印,互成依靠。"② 此后,史铁生的小说与随笔便不断地思考着宗教对于人生的意义。在《我之舞》、《礼拜日》、《原罪·宿命》、《命若琴弦》等作品中,史铁生将自己的无尽哲思倾泻在博大精深的宗教文化中,并且以此安身立命。作品显示出,唯有"信"、"望"、"爱"才是我们的救赎之路。而且,他认为"真正的宗教精神绝不是迷信。说得过分一点:文学就是宗教精神的文字体现"③。他由此生发出对于民族的隐忧与希望:"一支疲沓的队伍,一个由傲慢

---

① 史铁生:《随想与反省》,《人民文学》1986年第10期。
② 史铁生:《交流·理解·信任·贴近》,《钟山》1986年第1期。
③ 史铁生:《自言自语》,《作家》1988年第10期。

转为自卑的民族，一伙散沙般失去凝聚力的人群，需要重建宗教精神。"① 这简直已经是不无悲壮性的呐喊了！

反映史铁生的宗教情感达到一个新的高度和深度的是《我与地坛》②。在作者眼里，地坛已经化为他心目中的教堂，而且仿佛是地坛主宰着自己的命运。"两条腿残废后的最初几年，我找不到工作，找不到去路。忽然间几乎什么都找不到了，我就摇了轮椅总是到它那儿去，仅为着那儿是可以逃避一个世界的另一个世界。"苦难与关怀促使史铁生整年累月地苦思冥想，"最后事情终于弄明白了：一个人，出生了，这就不再是一个可以辩论的问题，而只是上帝交给他的一个事实；上帝在交给我们这件事实的时候，已经顺便保证了它的结果，所以死是一件不必急于求成的事，死是一个必然会降临的节日"。重要的是，作为人，唯有向死而生，才是真正的人。史铁生带给人的恰恰是宗教文化中面向苦难而积极抗争的精神。"我在这园子里坐着，园神成年累月地对我说：孩子，这不是别的，这是你的罪孽和福祉。"作为基督教文化精神的核心部分——罪孽和救赎，已经渗透在史铁生的创作和意识中。而且，弥漫全文的对人的深深的爱与关怀的氛围与情绪，正是人类最高贵的博爱精神的表现和张扬，也正是基督教文化的精义之所在。

史铁生曾引用罗素的话说明中国文学正在作着的探究与渴望——"现在，人们常常把那种深入探究人类命运问题，渴望减轻人类苦难，并且恳切希望将来会实现人类美好前景的人，说成具有

---

① 史铁生：《自言自语》，《作家》1988 年第 10 期。
② 史铁生：《我与地坛》，《上海文学》1991 年第 1 期。

宗教观点，尽管他也许并不接受传统的基督教。"① 借用这段话来说明史铁生文学创作的基督教文化言说，似乎恰到好处。

考察新时期文学的基督教文化言说，诗人海子及其诗作是应该提及的。在短短的人生岁月和诗歌生涯中，海子留下了大量纯粹的文字和令人震惊的绝唱（由西川编辑整理的《海子诗全编》②，为我们提供了进入海子世界的基础）。

海子的诗是过去和未来的界限，具有一种走入过去和启示未来的"神性维度"。他说："我写长诗总是迫不得已。出于某种巨大的元素对我的召唤，也是因为我有太多的话要说，这些元素和伟大材料的东西总会胀破我的诗歌外壳。"③ 我们说，这些元素的其中之一就是"神性"，是神性元素在召唤着海子。其中有万全的"上帝"、救赎的"基督"、理想的"天堂"、人间的"教堂"以及"众神"。而且海子诗作中还顽强地存在着一个恐怕20世纪中国文学中都不多见的意象——"盐"。要知道，这可是基督教文化中一个极其重要的精神象征。《新约·马太福音》中耶稣称"门徒为盐为光"，"你们是世上的盐"。意指门徒必须具有默默无闻、成全世人的牺牲精神，还是一种奉献自己、成全万物的救赎精神。而在海子的诗作里，"盐"正是这种精神的象征。并且，海子对此有着深刻意识："我们缺少成斗的盐、盛放盐的金斗或头颅、角、鹰。"④ 可以说，海子的诗作对基督教文化的众多标志性因素展开了丰富的想

---

① 史铁生：《随想与反省》，《人民文学》1986年第10期。
② 西川：《海子诗全编》，三联书店1997年版。
③ 同上，第889页。
④ 同上，第907页。

象,从而跨越了历史与现实、中西与古今,呈现出一片高远、深邃、独特的精神天空。海子的语词具有一种神性色彩,按照卡西尔的观点,语词在神性的语境中会闪现出一种超乎其原有意义的"魔力",因为神祇,尤其是"女神"会对语词本身具有某种"收集"作用,并使言说者得以汲取"神的存在和意志的力量"①。海子的诗正是以此契入神性语境,而拥有了神启意味。海子还有大量诗作直接从《圣经》取材,在外在形式和内在精神上都与《圣经》有着明显的密切联系。他把《圣经》看做是"亚当型"的诗,从中吸取了丰富的文学资源。他相信,"在上帝的七日里一定有原始力量的焦虑、和解、对话,他对我命令、指责和期望。伟大的立法者……在上帝的七日里一定有幻想、伟大诗歌、流放与囚禁"②。是否可以说,海子对汉语言语境长期缺乏神性作出了自己的反驳与努力,而且已经深入到精神层面。

海子写过许多关于西方文化大师或者直接献给他们的诗作,但他更喜爱荷尔德林。在《我热爱的诗人——荷尔德林》中,他说:"荷尔德林的诗,歌唱生命的痛苦,令人灵魂颤抖。"并摘引了这样的诗句:"在这贫困的时代,诗人何为?可是,你却说,诗人是酒神的神圣祭司,在神圣的黑夜中,他走遍大地。"③荷尔德林称上帝缺席的时代为"贫困的时代",并以自己的歌唱来应答其置身的时代,希冀走出深渊。与之相比,"神性缺席"在中国就更为普遍且久远。而且,这一事件并未被人深切体验和明确确认。历史本质

---

① 卡西尔:《语言与神话》,三联书店1988年版,第72—75页。
② 西川:《海子诗全编》,第890页。
③ 同上,第914页。

的无神性导致了"诗"的根本茫然,"诗"远离神性、遗忘神性,也就意识不到在"贫困时代"的历史使命。正是基于这一背景,海子的诗歌成为一种陌生的声音,也就是一种来自生命深处的神性召唤。海子的重要意义就在于他深刻地体认到中国历史的根本无神性,并在这样一种历史空间和历史时间中以自己孤独的歌唱来召唤神性,从而脱离深渊。

如果说,礼平是在思想启蒙与反思潮流中理性地认识神性,史铁生是在个体和人类的苦难中感性地依靠神性,海子是在根本无神性的语境中自觉地召唤神性,那么,北村则不同于他们,北村是在个体信仰的层面上彻底皈依了耶稣基督。

皈依基督的北村对于基督文化的"原罪"观念深为理解:"人类在伊甸园子里起首犯了一个很清洁的罪……人弃绝了神的爱,起首走上了一条悖逆的路。"因此,"一定有一个罪拦阻我们,不承认它,就不会让我们过去"①。北村坦言:"对苦难的揭示是我的小说承担的责任。圣经说'在世间有苦难',所以我不明白小说除了发现这种人类的悲剧之外还能干什么。"②《伤逝》中的超尘、《情况》中的飘萍、《玛卓的爱情》中的玛卓都是一心渴望"诗意地栖居",然而,无边的苦难导致他们最终走上绝路。除此,深层的罪孽也是北村小说着力关注的。他笔下的"罪"不仅是一种外在的"罪行",而更是一种内在的"罪性",其实质就是"原罪"。长篇小说《施洗的河》突出了这一点。我们根本无法通过樟阪和霍童的环境

---

① 北村:《爱能遮掩许多的罪》,《钟山》1993 年第 6 期。
② 林舟:《苦难的书写与意义的探询——对北村的书面访谈》,《花城》1996 年第 6 期。

结构来看待刘浪的怪异性格与乖戾行为,就像马大所说的,刘家人的一个共同特点即是疯狂。这种疯狂不是根植于聚敛财富或者攫取权力的欲望之中,它似乎根植于性格纵深的幽暗之处,蛰伏于血管与神经里面。人的内心潜藏着一个罪恶的渊薮,它源于人的本性而无因可循,这就是"原罪"。"我们必须正视人的罪恶及其在文化中的后果。"①

那么,如何获得最终拯救呢?北村提供的答案便是皈依基督。基督文化不仅是一种"罪感"文化,更是一种具有博大意义的"爱感"文化。它提倡消除愤怒和仇恨,主张即便对恶人也应以爱心相待、宽大为怀。基督文化强调"爱"之律法是最大的律法,视"爱上帝和爱邻人"为信仰的全部真理和核心,呼告人们"要终生爱主并真心彼此相爱"。这种"爱"是一种神圣的恩典,同时又与"信"紧密相连,唯有凭此,人才有获救的希望与可能。相对于玛卓、超尘们的不幸,孙权(《孙权的故事》)、张生(《张生的婚姻》)、刘浪(《施洗的河》)们则是幸运的,因为神与他们相遇……这些迷途羔羊凭借着基督的"爱",相遇了神的恩典,获得了肉体与灵魂的救赎。北村将自己连同文学一起交给了心目中的神。

中国新时期文学的基督教文化言说可以从以上四位代表性作家及其创作中获得体现。其间,有对神性的理性认知(礼平),有对神性的感性依赖(史铁生),有对神性的自觉性召唤(海子),有对神性的信仰性皈依(北村)。从而,构成了基督教文化与中国新时期文学关系的立体景观。

---

① 北村:《神圣启示与良知的写作》,《钟山》1995年第4期。

新时期文学的基督教文化言说具有汉语言的独特文化背景，有其意义表达的可能及其限度，也有中国知识分子特定的精神向度和生存体验，实际也是基督教文化在中国语境的某种"本色化"体现。它仅仅构成中国文学丰富性与复杂性的一个极为个别的侧面，从这一维度出发也仅仅构成认识和阐释中国文学的一个侧面。夏志清在其《中国现代小说史》中指出："现代中国人'摒弃了传统的宗教信仰'，推崇理性，所以写出来的小说也显得浅显而不能抓住人类道德问题的微妙之处了。"① 他还指出："现代中国文学之肤浅，归根究底说来，实由于其对'原罪'之说——或阐释罪恶的其他宗教论说——不感兴趣，无意认识。当罪恶被视为可完全依赖人类的努力与决心来克服的时候，我们就无法体验到悲剧的境界了。"② 这虽是针对中国现代小说而言，但对新时期文学来说亦不无启迪意义。基督教文化言说没有也不可能构成中国文学的主流价值，更不是新时期文学的主导潮流，但它无疑丰富了中国文学的意义内容和表现形式。面对当代中国文学的存在现状，着眼于当代中国文学的有效发展，基督教文化又能提供怎样的建设性价值呢？

三、基督教文化与中国文学的价值建构

我们说，基督教文化精神不失为一种建构中国文学价值的有效

---

① 夏志清：《中国现代小说史》，台北：传记文学出版社1979年版，第12页。
② 同上，第502页。

性维度。基督教文化不仅仅是一种"罪感"文化,更是一种"爱感"文化,相对于新时期文学的"伤痕"、"反思"、"改革"、"人道主义"等诸类批判现实主义,它的"博爱"之情与"谦卑"之心便为我们提供了一种不同于此的更加接近于文学本质的"博爱现实主义";基督教文化是一种"普世"性文化,相对于新时期文学的"寻根"派、"先锋"派以及"中国化"还是"西化"等涉及"中西之争"的问题,它的"普世观"便为我们提供了一种走出这一中西对峙模式、实现文化融合的依据和思路;基督教文化不是律法性的"审判"文化,而是恩典性的"赦罪"文化,它的一大精神就是宽恕与宽容,相对于新时期乃至建国后文学批评的"动辄得咎"与"动辄讨伐"以及"党同伐异"现象,这便为我们提供了一种难能可贵的切实有利于文学繁荣发展的宽容性批评原则。完全可以说,基督教文化追求与文学艺术追求在内在精神本质上蕴涵着同样的价值取向。实际上,也正是基于这一前提,"基督教文化与中国文学的价值建构"才得以成立并获得价值合理性与实践有效性。

在新时期伊始的思想解放运动中,文艺极力呼唤现实主义回归,于是,出现了"伤痕文学"、"反思文学"、"改革文学"以至"人道主义"的批判现实主义潮流。而且,"批判现实主义"已经成为新时期文学的主导,并为人们以一种自觉状态而接受、高扬。然而,文学单是一种批判的武器吗?不可否认批判是必需的,但关键是批判之后怎样?实际上,我们也已经看到,新时期文学在大规模的批判之后,或者走向了偏执的形式之路("先锋派"),或者陷入了古老的文化泥潭("寻根派"),或者迷恋于个体的身体性体验("女性化写作"),或者沉溺于物与性的欲望化展示("90年代新生代")。应当说,这些都不是文学发展的根本性向度。那么,文学的使命到底应该是什么?那就是,文学艺术应当真正成为人类的一种终极追求,她永久的生命,就在于她不同于现世的物质力量而存在,就在于她作为这样的存在,必须为人类分担救赎的使命。

批判现实主义文学的理想当然是为了人的解放以及建立一个完美的社会,这不可否认。但我们也必须认识到,由于人本身的"罪性"及有限性,正如新教神学家尼布尔指出的:"一个能令敏感的个人的最高道德理想得到实现的社会是根本创造不出来的,一个能令个人所有道德本性的需求获得完全满足的社会也是根本不存在的。"① 所谓的完美社会只是一种个人主义的过于乐观的观念。况且,属于历史范畴的人的政治解放根本不能替代个体的灵魂拯救,"拯救不能由解放来取代,解放只能把人从集团、阶级、女人、男人、少数人、国家或特权中解放出来,而拯救则涉及人类的整个生命的意义的获救"。"所谓'解放'的崇高、神圣色彩,不过是意识形态的话语,它掩藏的是权力的转换,更不用说,解放作为政治行为本身所包含的限制。"② 这样看来,批判现实主义文学也就失去了它的理想目标得以实现的基础,尤其是把它绝对化之后就更为令人怀疑。而要获得拯救,力图接近这一理想目标,则只能依靠"爱"。这正像耶稣基督用自己的"爱"向人提出的更高要求——用德国神学家索勒的话说,"就是毫无所惧地持有对生活的依赖感,就是在挚爱与希望受到现实的否定时仍然持重挚爱与希望";亦即

---

① 刘小枫:《走向十字架上的真》,三联书店 1995 年版,第 226 页。
② 同上,第 215 页。

"基督信仰最为卓绝地体现于在不幸和受辱中对生命和生活说出含泪的肯定，在困境和孤苦中对挚爱与希望说出含泪的肯定"①。这样看来，出现于 20 世纪 80 年代与 90 年代之交的"新写实主义"开始呈现出这种苗头，开始观照人类的生存状况，但很快由于追求起"零度情感"与"无意义"而使自己也很快丧失了真正的文学意义。再一次是出现于 1996 年的"现实主义冲击波"作品，似乎也有意无意地正显示出这样一种写作萌芽，本应值得肯定，但令人遗憾的是，在所谓"缺少批判性"的批判声中逐渐偃旗息鼓。我们太专注于"批判"的现实主义，而对"博爱"的现实主义则缺少足够的认识。殊不知，这更接近于文学的本质特征和现实、人生的本来面目。

任何现实层面的批判都是经验性的，而唯有基督"神性"是超验的，"它拒绝不经考察地接受任何根据权威、根据历史所提供出来的存在原则，无论这些原则如何可能被人为地归之于自然规律或归之于历史规律；超验之问是根据理性和信念的要求对在每一个时代里大家都服从的现实原则提出疑问，对那些已被视为理所当然的历史准则提出质疑，如果这些原则和准则并没有使人摆脱世界的荒唐、残酷、失败和受苦的话"②。特别地，对于每一个体的人来说，存在之不幸是本体论上的。"人类通过任何手段都无法最终消除生存之不幸"，可以说"由偶然性导致的不幸与生命会共存。悲凉会永远伴随着人的存在之偶然性，伴随着人的遗憾"③。由此，我们

---

① 刘小枫：《走向十字架上的真》，第 203—204 页。
② 刘小枫：《拯救与逍遥》，上海人民出版社 1988 年版，第 92 页。
③ 刘小枫：《走向十字架上的真》，第 173 页。

可以理解为什么弱者总是比强者更能敏感到生存之艰难,从而更渴望"爱"的慰藉。或许,种种偶然性才是真实的生活。或许,揭示出人的这类存在状态的文学才是真正的现实主义文学。面对无法摆脱的"荒唐、残酷、失败和受苦",人何以存在?靠的根本是"爱"。薇依提出,"并不是因为上帝如此爱我们,我们就应该爱他,而是因为上帝如此爱我们,我们应该爱我们。这意味着,上帝之爱作为自甘不幸的对人的爱,最终应成为人与人之间的爱"①。文学体现的也应该是这样一种"人与人之间的爱",它给予人的就是一种"爱"的慰藉。

在引进现实主义的时候,出于社会政治及其实用效应层面的考虑,我们注重的是"巴尔扎克式"的,而忽略了"托尔斯泰式"的另一种现实主义。时至今日,走向后者已经到了成为中国文学选择的时候了。对于中国文学,我们所希望的也并非不要批判现实主义,而是迫切需要一种真正关乎人存在本真状态的博爱的现实主义,以一种基督教文化的"博爱"之情与"谦卑"之心面对人生苦难、表达深挚之爱,从而实现文学之为文学的真正价值——抚慰心灵,给人希望,在没有爱的地方活出爱,从而日益完善人类生存。

80年代中期前后,文学发展呈现出两个向度。一是所谓"先锋派",它以西方文化为参照,主要在形式策略上寻求超越;另一个则是"文化寻根",它把目光投向传统文化,力图从传统中寻求出路。可以说,二者形成了事实上的对立。这非但无益于达成文学的"现代性",而且直接带来了文学发展的困境与迷茫。

---

① 刘小枫:《走向十字架上的真》,第177页。

事实上，不唯今天，整个20世纪文学都存在着一个"中西之争"问题，或则"全盘西化"，或则"全盘本土"。钟情于中国传统文化体系者主张"中体西用"、"中国文化拯救人类"，强调文化的内涵式发展；而怀疑、否定中国传统文化者则着眼于西方价值体系，主张"西化"，强调文化的外延式发展。时至今日，这两种模式的分离都未能取得有效性结果。如何重建中国现代文化，如何处理中国文化与世界文化的关系，是关系到中国文学发展的关键性问题。基督教文化的"普世性"为我们提供了一种解决问题的有效性思路。

近代以来，放眼世界、走出国门的中国知识分子不在少数，但大多转向了西方的科技、政治乃至军事，致力于文哲者相对来说非常之少，而倾向于西方神学者近于绝迹。"向西方学习"喊了百年之久，但学界至今仍然习惯于将西方文化精神传统归结为"理性的分析、自然界的逻辑化以及对精确科学及其方法的追求"。殊不知，"科学理性精神固然是西方文化的一个重要向度，但它显然不足以全面地概括西方文化的素质。……更重要的是，在西方文化的历史发展中，除科学的理性精神外，还有由希腊逻各斯主义与希伯来精神结合而确立起来的基督教文化精神传统。理性与宗教始终是西方文化精神发展所依赖的两个转轮"①。然而，基督教文化精神这一"转轮"在中国语境委实太薄弱了。这不能不使得所谓"中西之争"的准确性与基础让人产生怀疑，因为，我们拿来的一直是一种片面的西方文化。认识到这一点，将有助于我们全面把握中西文化传

---

① 刘小枫：《拯救与逍遥》，第2页。

统,从而为消弭对立、实现融合准备必要的条件和基础。很明显,建立在片面理解基础上的争论,只能造成无的放矢与无效消耗。

基督教文化正是克服了犹太教文化的狭隘民族性之后才得以获得真正独立、广泛发展并且具有了世界性。而且,20世纪不断兴起的基督教普世化运动,更加强化了它的世界性特征。它主张基督真理具有普世性效用,强调其价值体系具有与各种文化有机共存的普遍性。目前,不管是"中国化"还是"西化",都没有摆脱以局部代替整体、以个别代替普遍的传统认知思维模式。"而基督教的普世性及其强调的上帝拯救之普遍存在,则给人们提供了新的思路和选择。""普世观所揭示的人世存在的相对性和有限性,以及人们寻找、体悟真理之相似、相通和协调一致,乃为各种文化的定位提供了标准和基调①"。由是观之,无论"西方中心论"还是"东方中心论"不仅不现实不可能,而且只能带来对世界文化多元化的破坏。现代世界中的每一种文化都具有独立性和开放性,必须既要继承、弘扬自身传统,又要面向世界、吸纳外来文化。中国文化同样如此,必须与世界文化实现融会,自身生命力方能得以保持久远。这就需要中国文化走出中西对立的思维模式,实现二者的有效会通。也只有具备了这一基础,中国文化的"中西之争"才能获得解决,中国文学也才有了走向现代性的真正可能。

基督教文化强调"爱"是最大的律法,它具有救赎的意义。"你们要从心里彼此相爱:假如有人得罪你,你要心平气和地向他说话,你不可存诡诈的心。如果他忏悔和认错,你就要宽恕他。但

---

① 卓新平:《基督宗教论》,第217页。

如果他不承认错误，你不要和他动怒，以免他受到你的毒而开始咒骂。这样就要犯双重的罪……如果他竟恬不知耻，坚持作罪，你也要从内心来饶恕他，并要把申冤之事交给上帝。"① 同时，与"爱"密切相连的是赦罪式的"宽恕"。据《新约·约翰福音》载，一群"文士和法利赛人"捉到一个"行淫时被拿的妇人"，交给耶稣处置。按照摩西律法，行淫的妇人应当用乱石打死。如果耶稣同意这样处置，就犯了杀人之罪；如果不同意这样处置，又违背了摩西律法。这本来是要陷害耶稣，耶稣却从容地回答说："你们中间谁是没有罪，谁就可以先拿石头打他。"于是，他们灰溜溜地走了。耶稣又对那妇人说："没有人定你的罪吗？……我也不定你的罪，去吧！从此不要再犯罪了。"如果用神性尺度来衡量，任何个体都是非自足、不确定的，"人哪怕不能确定自己与之有联系的其他一切事物，却不能不确定他自己的不确定的存在。……谁要自以为具有了肯定可靠的、无可争论的、独断的、权威性的确定的东西，那么他肯定是最无知的"② 。正是基于此，宽容就尤为必要且重要。

"百花齐放，百家争鸣"是新中国确立的基本文艺方针，而要有效施行，宽容精神是必需的。也只有实现了宽容，文学的多元化与个性化才能够得以保证，文学的真正繁荣也就有了可能。这样看来，基督教文化的"爱"与"宽恕"精神无疑为我们的文学批评与创作提供了一个可资借鉴的参照。

中国新时期文学开始于对伪神的怀疑与颠覆，从而兴起了人文

---

① 罗素：《西方哲学史》，商务印书馆1976年版，第396页。
② 刘小枫：《拯救与逍遥》，第153页。

主义大潮。然而，人文尚未达到理想，浮躁的诸类"后现代"便汹涌而起，又将人拖回到世俗平面乃至无意义状态，大写的"人"又要被淹没。就此而言，中国文学的价值重建也是势在必行。而在这个建构过程中，基督教文化能够提供一个有效的价值参考向度。由于历史与现实的诸多因素，尤其是"基督教的信仰方式不符合中国民间多神崇拜所体现的物质利益原则"①，故对未来中国教会组织及其信徒的发展难以作出乐观预测，但是，基督教文化精神对于中国文化、对于中国文学价值建构可能提供的某些创意，我们却有着乐观的预感。

（原载《文史哲》2001年第6期）

---

① 孙江：《十字架与龙》，浙江人民出版社1990年版，第124页。

关于黄遵宪"新派诗"的评价问题
——读《谈艺录》对公度诗的评论

郭延礼

对于黄遵宪"新派诗"的评价,学术界意见较为一致。梁启超说:"近世诗人,能熔铸新理想以入旧风格者,当推黄公度。"又说:"要之,公度之诗,独辟境界,卓然自立于20世纪诗界中,群推为大家,公论不容诬也。"① 陈三立说:公度"驰域外之观,写心上之语,才思横溢,风格浑转,出其余技,乃近大家。此之谓天下健者"②。高旭说:"黄公度诗独辟异境,不愧中国诗界之哥伦布矣,近世洵无第二人。"③ 他如康有为、丘逢甲、狄葆贤、潘飞声、徐世昌、林庚白、汪辟疆、吴宓、钱仲联诸先生,于黄遵宪的"新派诗",均极力称赞。20世纪中期和后期出版的几部中国文学史,如游国恩、季镇淮等先生主编的《中国文学史》(四)、陆侃如、冯沅君先生合著的《中国文学史简编》,刘大杰先生的《中国文学发展史》(下卷),复旦大学中文系1956级学生编写的《中国近代文

---

① 梁启超:《饮冰室诗话》,人民文学出版社1980年版,第24页。
② 李开军:《散原精舍诗文集》,上海古籍出版社2003年版,第127页。
③ 高旭:《愿无尽庐诗话》;钱仲联:《人境庐诗草笺注》,上海古籍出版社1981年版,第1282页。

学史稿》,以及任访秋先生主编的《中国近代文学史》,管林、钟
贤培先生主编的《中国近代文学发展史》等,都对黄遵宪的"新
派诗"评价较高。其原因,正如王瑶先生在《谈晚清新派诗》中
所分析的:"在没有彻底打破旧诗形式以前,要使诗能够容纳一定
的民主主义的内容,而又不至破坏诗的表现力量,使诗仍能够发生
艺术的作用,这就是新派诗所可能达到的最高成就。从这种意义
讲,黄遵宪可以说是中国旧民主主义革命时代的代表诗人;不只在
他的诗中富于反帝爱国的精神是这样,在诗的艺术成就上也是这
样。"① 王先生以历史唯物主义的观点分析了"新派诗"在当时历
史条件下所可能达到的最高成就,意见是十分中肯和有见地的。他
的这一观点确立了评价以黄遵宪为代表的"新派诗"的基点,也得
到了学术界的认同。

对于黄遵宪的"新派诗",唯钱锺书先生有不同的评价。他在
《谈艺录》中说:

> (黄公度)差能说西洋制度名物,掎摭声光电化诸学,以
> 为点缀,而于西人风雅之妙,性理之微,实少解会。故其诗有
> 新事物,而无新理致。譬如《番客篇》,不过胡稚威《海贾
> 诗》。《以莲菊桃杂供一瓶作歌》,不过《淮南子·俶真训》所
> 谓:"槐榆与橘柚,合而为兄弟,有苗与三危,通而为一家",
> 查初白《菊瓶插梅》诗所谓:"高士累朝多合传,佳人绝代少
> 同时";公度生于海通之世,不曰"有苗三危通一家",而曰

---

① 王瑶:《谈晚清新派诗》,《光明日报》1955 年 11 月 27 日。

"黄白黑种同一国"耳。……盖若辈之言诗界维新,仅指驱使西故,亦犹参军蛮语作诗,仍是用佛典梵语之结习而已。①

对钱先生这段评论,笔者想就如下三点谈些不同看法,请专家指正。

一

质疑之一:黄诗中是否仅"有新事物,而无新理致"。

钱先生说,公度是"掎摭声光电化诸学,以为点缀,而于西人风雅之妙,性理之微,实少解会。故其诗有新事物,而无新理致"。

黄遵宪的部分海外诗,由于创作主体对外国文化尚缺乏深入的认识与体验,可能有此毛病。比如他早期写的《日本杂事诗》(1890),其中有些诗是记述明治维新后日本在"文明开化"、"富国强兵"和"殖产兴业"方面所取得的成就以及维新前后的变化。因为作者旨在记事,所谓"网罗旧闻,参考新政"②,加之又采用短小的七绝形式,从诗的兴象与韵味来衡量,都有欠缺。说黄遵宪这类的诗"有新事物,而无新理致",似无不可。但黄遵宪大部分描写新事物的诗,如著名的《今别离》、《八月十五夜太平洋舟中望月作歌》、《以莲菊桃杂供一瓶作歌》、《登巴黎铁塔》、《海行杂感》

---

① 钱锺书:《谈艺录》(补订本),中华书局1984年版,第23—24页。
② 黄遵宪:《日本杂事诗自序》,吴振清编:《黄遵宪集》,天津人民出版社2003年版,第6页。

都应属"以旧风格含新意境"的佳作,并不缺少"新理致"。

描写异域的社会生活、自然风光,礼赞西方资产阶级文明(科技、文学和艺术),体验全球性境遇中的感受,这本是近代先进的中国人放眼世界之后所出现的新的人文景观和新的审美感受,是近代诗人视野拓展、审美范围扩大、思想感情发生时代性变化的具体表现,黄遵宪诗歌有关这方面的内涵,首先应当充分肯定。这个问题如果提得再高一点也可以说是中国文学走向世界、促进中西文化融合的一个重要途径和重要方面。

为了说明问题,让我们从原典出发,去解读黄遵宪的诗作。在黄遵宪的"新派诗"中,《今别离》是最为人们所熟悉和称赞的。何藻翔在《岭南诗存》中说:"《今别离》四章,以旧格调运新理想,千古绝作,不可有二。"① 陈三立评为"质古渊茂,隐恻缠绵,盖辟古人未曾有之境,为今人不可少之诗,作者神通至此,殆是天授。"② 在解读这组诗作之前必先说明,为什么近代诗坛对《今别离》如此赞不绝口呢?原因就是梁启超所总结的黄遵宪"能熔铸新理想以入旧风格",或如范当世所分析的,该诗"意境古人所未有,而韵味乃醇古独绝",也就是王瑶先生一语道破的:在近代,当旧形式还未被彻底打破之前,要想表现新内容,而又使诗不失其为诗,继续保持其艺术魅力,黄遵宪的《今别离》这类诗已达到了当时"新派诗"所能达到的最高成就。

《今别离》用的是《乐府诗集·杂曲歌辞》中的旧题,写的却

---

① 钱仲联:《人境庐诗草笺注》,第1301页。
② 陈三立评《今别离》诗,钱仲联:《人境庐诗草笺注》,第517页。

是近代科学的新成就。诗人以轮船、火车、电报、照相,以及东西半球昼夜相反这一自然现象来抒写男女离情,真是别开生面,独具韵味,是"以旧风格含新意境"的佳作,陈三立推之为"绝作不可再有"。这虽不免有过誉之嫌,但其惊喜、赞赏的态度亦由此而见。请看他的咏轮船、火车的第一首:

> 别肠转如轮,一刻既万周。
> 眼见双轮驰,益增中心忧。
> 古亦有山川,古亦有车舟,
> 车舟载离别,行止犹自由。
> 今日舟与车,并力生离愁。
> 明知须臾景,不许稍绸缪,
> 钟声一及时,顷刻不少留。
> 虽有万钧柁,动如绕指柔;
> 岂无打头风,亦不畏石尤。
> 送者未及返,君在天尽头,
> 望影倏不见,烟波杳悠悠。
> 去矣一何速,归定留滞不?
> 所愿君归时,快乘轻气球。

这首诗的用韵与句意受到唐代诗人孟郊《车遥遥》的影响[①],但诗人的感受已完全不同于古典诗歌所写的离情别绪,而是渗入了一种现代性的体验。诗首两句"别肠转如轮,一刻既万周",虽源

---

① 钱仲联:《人境庐诗草笺注》,第517页。

于孟郊《远游联句》中的"别肠车轮转,一日一万周",但这里的舟车已非古代的马车、木船和轿子,而是现代的轮船、火车,"一刻既万周",这种现代交通工具的神速既使诗人感到惊奇,又增加了抒情主体离别的悲伤:"眼前双轮驰,益增中心忧。"诗人说:"古亦有山川,古亦有车舟,车舟载离别,行止犹自由。"古代的舟车可因人的感情需求而自由支配,可快可慢,可走可停;但现代化的轮船、火车却是按时间开动的,它不理会离别、送行双方别离的悲苦,而稍停片刻,"明知须臾景,不许少绸缪",只要钟点一到,舟车马上启动。既不怕狂风,也不畏巨浪,无情地把对对情侣分开。现代舟车速度之快又让送别的一方难以接受,"送者未及返,君在天尽头",只好期待着:"所愿君归时,快乘轻气球。"这首诗突出了现代交通工具火车、轮船惊人的速度,这对 19 世纪末的中国人来说真是见所未见,闻所未闻,以火车、轮船的高速度来凸显情侣分别时的痛苦感受。这种由近代文明所引发的现代性的感受及生活体验是古典诗歌中所未曾出现过的。诚然,这首诗受到孟郊《车遥遥》的影响,但同是抒写男女离愁的苦痛,同是以舟、车作为离别的抒情载体,黄遵宪的感受却有别于孟郊。《今别离》中的时空全变了,因而诗人的人生体验便具有了时代标志,也就是一种现代性。这点应引起研究主体的特别珍视。

这种时代标志或者说是现代性,使它的时空模式已不同于古典诗歌离别之作的时空模式。在黄遵宪的《今别离》中既有古今之别,也有中西之殊。这种古今、中西文化碰撞的火花在《今别离》另一首诗中有更突出的体现。诗云:

汝魂将何之？欲与君追随，
飘然渡沧海，不畏风波危。
昨夕入君室，举手搴君帷，
披帷不见人，想君就枕迟。
君魂倘寻我，会面亦难期。
恐君魂来日，是妾不寐时。
妾睡君或醒，君睡妾岂知，
彼此不相闻，安怪常参差。
举头见明月，明月方入扉，
此时想君身，侵晓刚披衣。
君在海之角，妾在天之涯，
相去三万里，昼夜相背驰，
眠起不同时，魂梦难相依。
地长不能缩，翼短不能飞，
只有恋君心，海枯终不移。
海水深复深，难以量相思。

　　这首诗以东西两半球的时差（昼夜相反）咏一对情侣相思中的错位。在古代中国，虽也存在着不同地理位置上的时间差，但由于活动空间的相对固定和生活的慢节奏，在人的时空意识上并不存在多大差距。黄遵宪写此诗时因生活在英国，对西方自然科学已有相当的了解，他认同于地圆说，对东西两半球昼夜相反已有实际的生活体验。诗人也正是以此为兴奋点想象一位妻子思念她远在海外的丈夫时梦魂的错位。

妻子做了一个梦,梦魂漂洋过海寻丈夫而去。"昨日入君室",掀开床帷,人却不在,大约是丈夫睡得迟吧!妻子又想到,"君魂倘寻我,会面亦难期。恐君魂来日,是妾不寐时"。因为双方所居为东西半球两地,正好昼夜相反,"妾睡君或醒,君睡妾岂知"。妻子抬头见明月正照在窗上,而此时的丈夫却刚好黎明披衣。正因为"眠起不同时",所以"梦魂难相依"。这种两地昼夜时空的错位,使夫妻双方连在梦中相会都失去了可能,这便更增加了相思的愁苦与悲痛。生活在封闭境遇中的中国女性又无力冲破这种阻力:"地长不能缩,翼短不能飞,只有恋君心,海枯终不移。"只有以海枯石烂永不变的爱来回报对方了。但客观的地理环境是无法改变的,爱的坚贞更增添了相思的苦痛,"海水深复深,难以量相思"。

黄遵宪的《今别离》四首表现了诗人一种新的审美取向。他不仅为西方文明的进步感到惊喜,而且把自己对西方文明的亲身体验诉诸诗歌。它一方面开阔了古典诗歌的视野,增添了中西文化交汇的时代内容,另一方面也给传统诗坛吹进了一股强劲的改革之风。封闭的诗歌传统要打破,西方的新思想、新事物、新理念逐渐进入中国诗人的审美范围。在这方面,黄遵宪的创作实践为近代诗界革命树立了一面旗帜。

在黄遵宪诗中,新意境的诗篇是丰富多彩的。他不仅借自然科学的新成就表达诗人的一种新体验、新感受,而且还通过生活中常见的花的意象表达一种新理想和新的观念。他的《以莲菊桃杂供一瓶作歌》就是一首这方面的代表作。梁启超批评此诗是"半取佛理,又参以西人植物学、化学、生理学诸说,实足为诗界开一新壁垒"①。这话大体不错,但并未点出诗的主旨。诗中确有新知识、新理趣,如云:"地球南北倘倒转,赤道逼人寒暑变。尔时五羊仙城化作海上山,亦有四时之花开满县。"这里面显然含有地球运动、自然界变化的道理,但我以为这首诗的"新",主要还在于表达了一种新理想、新观念,即表现了诗人一种"四海一家、和睦共处"的开放意识。诗中写诸花共处的神态:

> 一花惊喜初相见,四千余岁甫识面;
> 一花自顾还自猜,万里绝域我能来;
> 一花退立如局缩,人太孤高我惭俗;
> 一花傲睨如居居,了更妩媚非粗疏。
> 有时背面互猜忌,非我族类心必异;
> 有时并肩相爱怜,得成眷属都有缘;
> 有时低眉若饮泣,偏是同根煎太急;
> 有时仰首翻踌躇,欲去非种谁能锄;
> 有时俯水瞋不语,谁滋他族来逼处;
> 有时微笑临春风,来者不拒何不容。
> 众花照影影一样,曾无人相无我相。
> ……②

诗人这里借花喻人,诸花的种种表现,恰是处于封闭状态下、

---

① 梁启超:《饮冰室诗话》,第30—31页。
② 钱仲联:《人境庐诗草笺注》,第601—602页。

互不来往的各国人民乍相会时的神情：或孤高自傲，目无他人；或畏缩自惭，互不接触；或互相猜疑，以为异种不能同心；或心存欺侮，同类自相残杀。诗人的理想是四海一家，携手共进。诗云："传语天下万万花，但是同种均一家。""花不能言我饶舌，花神汝莫生分别。"寓意是十分鲜明的。诗人所表达的是一种新的时代意识和生活理想。再如：

> 主人三载蛮夷长，足遍五洲多异想。
> 且将本领管群花，一瓶海水同供养。
> 莲花衣白菊花黄，夭桃侧侍添新妆。
> 双花并头一在手，叶叶相对花相当。
> ……
> 如竞筘鼓调筝琶，蕃汉龟兹乐一律。
> 如天雨花花满身，合仙佛魔同一室。
> 如招海客通商船，黄白黑种同一国。

全球的各色人种和睦相处，这里分明是对大同世界的向往。黄遵宪在他的诗中对"大同世界"可谓三致意焉。仅在《己亥杂诗》中，"大同"就多次出现。"滔滔海水日趋东，万法从新要大同。后二十年言定验，手书《心史》井函中。"他如"蜡余忽梦大同时"、"物情先见大同时"。再如《病中纪梦述寄梁任公》诗中云："人言廿世纪，无复容帝制，举世趋大同，度势有必至。"足见诗人对大同世界的礼赞与向往。这种新的时代理想在他的另一组诗《奉命为美国三富兰西士果总领事留别日本诸君子》中也有反映。该诗其五有云：

> 昔日同舟多敌国,而今四海总比邻。
> 更行二万三千里,等是东西南北人。

"同舟敌国",是春秋时代人吴起的一句话。《史记·孙子吴起列传》:"起对曰:'在德不在险。若君不修德,舟中之人尽为敌国也。'"这是讲历史,而今却是四海一家、天涯若比邻了。由此我们不难看出诗人广阔的胸襟和开放的观念。

在黄遵宪的海外诗中,除了吟咏西方自然科学新成就和自然现象的诗作外,还有描写异国风光、风土民情之作,也特别令人瞩目。诗中许多新意境让接受主体大开眼界。《伦敦大雾行》就是一例。这是一篇写得别有风味的佳作。英国伦敦有雾都之称,每年9、10月之交,伦敦即有大雾出现。每当此时,白昼晦冥,家家室内点燃灯火,面壁而坐。"时不辨朝夕,地不识南北,离离火焰青,漫漫劫灰黑。如渡大漠沙尽黄,如探岩穴黝难测。化尘尘亦缁,望气气皆墨,色象无可名,眼鼻若并塞。""出门寸步不能行,九衢遍地铃铎声。"雾气之大,令人叹为观止。诗人在篇末笔锋一转,写道:"吾闻地球绕日日绕球,今之英属遍五洲,赤日所照无不到,光华远被天尽头。乌知都城不见日,人人反抱天堕忧。"这里颇有反讽意味。19世纪的大英帝国,殖民地遍天下,故有"日不落帝国"之称。但自己的首都伦敦反倒浓雾弥天,不见天日,以致人人有天欲堕之忧。这里或许隐喻着对英国殖民主义的讽讥吧!

黄遵宪这类"新派诗"之所以为人所称道,固然是因为它书写了域外的新事物、新景观,奇思妙想,绚丽多姿,令人神往,具有诱人的艺术力量。但黄诗中的"新意境",还不仅在于它所描写的域外题材之新,更重要的是诗中所表达的一种新思想、新观念、新理想、新理趣,给了读者一种全新的审美感受。这是认识、评价黄遵宪"新派诗"时必须特别强调的。也正因为如此,所以我认为钱先生说黄遵宪的这类诗,只"有新事物,而无新理致",是很不公平的。

二

质疑之二:关于黄诗因袭前人诗意的问题。

中国古典诗歌是一座丰厚的文学宝库,后代诗人在创作中曾不断地汲取它的营养,借鉴它的艺术经验,这是众所公认的事实。远的不说了,以近代诗人而论,即使许多具有独创性的诗人也曾从前代诗歌中吸取过艺术营养。被评论家誉为"奇境独辟"、"别开生面"的诗人龚自珍,他的诗歌就受到屈原、庄子和李白的影响①。他曾说:"庄骚两灵鬼,盘踞肝肠深"②;"六艺但许庄骚邻,芳香恻悱怀义仁"③;"庄、屈实二,不可以并,并之以为心,自白始"④。就具体创作而言,龚自珍诗歌中好用"怒"字,如"畿辅千山互雄长,太行一臂怒趋东"⑤、"西池酒罢龙娇语,东海潮来月

---

① 龚自珍:《龚自珍全集》,中华书局上海编辑所1959年版,第485页。
② 同上,第485页。
③ 同上,第469页。
④ 同上,第255页。
⑤ 同上,第502页。

怒明"① 等就是受到《庄子》"草木怒生"、"大鹏怒而飞"的启示。再如，勇于冲决一切封建网罗的谭嗣同，他的《怪石歌》以排比的散文句式写怪石的千姿百态，奇形异状，就明显地受到韩愈《南山诗》的影响。倘究其源，韩愈的《南山诗》又受《诗经·小雅·北山》及辞赋的影响，比物取象，尽态极妍，排比叠字，曲尽其妙。以上举例，意在说明，在诗歌创作中，吸取前人的艺术经验，并不为奇，因为中国古典诗歌这个引力场能量实在太大了。关键在于继承中要有创新、开拓。

话再说回来，钱先生举的黄遵宪的这两首诗：《番客篇》和《以莲菊桃杂供一瓶作歌》，并不像《谈艺录》中所评论的，前者"不过胡稚威《海贾》诗"，后者"不过《淮南子·俶真训》所谓'槐榆与橘柚，合而为兄弟；有苗与三危，通而为一家'云云。为申拙见，本文还是只能从解读原典文本入手。

《番客篇》是黄诗中一首著名的长达两千余字的叙事诗。该诗以华侨婚礼为背景，真实地反映了19世纪我国南洋华侨的生活风习。另一方面，诗中通过蒜发叟对婚宴上几位座上客的介绍，反映了华侨在南洋创业的艰辛历程，以及他们对祖国、对故乡的深切怀念和有国不能归的悲哀。

特别值得提出的是，作者在诗中指出"国势弱"而又腐败的清政府不仅无力维护华侨在国外的正当权益，而且还对归国的华侨富商，虎视眈眈，为窃取巨资，竟"诬以通番罪，公然论首恶"。"借端累无辜，此事实大错。谁肯跨海归，走就烹人镬？"诗人的愤慨

---

① 龚自珍：《龚自珍全集》，第440页。

之情,溢于言表。倘将此诗与诗人的《逐客篇》合读,更能体悟这首诗的深刻寓意。对黄遵宪这样一首具有深刻的思想意蕴和批判精神的长篇叙事诗,钱先生为了说明黄诗"无新理致",仅以一句"譬如《番客篇》,不过胡稚威《海贾》诗"轻轻带过,其评价不仅"词气率略"(钱先生自评语)①,而且也不准确。黄遵宪《番客篇》真的是因袭胡天游(字稚威)的《海贾》诗吗?

胡天游的《海贾》是一首七古,全诗四十二句②,诗写沿海一带的富商为了巨额利润,买断东南诸省的棉丝织品,通过海上走私卖与日本和西方商人("交易从倭蛮"),然后换回各种洋货,"载归王侯宅,百倍不计资"。为了赚钱,他们出生入死,"金钱出波涛,死生幸蛟螭"。这便是诗的大意。

胡天游的《海贾》与黄遵宪的《番客篇》,从题材、语言到艺术手法并无什么共同点,更看不出后者对前者的因袭和继承。钱先生的"不过"云云,在这里大约主要是指二诗在题材上的相近。其实,胡天游诗中的"海贾"和黄遵宪笔下的南洋华侨是相异的两种群体,并无共同之处。

钱先生评黄诗"有新事物,而无新理致"的第二个举例,是《以莲菊桃杂供一瓶作歌》。此诗也是黄诗中的名篇。钱先生说:"《以莲菊桃杂供一瓶作歌》不过《淮南子·俶真训》,所谓'槐榆与橘柚,合而为兄弟;有苗与三危,通而为一家。'"这个"不过"云云,从表面上看还多少有点关联。黄诗的"莲菊桃杂供一瓶"与《淮南

---

① 钱锺书:《谈艺录》(补订本),第347页。
② 见钱仲联:《清诗纪事》第8册,江苏古籍出版社1989年版,第4830—4831页。

子·俶真训》中的"槐榆与橘柚,合而为兄弟",毕竟有点貌似。但黄诗所抒写的思想意蕴远不是《淮南子》这 20 个字所能涵括的。

必先说明,黄遵宪写此诗的命意并不是源于《淮南子》,而是诗人外交生活中的亲身感悟。据钱仲联先生的《黄公度先生年谱》记载:诗人在任新加坡领事期间,因患疟疾,曾借居华人山庄养病。《己亥杂诗》第 59 首自注云:"潮州富豪佘家,于新加坡之潴水池边,筑一楼,三面皆水。余借居养疴。主人索楼名,余因江南有佘山,名之曰佘山楼。杂花满树,无冬无夏,余手摘莲、菊、桃、李同供瓶中,亦奇观也。"① 黄遵宪的《以莲菊桃杂供一瓶作歌》即写此事,其主旨的确立即是对此感悟的生发,与《淮南子·俶真训》中那四句话并无关系。倘硬要联系,那二者只能是巧合而已。

评论作家的创作,能寻找出这位作家或具体作品继承关系的蛛丝马迹,有助于对作家创作的深入认知,但仅仅据其篇名或诗中某些词语的相近或相似,就判定这篇作品是因袭了某某作家的哪首诗,而再用"不过"的句式下断语,这是否有点轻率之嫌呢?当然,我上面的解析与判断是否言之成理,甚或是曲解了钱先生的原意,那还请专家指正。

三

质疑之三:黄诗使用新名词,能否等同于"亦犹参军蛮语作诗"。

---

① 钱仲联:《人境庐诗草笺注》,第 833 页。

钱先生说:"盖若辈之言诗界维新,仅指驱使西故,亦犹参军蛮语作诗,仍是用佛典梵语之结习而已。"钱先生的意思是,黄遵宪使用新名词入诗,并无什么新鲜之处,不过像"参军蛮语作诗"或用"佛典梵语之结习而已"。

先说参军蛮语。刘义庆《世说新语·排调》云:郝隆为桓公南蛮参军,一次诗会,饮酒,他提笔作一句云:"娵隅跃清池。"桓公问:"娵隅"为何物?答曰:蛮名"鱼"为"娵隅"。后因称少数民族语言为蛮语。如果说,以新名词入诗"亦犹参军蛮语"或"用佛典梵语之结习",这种情况在诗界革命初期夏曾佑、谭嗣同的所谓"新诗"中也许可以找到。今各举一首为例:

> 冰期世界太清凉,洪水茫茫下土方。
> 巴别塔前分种教,人天从此感参商。①

梁启超的《饮冰室诗话》曾为其作注云:"冰期、洪水,用地质学家言。巴别塔云,用《旧约》闪、含、雅弗分辟三洲事也。"

> 而为上首普观察,承佛威神说偈言。
> 一任法田卖人子,独从性海救灵魂。
> 纲伦惨以喀私德,法会盛于巴力门。
> 大地山河今领取,庵摩罗果掌中论。②

这首诗更是天书,有些词语倘不注释实在无法解读。比如"喀私德",系英语 Caste 的译音,这里指印度封建社会中把人分成若干

---

① 夏曾佑:《无题之一》,《近代文学史料》,中国社会科学出版社1985年版,第36页。
② 谭嗣同:《金陵听说法》,《谭嗣同全集》(增订本),中华书局1981年版,第246页。

等级的种姓制度。"巴力门",系英语 Parliament 的译音,指英国议会。谭嗣同和夏曾佑的这类"新诗",曾如梁启超所言:"当时吾辈方沉醉于宗教,视数教主非与我辈同类者,崇拜迷信之极,乃至相约以作诗非经典语不用。所谓经典者,普指佛、孔、耶三教之经。故《新约》字面,络绎笔端焉。……至今思之,诚可发笑。然亦彼时一段因缘也。"①

对于谭嗣同、夏曾佑等"二三子""新诗"中的这些谁也"无从臆解"的佛、孔、耶教经典,稍后,梁启超即作了否定的评价。认为"此类之诗,当时沾沾自喜,然必非诗之佳者,无俟言也"②。因为这类"新诗"中的语言,"除非当时同学者,断无从索解"。对于"新诗"阶段这类"经典"语(亦可称为新名词),正如钱先生所指出的:"亦犹参军蛮语作诗,仍是用佛典梵语之结习而已。"这一评语,用在谭、夏的"新诗"上,尚称妥当;倘推而广之,用来评价黄遵宪的"新派诗",则与事实不符,也有失公允。

众所周知,语言是思想的外壳,语言符号是表达思想和事物概念的,随着社会的变化,新思想、新事物的出现,语言必然要更新,因此新名词的出现,乃是社会现实的发展变化在语言上的反映。诚如王国维在指出新言语新名词的输入是 20 世纪初文坛上最显著的现象时所分析的:"言语者,思想之代表也,故新思想之输入,即新言语输入之意味也。"③ 作为文学体裁的一种,诗歌要革

---

① 梁启超:《饮冰室诗话》,第 49 页。
② 同上,第 50 页。
③ 王国维:《论新学语之输入》,刘刚强:《王国维美论文选》,湖南人民出版社 1987 年版,第 178 页。

新、变化，首先就要涉及语言。因此，在诗中出现新名词乃是必然的现象，也是诗歌革新的必经之路。或者说，它是促进旧诗蜕变、新诗诞生的催化剂。黄遵宪自己就说："《风》《雅》不亡由善变，光丰之后益矜奇。"① 诗歌要向前发展，必然要发生变化，这种变化首先就表现在语言上。梁启超曾提出"新派诗"必须具备三长：即新意境、新语句和旧风格。尽管"新语句"和"旧风格"常有矛盾，但作为反映近代新思想、新意境、新风味的"新派诗"必然要有新语句，说得更具体一点，就是诗中必然要有新名词的出现。

黄遵宪诗中的典故和新名词与谭嗣同、夏曾佑诗中的新名词最大的不同点有二：一是黄遵宪使用新名词不是为了时髦，而是为了更好地反映时代内容；因此像谭嗣同、夏曾佑"新诗"中的"巴力门"、"喀私德"、"巴别塔"、"琉璃海"等佛、孔、耶教经典之类的新名词，从未出现。二是黄遵宪使用的新名词，不是只有"吾党二三子"才能懂得、"苟非当时同学者，断无从索解"的"故实"②；而是多数人都能了解的新词语。

黄遵宪诗中的典故和新名词，乃是出于表现近代新思想、新事物的需要，是近代新词语的一部分，不用这些新名词，就无法表现近代变化着的现实生活和新的文化。质言之，不使用这些新名词，就不可能出现近代诗歌史上的"新派诗"。近代诗中这种新变革，从中国诗歌发展史的角度来衡量是具有"革命"意义的。黄遵宪诗中用的"自由、平等、民主、人权、独立、国家、爱国、革命、立

---

① 钱仲联：《人境庐诗草笺注》，第762页。
② 梁启超：《饮冰室诗话》，第50页。

宪、专制、国会、议员、国民、监督、领事、留学生、殖民地、共和、世纪、维新、法律、外交、传统、演说、假面具、炮台、地球、赤道、气球、同盟国、红十字、十字架、十字军,动物、植物、几何",还有一些外国译名,如"欧罗巴、美利坚、鄂罗斯、格兰脱、亚细亚、伦敦、巴黎、哥伦比亚、苏彝士河"等①。这些新名词读者既容易看懂,而且至今仍活在人们的口头语言和书面语言中,已成为现代汉语词语中的一部分。黄遵宪把这些新名词用之于自己的诗,实在是一种语言的革新,应当给予足够的重视和充分的肯定。钱先生说,黄诗使用新典故、新词语,像古人以蛮语入诗,或以佛典、梵语入诗一样,并无什么新鲜之处。把二者等量齐观,其偏颇是十分明显的。试问:上文所举黄遵宪诗中的新名词,有哪一个像蛮语中的"娵隅"呢?

四

所谓"新派诗",一般指诗界革命前后革新派诗人所写的诗,这其中的代表人物就是黄遵宪。黄遵宪的诗代表了"新派诗"(亦即诗界革命派的诗)的最高成就,因此如何评价黄遵宪的"新派诗"就涉及对近代诗界革命派诗歌的评价问题。在本文对钱先生关

---

① 据刘冰冰博士统计,黄遵宪诗中使用的新名词有201个,计社会科学类74个,自然科学类5个,人物、地名等专用名词122个。详见刘冰冰:《试论黄遵宪诗歌中"新名词"运用》,《齐鲁学刊》2006年第5期。

于黄诗评价三点核心内容提出质疑后,我们再重新回到论文的逻辑起点:即如何评价黄遵宪的"新派诗"?

对黄遵宪"新派诗"评价最高、最得其要领的是近代另一位新派诗人丘逢甲。1900年冬他在读《人境庐诗草》稿本后写道:

> 四卷以前为旧世界诗,四卷以后乃为新世界诗。茫茫诗海,手辟新洲,此诗世界之哥伦布也。变旧诗国为新诗国,惨淡经营,不酬其志不已,是为诗中嘉富洱;合众旧诗国为一大新诗国,纵横捭阖,卒告成功,是为诗人中俾思麦。①

丘逢甲所指的"新世界诗",也就是我们说的"新派诗",主要指黄遵宪《人境庐诗草》四卷之后的诗,即他离开日本到美国之后写的诗,因为《人境庐诗草》卷四第一首是《奉命为美国三富兰西士果总领事留别日本诸君子》。可见所谓"新派诗"主要是指写欧美等资本主义国家新事物、新思想、新意境的诗歌。在19世纪末,这类"能熔铸新理想以入旧风格"的诗较之传统的古典诗歌是一次革新,虽然它还未能全部抛弃"旧风格"("旧形式")是其历史局限,但对黄遵宪为代表的"新派诗"我们仍应当给予历史主义的评价。我认为至少有以下四点值得肯定。

第一,它进一步扩大了诗歌的审美领域,开拓了诗歌新的艺术世界。

古代的诗歌,其题材主要是写本国的事物,而以黄遵宪为代表的新派诗人,其审美范围则扩大到国外,特别是与中国昼夜相反的

---

① 丘逢甲:《丘逢甲文集》,花城出版社1994年版,第316页。

欧美诸国,西方资本主义社会的文化艺术,自然科学的新成就,乃至异国风光,民俗民情,都成了诗人吟咏的对象。上面所举《今别离》、《八月十五夜太平洋舟中望月作歌》、《以莲菊桃杂供一瓶作歌》,以及常为人称道的《伦敦大雾行》、《苏彝士河》、《登巴黎铁塔》均是其代表作。这些作品,内容新鲜,为国人见所未见,闻所未闻,这对开阔国人的生活视野和艺术视野,均有积极的意义。黄遵宪诗歌中这些新事物、新思想、新意境并不是作家凭空想象或依靠一些文字材料连缀成章,而是诗人个人的亲身感受。所以黄遵宪的"新派诗"写来视角新颖、感受深刻、形象生动、富有诗美,这点研究黄诗的人众口一词,毋庸赘言。而在我们肯定黄遵宪"新派诗"审美范围的扩大这点时,更不应当忘记的,是它对近代诗坛的积极影响。在黄遵宪创作实践的带动下,近代诗坛特别是诗界革命派诗人纷纷提出扩大诗歌审美范围、创造新意境的主张。康有为提出"新世瑰奇异境生,更搜欧亚造新声"[①];丘逢甲说:"直开前古不到境,笔力纵横东西球"[②],梁启超提出诗歌要具有"欧洲之意境、语句"、"欧洲之真精神、真思想"[③]。在其影响下,以《清议报·诗文词随录》和《新民丛报·诗界潮音集》为阵地,先后发表了"新派诗"千余首,把诗界革命推向新的高潮。黄遵宪"新派诗"所带来的这一巨大影响是文学史研究者绝对不能忽视的。

第二,新的感知方式和新的审美感受,是黄遵宪"新派诗"时代性的进步。这应是评价"新派诗"更重要的一点。

---

① 康有为:《万木草堂诗集》,上海人民出版社1996年版,第288页。
② 丘逢甲:《岭云海日楼诗钞》,上海古籍出版社1982年版,第84页。
③ 梁启超:《饮冰室合集》第7册,中华书局1989年版,第190页。

所谓感知，是诗人"对外部世界的刺激进行选择、评价和组织的过程"。黄遵宪作为近代中国走向世界最有代表性的诗人，长期的外交生活，丰富的国外经历，以及一定的现代科学（包括自然科学和社会科学）知识，使他的思维方式较之当时一般的士大夫发生了深刻的变化。他对世界的选择由封闭走向开放，由传统走向现代，由一元走向多元。而思维方式的不同，又使他感知世界的方式也发生了变化。比如在《八月十五日夜太平洋舟中望月作歌》中，作者对月的感知和审美感受就和古代诗人有了很大的差别。月亮本是中国古典诗歌的意象原型，中秋望月，更是中国文化的传统主题，不论是李白的"明月出天山，苍茫云海间"①，还是濮淙的"一夜梦游千里月，五更霜落万家钟"②，这个月亮都还只是诗人行止中的明月。在诗人想象中，它的空间范围的极限也未超出神州本土。而在黄遵宪这首诗中，由于诗人是航行在茫茫的太平洋上，他对月亮就具有了全球境遇中的感受。"芒芒东海波连天，天边大月光团圆。送人夜夜照船尾，今夕倍放清光妍。一舟而外无寸地，上者青天下黑水。登程见月四回明，归舟已历三千里。大千世界共此月，世人不共中秋节。泰西纪历二千年，只作寻常数圆缺。"面对茫茫大海及轮船行驶之速，黄遵宪意识到时空在发生变化。诗人置身太平洋，"一舟"四句，已完全进入全球性的感受与体验。此时的宇宙已不再是古典性的"普天之下，莫非王土"那种"中国即天下"的宇宙，而是一个全球性的"大千世界"。在这个全球性的

---

① 《关山月》。
② 《闻梁蓬玉已寓京口》。

时空中，诗人的审美感受不复是古典式的仲秋之夜的皓月当空，因为西方没有中秋节。"大千世界共此月，世人不共中秋节。泰西纪历二千年，只作寻常数圆缺。"在西方人的眼中，八月十五/中秋节/团圆节和其他时间的月亮"圆了"一样。"只作寻常数圆缺"，表明黄遵宪对月亮的认识已属现代性的感知方式。正因为感知方式的变化，他面对太平洋上的明月所产生的审美感受也就具有了现代性。再看下面的诗句：

> 岂知赤县神州地，美洲以西日本东，
> 独有一客欹孤篷。
> 此客出门今十载，月光渐照鬓毛改。
> 观日曾到三神山，乘风竟渡大瀛海。
> 举头只见故乡月，月不同时地各别。
> 即今吾家隔海遥相望，彼乍东升此西没。

诗人在这里明确地把自己置于全球的境遇中。"岂知"二句，点明中国只是全球的一部分："美洲以西日本东。"特别值得注意的，诗中用了"大瀛海"的典故。据《史记·孟子荀卿列传》记载，齐人邹衍谓儒者所称中国，于天下只占九九八十一分之一，中国外，如赤县神州者还有八个，乃所谓九州也，四周有裨海（小海）环之。被小海环绕的九州又可称为一大州，像这样的大州又有九个，其外又有大瀛海环绕，此即邹衍的"大九州"说。这里的"大瀛海"，指诗人曾经多次渡过的太平洋。但诗中援引邹衍"大瀛海"这一象征性的典故，寓意十分鲜明，它标示着黄遵宪已扬弃了古代以中国为中心的宇宙观，而具有了全球意识。

诗人正置身于太平洋舟中,时值中秋之夜,遥望故乡,浮想联翩。"举头只见故乡月,月不同时地各别。即今吾家隔海遥相望,彼乍东升此西没。""举头"句源于李白的"举头望明月,低头思故乡。"① 但这里只是想象之词,诗人在太平洋舟中是见不到故乡月的,因为处在东西两半球的中国与西方诸国是相背的,"九州脚底大球背"。且月不同时,昼夜相反,"彼乍东升此西没",这些新的感知,正是基于诗人一种崭新的全球观念。黄遵宪在诗中书写东西半球昼夜相反,脚底相背,在今天已属于小学生的常识,但对当时的中国读书人来说,却系闻所未闻。这和他在《今别离》中所写的代表西方工业文明的轮船、火车、电报、照相等新事物一样,都是"古人未有之物,未辟之境"②,这种全新的审美选择和艺术感受为中国诗歌的发展开辟了一条新路。黄遵宪率先成功地将世界上最先进的观念和信息展现在封闭的中国人面前,其意义是巨大的。诚如当代著名诗论家谢冕先生所说:黄遵宪是率先把西方世界升腾起来的工业革命的光芒"投射在中国诗歌黑暗天空的第一人,他把当日世界那些最新的观念和信息,以及他所亲历而又为国人所陌生的异域风光展现在中国那些封闭的耳目之前,他使中国诗歌甚至使中国社会着实地经受了一次强刺激"③。黄遵宪在诗歌创作中这种新的感知方式和审美感受对于中国近代诗歌的发展具有划时代的示范意义。而后以描写新事物、新思想和域外风光著名的蒋智由、康有为、金天羽、高旭、吕碧城等人都是承袭着黄遵宪所开拓的"新

---

① 《静夜思》。
② 黄遵宪:《人境庐诗草·自序》,钱仲联:《人境庐诗草笺注》,第3页。
③ 谢冕:《19世纪中国最后一位伟大诗人》,《嘉应大学学报》1999年第2期。

派诗"的道路前进的。评价黄遵宪的"新派诗",对这一点应给予充分的关注。

第三,"新派诗"的语言走向符合文学发展的要求。

"新派诗"在诗歌语言发展上是有贡献的。要而言之,即它的语言走向与中国近代文学的语言走向是一致的。众所周知,近代文学的语言走向大要有二:一是语言的通俗化,二是语言的近代化。黄遵宪早在1868年写的《杂感》中就已提出"我手写我口"的主张,虽然这一早期主张的诗学意义大于其实践意义。黄遵宪本人的诗歌创作并未能完全做到"我手写我口",但结合《杂感》全诗来分析,他反对言文脱节、主张言文合一的观点是十分鲜明的。所谓"六经字所无,不敢入诗篇,古人弃糟粕,见之口流涎","即今流俗语,我若登简编,五千年后人,惊为古斓斑","古文与今言,旷若设疆圉,竟如置重译,象胥通蛮语"。这一点,他在以后的《日本国志·学术志二·文学》中又作了更详尽的阐述,特别着重指出中国语言与文字存在的距离。这点我在《中国近代文学发展史·走向世界的诗人黄遵宪》一章中已有阐释[①],兹从略。

语言的通俗化始终是黄遵宪努力的方向,他虽然未能完全实践"我手写我口"的理论主张,但他仍有不少诗篇写得通俗流畅,明白如话,像《拜曾祖母李太夫人墓》、《送女弟》、《小女》、《己亥杂诗》中的若干篇什都具本色,几乎如话家常,特别是他后期写的《小学校学生相和歌》、《幼稚园上学歌》、《新嫁娘诗》等,明白如

[①] 郭延礼:《中国近代文学发展史》第2卷,高等教育出版社2001年版,第29—30页。

话,语言的通俗程度并不"雅"于"五四"时期的新诗。周作人称黄遵宪的诗"开中国新诗之先河"①,大约也是就此而言。

关于语言的近代化,我这里主要指新名词的运用。"新派诗"中使用新名词,是为了反映当时先进的新思想、新事物、新文化的需要,是现实生活飞速发展的投影,这些新名词已成为现代汉语的一部分,它对于促进现代汉语的发展、丰富其表现力是一大贡献。

黄遵宪"新派诗"语言的另一特色则是散文化,也就是"以文为诗"。黄遵宪在他的《人境庐诗草·自序》中说:"用古文家伸缩离合之法以入诗。"②所谓"伸缩离合",就是打破诗歌固有的句式、格律,纵横开阖,伸缩自如,以便更好地表达创作主体的思想,抒发其感情。他的《冯将军歌》、《度辽将军歌》、《赤穗四十七义士歌》、《聂将军歌》均是这一语言特色的代表作。

第四,对诗体革新的贡献。

尽管梁启超对黄遵宪的"新派诗"评价很高,"近世诗人能熔铸新理想以入旧风格者,当推黄公度"。作为"诗界革命"的一个探索者,黄遵宪并不满足于"以旧风格含新意境"这一诗学理想。因为他清楚地知道,"新意境"与"旧风格"是有矛盾的,因此,黄遵宪晚年提出了诗体改革设想,名曰"杂歌谣"的"新体诗"。关于"杂歌谣"的构想,及其在诗体革新上的意义,我已在拙作《诗界革命的起点、发展和评价》中有详细论述,恕不重复。我这

---

① 周作人:《知堂集外文》(一九四九年以后),岳麓书社1988年版,第326页。
② 钱仲联:《人境庐诗草笺注》,第3页。

里所关注的是黄遵宪关于"歌词"的创作。像他晚年写的《出军歌》①、《军中歌》、《旋军歌》以及上面提到的《幼稚园上学歌》、《小学校学生相和歌》便是他的"新诗体"(即"杂歌谣")在创作上的实践。这类"新诗体",除形式上的自由活泼、艺术风格的多种多样外,更值得关注的一点是它在促进诗与音乐结合上的贡献。

中国的古诗本来是和音乐相配合的。上古时代,诗、乐、舞三位一体,三者是分不开的。我国第一部诗集《诗经》,全部入乐,所谓"诵诗三百,弦诗三百,歌诗三百,舞诗三百"②。词是在民间音乐的基础上发展起来的,言出于声,依声填词,与音乐的关系更加密切。但后来诗词均与音乐脱节。而在西方,欧美国家,颇重视歌曲,王韬在他的《普法战纪》(1873)中最早将法国的国歌《马赛曲》和德国诗人阿恩特(1769—1860)的《祖国歌》引入中国,黄遵宪晚年提出"杂歌谣"的构想,从事"歌词"创作,就有可能受到外国歌曲的影响,当然其目的是为了恢复诗与乐合的这一传统。

关于"歌词"的创作,黄遵宪并非偶然为之,而是他长期酝酿的结果,他到过世界各地,欧美、日本都十分重视唱歌教育,"欧美小学唱歌,其文浅易于读本,日本改良唱歌,大都通用俗语"③。这对黄遵宪是有影响的。黄氏喜欢日本的俚曲歌谣,他在《日本国

---

① 以下所举黄遵宪的歌词,限于篇幅,均不引原文,此类文本见于北京大学中文系近代诗研究小组《人境庐集外诗辑》,中华书局1960年版;另见吴振清等编:《黄遵宪集》,天津人民出版社2003年版。
② 《墨子·公孟》。
③ 梁启超:《饮冰室诗话》,第77页。

志·礼俗志》中有专门记载,并写有《都踊歌》,此歌就是日本京都地区男女且歌且舞时的"歌词"。黄遵宪又生于山歌之乡,自幼喜爱山歌,对山歌歌手十分钦羡:"因念彼冈头溪尾,肩挑一担,竟日往复,歌声不歇者,何其才之大也!"① 看来,黄遵宪关于"歌词"的创作是他晚年实践诗体革新、促进诗歌与音乐结合的重要的一环。他写的《出军歌》②,后选入"学堂乐歌",由近代音乐家李叔同(1880—1942)选曲配歌,在当时颇有影响。黄遵宪认为这类歌词"择韵难,选声难,着色难"③,可见他是十分注意其音乐特点的。他还仿西方列队歌曲形式,作《小学校学生相和歌》,此歌凡十九章。据梁启超在《饮冰室诗话》中说:"其歌以一人唱,章末三句,则由诸生合唱。"④ 黄遵宪用古代乐府诗中的"和声"来相对于西方歌曲中之"副歌"。"和声"的合唱,反复歌唱,既深化了主题,又增添了一唱三叹之妙。他的《幼稚园上学歌》也被选入《最新妇孺唱歌书》(光绪三十年五月初版)和《改良唱歌教科书》(光绪三十三年初版),可见黄遵宪所写的"歌词"在当时的反响。

黄遵宪的"歌词"创作对近代诗坛的影响也不容忽视。一方面,在他的影响下,近代诗坛出现了"歌词"创作的热潮,丘逢甲、梁启超、康有为、高旭、马君武、秋瑾、金松岑、杨度等人都写有"歌词"体的诗歌,另一方面,在黄遵宪《出军歌》、《幼稚

---

① 黄遵宪的《军歌》共24章,分《出军歌》、《军中歌》和《旋军歌》,各8章。
② 黄遵宪:《山歌题记》,钱仲联:《人境庐诗草笺注》,第55页。
③ 《黄公度先生年谱》,钱仲联:《人境庐诗草笺注》,第1249页。
④ 梁启超:《饮冰室诗话》,第60页。

园上学歌》的示范下，随着新式学堂教育的发展，又出现了"学堂乐歌"，恢复了古代诗歌与音乐相结合的传统，并在一定程度上冲破了旧体诗格律的束缚。在沈心工（1870—1947）、曾志忞（1879—1929）、李叔同的努力下，掀起了"学堂乐歌"的创作热潮，编辑出版了《学校唱歌集》三集（1904—1907）、《民国唱歌集》（1912）、《心工唱歌集》、《教育唱歌集》、《中文名歌五十曲》，以及金松岑编的《新中国唱歌》、《女子新歌初集》（1914），叶中泠编的《小学唱歌》、胡君复编的《新撰唱歌集初编》等。在评价"新派诗"时，对黄遵宪的诗体改革所带来的积极影响，我们也不应忘记。

以上四点是认识、评价黄遵宪"新派诗"的主要方面。在本文即将结束时，我仍想重申：以黄遵宪为代表的"新派诗"，尽管从诗歌艺术上来衡量还不是那么成熟，在中西诗歌艺术融会上也存有缺憾，它也未能达到古典诗歌最高的艺术境界，但我们仍应当承认，"新派诗"在中国诗歌发展史上它是由古典走向现代的桥梁，是由旧诗走向新诗（白话诗）的必经之路，它的成功与失败，经验与教训，都是诗歌发展、变革历程中必然要付出的代价。就这一意义上来讲，"新派诗"的历史地位，它的文学史意义要高于它的审美价值。我还要说：孤立地看"新派诗"，特别是从当代人的知识背景，会觉得黄遵宪等人的这些诗或许并无什么特别的新奇之处、新鲜之感；但倘以历史主义的视角来审视，便能发现"新派诗"不论是在中国诗歌发展史上，还是在由古典诗歌向现代诗歌的转型方面，它都有不可或缺的重要作用和历史意义。

（原载《文史哲》2007年第5期）

意境诗的形成、演变和解体
——兼论新诗不是意境诗

吕家乡

我在多年的诗歌教研中渐渐形成了一个看法：新诗的诞生标志着意境诗的解体，预示着现代意象诗的建构，新诗在整体上说已经不是意境诗了，因此在新诗美学研究和评论中不宜再用"意境"作为一个基本范畴。我觉得这是个大问题，由于准备不足，一直没敢动笔写成文章。最近读了陈本益先生的《论中国古代诗意境的特征及其文化根源——兼论西方诗和中国现代诗不具有这些特征》[①]，受到启发，把一些不成熟的想法写出来，以期引起进一步的讨论。我对西方诗歌了解甚少，不敢妄论，本文只谈中国诗歌的演变。

意境的原初义和引申义

"意境"一词由来已久，把"意境"和"境界"当作同义词交替使用，作为诗学的基本范畴，并加以系统论述的，首推王国维。

[①] 陈本益：《中外诗歌与诗学论集》，西南师范大学出版社2002年版，第161—177页。

王国维把他的"意境—境界"说跟前人联系起来,提示我们去追溯其来龙去脉。

刘勰(456—520)在《文心雕龙·神思》中指出:"思表纤旨,文外曲致,言所不追,笔固知止。"① 同时期的钟嵘(486—518)在《诗品序》中提出了"滋味"说:"使味之者无极,闻之者动心,是诗之至也。"② 这大概是涉及诗歌具有不可言传的意境美特征的最早表述。王昌龄(698?—756?)最早提出了"意境"一词。他在《诗格》中说:"诗有三境……物境一:欲为山水诗则张泉石云峰之境极丽绝秀者,神之于心,处身于境,视境于心,莹然掌中,然后用思,了然境象,故得形似。情境二:娱乐愁怨皆张于意而处于身,然后驰思,深得其情。意境三:亦张之于意而思之于心,则得其真矣。"③ 物境的"形似"当时并非像后来那样是跟"神似"对应的概念,而是包含着形神统一的要求,有时也称"巧似"。④ "情境"中的"情"并不是限于诗人之情,而主要是指人世间的、别人的"娱乐愁怨",因此要求诗人"处于身"(设身处地地去体会)。王昌龄谈到"意境"时突出的是一个"真"字。"意境"中的"意"并不是"心意"之"意",而是"真意"之"意",陶渊明不是早有"此中有真意,欲辨已忘言"的著名诗句吗?"意境"就是含有"真意"之境,所谓"真意"就是宇宙人生

---

① 杨明照:《文心雕龙校注》,中华书局1962年版,第196页。
② 陈良运:《中国历代诗学论著选》,百花洲文艺出版社1998年版,第162页。
③ 王大鹏等:《中国历代诗话选(1)》,岳麓书社1985年版,第38—39页。
④ 漆绪邦:《道家思想与中国古代文学理论》,北京师范学院出版社1988年版,第89—95页。

固有的、先验的真谛。这是"三境"中的最高境界。王昌龄还分析了诗境的构成:"凡诗,物色兼意下(似应为'意兴'——引者)为好,若有物色,无意兴,虽巧亦无处用之。"①"诗一向言意,则不清及无味;一向言景,亦无味。事须景与意相兼始好。"② 这里把"物色"和"意兴"对应,把"景"和"意"对应,就为后来的"情景"对应埋下了伏笔。刘禹锡(772—842)在《董氏武陵集记》中有几句话似乎是专就"意境"而言的:"诗者,其文章之蕴耶!义得而言丧,故微而难能;境生于象外,故精而寡和。"③后两句里"义"(意)与"境"对应并提,可视为互文,两句都是对"意境"的描述。"境生于象外"的说法是最值得重视的,揭示了诗歌意境和诗歌形象的区别与联系。至于诗僧皎然关于"取境"和"造境"以及"境象不一,虚实难明"的论述,④ 司空图关于"诗家之景"是"景外之景,象外之象",具有"韵外之致"和"味外之旨"的论述,⑤ 严羽的"兴趣"说,王渔洋的"神韵"说,大家都熟悉,不必赘述。

在严羽、王渔洋着重于描述意境诗的审美特征、审美效果的同时,另一些诗学家则着重于探讨意境的构成。由于刘勰早已把"心"与"物"、"情"与"物"对提,王昌龄又把"景"与"意"对提,于是后人不由得把意境理解为"意"与"境"两种成分的

---

① 陈良运:《中国历代诗学论著选》,第232页。
② 袁行霈等:《中国诗学通论》,安徽文艺出版社1996年版,第437页。
③ 陈良运:《中国历代诗学论著选》,第287页。
④ 王大鹏等:《中国历代诗话选(1)》,第51页。
⑤ 陈良运:《中国历代诗学论著选》,第313—316页。

合成，又进而看成"情"与"景"的合成，或"情意"、"情理"与"景物"、"景象"的合成。这个"意境"已不同于"富有真意的象外之境"的原初义，而变成"情景交融之境"了，当然，钟嵘所说的"使味之者无极"、刘禹锡所说的"微而难能"那种效果仍是强调的。于是，"意境"的引申义不但跟原初义并行，而且渐渐压倒了原初义。从宋代起，不少诗学家把意境的研讨变成了情景关系的研讨，集大成者是清初的王夫之。他说，"情、景名为二，而实不可离。神于诗者，妙合无垠。巧者则有情中景，景中情。"①王夫之没用"意境"概念，但他这里所说的诗中处理情景关系的三种情况（妙合无垠、情中景、景中情）却被后人当作"意境"的三种类型。王国维所区分的"意与境浑"、"以意胜"、"以境胜"②不是如出一辙吗？

以上介绍的都是王国维"意境—境界"说的诗学资源。综合上述意境的原初义和引申义，意境诗大体有如下特征。

一、在写作心态上，意境诗是发自"性灵"的，而不应追求政教伦理效果；是出自"妙悟"的，而不能刻意为之。因此以文字为诗，以学问为诗，以议论为诗，等等，都是歪门邪道。

二、意境寄托于一首诗篇的整体。作为原初意义上的"象外之境"，意境像佛禅之境、道玄之境一样，只可意会，不可言传，甚至连明确的意会和认知也不可能，只能在内心里体验和体悟它那神秘而美妙的"味外之旨"、"韵外之致"、"弦外之响"。这种特点来

---

① 《四溟诗话·姜斋诗话》，人民文学出版社 1962 年版，第 150 页。
② 姚柯夫：《人间词话及评论汇编》，书目文献出版社 1983 年版，第 50 页。

自意境本身的性质,并不是作者用吞吞吐吐的手法制造出来的。作为引申意义上的"情景交融之境",意境虽未必有道意、禅意,却同样富有言外的"纤旨"、"曲致"。没有意境的诗篇,无论如何吞吞吐吐也不会产生"味外之旨";有意境的诗篇,如果作者喜欢饶舌,却能够破坏效果。

三、从意境的材料构成和来源来看,总有物和我或主和客或情和景或意和境两方面。意境是情景浑融、意与境谐、主客合一、物我两忘的结果。正如宗白华先生所说:"在一个艺术表现里情和景交融互渗,因而发掘出最深的情,一层比一层更深的情,同时也透入了最深的景,一层比一层更晶莹的景;景中全是情,情具象而为景,因而涌现了一个独特的宇宙。"[1] 这是一种和谐的、真善美统一的审美理想境界。诗人只有在宁静澄明的心境中才能达到这种境界。在热血沸腾、剑拔弩张时是难以写出意境诗来的。

四、在有些意境诗里,最突出的是物象以及由一个个物象所组成的场景。作者的思想感情毫不外露,就渗透在物象的选择和物象的组合之中。物象及其组合显得真真切切、原原本本,就是陈本益先生所说的有"原样性"。[2] 例如王维的《鸟鸣涧》:"人闲桂花落,夜静春山空。月出惊山鸟,时鸣春涧中。"不过这种诗毕竟不多。较多的意境诗里,物象有变形,甚至可以变性,如把物写成人,但这种改变要符合普遍的心理习惯,要让读者感到亲切,而不是感到怪诞。例如杜甫写春雨的"好雨知时节……"[3],陆游写梅花的

---

[1] 宗白华:《艺境》,北京大学出版社 1987 年版,第 153 页。
[2] 陈本益:《中外诗歌与诗学论集》,第 161 页。
[3] 《春夜喜雨》。

"驿外断桥边……"① 那样的拟人化是符合我们民族的普遍心理的。这个特征可以称之为"公共性"。

　　五、从理论上说,意境诗并无题材限制。感时伤事也好,叹老嗟贫也好,只要是本乎性灵,出自妙悟,能够物我两忘,都可以写出意境诗。但在事实上,贴近现实的诗人和诗作,很难摆脱社会政治功利的牵挂;而那些疏离现实的山水田园之作,则容易见出超越功利的纯真性灵,容易产生不假思索的"妙悟"。王渔洋虽然在公开著作中推崇"穷年忧黎元"的杜甫,但在背地里对杜甫的一些诗作大加"批抹"和"谤伤"。② 他把李白的《夜泊牛渚怀古》和孟浩然的《晚泊浔阳望庐山》作为"逸品"的典范,二者都属幽深淡远之作。

意境诗的形成和演变

　　诗学理论是诗歌创作的概括。在创作领域,意境诗是逐渐形成和演变的。在远古,诗乐舞合一。《诗大序》说"在心为志,发言为诗",③ 可见作诗很平常。《诗经》成书时,诗乐舞已经开始分手,《诗经》的内容仍很广泛庞杂,祭神祭祖,教化讽喻,言志抒情,记事写景,一应俱全;孔夫子把《诗经》的内容概括为"思无

---

① 《卜算子·咏梅》。
② 舒展:《钱锺书论学文选》第6卷,花城出版社1991年版,第22页。
③ 陈良运:《中国历代诗学论著选》,第72页。

邪"。(按李泽厚的解释是:不虚假。)① 由于多是民间流传的口头之作,篇幅都不长,且多反复迭唱。作者们运用着"言之不足,故嗟叹之,嗟叹之不足,故永歌之"的办法,② 在嗟叹和咏歌中确实蕴藏着许多言外之意,但那与其说是表示作者的高明,不如说是表示古代作者拙于表达的幼稚。

《诗经》编成后又过了三百来年,江南楚国出了诗人屈原,政治上的不幸促使他成了中国诗歌史上第一个伟大的文人诗人。他的长篇政治抒情诗《离骚》,摆脱了《诗经》的迭唱模式,一气贯穿,一气呵成,丰富绚烂的想象把神话世界和现实世界交织在一起,如火的激情融化了叙事和议论,酣畅淋漓、又委婉曲折地展示了他的内心世界的矛盾复杂及其起伏变化的历程,彻底冲决了怨而不怒、哀而不伤、"温柔敦厚"③ 的儒家诗教规范。每句少至二字、多至十几字的杂言句式,比《诗经》的四言句活泼多变,也更有表现力。如果沿着屈原的路子发展下去,中国古代诗歌肯定会有更大成就,后人也不必为缺乏鸿篇巨制而遗憾了。可惜由于不久秦汉统一,受到独尊的儒学冲淡了荆楚一带狂放不羁的浪漫气息,"温柔敦厚"的诗教抑制了屈原式的狂飙怒火。五言诗的定型既超越了四言,也取代了楚辞的灵活多变的杂言。到魏晋南北朝时期,出现了历史上第一次初步的"个人自我的觉醒"④,随之也出现了第一个

---

① 李泽厚:《论语今读》,安徽文艺出版社1998年版,第50页。
② 陈良运:《中国历代诗学论著选》,第72页。
③ 同上,第69页。
④ 陈炎、仪平策:《中国审美文化史·秦汉魏晋南北朝卷》,山东画报出版社2000年版,第215页。

"文学的自觉时代"(鲁迅语)①,在诗歌领域出现了陆机所谓"诗缘情而绮靡"②的风气。这固然是进步,但同时又有很大局限。"个人的觉醒"是在佛学、道学冲破儒家独尊局面的思想背景下出现的,一些刚刚松缓了儒学束缚的士子们又接受了佛学道学的影响。谈玄悟道、依佛参禅,追求玄境、佛境、禅境,成了士子们的普遍风气。蔓延至诗歌领域,"境"、"意境"就顺理成章地成了诗美范畴,追求物我两忘、主客合一、情景浑融的心态成为诗人的风尚。那时还很少有人去潜心挖掘自我内心世界的奥秘,去体验自我内心世界的细波微澜。既然主客合一,主体的情在诗里基本上总是统一于即附属于客体的物。陆机说:"悲落叶于劲秋,喜柔条于芳春。心凛凛以怀霜,志眇眇而临云。"③刘勰说:"人禀七情,应物斯感"④;"情以物迁,辞以情发"⑤。这都是说感情是外物的附属和反应,人们面对某种外物时的感情反应是基本共同的。诗歌创作的实际情况大体上正是如此。在游仙诗里,情是附属于神话传说和神仙世界的。在咏史诗里,情是附属于历史人物和历史事件的。在感遇诗里,情是附属于个人境遇的。在山水田园诗里,情是附属于山水田园风光的。专写男女之情的"艳诗"要算纯粹抒情诗吧,其中也没有抒写爱情心理的抑扬起伏,没有展示爱情中的特有感觉、幻觉、联想、想象的流程,而是着重渲染一种"情态",就是感情、

---

① 鲁迅:《鲁迅全集》第3卷,人民文学出版社1981年版,第504页。
② 陈良运:《中国历代诗学论著选》,第104页。
③ 同上,第103页。
④ 杨明照:《文心雕龙校注》,第34页。
⑤ 同上,第294页。

情绪的外在表现行为和形态。像陶渊明的《闲情赋》那样真正的抒情之作在正宗爱情诗里反而是找不到的。请看梁简文帝萧纲的艳诗《和徐录事见内人作卧具》，哪有多少爱情抒写呢？①

在主体"客体化"、感情"外物化"的同时，诗歌的"绮靡"追求愈来愈趋于小巧。从南朝齐梁起，诗歌的音律愈来愈严格精细，诗歌的体式则愈来愈短小，终于定型为五绝、七绝、五律、七律。如此短小的格律化的诗体里，要展开充分的"缘情"抒写是根本不可能的了，以景寄情、以外表写内心成了别无选择的做法；"含蓄"虽然被司空图仅仅列为二十四品之一，实际上在盛唐时代的律绝中，"不着一字，尽得风流"已成了诗歌艺术最高成就的标志。就这样，"不知所以神而自神"②，具有"味外之旨"、"韵外之致"的意境诗在盛唐时代大量出现了。从此，意境成了诗美诸多因素中的最闪光的因素。

从唐末起，一种按谱演唱的词体兴起，它首先流行于娱乐场所，接着受到文人重视。诗与词在内容上作了分工。诗偏于写重大主题，词则偏于抒写个人的日常生活感情。宋诗从总体上说已放松了意境追求，而以理趣、谐趣为尚，被诗论家严羽评为"以文字为诗，以才学为诗，以议论为诗"③；就连大诗人苏轼也多次受到后人的批评，袁枚就说过："东坡近体诗，少酝酿烹炼之功，故言尽而意亦止，绝无弦外之音，味外之味。"④ 五代和两宋的词章却又是

---

① 陈炎、仪平策：《中国审美文化史·秦汉魏晋南北朝卷》，第412—413页。
② 陈良运：《中国历代诗学论著选》，第314页。
③ 同上，第509页。
④ 袁枚：《随园诗话》上，人民文学出版社1982年版，第71页。

富有余味、以意境见长的。就说豪放派的苏轼吧,他的词作《水调歌头》("明月几时有……")、《念奴娇》("大江东去……")、《卜算子》("缺月挂疏桐……")等等多么富有味外之味啊。

优美的词章依然保持着情景浑融的模式,而感情色彩更浓了,许多词章已不是仅仅渲染某种心境或情绪状态,而且能够展示情绪的起伏变化过程了。最突出的是李清照,她的《声声慢》("寻寻觅觅……")把从早到晚一天里的情绪起伏的"次第"写得多么细腻委婉。李清照所写的只是个人的情绪体验,固然也是情景交融,也是耐人寻味,而且符合"原样性"、"公共性"原则。但耐人寻味的主要是诗人的情怀及其缘由,很难说还有一个包含着"真意"的"象外之境"。因此,像这样抒发一己之情的词章,所具有的"意境"已经是引申意义上的"意境",而不是原初意义上的"意境"了。

元明散曲以俚俗为特色,抒情大都泼辣酣畅,且饶有风趣。例如关汉卿的名作《不伏老》:"我是个蒸不烂煮不熟捶不扁炒不爆响当当一粒铜豌豆……"何等痛快淋漓,已经不求含蓄、更不求意境了。像马致远的《天净沙·秋思》那样凝练隽永、"深得唐人绝句妙境"(王国维语)[①]的作品已经较少了。明清诗坛上最活跃的是抒写性情的诗人,他们对意境的态度如何呢?可以拿袁枚作代表。他不仅把意境诗看成"不过诗中一格",而且把"弦外之音"看成是运用"半吞半吐"的技巧的结果。[②] 这已经远离意境的"味外之旨"的原初义和引申义了。

[①] 姚柯夫:《人间词话及评论汇编》,第26页。
[②] 袁枚:《随园诗话》上册,第273页。

钱锺书先生在《中国诗与中国画》里说：中国传统文艺批评对诗和画有不同的标准，论画时重视所谓"虚"以及相联系的风格，而论诗时却重视所谓"实"以及相联系的风格。神韵派当然有异议，但不敢公开抗议，而且还口不应心地附议。推崇意境的神韵派在旧诗史上算不得正统，唐代司空图和宋代严羽似乎都没有显著的影响。[①] 不过，具有"味外之旨"的意境美毕竟是古典诗美的极致，在古代社会，不仅总有诗人在追求（就是杜甫、白居易那样关心现实的诗人也写过一些富有神韵的真正意境诗），而且有小说家在追求。试看曹雪芹的《红楼梦》，不仅有丰富的社会和人生内容，在现实世界之上也创造了一个太虚幻境。现实世界和梦幻世界互相映衬，使读者掩卷之后，不只是增长了见识，得到了审美愉悦，而且还有许多关于宇宙、人生的哲理感悟，有许多无法言传、甚至不可把捉的情绪和思绪。这不就是"味外之味"的意境美吗？

古典意境说的终结

从先秦至清代，两千多年来，尽管朝代不断更替，诗坛风尚也不断变换，社会发展的节奏也还一直是缓慢的，以"太平"为社会理想，以静为美、以整齐和谐为美的观念一直没有动摇过。到晚清就不同了。列强的炮舰轰开了闭关锁国的大门，社会发生急剧动荡，一切陈年老例失灵，西方新观念纷纷传入。从皇室高官到平民

[①] 舒展：《钱锺书论学文选》第6卷，第20—22页。

百姓的心理再也不可能保持原来的平衡。"世道要变"是大势所趋，人心所向。"变动"成了现实世界和心灵世界的主旋律。当然诗歌美学观念也随之发生了变化。龚自珍（1792—1841）首先传出了有力的信息。他的诗歌创作和诗学主张都表示了他对于宁静淡远的诗风的拒斥，也表示了他对于"味外之旨"的意境美的疏离。

又过了大约 60 年，梁启超在连续撰写的《夏威夷游记》（1899）和《饮冰室诗话》（1902）等著作中大声疾呼地倡导"诗界革命"①，提出"以旧风格含新意境"的纲领。② 在他笔下不断出现"意境"、"境界"等字眼，但意思已经大变。他一再称赞黄遵宪的诗作《今别离》、《吴太夫人寿诗》等等"纯以欧洲意境行之"③，"独辟境界"④，有时他又换一个说法，称赞黄遵宪"能熔铸新理想以入旧风格"⑤，"半取佛理，又参以西人植物学、化学、生理学诸说，实足为诗界开一新壁垒"⑥。梁启超所说的新意境、新境界就是能以新近传入中国的欧洲物质文明、精神文明的新事物尤其是新的社会政治学说入诗。这跟传统诗学所推崇的意境（包括原初义和引申义）已经没有关系了。

"诗界革命"之后不久，王国维于 1907—1908 年间，发表了《人间词话》，比较系统地提出了他的"境界—意境"说。王国维

---

① 梁启超：《饮冰室合集（7）》，《饮冰室专集之二十二》，中华书局 1989 年版，第 191 页。
② 梁启超：《饮冰室诗话》，人民文学出版社 1982 年版，第 51 页。
③ 梁启超：《饮冰室合集（7）》，《饮冰室专集之二十二》，第 189 页。
④ 梁启超：《饮冰室诗话》，第 24 页。
⑤ 同上，第 2 页。
⑥ 同上，第 30—31 页。

处身于动荡中的近代社会和正在变型中的近代诗坛，运用传统诗学和叔本华哲学杂糅的理论工具，以古代诗词作品为研讨对象，希图概括出古今通用的诗美标准。他作出了重大贡献，同时又不可避免地会出现捉襟见肘、自相矛盾的尴尬。其尴尬主要表现在两个方面。

首先，古代的诗学家在谈到诗境时，总强调"思与境偕"、"一切景语皆情语"等等。王国维却直截了当地说："境非独谓景物也，喜怒哀乐，亦人心中之一境界。故能写真景物、真感情者，谓之有境界。否则谓之无境界。"① 怎样才算写出了真感情呢？他曾举例说："'生年不满百，常怀千岁忧。昼短苦夜长，何不秉烛游？''服食求神仙，多为药所误。不如饮美酒，被服纨与素。'写情如此，方为不隔。"②（"不隔"，用现在的话说，就是写得"到位"。）这就是说，单纯写出了诗人的发自内心的"真感情"而不需要做到情景交融，也是"有境界"。这种说法反映了宋代以来的诗歌（尤其是词曲）创作中感情色彩日趋浓烈的趋势，不仅跟原初的"象外之境"的追求大大不同，连"情景交融"的要求也可以不顾了。正因此，他在《人间词话》中多用含义宽泛的"境界"一词而很少用含义较窄的"意境"一词。不过，在批评姜夔时还是用了"意境"："古今词人格调之高，无如白石。惜不于意境上用力，故觉无言外之味，弦外之响，终不能与于第一流之作者也。"③ 他在这里强调"意境"是最重要的，开篇则说"以境界为最上"，可见意境

---

① 姚柯夫：《人间词话及评论汇编》，第2页。
② 同上，第18—19页。
③ 同上，第19页。

和境界是同义语。但在《人间词乙稿序》里,他又把"意境"当作意与境两者的合体,① 这个"意境"绝不是可以跟仅仅表现"真感情"的"境界"互换的同义词。境界和意境,有时为同义词,有时又非同义词,这反映了王国维的思维上的游移、混乱。

其次,古代推崇意境美的诗学家,都是把"神韵"、"意境"当作诗篇的整体效果来体会的。王国维却常常摘出只言片语来评论境界的有无高低。例如他说:"'红杏枝头春意闹。'着一'闹'字,而境界全出。'云破月来花弄影。'着一'弄'字,而境界全出矣。"②"红杏"句出自宋祁的《玉楼春》,"云破"句出自张先的《天仙子》,读一读全文就可以知道,词章的境界并不是由某一个字眼决定的。唐圭璋早就对王国维的这种做法提出过批评:"只是一二名句,亦不足包括境界,且不足以尽全词之美妙。""即就描写景物言,亦有非一二语所能描写尽致者;如于湖月夜泛洞庭与白石雪夜泛垂虹之作,皆集合眼前许多见闻感触,而构成一空灵壮阔之境界。若举一二句,何足明其所处之真境及其胸襟之浩荡?"③ 王国维当然不会不明白"一二名句不足包括境界"的道理。他的做法表明,他在阅读诗词时,对于整体意境或境界的关注已在很大程度上不由自主地让位于对意象和意象群的兴趣了。这里还有一个旁证。他有一段著名的言论:"古今之成大事业、大学问者,必经过三种之境界:'昨夜西风凋碧树。独上高楼,望尽天涯路。'此第一境也。'衣带渐宽终不悔,为伊消得人憔悴。'此第二境也。'众里寻

---

① 姚柯夫:《人间词话及评论汇编》,第56—57页。
② 同上,第2页。
③ 同上,第93—94页。

他千百度,蓦然回首,那人却在,灯火阑珊处。'此第三境也。此等语皆非大词人不能道。然遽以此意解释诸词,恐为晏欧诸公所不许也。"① 他还有进一步的解释。据近人蒲菁在《人间词话补笺》中记述:"(王国维)先生谓第一境即所谓世无明主、栖栖惶惶者。第二境是知其不可而为之。第三境非'归与归与'之叹与。"② 明明知道自己的解释得不到原作者的首肯,却还要坚持这样解释,这说明王国维"以六经注我"的趋向是何等突出。这大概也是他的"独立之精神,自由之思想"③ 的一种表现吧。

新诗:古典意境诗的解体和现代意象诗的构建

从黄遵宪到南社诗人可以说都是"以旧风格含新意境"的实践者。实践证明,旧风格必然束缚新内容,以"动"为特征的新内容(尤其是新的生活氛围,以及敏感的新潮知识分子的内心世界),已不是那种以"静"为特征的"意境"所能范围,更不是以整齐和谐的格律为特征的"旧风格"所能容纳的了。

闻一多在《女神的时代精神》里曾精辟地指出:动的精神是"五四"时期最突出的时代精神。④ 这种动的精神渗透到敏感的诗人内心深处,他们感到一切都要变动,一切都在变动,不是小的变

---

① 姚柯夫:《人间词话及评论汇编》,第11页。
② 袁行霈等:《中国诗学通论》,第1181页。
③ 陈寅恪:《金明馆丛稿二编》,上海古籍出版社1980年版,第218页。
④ 杨匡汉、刘福春:《中国现代诗论选》上编,花城出版社1985年版,第82页。

动,而是巨大的变动。正是这种动的精神使他们义无反顾地敢于对传统诗歌模式发起进攻。理智型的胡适"用历史进化的眼光来看中国诗的变迁",于是坚定不移地"用有意的鼓吹去促进"诗歌史上的"第四次诗体大解放",实行白话新诗革命。① 情感型的郭沫若当时身居日本留学,"读的是西洋书,受的是东洋气",急切地渴望民族新生和自我新生,高呼"一切的偶像在我面前毁破",而且感应着"全宇宙之无时无刻无昼无夜都在流徙创化"。② 他内心里有一团火无法借旧体诗歌喷吐,这时他接触了美国诗人惠特曼的诗,"惠特曼的那种把一切的旧套摆脱干净了的诗风和'五四'时代的暴飙突进的精神十分合拍"③,在这里郭沫若"找出了喷火口,也找出了喷火的方式"④。于是,《立在地球边上放号》、《凤凰涅槃》、《笔立山头展望》、《女神之再生》等等"动的精神"的颂歌接连诞生了。"无限的太平洋提起他全身的力量来要把地球推倒。/啊啊!我眼前来了的滚滚的洪涛哟!/啊啊!不断的毁坏,不断的创造,不断的努力哟!/啊啊!力哟!力哟!……"⑤ 这跟古代的山水诗的风味哪里有丝毫共同之处呢?

"五四"时期又是一个思想大解放的时代。郁达夫在《中国新文学大系散文二集·导言》里说得好:"'五四'运动的最大成功,第一要算'个人'的发现,从前的人,是为君而存在、为道而存在

---

① 杨匡汉、刘福春:《中国现代诗论选》上编,第6页。
② 田汉等:《三叶集》,上海书店1982年版,第141—165页。
③ 郭沫若:《郭沫若谈创作》,黑龙江人民出版社1982年版,第38页。
④ 同上,第55页。
⑤ 《立在地球边上放号》。

的。现在的人才晓得为自我而存在了。"① 随着自我的觉醒，个性的解放，先进知识分子像重新睁开了眼睛一样，对一切习以为常的东西都有了新的看法，新的态度。这些当然是觉得珍贵的，急于表达，又缺乏新的艺术经验，只好一吐为快，哪怕赤裸裸的也好。谁不知道诗歌不宜说理呢？可是，在早期新诗中，"说理的诗可成了风气"（朱自清语）②。胡适的《老鸦》就是一首借老鸦为比喻，来鼓吹要敢于坚持己见的说理诗。他还以此为例说明"诗须用具体的做法，不可用抽象的做法"，"凡是抽象的材料，格外应该用具体的写法"，并且把它当作一条做新诗的重要方法介绍出来。③ 据朱自清说，胡适的经验在当时是被当作"诗的创造和批评的金科玉律"看待的。④

抒情诗也大都是赤裸裸地直接倾吐，就连郭沫若的名篇《维纳斯》、《晨安》、《地球，我的母亲！》也莫不如此。幼稚，的确幼稚，但因为这是"我"的感情，就大模大样地拿出去发表。鲁迅在《随感录·四十》中全文引用了"一位不相识的少年寄来"的倾诉爱情苦闷的新诗。从艺术上看，没什么诗意，可是深深地打动了以清醒、冷静著称的鲁迅。他称赞说："这是血的蒸汽，醒过来的人的真声音。"（发表于 1919 年 1 月 15 日《新青年》，收入《热风》）⑤ 鲁迅的态度可以代表当时新诗的作者和读者们的普遍态度。

---

① 郁达夫：《中国新文学大系：散文二集》，良友图书出版公司1935年版，第5页。
② 杨匡汉、刘福春：《中国现代诗论选》上编，第241页。
③ 同上，第14页。
④ 同上，第241页。
⑤ 《鲁迅全集》第1卷，人民文学出版社1981年版，第321—323页。

由此也透露了可喜的信息：新诗作者们第一次把自己的内心感情真正当作了抒写对象，不受"发乎情，止乎礼"的约束，也不论是不是情景交融，就是要毫不掩饰地、痛快淋漓地"叫"出来。这是空前的感情大解放，也是空前的诗歌大解放。崭新的思想感情世界所决定的诗歌艺术从旧到新的变革，不可避免地要经过这个直说白道的极其幼稚的阶段。幼稚的嫩芽包含着无限的生命力，预示着现代诗歌园地必将展现出旷古未有的绚烂风景。

怎样给崭新的思想感情穿上诗美的衣裳呢？从胡适的《老鸦》起已经预示着新诗在总体上不可能走意境化的老路，而要走意象化的道路了。

在我国古代诗学中，"意象"的出现早于"意境"，在《文心雕龙·神思》里就有"窥意象而运斤"的提法。① 可是后来意象并未像意境那样引起诗学家的关注。为什么呢？我想原因之一在于，古代诗歌中，意象是依附于整体意境的。例如杜甫的《绝句》："两个黄鹂鸣翠柳，一行白鹭上青天。窗含西岭千秋雪，门泊东吴万里船。"如果单独抽出一个句子，读者无从了解其中意味，只有先对整体意境有所领会，然后才能体会每一个诗句的意味，才能体会到每一个诗句就是一个或一组意象。就是说，意象中的"意"是从意境里来的。再者，如上所述，原初意义上的意境中的"真意"并不是作者强加的，而是在天地间固有的、先验的，作者只是"神与物会"地体会到了它。由意境灌输到一个个意象中的意也是这样自然具有的。引申意义上的意境中的"情意"是具有"公共性"品格

---

① 杨明照：《文心雕龙校注》，第 195 页。

的，是符合公众心理习惯的。胡适的《老鸦》却不是这样，作者硬要老鸦说"我不能呢呢喃喃讨人家的欢喜"。老鸦这个意象不是古典式的"象中自然有意"，而是强行把我的意变成象。这正是现代诗歌所走的路子。这个路子是由自我的觉醒、思想感情的解放所决定的。从注重"内在律"的郭沫若的《天狗》，到提倡新格律的闻一多的《死水》；从"象征派"李金发的《有感》（"生命就是死神唇边的笑……"），到"现代派"戴望舒的《我的记忆》；从"小处敏感，大处茫然"① 的卞之琳的《圆宝盒》，到"借'我'来传达一个时代的感情与愿望"② 的艾青的《太阳》（"从远古的墓茔……"）；从"七月诗派"阿垅的《纤夫》，到"九叶诗派"辛笛的《风景》……新诗史上这些不同流派的代表作，诗篇的主要构件不都是各呈异彩的现代意象吗？它们或表现奇诡的想象，或暗示"在人们神经上振动的可感而不可感的旋律的波"，或发掘"最纤纤的潜意识"（穆木天语）③，或是"全官感或超官感的享乐"（戴望舒语）④，或是思想知觉化……读惯了中国古典诗歌的读者难免要目眩神迷了。

由于现实生活的严峻和文艺指导思想的偏颇，新诗的生机曾经受到遏制，走过一段不短的弯路。在几十年间的诗坛上，自我被放逐，心灵被封闭，意象艺术被视为异端；在"政治标准第一"的原则下，直白的呐喊，略加化装的说教，摹写事实的叙事，成了诗歌

---

① 卞之琳：《雕虫纪历》，人民文学出版社1984年版，第3页。
② 海涛、金汉：《中国当代文学研究资料·艾青专集》，江苏人民出版社1982年版，第135页。
③ 杨匡汉、刘福春：《中国现代诗论选》上编，第98页。
④ 同上，第101页。

创作的正宗。以前期艾青为旗帜的"七月诗派",探索如何把现实主义精神和西方现代诗歌艺术结合起来的"九叶诗派",都遭到灭顶之灾。新诗丢失了诗的素质,因而失去了大批读者,又败坏了另一些读者的胃口。

改革开放后,诗坛出现了崭新气象。通过谢冕、孙绍振、徐敬亚、罗振亚等年长和年轻的诗评家们相继作出的概括,我们可以看到令人欣喜的如下图景:随着中外文化交流的活跃,新诗也"告别暗夜","恢复它与世界诗歌的联系,以求获得更多的营养发展自己"①。思想解放的春风吹拂着"人"的解放的旗帜在神州上空高高飘扬,促使诗歌领域出现了"一种新的美学原则的崛起",年轻的诗人"不是直接去赞美生活,而是追求生活溶解在心灵中的秘密"②。"思想猛烈的变革性冲动,给予了艺术革新者以足够的勇气,推动了一代人艺术感觉的觉醒。"③ 比起"五四"时期的先驱者来,这一代新人的自我觉醒具有更强的现代性,心灵状态更加自由、活跃,实现了心灵的各角落、各层次的全方位开放,"实现了生命的全息通感"。对于他们来说,意象已经不是一种表现手法,而是形成了"意象思维"。④ 因而他们诗歌中的意象艺术更显得缤纷多彩。在优秀的诗篇中,一个个意象都是"过了心"的,是心灵的一次性的创造,新颖独特,既不重复别人,也不重复自己。"官

---

① 杨匡汉、刘福春:《中国现代诗论选》下编,花城出版社1987年版,第252页。
② 同上,第270页。
③ 同上,第435页。
④ 罗振亚:《中国新诗的历史与文化透视》,黑龙江教育出版社2002年版,第208—210页。

感的享乐"，幽微的情绪的探寻，潜意识的挖掘，思想的知觉化，已不仅是单项的呈现，而是综合的交融。随着诗人思维的复杂化、立体化，意象叠加、意象的流动和跳跃更新了传统诗歌的情节性、逻辑性结构，打破了固有的时空秩序，遵循着的是诗人心灵活动的轨迹，这种轨迹又是隐在诗后的。心灵化的意象诗增加了阅读的难度，难怪它获得了"朦胧诗"的称号。读一读北岛的短诗《迷途》，就可以感觉到朦胧诗中的意象铸造、意象组合、意象流动及其整体面貌，跟古典意境诗歌已迥然不同了。

朦胧诗的意象本来是心灵化的，可是后来模仿者渐多，意象成了刻意求之的模式，就失去了意象的灵魂，使人生厌。于是继起的"新生代诗人"转而"反意象"。但他们的创作实绩还不大，至今还不能说已经改变了意象诗为主流的态势。

这里可以概括地说一说现代意象诗区别于古典意境诗的几个特点了：

一、古典意境诗追求的是玄远的"象外之境"或幽深的"情景浑融之境"。在古人看来，这种"境"往往是天地间固有的，预设的，与其说诗人创造了它，不如说诗人发现了它、捕捉了它、体验了它。现代意象诗的核心却是诗人的自我意识、心灵世界，它的总体呈现实质上是诗人自我心灵的活的雕塑。古典意境诗里也有诗人的内心活动，但它总是服从于对"象外之境"的追求，或达到情景契合的境地。

二、古典意境诗里总有情、景两种因素，而且常以景物显得突出，体现着诗人的我融于物、主从于客的心态，其中景物的呈现是符合原样性或公共性原则的。现代意象诗则把诗人自我的内心活动

（情）当作正面把握、观照的对象，致力于挖掘、探寻、表现丰富幽深的心灵世界，外在的景物退居次要的背景地位，或者仅只是内心活动的对应物，因此诗歌中景物的变形、变性未必符合公共心理，而是体现着诗人的独特情绪。

三、古典意境诗体现着以静为美、以单纯和谐为美的习惯观念，适应于古代平缓的生活节奏，适于运用外在律（以声韵为基础）。现代意象诗体现着以动为美、以错综复杂为美的新观念，适应于现代生活、尤其是现代都市生活的急速多变节奏，适于运用内在律（以情绪抑扬为基础）。

四、古典意境诗中也有意象，其意象往往附属于意境，多是以实际物象为基础的、隐含着情意的"象"。古典诗歌中的意象以广大读者的亲切感、认同感为上。现代诗中的意象是诗人思想感情的具象化身，是诗人心灵的一次性的创造，以独特、新颖、不可重复为上。

五、所有的诗都追求言外之意、弦外之音，古典意境诗是这样，现代意象诗也是这样。不过，前者偏重于指向外部世界，后者则偏重于指向自我内心世界。

那么，意境诗是不是已经过时，只能作为古董来欣赏了呢？不是。现代社会固然大异于古代社会，但人类社会总有共同的东西可以穿越历史。今人固然大异于古人，但人的性灵总有古今共同之处在一脉相承。人的审美趣味也是这样，古今之间异中有同。因此，各流派的现当代诗人，在有意无意地主要致力于意象经营的同时，也有意无意地写过具有某些意境性质的诗篇，我想不妨干脆叫做"现代意境诗"。除了陈本益先生提到的徐志摩的《再别康桥》外，还可以随手举出下列篇目：胡适的《湖上》、戴望舒的《雨巷》、卞之琳的《断章》、辛笛的《山中所见——一棵树》、曾卓的《悬崖边的树》、牛汉的《华南虎》……艾青的这类作品更多些，建国前有《手推车》、《树》，建国后有《礁石》，新时期有《古罗马大斗技场》等等。它们的主要特点有二：

一是多层性。表层是写实的形象，符合"原样性"、"公共性"原则；但写实的表层形象背后还有一个更丰富的象征境界，给读者提供了广阔的联想和思索空间。用一句老话说，它是虚实相生的，因此而有浓郁的"味外之旨"、"韵外之致"。

二是意象对意境的从属性。在写实的层面上，一个个平常甚至平白的句子算不得意象，必须体会到整个意境的意蕴之后，才能体会到诗中貌似平常的词句竟都是富有意味的意象。

由此可见，现代意境诗所承续的主要是原初意义上的意境——"象外之境"，而不是引申意义上的意境——"情景交融之境"。其表层写实形象既可以是情景交融的（如《再别康桥》），也可以是纯客观的（如《树》），只要能够提供以写实为底层的多层审美空间，都可能成为现代意境诗。《再别康桥》表层是写告别母校康桥（剑桥）大学校园一带的景物，深层则暗含着对"康桥精神"的惜别。《树》表层是写树与树的关系，深层则可以让人体会到同一阵营的成员之间的关系。反之，如果没有这种深层境界，即使很好地做到了情景交融，也有感人效果，但并不是现代意境诗。正是按照上述标准，我认为"新生代诗人"韩东的那一首"反意象"的《山民》也属现代意境诗，尽管作者本人也许会感到意外，或拒绝承认。在此我想趁便给"新生代诗人"提个建议：诸君在致力于"反意象"和"零度写作"的时候，是不是可以从王维等古代诗人的意境诗中汲取点营养呢？

不仅诗人,现当代小说家也不乏意境美的追求者,孙犁就是杰出的一位。这说明,在现代美的百花园中,意境美虽然已失去了压倒群芳的风光,仍然不失为芬芳淡雅的一朵花。

还要指出的是,有的新诗作者和诗论家曾公开提倡意境。胡适(《谈新诗》)、宗白华(《新诗略谈》)、康白情(《新诗的我见》)、卞之琳(《雕虫纪历·序》)都肯定地谈到过意境。艾青、朱光潜在各自所著的《诗论》里也简单地谈到了意境。他们心目中的意境含义各有不同。这正反映了"意境"词义的模糊性,促使我们把它作为一个诗学范畴认真研究一番。

(原载《文史哲》2004 年第 3 期)

一个"撒谎"故事的流布、变异与改写
——《牧童与羊》、《狼来了》与《三声枪响》

张 宁

不少流传于我国民间、令人耳熟能详的故事并非地地道道的中国故事,然而在其流传过程中,人们并不追流溯源,反而视为己出,与自己的生活血肉相连了。比如同是伊索寓言《龟兔赛跑》似乎还保留着一丝泰西的影子(如"赛跑"与古希腊竞技运动的照应),而《狼来了》则几乎不见踪迹。有意思的还在于故事在流入和传播过程中的改写。就笔者儿时听到或征诸友人了解到的"版本",孩子撒谎的结果皆是丢掉了性命,而不似伊索《牧童与狼》中的仅损失了羊群。这一改写至关重要,因为它可能反映着一个民族的民间文化和习俗中道德力量的严酷程度。伊索寓言最初传入中国得力于西方传教士。据戈宝权先生考证,利玛窦于明万历年间来华传教时,在其著述和日常言说中就曾涉及伊索(他当时译为"厄琐伯"),并引用伊索寓言。而当时传教士自西方来多带有《伊索寓言》,如裴化行在《利玛窦传》中就有记载:"有一位官员见了一本讲述救世主事迹的小册子,竟看得出神,我便说这是我们教中的书籍,不能相赠……却送给他一本《伊索寓言》,他欣然受下,好像这是弗拉芒印刷书的精品一样。"戈宝权先生认为,利玛窦是在中国翻译介绍伊索的第一人。① 至于《牧童与狼》何时传入中国，目前并未见文字记载，倒是故事流入、传播中的被改写，即《牧童与狼》何以演变为《狼来了》，及其演变（改写）的意义，是个饶有兴味的话题。

不过，我这里并不想正面处理这个问题，而是引进第三个文本，以此与前两者，主要是与《狼来了》进行比较，以期发现更有意味的内容。

一、另一个关于"撒谎"的故事

《三声枪响》是美国作家海明威的一个短篇小说。写的是一个叫尼克的孩子，在大约六七岁的时候，跟着父亲和叔父来湖边避暑。傍晚时，大人要去湖中打鱼，留他在营地上，并关照他：不要怕，如果有什么紧急情况，就打三下猎枪通知他们。桨声渐渐远去并消失了，尼克在回营地的路上已经开始害怕了。他钻进营帐，躺在毯子里打算睡觉，可四周静得怕人。他渴望听到一只狐狸、一只猫头鹰或别的动物的叫声——这些叫声原本是他所害怕的，但此刻却静得可怕了。

他突然害怕自己死掉。几个星期前，在家乡的教堂里，大人们唱过一支圣歌："银线迟早会断。"他们唱的时候，尼克明白他迟早

---

① 戈宝权：《谈利玛窦著作中翻译介绍的伊索寓言——明代中译伊索寓言史话之一》，《中国比较文学》（创刊号）1984 年 8 月，第 222—235 页。

是要死的。如今，在这死一样的寂静中，尼克感到自己真的要死了。他恐惧得难以自持，便跳起来拿起猎枪，向帐外的空中放了三枪。之后，他放心地躺下，很快入睡了。不用说，尼克的父亲和叔父赶紧把船往回划，并已猜到尼克可能有什么小花招。

这个名为《三声枪响》的故事，几乎是《牧童与狼》/《狼来了》的现代版，只不过"狼来了"的呼喊变成了"三声枪响"，大人们的"多次"受骗被压缩为"一次"。但阅读这篇小说几乎不会有阅读（聆听）《牧童与狼》/《狼来了》的感觉，"欺骗"的主题发生了根本的倒转。显然《三声枪响》在讲述中确立叙述者（而不是故事中的成人）与孩子的关系上，在通过进一步的解释找出成人和孩子在什么样的"存在"境中相关联上，与《牧童与狼》/《狼来了》是大异其趣的。它保留了一个人、一个孩子在最初接触死亡并自行处理死亡时的生动记忆。这种记忆是《三声枪响》中所有，而《牧童与狼》/《狼来了》里所无的，因而我们需要首先面对的提问便是：死亡可被接触吗？

这确实是一个需要饶舌的问题。古希腊哲学家伊壁鸠鲁认为人与死亡是无法接触的："因为当我们存在时，死亡对于我们还没有来，而当死亡时，我们已经不存在了。"[①] 而在经验层面上，我们的确只能经历（接触）他人的死；或许，我们都得经历自己的死，像每一个垂死者那样，但那并不是一个及死的、与死亡照面的过程，而是一个活生生的卷入过程。我们无法活着而进入死亡，而那死去的也不能再返转回来告诉我们那有关死亡的一切。在经验我的

---

① 永毅、晓华：《死亡论》，广州文化出版社1988年版，第15页。

"最后一死"的意义上,生与死是断裂的、不照面的、无法经验的,所以,曾深入思考过死亡的列夫·托尔斯泰才借人物之口声称:"死亡根本就不存在。"①

但这一引证并没有吊销我们的问题。我虽没有经验过、并且最终也无法经验我的"最后一死",但死的问题在人生的某些时期和关口、甚至终其一生依然折磨着我,一如幼小的尼克在林中所经历的那样。也许从人出生那天起,死亡就间接并进而直接地开始了对人的折磨。尽管精神分析学证明人的无意识压根儿不承认死亡,人根深蒂固地倾向永生②,但透过婴儿被某种声音的惊吓和动物般的避死就生的反应,我们仍然看到死亡之作为人的生命的背景,以及人胶结于死之存在的种种情绪和行动。这就是通常所说的死亡并不在人的生命的终点,而在生命的开始或中间的意思。因此,所谓接触死亡,并不是触摸那不可经验的"最后一死",而是产生基于死亡之存在的种种思想、情绪和行动,其中最为关键的是领悟死亡的概念,接受"自己必有一死"的意识。③

死对个体而言,从不是一种实体,而是生命消失的可能性。这种可能性与生俱来,并首先从人的基本情绪——恐惧中显现出来。恐惧是生本能的基本表现,并来自对生命的可能取消。它是生和死的中介。但正如经验显示并经精神分析学提示的那样,人出生时并

---

① 托尔斯泰著、祝孝陶译:《伊凡·伊里奇之死》,《世界名篇杰作选》(5),漓江出版社1983年版。
② 弗洛伊德著、孙恺祥译:《目前对战争和死亡的看法》,《弗洛伊德论创造力与无意识》,中国展望出版社1986年版。
③ 张宁:《关于死亡的定义》,《郑州大学学报》1991年第6期。

不知道死亡的存在，而无意识也从不接纳死亡，而人最初（0—5岁）正是以无意识接触世界的。① 随着意识的逐渐增强，人才开始领悟并接受了死亡。弗洛伊德最初接触死亡时是在6岁，当时母亲告诉他："人是由泥土做成的，所以，人必须回到泥土之中。"他不相信这是真的，母亲便在他面前用双手搓来搓去，然后指着手上搓下的皮屑说："这就是和泥土一样的东西。"小弗洛伊德大为震惊，从此，"你必定会死！"的回声便在他心中经久轰鸣，并潜在地影响了他的一生。②

而《三声枪响》中的尼克也是在这个年龄接触死亡的。小说特意提到他几个星期前听到的圣歌声："银线迟早会断。"也许类似地提示他早已遭遇过，只是在这时才予以内在化。"想到他自己总有死的一天，在他还是头一次。"

有了"自己总有一死"的意识后，那与生俱来的恐惧便有了根本的对象。而在此之前，正如我们说过的，死亡只是作为潜在的背景而存在着，如婴儿虽不知道死亡的存在，但却会被突然弄出的巨响所惊吓。这大约是造物在给予人必死之命运后的一种补偿。由于这种惊吓（恐惧）由某一对象引起，并因这一对象的消失而平息，我们姑且定名为"具体之怕"；而人有了"自己总有一死"的意识后，死亡便可以从背景中突兀出来，与恐惧确立了明确的关系，从而产生了我们称之为的"根本之怕"。从此，这两种恐惧的情绪在人的一生中便交替出现，虽然可能以"具体之怕"居多。

---

① 贝克尔著、林和生译：《反抗死亡》，贵州人民出版社1988年版。
② 欧文·斯通著、朱安等译：《心灵的激情》，中国文联出版社1986年版

海明威表现的便是这两种恐惧在一个儿童心中的交织。尼克送走父亲和叔父,"在穿过林子回来的时候害怕起来",因为"他在黑夜中总有点怕森林"——此为"具体之怕"。躺在营帐里后,害怕并没有消失,反而强烈了,害怕的对象则是出奇的宁静,但宁静即无声无形,即虚空——此已步入"死亡"的边缘,呈现着由"具体之怕"向"根本之怕"的过渡。最后,由歌声"银线迟早会断"所引发的情绪出现了,"突然之间,他害怕自己死掉"。就在短短的瞬间,尼克经历了从"具体之怕"到"根本之怕"的骤变,这标志着幼小的尼克对生存的最初觉醒。

伴随着尼克接触、领悟死亡的还有他对死亡的自行处理,也正是在这一点上,海明威表现出了深刻的心理洞察力和出色的艺术才华。前面说过,"具体之怕"是由具体的对象所引发的恐惧,并因这一对象的消失而平息;"根本之怕"则起自死亡本身,而死亡是无形无象的,它诉诸人的意识,并纯粹在人的意义中所生灭。他所引发的恐惧会持续下来并被放大,以至窒息人的生命。因而,反抗死亡便成为一个人终生的使命。① 人从诞生那天起,就必须为自己筑起反抗死亡、寻求安全的壁垒。摇篮里的婴儿在母亲轻轻的哄慰声中,人流中的儿童在牵着父亲之手的时候,成年人在自己熟悉或至少可以理解的环境里……这一切无不给人提供安全的壁垒,使人与死亡隔离开来。

但最基本、最持久的安全壁垒则可能是文化。假如一个人突然被抛到一个不知名的星球上,在那里,生命所赖以存活的一切物质

---

① 贝克尔著、林和生译:《反抗死亡》。

全都具有，但他不知道自己为什么到这里，这里是哪里，今后又会到哪里。周围的一切都是陌生的、奇特的、未经命名的，不断有莫名的怪声传来，不断有莫名的怪物出现，而他却茫然失措，无以应对。此种情况下，他能生存下去吗？他能不被四面八方趁虚而来的恐惧所淹没？人类之所以在自己的星球上存在并延续下来，除了物质方面的原因外，还因为周围的一切都是我们所熟悉的、业已命名的，并在通常的情况下是可以应对的。还是那句老话，我们不仅拥有一个物质的世界，还拥有一个文化的世界，而文化，正是那种能使人对陌生、恐惧的存在环境熟悉起来并感到安全的东西。动物虽也有恐惧，但仅仅出于本能的避死就生。人除了下意识地避死就生外，还会因纯粹的意识引发并放大恐惧。有时候，后者比前者更易置人于死地。但文化符号给人提供了象征性永生和虚拟性永生，在人与死之间筑起一堵厚重的墙，使死亡既在人们的意识中存在着，却又被人悬置或忘记，或者解释为另一种生命的延续。在这个意义上，文化可以被视为一种"欺骗"，但可能是一种有益的欺骗。①

海明威自然无意于展示文化与死亡的关系，但通过尼克对死亡恐惧的自行处理，表现了一种极为相通的特性。尼克刚刚知道死亡是什么，并情不自禁地被死亡的恐惧所胶着。这是一种危险的状态，呈现着置人于死地的可能性，他自然本能地予以反抗。他按照父亲的嘱托，向空中放了三枪，而这三声枪响，无疑召回了以父亲为代表的安全力量，使自己与死亡隔离开来。他放心了，"躺下等父亲回来，没等他父亲和叔父在湖那头灭掉手提灯，他已经睡着

---

① 贝克尔著、林和生译：《反抗死亡》。

了"。而我们明明知道,外部的实在世界里并没有发生、也没有消失什么,尼克的三枪纯属空放(类似"狼来了"的呼喊),三声枪响前后的尼克本人却判然有别。就这样,"欺骗"/自我欺骗的故事发生了,只不过,这是一种对孩子而言的生死攸关的"欺骗"和自我欺骗。在这空放的三枪中,幼小的尼克成功地抑制了恐惧,放逐了死亡,返回到生之安全中。表面上看,这是一个小小的勇气和道德问题——尼克的叔父在听到三声枪响后就曾作如是观,尼克本人第二天也为此感到内疚,其实背后隐藏着的却是一个重大的生死问题。在这个意义上,这个短小的、有关儿童的作品,亦可被视作寓言,象征着人类普遍的生存状况。

二、比较视野中的不同指向

在对《三声枪响》中的"撒谎"故事作了存在论性质的解读后,我们就容易建立起与《牧童与羊》/《狼来了》的一种有趣的比较关系。由于《牧童与羊》和《狼来了》尚存在一定的差别,为了分析的简便,我们只取《狼来了》与《三声枪响》进行比较。

正如我们所看到的《狼来了》在外观上,或者说在故事主要部分的结构上,与《三声枪响》有着很大的雷同性。这首先表现于故事的空间结构:

山下——山上(《狼来了》)
湖中——林地(《三声枪响》)

其中,"山下"和"湖中"代表了成人的所在地,"山上"和"林中"则代表着孩子的所在地。有意思的还在于两个故事中的人物数量:

成人:一群农夫/父亲和叔父(复数)
孩子:牧童/尼克(单数)

这种"一"与"多"的对立,便暗示了成人所在地的复数性和安全性,以及孩子所在地的单数性和危险性(尽管"危险"既可能是实有的,如《狼来了》中的情形,也可能是孩子想象出来的,如尼克的情形)。这样,两个对立的空间位置,便代表了一种隔绝。放羊的孩子由此而产生一种莫名的遗弃感和危险感也就不奇怪了。

两个故事的雷同性还表现在情节结构上,其中包括:

(一)被"隔绝"了的人(孩子)的孤独境况;

(二)由此而催生的孤独者无可依持的情绪,如"闲得发慌",或害怕森林、寂静和死亡;

(三)孤独者自行处理这种情绪的行动:撒谎。

需要指出的是,如果说死亡是尼克恐惧(根本之怕)的对象的话,那么放羊孩子的恐惧对象则是狼——可被看作死亡的象征("闲得发慌"只是叙述者的书写)。他们皆是通过"欺骗"而唤来成人的安全力量,借此处理了那莫名其妙的恐惧情绪。这是单数对复数的呼唤,"危险"对"安全"的呼唤,也是"幼稚"对"成熟"的呼唤。正是后者——复数、安全感和"成熟",使故事中空间的隔绝转换为人物心理的隔绝,从而产生了成人不容分辩的判决:"爱撒谎"和"小花招"。

那么,一个有关孤独孩子的恐惧的故事,怎么演变成一个有关不诚实的孩子的道德故事?让我们通过三个矩形来进一步分析。

两个故事的主人公都是孩子,判断他们撒谎的则是成人,这样,我们就有了第一个二项对立:孩子与成人。此一"二项对立"是因第三个因素而形成的,即"撒谎",这样,使"撒谎"成形的第四个因素"诚实"也就出现了:

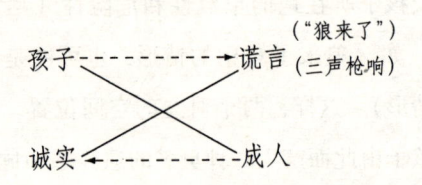

```
孩子 - - - - - - -→ 谎言 （"狼来了"）
        ╲   ╱        （三声枪响）
         ╲ ╱
         ╱ ╲
        ╱   ╲
诚实 ←- - - - - - - 成人
```

这个矩形是有关故事人物的,暂时和故事的叙事者没有关系,因而适用于两个故事。在这个矩形中,孩子因"说谎"而成为要求"诚实"的人(成人)的对立项,这样孩子便与"谎言"构成了顺向关系,与"诚实"构成了反向关系。而成人正好相反。这个矩形所体现的意义显然是在成人一边,也在道德一边,因为,他们天然代表着诚实,也因之而有了对孩子全然判断的权力。

不过,当我们分别列出两个叙事者不同视野的矩形时,分野便出现了。在《狼来了》的叙事者那里,谎言的对应物是"狼";在《三声枪响》的叙事者那里,谎言的对应物则是"死亡"。而在成人的世界里,依日常之死亡意识,"(我的)死"是不存在的,它往往被"落实"为一个具体对象。如托尔斯泰一篇小说中的情形:伊凡·伊里奇因患绝症而正走向死亡,但亲人、朋友、医生都告诉他这只是一种病，一件可以完全具象为一个盲肠里的"小东西"，一桩通过治疗和增强体质便可以对付的事情。死亡，这一不可见的生命之"终"，这所有可能中的惟一确定的可能，便通过转化为具体的东西和具体的事情，而消弭在日常的错觉和迟钝之中。① 而在尚未习得日常之死亡意识的孩子的世界里，一个狼的意象和一片没有声响的寂静，就可能唤起他对自身消失（死亡）的联想和恐惧。在《狼来了》中，叙事者坚持把谎言对应于一个具体物，于是，我们得到的矩形依然是关于"有/没有"的外部真实性问题，而非"存在，还是毁灭"之生命中的大事：

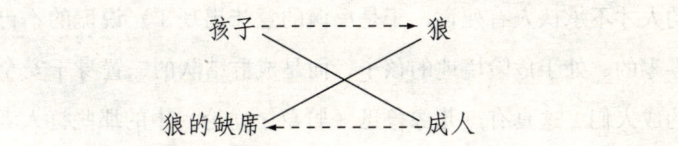

```
孩子 - - - - - - → 狼
         ╳
狼的缺席 ←- - - - - 成人
```

在这里，讲故事的人与故事中的人都在追问：狼来了？狼在哪儿呢？他们压根儿听不见那呼喊着的孩子无以表达的心声：活着，还是死去？快来呀，不然我就给吃掉了！《狼来了》的叙述者正是通过"有/没有"的确证（"狼的缺席"），排除掉对"存在"的体认，并判断孩子为说谎。这样，故事叙事者的视角就与故事人物（成人）的视角合二为一了。在这一视角中，关键的不是在你的心中、在你的内部世界里发生了什么，而是你表现出了什么，一如我们最常犯的错误那样：不是你真的好不好，而是你表现得好不好。这种"表现"是作为成人眼中的真实而存在的，它也成了道德领域

---

① 托尔斯泰著、祝孝陶译：《伊凡·伊里奇之死》，《世界名篇杰作选》(5)。

中的"诚实"的来源。于是，道德不再"发现"什么，而只实施"决断"。它已完全外在于人的"存在"，成了成人们自我保护的武器。然而，当故事功能完全相同的矩形出自《三声枪响》时，我们却看到了完全不同的意义：

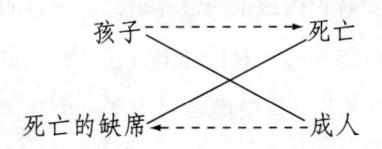

```
孩子 - - - - - - → 死亡
         ╳
死亡的缺席 ← - - - - - 成人
```

矩形中的"死亡的缺席"即"没有死亡"，而只有闭着眼说谎的人才不承认人有死亡，于是反讽的意味出现了：说谎的不再是孤零零的、处于危险境地的孩子，而是成群结队的、置身于安全地带的成人们。这真有点儿像鲁迅《野草·立论》中的那些打人者，明明人之惟一确定的可能性是死亡，而他们却偏偏说成是升官发财，并把道出"存在"之真相的"傻子"殴打驱赶。① 由于在这一矩形中，成人与"死亡"构成了反向关系，因而与"存在"之真实也构成了反向关系，从而使意义回到孩子一边，也回到了意义一边。

通过分析我们已经看出，在上述三个矩形中，第一个与第二个的功能相同（关于孩子的说谎的故事），意义也相同（故事人物和故事叙述者都判定孩子说谎）；而第二个和第三个功能相同，意义却相反（不是孩子说谎成性，而是在死亡恐惧面前"谎言"的重要性）。三个矩形呈递进关系，并经历了由削弱到瓦解的过程。

如果顺序颠倒过来看，我们就会明白一个有关孩子的存在的故

---

① 鲁迅:《野草》，人民文学出版社1973年版，第45页。

事，如何被讲成了一个有关诚实与否的道德故事。在这个倒退的过程中，人的有关死亡的记忆全然流失了，存在被简化为道德，进而被继续缩减为一件自我保护的利器。而可怕的是，它并不仅仅作为自我保护的工具。

我们还没有接触到两个故事的不同结局。

《三声枪响》在尼克"撒谎"后写到他第二天醒来后的羞愧。这是无言的、默不声张的，来自一个孩子自行处理生存难题后无以确认的无名感和非"合理"感，突兀了成人世界及其行为法则对孩子的压倒一切性。而孩子自身则是失语的，他必须把自己的情绪转换为成人的语言——也同时转化为符合成人的行为法则，才能确认感觉和获得表达。在此之前，他还形不成非成人的、有关他自己的概念。当大人们确认他的行为的荒诞性和不可理解之际，他也如此照搬地作了自我确定。自我表达和自我感受的分裂，使之产生的仍然是情绪（羞愧）。从难以自持的情绪（恐惧），到无以解释的行为（"说"谎），再到无以表达的另一种情绪（羞愧），海明威由此已经走进了孩子的内部世界。他触及的是一种存在的真实，并显示了对孩子的理解的、温馨的态度。

而《狼来了》的叙述者对放羊的孩子则是粗暴的、缺少耐心和眼光的。他对孩子屡次三番的明确表达"我是骗你们的"，也像故事中的成人一样是不加辨认的。而"明确"的表达本身也是很可疑的，究竟是孩子本身说谎成性，还是叙述者将其书写得说谎成性？孩子本身又缘何说谎成性？狼的真实存在和孩子的孤单处境，竟没能使他萌生任何恐惧之情？而当一个人说谎时，他必须经受什么样的社会性训练方能面无愧色、理直气壮？这种经不起追问的叙述，致使故事的叙述者以孩子的死为结局来表达一个单一、僵硬的劝谕。于是，道德这把自我保护的利器，被情不自禁地刺向他人，而且被刺的还是孩子。

当然，孩子之死的结局的另一种解释也是敞开的，即正是故事中的大人们对孩子无以觉察、辨认和理解，才置孩子于死地。但这是与叙述者的视阈相脱离的。成人世界及其行为法则的压倒一切性，在故事中并不是突兀着的、触目的，而是像空气一样弥漫得无边无际，无形无迹，使人置身其中而不自知，任何属于孩子自己的表达或体恤式的替代性表达都是不存在的。

三、两种改写：可能的和确定的

尽管我们不能确定《三声枪响》是对《牧童与羊》的有意改写，但如果允许把类似的存在设定为一个"原本"的话，那么可以确定的是《三声枪响》与《牧童与狼》/《狼来了》是基于同一个原本的两种性质截然不同的"摹本"，其中牵涉的主要问题是成人与孩子的关系。威廉·巴雷特曾写道："儿童是最完美的美学家，因为儿童完全生活在瞬时的痛苦和欢乐中。有人长大成人还保留这种儿童似的直接反应，这种只在瞬时存在的能力。"[①] 海明威显然通晓这一点，通晓儿童只有借助约定俗成、属于成人的符号才能得到表达的瞬间感受（欢乐、痛苦或恐惧等），通晓这种"借助

[①] 威廉·巴雷特著、杨照明等译：《非理性的人》，商务印书馆1995年版，第162页。

性"表达的内在矛盾性，所以他把一个"撒谎"的故事讲成了"既向别人也向自己撒谎"的故事，把瞬间发生的事情"瞬间化"。而《牧童与羊》/《狼来了》则拒绝这种辨认，拒绝看到儿童存在的瞬时性是他们自己无法掌握的，拒绝看到这种存在的丰富性和不可把握性使儿童始终处于存在的矛盾之中，他们不得不向成人世界伸出求援的手，以换取安全的庇护。这是一个痛苦的自我放弃的过程，儿童被迫把自己全然交付出去，任凭成人的发落，而成人道德化了的符号世界也成了儿童的存在被简化的来源。所以，当伊索们把瞬间发生的事情"定格化"后，也就把一个"撒谎"的故事当然地讲成了仅"向别人撒谎"。不管《三声枪响》与《牧童与羊》是否存在"事实上"的关系，我们都可以把前者看作对后者的解构和替代——成人对儿童态度之"犹疑性"对"决断性"的替代，故事主题的"存在性"对"道德性"的替代。

至于海明威是否直接受到伊索寓言的启发和影响，我们目前还没有能力予以确切证明。然而，推测《三声枪响》与伊索寓言可能的"事实上"的关系，也还是存在着理论根据的。梵第根在论比较文学的源流时，曾谈到一种"孤立的源流"。他说："源流学的这一部分，在用源流学这几个字的更广泛的观念说来，可以和'主题'的源流系在一起：一出戏曲，一篇短篇小说，一部长篇小说之最初的意想或局面；一部理论或论辩的著作之最初的观念。"他接着感叹道："在文学中发明是如何地稀少，而当我们研究主题学的时候，我们也看出那些创造者实际上是在怎样的一个狭窄的圈子里活动着，而他们的真正的创造，往往只在于把那些老旧的模型来修改一下,并在那里注入一点从他们心智之间涌出来的活的新物质而已。"① 尽管梵第根提供了理论上的根据,尽管海明威与伊索寓言在文化血缘上是那么相近,但我们仍然不能贸然确定《三声枪响》和《牧童与羊》之具体的"事实上"的关系,因为二者之间的确切联系是需要精细考证的。同时,另外一种可能性依然存在,那就是海明威的主题和构思仅仅来源于他的某次童年经验,虽然梵第根说这种创造性如此稀少。即便如此,我们仍然能够找到二者的相似性,那就是人类心理结构的共同原型。

现在让我们回到《牧童和羊》与《狼来了》的简单比较上。由于《三声枪响》的介入,《牧童和羊》与《狼来了》内在结构的相似性就更容易得到揭示。然而,二者之间的相异性却牵涉着比较文学中的一个重要问题,即流传与变异。伊索寓言成型后当然是以文字的形式在欧洲流传的,同时肯定也以口头形式在民间大量流传。但在中国的流传,正如戈宝权先生考证,最初则是传教士以小册子的形式带入的。其中《牧童与羊》,变成了《狼来了》。仅就此篇而言,则存在着一个传播中的"退化"过程,即由引入时的文字,转变为传播时的口口相传。正是这种口传形式,才使一篇泰西寓言以被传入者习惯的题目《狼来了》在中国家喻户晓。按照梵第根"两点一线"的传播模式,即"放送者"、"接受者"和二者之间的距离,口传形式本身则带给这则寓言故事以更大的改写和再创造空间。在口传文学中,讲述者既是接受者,也是放送者,这一双

---

① 提格亨(梵第根)著、戴望舒译:《比较文学论》,商务印书馆1995年版,第147页。

重角色使其在讲述过程中不仅携带着自己的理解、观念和趣味，也赋予讲述者以"改讲"（改写）的特权。如果在同一个文化共同体中，各种讲述者不是把一个故事改写得各式各样，而是改写得一模一样，则说明故事的改写本身并不受个性影响，而为这一文化共同体的共有特性，即文化性所制约。《狼来了》的结局把《牧童与羊》中的"牧童损失一群羊"，改写成"牧童本人的死亡"，一个道德惩戒故事被改写成道德恐吓故事，正如我们在文章开始时所言，反映了一个民族的民间文化和习俗中道德力量的严酷程度。这一严酷程度是被该文化共同体中的各种实体性内容和象征性符号训诫而成的，反过来，承载它的故事又参与了这种严酷性的塑造。

（原载《文史哲》2004 年第 6 期）

中国现代男性叙事中的恶女人形象

李 玲

受主流文化思潮的左右,中国现代男性叙事文学对男性人物善恶的评判尺度,首先与民族、国家、现代、革命等观念紧密相连。中国现代男性叙事中,男性人物之恶虽是多方面的,但主要集中于封建家长、乡村恶霸、军阀官僚、都市流氓等权势群体身上,体现在他们对现代青年、下层劳动者等代表"历史的必然要求"。① 但暂时还处于劣势地位的人物的压制、剥削上,总体上呈现出一种政治化的价值评判特征。多数男性作家对男性现代人性的思考,都深深烙上进化论或阶级论的印迹。

不同的是,中国现代男性叙事对现代女性之恶的言说,首先集中于女性对男性的控制、欺压上,其次才兼带涉及女性人物各自的阶级之恶与个性之恶。在男性叙事者眼中,恶女形象虽也常常被纳入进化论、阶级论的叙事框架中,但她们总是被赋予谋夫、欺夫的共性特征。意识形态话语与性别话语的纠缠重叠,使得男性视阈中的现代女性之恶也常常免不了与欺压社会政治经济地位上的弱势阶层这一卑劣品格紧密相

---

① 恩格斯:《致拉萨尔》,《马克思恩格斯论文学与艺术(1)》,人民文学出版社1982年版,第181页。

连，但是与男性之恶不同，女性之恶，在男性立场观照下，首先在于她们对传统妇德的僭越，在于她们对男性强势地位的颠覆。

中国现代男性叙事中的恶女，以老舍小说中的虎妞、"柳屯的"、大赤包、胖菊子，钱锺书小说中的苏文纨、孙柔嘉，穆时英小说中的蓉子，曹禺戏剧中的曾思懿，路翎小说中的金素痕为代表。如果不是抱着男权偏见，认定女性必须泯灭自我主体性、被动地等待男人的挑选、温顺地遵从男人的意志，那么，就可以从叙事的缝隙间发现，这些被男作家贴上道德红字布条的女人，她们谋夫的丑行其实不过是她们主动追求爱情幸福的勇敢大胆，她们欺夫的恶德中其实也透着女性做不稳女奴时垂死挣扎的辛酸。把女性之恶主要界定为她们对传统妇德的僭越，表明中国现代男作家对现代女性人性的价值判断，首先遵循的还是封建从夫道德，其次才是现代启蒙、革命原则；男性的启蒙、革命原则并没有打破囚禁女性的封建从夫道德，并没有真正把女性从第二性的附属性生存中拯救出来，并没有赋予女性与男性同等的主体性地位。

从文本的缝隙间，读出这些"恶"女被囚禁于封建道德牢笼中的性别压制真相，读出男作家竭力贬抑叛女背后的男性霸权心理、男性恐惧心理，打碎男性视阈臆造的恶女镜像，是对中国现代男性叙事文学现代性的有益反思。

一、把主动型女性妖魔化

中国现代男性叙事文学，一方面在春桃（《春桃》）、繁漪（《雷雨》)、蔡大嫂（《死水微澜》）等主动把握两性关系的女性形象塑造中褒扬女性主体意识，另一方面又仍然在虎妞（《骆驼祥子》）、苏文纨（《围城》）、孙柔嘉（《围城》）等主动爱上男性的女性形象塑造中继承封建男权道德，鄙视"有心事"的女人，在对她们的咒骂、嘲弄中表达男权文化对女性主体性的憎恨、恐惧。现代男作家，经过"弑父"启蒙之后，已不愿再把安排女性性爱婚姻的权力归于"父母之命"，而是要把这一主宰权从家长手中争夺出来移交给与女性同辈的子辈男性。但其把女性当做纯粹是男性主体对象物的思路、否认女性主体性的做法，仍然是几千年男权文化传统的延续。

男性文本贬损女性主体性的常规策略之一是，通过叙事内外的点评把"有心事"的主动型女性妖魔化，使她们在男性视野中成为不可理喻的、带着危险性的异类，显得可怖可恨。这样，现代男性文本又再一次确认了女性以被动为荣、主动为耻的传统女奴道德原则，背弃了从精神上解放妇女的现代文化观念。

《围城》中，赵辛楣对方鸿渐这样议论孙柔嘉：

> 唉！这女孩儿刁滑得很，我带她来，上了大当——孙小姐就像那条鲸鱼，张开了口，你这糊涂虫就像送上门去的那条船。

像"张开了口"的"鲸鱼"一般可怕的孙小姐，其实并没有任何侵犯他人的恶意，只不过是对方鸿渐早就"有了心事"、有了爱情而已。女人一旦以自己的爱情去暗中期待男性的爱情共鸣，在赵辛楣乃至于作家钱锺书的眼中，便成了要吞噬男人的可怖可恶之物了。孙柔嘉"千方百计"、"煞费苦心"谋得方鸿渐这样一个丈夫的爱情追求，在赵辛楣的点评之下，罩上了一种阴险的气氛，让人不禁联想起狭邪小说中妓女对嫖客的引诱、暗算。赵辛楣的点评，一是承袭了把性爱当做一种性别对另一性别的征服、而不是两性相悦相知这一野蛮时代的文化观念，二是承袭了男性为主体、女性为客体的封建性道德。它使得作品从根本上模糊了女性爱情追求与妓女暗算嫖客这两种不同行为的本质区别，遮蔽了女性的爱情是女性对男性世界的一种真挚情意、女性的爱情追求不过是要与男性携手共度人生这一基本性质，背弃了女性在爱情上也拥有与男人同等主体性地位的现代性爱伦理。

实际上，被赵辛楣视为张嘴鲸鱼的孙柔嘉，在男权道德的高压下，所能够做的也只不过是制造各种机会把自己的情感暗示给方鸿渐，并想方设法促使方鸿渐向自己表白爱情。至少在面上，她还是要把追求异性的权利留给男人，而竭力保持女性被动、矜持的形象。尽管如此"煞费苦心"地使自己合理的爱情追求隐秘化，孙柔嘉终究仍然没有赢得"好女人"的声誉。这首先是由于文本内有赵辛楣为首的男性群体以火眼金睛严密审视着女性的任何僭越活动，一旦发觉，便迅速对它作出不公平的妖魔化处理；其次，文本外，还有杨绛那一句广为流传的名言：

  她是毫无兴趣而很有打算。她的天地极小，只局限在"围城"内外。[①]

成为对孙柔嘉的权威性评语，使得孙柔嘉难脱在婚姻家庭问题

[①] 杨绛：《记钱锺书与围城》；钱锺书：《围城》，人民文学出版社1991年版，第341页。

上精打细算的庸俗小女人形象，因而在可怖可恶之外，又增加了一层可鄙可怜的渺小来。但如果孙柔嘉果真是"毫无兴趣而很有打算"的女性，她何以独独会爱上方鸿渐这样一个不仅毫无心计、连基本的生存应付能力都欠缺、倒是充满了机智的幽默感、且心软善良的"不讨厌，可是全无用处"的男人呢？何以自始至终都能坚持"我本来也不要你养活"的女性自主性呢？虽然孙柔嘉在方鸿渐讲到"全船的人"、"整个人类"这些人生哲理的时候，忍不住哈欠，体现出思维、兴趣的有限性，但文本在孙柔嘉与方家二奶奶、三奶奶这两位只会在"围城"内外搞家庭斗争的妯娌的对比中，在与认定"女人的责任是管家"的方老先生、方老太太的对比中，分明已经从叙事层面确立了孙柔嘉自主谋事、独立承担人生的现代女性品格，使她从根本上区别于在家庭小圈子内斤斤计较的依附型女性。《围城》的叙事层，实际上既与赵辛楣对孙柔嘉的不公正指责形成对峙，也与杨绛《记钱锺书与〈围城〉》中对孙柔嘉的鄙夷不相符合。而这文本内外的评点、议论，恰如层层枷锁，紧紧压制着小说的叙事层，使得叙事层中本来无辜的女性主人公在读者眼中变得阴险鄙俗。其实，即便是最让孙柔嘉显得琐屑凡庸的种种夫妻口角，也不过是婚姻中日常人生的常态之一，并非是由于孙柔嘉独具小女人庸俗品格才带累了并不庸俗的大男人方鸿渐。这种琐屑凡庸，正是人必然要坠入的一种生存境地，而不是女人独有、男人原本可以超越的处境、品格。也正因为如此，《围城》关于人生"围城"困境的现代主义命题才显得深刻且更具有普泛性。《围城》的这一深刻人生感悟正与其男权文化视角的狭隘、不公共存。认同赵辛楣评点的钱锺书与在文本外阐释《围城》的杨绛，他们的人生智慧，既深刻地洞悉到人生的荒谬,又深深带上男权文化对女性的偏见,遂成为跛脚的智慧。

具有性格主动性的女性,在中国现代男性叙事中被妖魔化是相当普遍的现象。《骆驼祥子》中主动爱上祥子的老姑娘虎妞长着一对虎牙,又属虎,在作家老舍的感觉中显然就是老虎与女人的形象叠加。穆时英小说《被当做消遣品的男子》中,与叙事者、隐含作者合一的男主人公"我"在性爱游戏中不断揣摩着交际花式的女学生蓉子,暗想:

对于这位危险的动物,我是个好猎手,还是只不幸的绵羊?

这种把不甘于精神劣势状态的女性妖魔化为鲸鱼、老虎一般可怖可恨之物的思路,实际上是继承了野蛮时代文化仅仅把女性当做性消费品和传宗接代的工具、不允许女性也拥有人的主动性的男权中心思维,同时还带着男权文化,把女性异化为非人之后男性对异物的恐惧感。这一贬抑、惧怕女性主体能动性的思维在东西方文化传统中都有深厚的根柢。西方中世纪常有把不安分的女人谤为女巫烧死的事;中国古代易学经典中,也有阴居阳位不吉的说法。中国现代男作家延续这一把主动型女性妖魔化的男权集体无意识,体现了中国现代文学人性观念现代化在性别意识领域方面的滞后、艰难。

二、把女性主体性诬为是对男性主体性的压抑

在性爱叙事中,抹去男性主体性痕迹,也就隐瞒了女性主体性

往往是与男性主体性共鸣的事实,从而把女性主体性诬为是对男性主体性的压抑,对之进行不合理的讨伐,是男性叙事诽谤主动型女性的又一策略。中国现代男性叙事仍然在相当程度上继承了这一源远流长的男性偏见和男权阴谋,以之制造着虚假的恶女镜像。

《骆驼祥子》中,祥子第一次与虎妞偷情后,自以为洁身自好的祥子"想起虎妞,设若当个朋友看,她确是不错,当个娘们看,她丑,老,厉害,不要脸!就是想起抢去他的车,而且几乎要了他的命的那些大兵,也没有像想起她这么可恨可厌!她把他由乡间带来的那点清凉劲儿毁尽了,他现在成了个偷娘们的人!"

到底是祥子自己的欲望毁了他的清白,还是满足了祥子欲望的女人毁了他的清白呢?这里的关键是,性关系中,祥子到底是欲望的主体,还是仅仅被女性当做欲望对象的客体。事实上,那晚喝了酒之后,祥子对虎妞的绿袄红唇感到"一种新的刺激",觉得"渐渐的她变成一个抽象的什么东西。……他不知为什么觉得非常痛快,大胆;极勇敢的要马上抓到一种新的经验与快乐。平日,他有点怕她;现在,她没有一点可怕的地方了。他自己反倒变成了有威严与力气的,似乎能把她当做个猫似的,拿到手中"。

这里,祥子显然也是充满欲望的性主体,而同样充满欲望的虎妞同时也是祥子欲望的客体。也就是说,分明是祥子的欲望与虎妞的欲望相遇,才成一段好事的。两人在性关系中是互为主客体的,是平等的,并不存在一个没有责任能力的、被动的受诱惑者。事后祥子把自我欲望对自我人生观念的背叛归罪于虎妞,是对自己欲望的不能担当。而作家认可祥子对虎妞的迁怒,显然是继承了男权文化观念中男性既沉溺于性又恐惧性、把性归罪于女人的思路,不公平地把同等性关系中的女人归入淫荡祸害之列、让她为欲望承受道德鄙视；而满足了欲望的男性却被装扮成受诱惑者，成为道德要保护的受害者。固然，文本中暗示了虎妞并非非祥子不肯委身，有放纵之嫌，但是祥子难道又是认准了虎妞这个人才有欲望的？显然不是。他也不过是在虎妞身上看到了性这个"抽象的什么东西"、把虎妞当做普遍意义上的性符码而不是一个富有个性的人来看待。即便是有放纵之嫌的虎妞，在她爱祥子、而祥子并不爱她、但又是双方自愿的性关系中，她显然比祥子奉献出了更多的情和爱。在性关系中，虎妞和祥子是都有各自的不完满、但在性这一点上是相互契合的一对男女。虎妞作为性对象，替祥子承担了男性对自己耽溺于性的恐惧，是祥子和作家对虎妞双重的不公平。虎妞仅仅被祥子当做性代码，甚至还复活在夏太太的身上。祥子与夏太太偷情时，他把夏太太感觉为"一个年轻而美艳的虎妞"。这就再一次暴露了虎妞、夏太太在祥子的性经历中充当性符码、性客体的真相，那么，也就再一次颠覆了祥子在性之中是被动受女性之害的男性言说。这样，祥子"经妇女引诱"的性经历，除了虎妞伪装怀孕、胁迫祥子成婚这一段确实是女性主体性无限扩张而压制了祥子的主体性、使他成为受害者之外，实际上是祥子受自己的性欲望摆布不能自拔而又在反思、判断上嫁祸于女性的经历。遗憾的是作品并没有在这一点开掘下去，并没有对男性欲望与女性欲望取平等对待的尺度，叙事者、隐含作者都一股脑儿地认同祥子把对自我男性欲望的恐惧替换为对女性的憎恨这一思路，轻易地放弃了对祥子、虎妞性心理的多方位审视，简单地借助于贴阶级标签、性别标签的办法，把祥子与虎妞错综复杂的性爱、婚姻关系武断地判定为剥削阶级女性对贫民男性的压制、剥夺，从而在对祥子温情脉脉的袒护中失去了小说的人性探索力度，在合理地批判虎妞追求婚姻过程中用欺骗、威胁、强迫手段的同时，又在对虎妞合理欲望的不公平诅咒中回归男权文化，把性归罪于女性的仇女立场，使得有着品格缺陷、但也真挚爱祥子、主动追求幸福的女性虎妞最终仅仅被简单化为伤害祥子的社会恶势力之一，成为作品完成既定社会控诉主题的一个简单代码，再难与男性主人公、隐含作者构成对话关系。小说的复调性由此也遭扼杀。

在叙事中隐去男性实际存在的欲望，就使得男性与女性互为主客体的性爱关系被阐释成是女性欲望单方面运作、并使男性失去主体性而沦为纯粹性客体的不平等关系，从而完成了对主动型女性的不合理指控。中国现代男作家仍在相当范围内熟练地运用这一祖传的叙事策略。归根结底还是男性作家在两性关系中仍然没有走出主奴对峙的思维怪圈，看不到女性主体性可以与男性主体性相互共鸣的事实，因而不免对女性的主体性充满恐惧和仇恨，依然在文本中织就诅咒女性主体性的男权严密罗网，通过抵御女性主体性来宣泄男性不敢、不愿与女性互为主客体的孱弱心理、霸权意识。

三、抹去主动型女性的生命伤痕

把主动型女性妖魔化，又把女性主动性诬为是对男性主体性的压抑之后，中国现代男性叙事否定女性主体性的又一做法是，抹去女性这一弱势群体在男权强势文化压制下辛苦挣扎的生命伤痕，从而使女性为生存而抗争的行为失去合理性依据，使女性在挣扎过程中产生的人性变异失去让人悲悯同情的价值，成为单一的恶行恶德。

入木三分地刻画出没落大家庭当家大媳妇礼教外衣下遮也遮不住的人性之恶，是曹禺戏剧《北京人》对中国现代文学的独到贡献之一，但他对曾思懿的人性鞭挞因为未曾整合进女性视阈而不免充满男性中心意识的刻薄和把启蒙简单化之后的偏见。如果说曾家这个破落的士大夫家庭是个没有希望亮光的地狱，那么，阴狠歹毒而又胆小虚伪的曾思懿就是地狱中虐待囚犯的狱卒，但是曹禺在写出曾思懿作为狱卒之凶狠的时候，却对她兼为囚犯之苦视而不见，回避开了曾思懿不过是奴隶总管、再凶恶也脱不了女奴悲苦命运这一事实。

眼见丈夫与姨表妹愫方诗画传情、书信表意的爱情交往后，曾思懿屡屡威胁丈夫说自己要进尼姑庵，并逼迫丈夫说："我要你自己当着我的面把她的信原样退还她。"曾思懿阻碍曾文清与愫方爱情的可恶可憎行为，其实也不过是处于封建男权文化汪洋中暂时做不稳女奴者为保住女奴地位的疯狂挣扎。旧式女性的处境和旧式女性的思想并没有提供给曾思懿以跳出女奴生命轮回去做一个独立女性的生存可能。哪怕是没有爱的婚姻也仍是她的生存之本。曾思懿以妒的方式、以对同性的憎恨来维护无爱的婚姻、维护自己基本生存权的行为，从未得到男性作者的悲悯，只是被简单地归为一种恶毒品性。这就使《北京人》在对女性之恶的探索方面不及张爱玲的《金锁记》来得深刻、辩证。《金锁记》既写出曹七巧用黄金的枷角劈杀了几个亲人的变态、狠毒，也对曹七巧30年来困在"黄金的枷"中当女囚的压抑之苦有着冷静的同情，从而使得女性人性批判与女性命运感叹相结合,其批判的锋芒不仅指向变态的女人,而且同时指向扭曲女性、造就恶女的不合理的社会文化。曹禺在贬斥曾思懿的妒意中,维护了曾文清、愫方之间以心灵共鸣为基础的爱情,但同时在拒绝同情曾思懿中又扶持了不许女性妒忌的传统女奴道德原则,从而在批判封建士大夫文化的同时不免又回归于以男性为中心的封建男性性霸权观念,维护了不合理的性别秩序。

曾思懿后来安排曾文清娶愫方为妾的行为,在曾文清一句"(激动地发抖,突然爆发,愤怒地)你这种人是什么心肠噢!"的提示下,被演绎成是曾思懿对愫方、曾文清的有意侮辱,演绎成是她要长期役使愫方的阴谋。曾文清以及作家的这一判断显然忽略了曾思懿自身的利益逻辑。实际上,即使愫方不是曾文清的妾,曾思懿仍不会失去役使她的便宜。安排愫方做曾文清的妾,固然是对愫方人格的侮辱,但也是对愫方、曾文清恋情的成全。而纯粹受害的却只是作出这个决定的曾思懿一人。她将不得不压抑住人类渴求性爱单一性的本能,与另一个女人共同拥有一个丈夫。

> 我告诉你,我不是小气人。丈夫讨老婆我一百个赞成。男人嘛!不争个酒色财气,争什么!……①

实际上,即便是精明凶狠的曾思懿头顶上也一直悬着男女性权力不平等的男权强势文化之剑。旧家庭大奶奶的身份、得不到丈夫之爱的实际处境,都迫使她只有通过迎合封建男权中心这一强势文化、委屈自己做好女奴来维护自己的基本生存条件。她既然不具备

---

① 《北京人》。

批判封建男权文化的现代思想理念,便只能在女奴的位置上羡慕男性特权,而又不得不无可奈何地为自己的性别自认倒霉,强迫自己用女奴教条来压抑自我生命。

> 不过就是一样,在家里爱怎么称呼她,就怎么称呼。出门在外,她还是称呼她的"愫小姐"好,不能也"奶奶,太太"地叫人听着笑话。(又一转,瞥了文清一眼)其实我倒也无所谓,这也是文清的意思,文清的意思!①

她所能争取的并不是与男人在性爱、婚姻中平等相处的权利,所能争取的不过是"太太,奶奶"这女奴道德所允许的一点可怜的名分,而且还不敢理直气壮地去争,只能虚伪地打丈夫的招牌。其可怜实在甚于可鄙!作家显然对她囚禁在家中只能随地狱而亡、永无出逃希望的女奴之苦缺少体谅与悲悯,对她面临做不稳女奴的人生困境缺乏理解与同情,甚至还把她力争做稳女奴的可怜之处亦歪曲为别有用心的可鄙可恶来鞭笞。这样,曾思懿在作家男性本位意识和启蒙简单化思想的引导下就无可避免地被抹去自身的生命伤痕,而沦为没有一丝正面价值的、不值得同情的纯粹的恶女。

对女性因处于女奴地位而受到男权中心文化压抑所产生的人性变异、所做的无奈挣扎,嘲讽批判有余、同情悲悯不足,是男性作家文本中普遍的价值倾向。《围城》中,孙柔嘉"千方百计"使自己的爱情追求隐秘化以保护自己免受男权舆论的攻击。这真实地再现了女性在强大男权道德压制下以分裂自我、扭曲自我为条件来保

---

① 《北京人》。

存声誉的情形。但男性人物赵辛楣以及叙事者、隐含作者，显然都对女性这一扭曲自己的无奈缺乏悲悯，当然也就不会溯源去批判造成女性人格扭曲的男权文化下的女奴道德准则，只是一味地把既不能泯灭爱情追求又不得不掩饰自己爱情追求的女人视为长于阴谋的可怖可恶之物。男性作家文本中往往因为女性视阈的匮乏而充满男性中心立场文化对女性的冷酷刻薄。其简单化的否定立场，由于放弃了对女奴的悲悯，实际上也就放弃了对造就女奴人性变异的男权中心文化进行追根究底的批判。

四、以喜剧的态度嘲弄主动型女性

男权叙事贬斥主动型女性的又一策略是，以喜剧的嘲弄态度把这些不守传统妇道的女性丑角化，使她们失去悲剧人物的崇高感。即使是她们的人生伤痛，也因此残酷地成为人们茶余饭后的笑料，失去人们的同情、理解。中国现代男性叙事以喜剧态度嘲弄主动型女性的方式主要有两种：一种是以夸张的方式，把主动型女性的外貌、言行漫画化，另一种是叙事者以评点的方式，对女性的主动行为进行嘲笑。前者以《骆驼祥子》、《四世同堂》为代表；后者以《围城》为代表。无论何种形式，以喜剧的态度对待女性在两性关系中的主动行为，都表现出男性作家把女性主动性当做"无价值的撕破给人看"，在价值评判上复归于倡导女性被动性的封建男权道德，在性别观念上背离了人性解放的现代启蒙精神；而且，喜剧的态度，还体现了男性作家倚仗强大男权优势所产生的精神优越感；

体现了性别关系上的既得利益者对受压迫者想改变自己弱势精神状态这一努力的轻蔑。

《骆驼祥子》、《四世同堂》中的虎妞、大赤包、胖菊子等均是经过作家喜剧精神处理过的漫画式人物。大赤包、胖菊子是没有民族气节的汉奸，受到作家喜剧精神的嘲弄，本属理所当然，但是作家均赋予两个女汉奸以颠覆封建妇德的精神强势，把她们的"妻管严"与缺乏民族气节放在一起来讽刺、挖苦，这就体现出了作家在坚守民族气节的同时，又仇视、轻蔑女性强势精神的价值错位。精明粗犷、"好像老嫂子疼爱小叔那样"对待祥子的虎妞，一开场就免不了被画上丑角的脸谱。她擦上粉的脸，"像黑枯了的树叶上挂着层霜"①。而没擦粉的时候，"黑脸上起着一层小白的鸡皮疙瘩，像拔去毛的冻鸡"②。

这一脸谱化的丑化处理，体现的是男性作家对僭越性别秩序女性的强烈厌憎。虎妞因为愚昧导致难产而死，在《骆驼祥子》中是个悲剧事件，但作家对它的悲剧性感受仅限于把它当做是件祥子又要花钱而不得不失去车的倒霉事，而并没有赋予虎妞生命丧失本身以悲剧意义。作家的悲悯、同情仅仅指向男性人物祥子，而不指向道具性人物虎妞本人。哪怕在死亡面前，作家仍还是以喜剧的嘲讽态度对待虎妞。作家先以揶揄的口气夸张地叙述了虎妞在怀孕这件事上所体现出的愚昧、懒惰、虚荣，而后又让蛤蟆大仙陈二奶奶来画符顶香，最终让这一系列闹剧以虎妞的死亡作为结局，从而把中

---

① 《骆驼祥子》。
② 同上。

国民间生育文化中的"无价值的撕破给人看",① 本来具有国民性批判的现代思想价值,由于创作主体在人物的死亡面前缺乏对女性生命悲剧所应有的悲剧性感受,这一批判便带着瞧她咎由自取的冷漠,而失去讽刺应是饱含着爱意的恨这一炽热情怀,不免流于冷嘲的刻薄。对男性人生伤痛的悲剧性体验,与对主动型女性生命毁灭的喜剧化处理,对男性人物的厚爱,与对女性人物的刻薄,在《骆驼祥子》中形成强烈对比。归根究底是作家的男权观念使他的人性意识中无法整合进女性视阈,并且滋养了他对主动型女性的反感、轻蔑。

《围城》以喜剧的态度嘲弄主动追求爱情的女才子苏文纨,其讽刺形式与《骆驼祥子》、《四世同堂》不同。《围城》并没有把苏文纨的言行本身过度夸张化、漫画化,而是每当对苏文纨的言行进行一次符合女性心理的合度刻画之后,总是让方鸿渐从旁悄悄来一番否定性的心理独白,使得苏文纨动中有度的爱情举动在男性视阈的无情审视之下显出自作多情的滑稽相来,成为叙述者、隐含作者、隐含读者暗中共同嘲笑的对象。同样是刻画女性由于误会而自作多情的故事,女性作家凌叔华在《吃茶》中,就采取女性视角叙事,叙述者对女主人公芳影小姐的爱情渴求有细腻的理解与同情,故事的悲剧性压倒了喜剧性,小说由此获得了理解女性人生伤痛的思想深度。而《围城》的男性视角,把女性爱情失败的生命伤痛界定为咎由自取、甚至还是使男人产生心理负担的不应该的行为,使

---

① 鲁迅:《再论雷峰塔的倒掉》,《鲁迅全集》第 1 卷,人民文学出版社 1981 年版,第 193 页。

之完全失去了被悲悯、同情的价值,而成为喜剧嘲讽的对象。但男性人物方鸿渐误导苏文纨的种种爱意表达,诸如假装吃醋、亲吻她等等,尽管确实是方鸿渐准确理解苏文纨的爱情之后有意作出的迎合,并不像是《吃茶》中的王先生那样纯粹是一种按照西方文化观念作出的实际并无爱意的礼貌举动,却由于作家的偏袒,完全免于接受道德审视,在价值上被评判为是一种善良的、易受制于女人的弱点,既在叙事上承担着误导女性使之淋漓尽致地出丑的功能,又在价值指向上产生嫁祸于女性的作用,成功地把男性不能把握自己的弱点归咎于主动爱上男性的女子。被方鸿渐不负责任的行为所误导的女性苏文纨,其爱情冲动与爱情伤痛,在《围城》中并没有被放在女性的生命本位上加以掂量、评价。得不到男性世界认领的女性恋情,在钱锺书的眼中就成了应该"撕破给人看"的"无价值"的东西。这样,一个女人受男性有意误导的、悲剧因素大于喜剧因素的爱情失败,就被钱锺书从男性本位的立场出发,作了完全喜剧化的处理后成了冷嘲的对象。从中可见作家审度苏文纨爱情举动的价值尺度:一是看它能否契合男性需求,也就是说看它能否被男性认领;二是看它是否符合压抑女性主体意识的封建男权道德准则。这就暴露了钱锺书人的观念中并没有整合进女性群体、依然坚持把女性作为第二性看待的价值缺陷。

把主动型女性妖魔化为可怖可恨的异物,又通过隐去男性主体性的做法把女性主体性诬为是对男性主体性的压抑,并且在叙事中抹去女性生命伤痕,从而放弃了对主动型女性生命困境的同情,并且以喜剧的态度居高临下地丑化、嘲弄主动型女性……中国现代男性叙事文学设置了重重男权罗网,使试图超越传统"敬顺"、"屈从"① 女奴道德的、具有主动精神的女性被表述为是面目可憎的恶女人。这一叙事成果在有限度地完成女性人性的现代批判的同时,更多的是表达了男性对女性主体性的憎恨与恐惧,体现了他们压制女性主体性的男性中心思维,表现了现代男性作家对传统男权集体无意识的继承。这从一个方面暴露了中国现代男作家对解放妇女精神的现代文化观念的背叛,也说明了在性别意识领域方面实现人性现代化的艰难。

(原载《文史哲》2002 年第 4 期)

---

① [东汉] 班昭:《女诫》,张福清:《女诫——妇女的枷锁》,中央民族大学出版社 1996 年版,第 2—3 页。

精神生态视野中的20世纪中国文学

温奉桥　李萌羽

文学作为思维的一种方式，注定属于思想史的范畴。任何文学在一定意义上都是那个时代的心灵史，更是那个时代的精神生态史。因为，从整体上看，文学无论有多大的特殊性和独立性，仍然是人类思想体系这棵"精神大树"上的一朵小花、一根细枝。把文学仅仅看做某种思想史的记录和图解的观点，显然违背了文学的特性，但是，把文学与思想史完全隔离，则同样是荒谬的。而过去时代的文学，似乎更加注重和强调文学的这种道德性、思想性特质，而相对忽视它的自主性和审美性。著名社会文化学家詹姆逊断言，所有第三世界的文学均带有某种共同品质，即它的"寓言性"。他说，第三世界的作家"讲述关于一个任何个人经验的故事时，最终包含了对整个集体本身的经验的艰难叙述"[1]，在一定意义上都是"民族寓言"。詹姆逊对第三世界文学的这种"寓言性"的认识从思想史、精神史的角度来看是有其价

---

[1] ［美］詹姆逊：《处于跨国资本主义时代的第三世界文学》，张景媛主编：《新历史主义与文学批评》，北京大学出版社1993年版，第235页。

值和意义的，它们都是那个时代的精神本体的隐喻性表述，20世纪中国文学，无可避免地也同样具有这种精神寓言性和隐喻性特征。

隐喻是20世纪中国文学的重要特征，隐喻作为一种审美质素，建构了20世纪中国文学的某种现代性品格。詹姆逊所谓的"民族寓言"，实际上就是指第三世界文学的普遍的隐喻性质。由于第三世界作家的共同的民族、国家的历史记忆和生活经验，纯粹语言学意义上的隐喻就超越了"装饰品"、"修饰物"的功能，形成一种文学的整体性品格和超越具体文本的意义统摄，在这种统一的意义统摄下，它们就成为了某种文化符码（culturecode），这种文化符码本质上已经构成了一种整体性的隐喻链接着一种幽微隐秘的民族文化心理和精神现象。对20世纪中国文学而言，这种隐喻性似乎更为明显。美籍学者王德威曾说："小说的流变与'中国之命运'看似无甚攸关，却每有若合符节之处……比起历史政治论述中的中国，小说所反映的中国或许更真切实在些。"① 小说建构着一个更为真实的意义世界。由于20世纪中国文学的特殊历史文化语境，"疾病"构成了20世纪中国文学的一种独特文化符码和精神生态学意义，其自身也具有明显的象喻作用（symbolicfunction）。苏珊·桑塔格说："疾病是通过身体说出的话，是一种用来戏剧性地表达内心情状的寓言，是一种自我表达。"② 我们试图通过对20世纪中国文学中"疾病"这一文化语码的解读，来探索20世纪中国社会精神

---

① [美] 王德威：《想象中国的方法》，三联书店1998年版，第1页。
② [美] 苏珊·桑塔格著、程巍译：《疾病的隐喻》，上海译文出版社2003年版，第41页。

生态和心灵真相，因为，正如黄子平所言，个人的"疾病诗学"乃是了解国家"政治病源学"的关键①。

一

苏珊·桑塔格的《疾病的隐喻》和日本学者柄谷行人的《日本现代文学的起源》，都对"肺结核"给予了特别观照，他们都不约而同地从隐喻视角发掘"肺结核"疾病的道德含义和社会批判取向。桑塔格并特别指出，结核病在19世纪文学中被描绘为一种使死亡变得"优雅"的"令人肃然起敬的疾病"，是贵族社会的象征。从世界文学的范围来看，小仲马《茶花女》的主人公玛格丽特，特别是《红楼梦》中的林黛玉是世界文学中肺结核患者体现这种"优雅"和精神性特征的经典形象。但是，由于西方文化的特殊性，桑塔格在将结核病道德化的同时，更将它意象化、审美化，甚至将结核菌与浪漫主义联系在一起，称其为一种"优越品性的"和"适宜的柔弱的"标志②。然而，20世纪中国文学中大量集中出现的肺结核病患者的形象，在其意义呈现方式上与之全然不同。虽然20世纪中国文学中的结核病患者形象仍旧带有浓烈甚至更为自觉的道德取向和精神性特征，但是就其隐喻意义而言，已经与19世纪的文学完全不同了，肺结核在20世纪中国文学中完全变成了另一类

---

① [美]王德威：《现代中国小说十讲》，复旦大学出版社2003年版，第112页。
② [美]苏珊·桑塔格著、程巍译：《疾病的隐喻》，第33页。

文化符码，成为一种新的"意义"上的隐喻，并与20世纪上半叶中国的阴暗、沉重、压抑、毫无希望的社会现实形成了意义同构。

结核病又称为"文人病"。事实上，许多作家都患过肺结核病，如卡夫卡、托尔斯泰、契诃夫、加缪、卢梭、雪莱、济慈等，中国现代作家中鲁迅、巴金、瞿秋白、蒋光慈、郁达夫、萧红、林徽因等就患过甚至死于肺结核病。从病理学的角度而言，肺结核主要是由于生活不卫生、营养不良所致，但是，超越这种单纯的病理学的原因，我们会发现更为深刻的社会病因和精神畸态。柄谷行人说"作为事实的结核本身是值得解读的社会、文化症状"①，那么，20世纪的中国文学中出现大量的结核病患者就不再是一个个孤立的病理学现象，而是反映了一种社会文化的症状。然而，现代作家们对结核病的书写，并没有什么文学治疗之类的"启蒙"意识在里面，而是无意识中的镜像化、符码化，如鲁迅《药》中的华小栓、《父亲的病》中的父亲，茅盾《追求》中的史循，巴金《灭亡》中的杜大心、《家》中的钱梅芬、蕙以及《寒夜》中的汪文宣，曹禺《日出》中的陈白露、黄省三，林语堂《京华烟云》中的曾平亚、红云，张恨水《春明外史》中的杨杏园，郁达夫笔下的于质夫，丁玲《莎菲女士的日记》中的沙菲，沈从文《三三》中的来乡下养病的年轻人，萧红《小城三月》中的翠姨，王蒙《青春万岁》中的苏君，等等。20世纪的中国文学，特别是中华人民共和国建国前国统区文学中出现大量的肺结核患者的形象绝不是偶然的，在其背

---

① ［日］柄谷行人著、赵京华译：《日本现代文学的起源》，三联书店2003年版，第108页。

后，有深层的社会精神病因。在20世纪中国文学的意域场，肺结核与其说是一种器质性病变，还不如说是一种精神、心灵病变更符合真相。

日本作家德富芦花在《不如归》中，对结核病患者女主人公浪子有一段描写："粉白消瘦的面容，微微频蹙的双眉，面颊显出病态或者可算美中不足，而消瘦苗条的体型乃一派淑静的人品。此非傲笑北风的梅花，亦非朝霞之春化为蝴蝶飞翔的樱花，大可称为于夏之夜阑隐约开放的夜来香。"① 而在《茶花女》中，小仲马则写了因肺病消耗的"颀长苗条"的身材和面颊潮红的"玫瑰色"，以及"细巧而挺秀"的鼻子和"对性欲生活的强烈渴望"。

与德富芦花对肺结核病患者的这种带有日本文化特有的精致的"恶之花"的美感的描写和小仲马的《茶花女》中对玛格丽特的放荡、冲动、刺激、神经质、毫无节制的特殊的风尘美的描写不同，中国作家对于结核病的描写带有更多的社会意义和道德批判色彩，中国现代作家笔下结核病"病症"式的自然主义的描写确实如"写生"，与西方甚至日本文学中的这种"文学性"、审美性十分不同，中国作家笔下的肺结核患者大都带有相当明显的恐惧感、绝望感和死亡气息，大都详细写到了患者的咳嗽、咳痰、咯血的病理过程，特别是精神和心理上的忧郁、恐惧、压抑、敏感、孱弱、偏执和焦虑，实际上这种相对自然主义的描写仍然是一种隐喻化的过程，因为在当时的中国，得了肺结核实际上就是宣布了死亡，恰恰是在中国作家笔下，呈现了当时人们患结核病的真实图景，因而，

---

① ［日］柄谷行人著、赵京华译：《日本现代文学的起源》，第95—96页。

在现代中国作家笔下,肺结核带有更明显的隐喻功能。如果说《红楼梦》中的林黛玉和《不如归》中的浪子体现了肺结核的病态美,《茶花女》中的玛格丽特体现了一种颓废美,那么,至少在她们那里,肺结核更多地表现为一种生理学的病症,与社会文化的隐喻含义较少关联。然而,到了20世纪中国现代作家那里,肺结核的这种病态美和颓废美已经荡然无存,他们都不约而同地赋予这种病症一种更为强烈的社会文化思想的本质性内涵,更加凸显了这种病的压抑、绝望和死亡气息与社会现实的隐喻观照。例如鲁迅《药》中对华小栓的几次描写,篇幅短小的《药》前后五次写到了小栓的咳嗽:"'小栓的爹,你就去么?'是一个老女人的声音。里边的小屋里,也发出一阵咳嗽","那屋子里面,正在窸窸窣窣的响,按着便是一通咳嗽";"便禁不住心跳起来,按着胸膛,又是一阵咳嗽";"小栓慢慢的从小屋子走出,两手按了胸口,不住的咳嗽","小栓也趁着热闹,拼命咳嗽"①。小栓的这几次咳嗽,读来让人喘不过气来,好像肺在胸膛里撕裂了一般,相当压抑。巴金在《寒夜》里对汪文宣的症状的描写则更加惊心动魄,赋予了更为复杂的内涵,令人窒息。张恨水的《春明外史》中对患病的男主人公杨杏园的描写则充满了哀伤、绝望的悲剧情绪。巴金的《寒夜》实际上把这种氛围渲染到了极致。他对汪文宣病情的描写:"'我——我——'他费力吐出了这两个字,心上一阵翻腾,一股力量从胃里直往上冲,他一用力镇压,反而失去了控制的力量,张开嘴哇哇地吐起来;他整天躺在床上,发着低烧,淌着汗,不停地哼喘。他讲话的时候喉咙

---

① 《鲁迅全集》第1卷,人民文学出版社1981年版,第440、443、446页。

呼噜呼噜地响。他的胸部、喉咙都疼得厉害。但是他并不常常发出呻吟。他默默地忍受一切。"① 桑塔格认为,肺结核是因为"人格没有向外表达自己。激情由此转向内部,惊扰和妨碍了最幽深处的细胞"② 所致,在更深层面上,肺结核更是一种"灵魂病"和"压抑病",是内心压抑、激情受挫、希望破灭、积劳忧思的结果,加之这种病属于"消耗"病型,把人的生命和精力一点点消耗掉,最后咯血而死,所以这种病本身就带有相当深沉的悲剧感。加之中国人对"血"的特殊恐惧心理,就进一步加重了肺结核的悲剧气氛和死亡气息,实际上这正是黑暗寒冷时代毫无希望的知识分子的自身写照。

与西方文学中对结核病的"浪漫化"不同,20世纪中国文学对结核病的描写带有更多的压抑、窒息的悲剧色彩,充满了更为恐怖的场景描写,在中国作家笔下,"结核病"已经成为了与西方文化不同的当时中国社会文化的另一种"符码"。中国作家对于结核病的压抑、绝望和死亡气息的表现,已经完全超越了疾病自身的病症,来自一种沉重的带有悲剧性的社会文化的暗示。所以,与西方和日本对结核病的"隐喻"内涵不同,中国作家笔下的结核病隐喻着一种寒冷、阴暗、沉重、压抑、毫无希望、毫无温暖、毫无光明的社会现实和时代氛围,甚至作为疾病的"结核病"和作为社会文化符码的"结核病",在其意义层面已经达成了高度暗合,结核病由此成为当时社会现实的一种"自我表达"③。

---

① 《巴金全集》第8卷,人民文学出版社1989年版,第466、631页。
② [美] 苏珊·桑塔格著、程巍译:《疾病的隐喻》,第43页。
③ 丁琪:《中国现代文学中的"疾病意象"探析》,《文艺理论与批评》2005年第5期,第118—123页。

二

如果说"结核病"尚有某种病理学意义，主要是一种器质病变的结果的话，那么，疯癫则主要是一种精神性疾病，是人性的狂躁、扭曲和裂变，恰如福柯所认为，疯癫本质上是一种异质性的意义，疯癫绝不是简单的病理现象，而是一种文明或文化现象。疯癫不仅仅是生理病变的产物，更是文明或文化的产物①。因而，疯癫更直接地关联着某种精神氛围和精神生态。20世纪中国文学中同样活跃着一群"疯子"的形象，他们的生存状态构成了20世纪中国知识分子精神走向的一种价值判断和畸病景观，同样成为认识20世纪中国社会的某一维度和视角。因为"疯子"本也是一种精神的畸变和异质，隐含了20世纪中国社会思想的某种文化情状和占据20世纪中国主流文化的启蒙思想的悲剧性历史境遇。

中国现代文学的第一篇白话小说《狂人日记》的主人公竟是一个疯子，这并不仅仅是种巧合，而是鲁迅清醒的现实精神烛照下的真切发现与历史真相的暗合，也是对20世纪即将展开的中国社会新的精神之旅的悲剧性预言。鲁迅笔下的疯子，都是一种"命名"的结果②，例如《狂人日记》中的狂人，《长明灯》中的疯子，《孤独者》中的魏连殳，以及《药》中的夏瑜。《狂人日记》中的狂人生活在大哥、医生甚至连小孩也"睁着怪眼睛"的文化氛围中；

---

① [法]米歇尔·福柯著，刘北成、杨远婴译：《疯癫与文明》，三联书店1999年版，第87页。
② 王世城：《试论鲁迅小说中"疯子"意象及其当代文化象征》，《文艺理论研究》1997年第3期，第64—70页。

《长明灯》中的疯子,生活在阔亭、方头、庄七光等构成的"吉光屯",他们都被所生活的环境所放逐、所谋杀、所"命名",《狂人日记》中的狂人之所以是"狂人",是因为他发现了大哥等人的阴谋,揭穿了他们"吃人"的真相;《长明灯》中的疯子之所以是"疯子",是因为他要"吹熄"吉光屯社庙里的"不灭之灯"。无论是"狂人"还是"疯子",相对于他们所置身的那个"无主名无意识杀人团"的生活环境和固有秩序,都是一种异质性存在,都是现存秩序的破坏者、颠覆者,历史文化的怀疑者、反叛者。而悲剧恰恰在于,他们正是未来秩序的建构者和新思想的启蒙者。然而更为可悲的,还不仅仅在于现存秩序的这种"命名",而在于对"疯子"的"重新命名"——疯子被社会所同化,所收编,所"诱杀",被重新"定义"为正常人——重新被社会所接纳。这些现存秩序的反叛者,新思想的启蒙者,其最终结局要么被那个现存秩序做了精神"无害化"处理,如《狂人日记》中的狂人"然已早愈,赴某地候补已",《孤独者》中的那个年轻时书生意气的魏连殳,承认自己是个"失败者",做了军阀杜师长的顾问,变得百无聊赖,无可无不可了,要么像夏瑜一样被杀头。启蒙者被启蒙者"命名"为"疯子"和"疯子"的重新被社会所接纳或杀头,彰显了鲁迅对20世纪初中国社会现实的清醒的怀疑态度和对中国现代思想革命的悲剧性命运的思考。这类被"命名"的疯子,实际上都是最清醒的批判者,甚至是勇敢的挑战者。在鲁迅笔下,疯癫者最清醒,最接近社会的本质。中国当代文学中,《芙蓉镇》中的秦书田——秦癫子,《废都》中的捡破烂说谣儿的老头,余华《一九八六年》中的中学历史老师、《河边的错误》中的警察,在精神性上与这类被"命名"的疯子相似，只不过他们表现出的更多的是一种无奈的"佯狂"。与鲁迅笔下的被"命名"的疯子相比，秦癫子等的"佯狂"，首先是种自我"命名"，"佯狂"成为他们借以生存的"护身符"，带有更大的无奈和悲剧感，其批判性也因此更为深沉和猛烈。

如果说鲁迅笔下的"疯子"是一种被"无主名无意识杀人团"的封建文化"命名"的结果，那么，曹禺《雷雨》里的繁漪、路翎《财主底儿女们》中的蒋蔚祖，则是新一代的"疯子"，他们的"疯癫"是自我热情、欲望与那个黑暗、压抑的社会冲突的结果。繁漪的"最雷雨"式的任性、热情和"心中郁积的火"，构成了对那个"最圆满最有秩序的家庭"的解构力量，当她的"原始的一点野性"和"狂热的思想"对既成秩序形成挑战和反叛的时候，在周朴园看来，她确实"精神有点失常"、"神经病"，甚至在周萍看来也是"疯了"。繁漪的疯癫是心灵负着创伤的困兽的绝望的嗥叫，是她的个性和热情无法见容于那个社会和时代的必然结果。《财主底儿女们》中蒋蔚祖的发疯，似乎包含了更为复杂的社会历史内容，凝聚着更为深广的人生悲剧。蒋蔚祖是个"旧式"知识分子，类似曹禺《北京人》中的曾文清和巴金《家》中的觉新，但是，与曾文清和觉新相比，蒋蔚祖的内心世界存在更为严重的分裂，表面看来他是被大家庭内部的倾轧和放浪不羁的妻子刺激而疯，而在更深的层面，是由于他的人格特别是文化性格的严重分裂而发疯。例如，一方面他持刀复仇，身染红墨水假装自杀，烧毁了庄园，向火焰叩拜；另一方面，他又无比清醒，他痛斥"人间太黑暗，这是禽兽的世界，禽兽的父母，禽兽的夫妻"。蒋蔚祖脆弱敏感的神经,经不住那个狂躁亢奋的时代的折磨揉搓,他的个性解放的要求,更是与那个病态社会格格不入,成为社会嘲弄的对象,发疯实在是生活在那个时代的被压抑得喘不过气来的中国知识分子——蒋蔚祖们唯一的"选择"。正如《财主底儿女们》中蒋纯祖的叹息:"我们中国,也许到了现在,更需要个性解放的吧,但是压死了,压死了!……"① 在精神流脉上,无论是繁漪还是蒋蔚祖,都有着沙菲的影子。与鲁迅笔下的"狂人"、"疯子"相比,繁漪、蒋蔚祖负载着更为痛苦和复杂的心灵的重负,他们都被那个无望的社会和时代"压死了"!因而,他们带有更为强烈的悲剧色彩。

除了以上两类疯子以外,20世纪中国文学中还活跃着一群"疯女人"——她们"为爱而疯"。如张恨水《啼笑因缘》中的沈凤喜,张爱玲《金锁记》中的曹七巧,苏童《妻妾成群》中的颂莲,徐小斌《羽蛇》中的女主人公羽,张洁《无字》中的吴为,等等。夏洛蒂·勃朗特的《简·爱》塑造了世界文学中不朽的"疯女人"的形象,沈凤喜、曹七巧、颂莲、羽、吴为等则是那个"阁楼上的疯女人"伯莎·梅森的中国的精神姐妹。她们的生活境遇各个不同,然而,精神—爱情境遇却殊途同归。她们有的看似恶魔一般,阴险、狠毒、恐怖,其实她们又都是一群受害者,敢爱而不得其爱,又过于执著,她们无法熄灭和发泄胸中点燃的爱情之火和不得其爱而带来的压抑、愤懑,理性被冲决,心灵被扭曲,她们是一群绝望的受伤的野兽,永远凄厉地喊叫着!

D. R. 莱恩指出:反常和疯癫是"社会性的压迫手段……疯狂

---

① 路翎:《财主底儿女们》第2部,人民文学出版社1985年版,第79页。

高于正常,是对病态社会的反抗"①。其实,以上三种类型的疯子,是20世纪中国文学中比较"著名"的疯子,其他类型的疯子、准疯子、伪疯子还很多,他们共同构成了20世纪中国文学疯子的经典形象,他们有的是被"命名"的疯子,有的被外界逼迫而丧失理智,有的被自己的热情、欲望折磨而疯,而有的却是佯狂。索瓦热把疯癫界定为"灵魂对错误的执迷不悟"。从这个意义上,20世纪中国文学中的"疯子"带有更为沉重的悲剧感,因为,他们恰恰不是对"错误"的"执迷不悟",而是对真理、希望、爱情、正义等的"执迷不悟",这实在不仅是一种特殊的文学现象,更是一种特殊的历史文化现象和精神生态现象。"虽然疯癫是无理性,但是对疯癫的理性把握永远是可能和必要的。"② 20世纪中国文学中的"疯子"谱系,隐喻了中国人精神生态的曾经的某种真实图景。

三

性从来都是政治的隐喻。无论是东方还是西方文化中,男性生殖器都代表着一种力量、能力、创造,"标志着阳刚之气和支配能力"③。性与革命、政治似乎总是存在着某种隐秘的内在关联。当

---

① [英] D. R. 莱恩著,林和生、侯东民译:《分裂的自我》,贵州人民出版社1994年版,第6页。
② [法] 米歇尔·福柯著,刘北成、杨远婴译:《疯癫与文明》,第97页。
③ [美] 弗里德曼著、王雪莹译:《男根文化史:我行我素》,华龄出版社2003年版,第161页。

然，将性解释成为革命的主动因是荒谬的。但是，政治的高涨、革命热情的高涨似乎与性欲的高涨存在一种若有还无的联系。早在1968年，法国索邦大学的一面墙上，就有一句口号："我越做爱越想革命；我越想革命越做爱。"① 这当然带有某种嬉皮士色彩，但性的能量、勃起与革命时代的激情、亢奋和非理性似乎具有某种相似性，这也反映在中国现代作家的小说创作中。美国学者王德威，在对茅盾、蒋光慈的"革命加恋爱"小说的研究中对此有所揭示。与之相反，"阳痿"则不但表示生理上的不能兴奋，更隐喻着精神、思想上的"去势"和"阉割"，而这种"去势"和"阉割"又无不寓含着更为深广的社会历史内涵和精神生态内容。从这个意义上说，"阳痿"从来就不是一种单纯的生理疾病，在更深的层面上，它是一种思想文化和社会历史的疾病，而在20世纪中国文学中，它更是一种知识分子的精神"病症"。在20世纪后50年中国知识分子的人物画廊中，不乏阳痿者的形象，他们共同见证和构成了20世纪中国知识分子的心路历程和精神生态。

美国学者凯特·米利特在《性政治》一书中指出，性是构建政治权力机器的一种体现。性，在20世纪20年代中国文学和新时期文学中似乎有着完全不同的表述，在茅盾和蒋光慈的小说中，性与革命是价值对等的统一体，"革命的狂欢与性的狂欢具有某种气势上的美学对称"②。然而，在中国当代文学特别是新时期文学中，

---

① [法] 托尼·阿纳特勒拉著，刘伟、许钧译：《前言》、《被遗忘的性》，广西师范大学出版社2003年版，第3页。
② 南帆：《文学、革命与性》，王晓明主编：《二十世纪中国文学史论》下卷，东方出版中心2003年版，第438页。

性与革命则完全丧失了这种正面意义上的"美学对称",成为了另一种价值对等,即负面意义上的"美学对称"——阳痿与政治乌托邦:"性……成为'革命'所要解放或压抑或牺牲的能量。"① 新时期文学中阳痿者的形象,一方面与政治热情高涨形成了吊诡式的解构,另一方面又隐喻了政治热情的乌托邦的虚假性。因为中国特殊年代政治热情的高涨,带来的并不是类似于茅盾20世纪20年代小说描写的性欲的亢奋和冲动,即性的"解放",而是产生了大量的丧失了性能力的"废人",在这种表面的政治热情的高涨下面,掩藏的是一种更为残酷的政治禁锢和政治压抑。因此,政治高涨带来的却是禁欲主义和由此而产生的阳痿。性的本质是追求快乐,追求自由,追求个性,反抗权威,反抗禁忌,而性的这些本质力量和要求正是与那个表面狂热的乌托邦集体主义年代中国的政治要求和政治伦理背道而驰,因此,性在当时的中国被视为一种破坏性力量而被禁锢。这种禁欲主义,既来自外在的政治性禁锢,也来自自我内心的禁锢,在这个意义上,在中国当代文学中,性在很大程度上偏离了它固有的诗性光辉,而成为某种思想文化符码并与那个时代的政治直接关联。新时期文学中出现的大量的"废人",就是这种"身体政治"的病相。张贤亮《绿化树》、《男人的一半是女人》中的"半个人"章永璘,王蒙《失态的季节》里的曲风明、《青狐》里的杨巨艇,以及贾平凹《废都》中的庄之蝶等,即是这种病态政治的产物。他们都具有"身体意识形态"的性质,隐喻着特殊年代

---

① 黄子平:《革命·性·长篇小说——以茅盾的创作为例》,《文艺理论研究》1996年第3期,第40—49页。

中国社会的某种政治病相和中国知识分子的心灵病态。

张贤亮《绿化树》、《男人的一半是女人》中的"半个人"章永璘，既是那个非常政治年代的牺牲者，又是那个年代的一个清醒的救赎者，具有双重的文化"符码"意义。章永璘无疑是那个禁欲主义时代的精神祭品：39岁，童男子，硬汉子，进过两次劳改队，蹲过三次牛棚，恰恰这种"思想改造"最终把章永璘这样一个本来身体健康、善于思考而又富有热情的知识分子"改造"成了身体和精神的双重"阳痿"。在谈到自己为何变成一个"废人"时，他说，"是因为长期压抑的缘故"，"压抑，就是，就是'憋'的意思"。"在劳改队，你也知道，晚上大伙儿没事尽说些什么。可我憋着不去想这样的事，想别的；在单身宿舍，也是这样，大伙儿说下流话的时候，我捂着耳朵看书，想问题……憋来憋去，时间长了，这种能力就失去了。"① "憋"，既是章永璘成为"废人"的生理原因，也是精神心理原因，更是当时的政治情势。在那个把人的身体的合理欲望和政治信仰、政治理想都看做"魔障"的年代，一个善于思考的知识分子除了"憋"，还有其他出路吗？因此，章永璘生理上的"去势"，既是身体自我压抑的结果，更是政治和精神压抑的结果，实际上是那个年代对知识分子思想和身体的双重"阉割"，中国当代政治文化对知识分子个体生命、自由意志的"本质化"和"规范化"处理，这是当代中国的特定政治文化的产物。而另一方面，章永璘实际上仍然带有某种精神贵族和"超人"式能力：清醒，敏锐，有思想。章永璘的身体和精神的"阉割"，相当深刻地

---

① 张贤亮：《男人的一半是女人》，时代文艺出版社2001年版，第102—103页。

折射了当时政治环境的残酷性和非人性。然而，张贤亮的更为深刻之处，还不在于他的这种隐喻式发现，更在于他的理性的思考。小说中的章永璘在黄香久的温情抚慰下，最终"治疗"了他的性的饥饿，把他"变成真正的男人"。然而，当章永璘重新焕发了活力，恢复为一个正常人的时候，他却决然地离开了给予他温暖和温情的黄香久，带着满脑子的《资本论》知识，重新投身到革命的政治风暴之中。章永璘被"治疗"后的重新"出走"和张贤亮对中国知识分子的思考，令人深思。

王蒙的小说中，出现了两个特别富有象征意味的阳痿者形象，即《失态的季节》中的曲风明和《青狐》中的杨巨艇。他们一个共同的特点，即都是理论大师、语言巨人，滔滔不绝，所向披靡。《失态的季节》中的"每一个细胞都流溢着党性和正气"的曲风明，不但是天生的马克思主义理论大师，而且是思想工作的能手，对那些"右派分子"分析起思想问题来说一不二、势如破竹，批评起人来铁面无情、凶悍凌厉，开口闭口要为那些"迷途的羔羊"治疗精神脓疮，割除他们心灵上的恶性肿瘤。然而，就是这样的一个理论天才，这样一个自以为掌握了客观规律、客观真理的历史主人，却是一个阳痿患者，"干不成事儿"，个人生活一塌糊涂，无论他的理论威力多么巨大，都最终无法做通他妻子的"思想工作"，动摇与他离婚的意志，《青狐》中的堪称"社会良知代表"的理论巨人杨巨艇，动不动便对人宣讲文学的社会使命、文学的巨大社会作用，满口的民主、人道、智慧、文明、世界潮流等等，然而，"小小的蔫蔫的悬垂的小把戏"与他那雄狮般的头颅、高耸的鼻梁和高大的身躯以及高屋建瓴、势如破竹的理论才能，更是形成了鲜明的对比。我们曾生活在一个语言空前发达的时代和理论的王国，对"理论"充满了膜拜之情，许多知识分子就寄生在这种"理论"的空壳里面，滔滔不绝，发空论，说大话，自以为成了"救世主"，而不知已经被这种"理论"所奴隶、所阉割。王蒙小说中的这两个形象，对于极"左"时代的假大空"理论"对人的扭曲和异化，作了极为深刻的"吊诡"般的描写，曲风明和杨巨艇的"阳痿"病状，其实正是他们在那个特殊年代的人格扭曲、畸变的表现，形象地反映了中国当代知识分子在高压之下精神被严重扭曲、摧残、畸变和真正溃败的历史情状，具有巨大的精神深度和思想史意义。精神"阳痿"构成了那代知识分子的最基本的生命形态，正如杨巨艇所言："由于连年的政治运动和极'左'路线，特别是由于'文化大革命'和'破四旧'，中国的男人至少有百分之七十一是办不成事更办不成好事的。"① 章永璘、曲风明和杨巨艇，实在是那个时代的最具隐喻性的"历史颓象"，也是那个时代留给人们的最深刻的记忆，在这一"颓象"和记忆中，隐藏着某种荒诞化的历史情景和一代中国知识分子历史性危机的精神秘密。

如果说，张贤亮和王蒙笔下的"阳痿"针对的是中国当代特殊历史年代政治文化对个体生命本能的压抑和阉割，那么，贾平凹的《废都》则揭示了精神"阉割"的另一种方式和可能。贾平凹曾公开否认《废都》是"泄愤"之作，他说："《废都》通过了性，讲的是一个与性毫不相干的故事。"② 《废都》无疑是个隐喻性文本。

---

① 王蒙：《青狐》，人民文学出版社2004年版，第175页。
② 贾平凹：《答陈泽顺先生问》，《小说评论》1996年第1期，第8—12页。

其中的假性阳痿患者庄之蝶则成为了一种当代中国知识分子精神生态和存在现状的更为复杂的隐喻。萨特认为，现代人的一个根本特征，就是背离了"是其所是"的"自在的存在"状态，进入了一个"不是其所是和是其所不是"的"自为的存在"状态，从而陷入了对自我身份的深刻怀疑。现代社会的发展，在人的需求日益得到更大满足的同时，人的越来越强烈的"认同的需要"——获得自我身份感的需求，越来越难以有效地满足，人类在一次次的"我是谁"的充满焦虑的诘问中，深刻地咀嚼着因无法获得的个人身份感所带来的失败的经验。《废都》中的庄之蝶，即是这一人类"失败经验"的又一例证。

《废都》中庄之蝶陷入了现代人的这种深深的"无名"（"无名"即自我身份的迷失）的焦虑之中，其症状就是他的假性阳痿。一方面，庄之蝶在妻子面前是个真正的阳痿，每次与妻子行夫妻之事，都无法真正兴奋，都要讲床笫笑话，看淫秽录像，甚至想象是与另一个女人，以求感官刺激，即使这样，每次仍以失败告终，被妻子踹下床来。这种性的失败感、挫折感，成为庄之蝶的心头挥之不去的阴影。另一方面，庄之蝶在与其他女人的性交往中，又充满了一种"求证"自己的潜在欲望和由此产生的焦虑。与别的女人的"滥性"，成为了庄之蝶宣泄这种焦虑的"阀门"和"求证"自己的方式。例如，庄之蝶在第一次与唐宛儿性交过后有一段对话[1]，庄之蝶自我求证的焦虑和努力从中清晰可见。而这正是庄之蝶"无名"的精神状貌。庄之蝶的口头禅是"泼烦"，"无名"和"泼烦"

---

[1] 贾平凹：《废都》，北京出版社1993年版，第86页。

既是庄之蝶个体的精神特征，也成为了中国当代知识分子精神生态的某种真实写照，更是"中国式世纪末"（李欧梵语）知识分子的一种特指性生命状态，是世纪末中国知识分子的某种"寓言性"存在。更具有隐喻意味的是小说的结尾，当庄之蝶所有的努力都无法摆脱失败的命运时，他决定走出"废都"——寻求精神解脱的新途径，但是，他无可避免地走向了更大的悲剧深渊，在他即将离开"车站"的一刹那，"双目翻白，嘴歪在一边了"，庄之蝶得了中风。"车站"在这里有种深刻的隐喻意味，"车站"本是有车有路的地方，象征着多种选择的可能性，隐喻他期望着精神突围和灵魂自救，然而，就如同庄之蝶除了"选择"与女人的性游戏别无选择一样，他有选择离开"废都"的自由，但他无法逃遁无法走出"废都"的宿命，在这一具有巨大历史寓意的细节中，贾平凹把庄之蝶最后一丝希望都给彻底地无情地掐灭了，庄之蝶永远无法走出"废都"。"人是自由的，人就是自由"，这是存在主义对现代人的定义，同时认为，"自由是选择的自由，而不是不选择的自由"，而对庄之蝶而言，他所缺失的恰就是这种"选择的自由"，他最后在"车站"的突发性中风，就是他的最后的宿命的"选择"。所以，从本质上讲，庄之蝶对与唐宛儿等女性的性游戏的"选择"以及他的最后逃离"废都"的"选择"。都是一种"不选择的自由"，而不是"选择的自由"。就在他产生走出"废都"念头的一刹那，庄之蝶走完了20世纪中国知识分子的最后旅途，贾平凹也由此完成了对庄之蝶及其所代表的20世纪中国知识分子的"无名"焦虑的最后历史表述，同时也就从本质上宣判了庄之蝶们的精神死刑。无论是从时间顺序上，还是从逻辑意义上，庄之蝶的假阳痿，与章永璘、曲风明还是杨巨艇相比，无疑具有更为复杂、更具现代意义的隐喻性。如果说章永璘、曲风明和杨巨艇还是某种特殊政治氛围中压制性文化的必然结果，那么，庄之蝶则是中国知识分子在新的历史情状下的精神"失重"，因而，更加意味深长。

维特根斯坦说，人的身体是人的灵魂的最好图画。通过20世纪中国文学中结核病患者、疯子、阳痿这些类型的扭曲的"灵魂"，我们可以洞见20世纪特别是上半叶中国社会的精神生态和社会病相。正如法国心理学家莫里斯·梅洛-庞蒂所言，身体已经超越生物意义范畴，"它是我们对于世界的观点，精神就在这个地方呈现出一定的物理和历史状态"①。结核病、疯子、阳痿似乎都是某种孤立的个体性的精神生态形式，但是，从"种系"的角度，这类畸变的精神生态状貌，则从一个侧面构成和隐喻了20世纪中国知识分子的精神历程和历史真相。

（原载《文史哲》2006年第4期）

---

① ［英］亚历山大·罗伯逊著、胡静译：《贪婪》，上海人民出版社2004年版，第78页。

后 记

本丛刊主要收选改革开放三十年来发表在《文史哲》杂志上的精品力作（个别专集兼收20世纪五六十年代的文章），按专题的形式结集出版，先期推出《国家与社会：构建怎样的公域秩序？》、《知识论与后形而上学：西方哲学新趋向》、《儒学：历史、思想与信仰》、《早期中国的政治与文明》、《门阀、庄园与政治：中古社会变迁研究》、《"疑古"与"走出疑古"》、《考据与思辨：百年中国学术反思》、《中国古代文学：作家、作品与思潮》、《文学与社会：明清小说名著探微》、《文学：走向现代的履印》、《文学：批评与审美》等。

本册的编选工作由贺立华同志承担。

在近六十年的办刊过程中，敝刊编排格式、体例几经变化，给编选工作带来了一定的困难，为使全书体例统一，我们在编辑过程中，对个别文字作了必要的规范和改动，对引文注释等作了相对的统一。其余则一仍其旧，基本上保持了原文的本来面目。

由于水平所限，本丛刊无论是在文章的遴选，还是在具体的编校过程中，都存在着种种不足，讹误舛错亦在所难免，敬祈方家读者不吝赐教。

需要特别说明的是，在当前市场经济大潮下，学术论文集因其经济效益微薄，出版非常困难。但商务印书馆欣然接受出版"文史哲丛刊"，这种无私精神，实在令人钦佩。常绍民先生还就丛刊的整体设计提出了许多宝贵而中肯的意见，在此，我们表示衷心的感谢！

文史哲编辑部
2009年10月